作家出版社 & 悬疑世界（上海浩林文化传播有限公司）

命运有无限种可能

克苏鲁神话III

梦寻秘境卡达斯

[美]H.P.洛夫克拉夫特 /著

作家出版社

目录
Contents

1　H.P. 洛夫克拉夫特生平

15　北极星

20　白船

26　绿色草原

32　降临在萨尔纳斯的灾殃

39　乌撒的猫

43　塞勒菲斯

50　来自遗忘

52　伊拉农的探求

59　蕃神

64　记忆

66　阿撒托斯

68　休普诺斯

75　奈亚拉托提普

79　魔女屋中之梦

119　夜魔

145　复仇女神

148　可怕的老人

152　雾中怪屋

162　银钥匙

176　梦寻秘境卡达斯

291　章节简介

307　怪奇小说创作摘要

311　H.P. 洛夫克拉夫特自述

H.P.洛夫克拉夫特生平
All H.P.Lovecraft's Life

作者：*Setarium*

1890年8月20日上午九点，霍华德·菲利普斯·洛夫克拉夫特出生在罗得岛州首府普罗维登斯城，父母均为早期英国移民的后裔（这一点使重视血统与出身的洛夫克拉夫特在日后十分自豪）。他的父亲，温菲尔德·斯科特·洛夫克拉夫特（Winfield Scott Lovecraft），时任格尔汉姆银器制品公司[1]的销售员，时常因生意出行，旅居于美国东海岸。在洛夫克拉夫特三岁时，温菲尔德因梅毒晚期引发精神失常而住院，直至五年后的1898年在波士顿的巴特勒医院逝世。据日后洛夫克拉夫特的书信称，当时他被告知自己的父亲是因工作压力而精神崩溃，所以就医，而洛夫克拉夫特本人是否得知其父入院与死亡的真正原因，今日已不可知。

父亲住院之后，抚养小霍华德的重任便落在了其母莎拉·苏珊·菲利普斯·洛夫克拉夫特（Sarah Susan Phillips Lovecraft）与他的两个姨妈，及其外祖父，

---

[1]格尔汉姆银器制品公司：Gorham & Co. Silversmith，日后改名为格尔汉姆工业公司（Gorham Manufacturing Company），是一家起于普罗维登斯的银制器皿制造商，现为美国规模最大的银与银合金制品生产商之一。

1.1915年，洛夫克拉夫特的美国业余记者协会照。

惠普尔·范·布伦·菲利普斯（Whipple Van Buren Phillips）——一位在当时颇有名气的富商身上。当时，洛夫克拉夫特家家境富足，五人均住在其外祖父的大宅里。宅邸中专门设有一间藏书室，作为私人图书馆所用，而洛夫克拉夫特童年的绝大多数时间便是在那里度过。也因此，洛夫克拉夫特在孩童时期展现出惊人的文学天赋——他两岁便能背诵诗词，在六七岁时便可写出完整的诗篇。在外祖父的鼓励下，他阅读了诸多文学经典，例如《天方夜谭》、布尔芬奇[1]的《神话时代》与《伊利亚特》《奥德赛》等古典希腊神话，而外祖父也时常给他讲述一些哥特式恐怖故事。这成为了他对恐怖与怪奇的兴趣的源头，同时，对神话的阅读也激发了他对古典文学乃至一切古代文化与事物的爱好。这一爱好最终伴随了他一生。也是在这时，年轻的洛夫克拉夫特自《天方夜谭》中汲取灵感，创造了"阿卜杜·阿尔哈兹莱德"（Abdul Alhazred）这一人物，日后在其笔下成为了《死灵之书》的作者。

青年与少年时期的洛夫克拉夫特常受身心疾病，

---

[1] 布尔芬奇：汤玛斯·布尔芬奇（Thomas Bulfinch），19 世纪的美国作家，在 1881 年编纂完成了一部面向大众的普及的西方传说合集《神话时代》。

特别是心理疾病所困扰。他在八岁入学于斯雷特街公学，之后因健康状况数次休学。但这并没有影响洛夫克拉夫特对知识的渴望，并因对科学的爱好首先自学了化学，而后转向天文学。在兴趣的指引下，洛夫克拉夫特开始自己编辑出版了几期胶版印刷刊物——《科学公报》（*The Scientific Gzette*）（1899—1907）与《罗得岛天文学杂志》（*The Rhode Island Journal of Astronomy*）（1903—1907）——在社区与好友之间传阅。之后，洛夫克拉夫特于赫普街高中就读，并在其中结识了诸多好友。也是在这时，他开始为如《鲍图基特谷拾穗者》《普罗维登斯论坛报》（1906—1908）与《普罗维登斯晚报》（1914—1918）等当地报刊撰写天文学或类似的科普专栏。

1904年，惠普尔因中风去世，而家人对其遗产的经管不当使洛夫克拉夫特家很快陷入了财政危机。因此，洛夫克拉夫特与其母不得不搬离外祖父的豪宅，既而入住于安吉尔大街598号的一座小屋。外祖父的去世，外加失去了自己心爱的家园，使洛夫克拉夫特遭受了沉重的打击，甚至一度令他产生了自杀的念头，不过这时他的求知欲仍远胜于这些消极情绪。然而在1908年，洛夫克拉夫特因自己无法学好高等数学，进而无法成为他理想中的职业天文学家引发了精神危机，又在不久之后演变为严重的精神崩溃，因此

4. 1915 年摄。
5. 1919 年 6 月 30 日，洛夫克拉夫特在普罗维登斯欧茶德大道 30 号的院内。
6. 1919 年 6 月 30 日（待考证），洛夫克拉夫特在位于普罗维登斯安吉尔大街 598 号的家门口。

在高中毕业前夕退学。虽然他在日后坚称自己获得了高中文凭，但他始终没能完成高中学业，而未能入读心仪的布朗大学深造天文学也成了洛夫克拉夫特一生中无法释怀的遗憾。

在退学后的1908年到1913年里，洛夫克拉夫特变成了一位隐士。这是他一生中唯一一段几乎对外界完全封闭的时光，除了继续自学天文学与诗歌创作之外毫无建树——据其高中同窗回忆，当时洛夫克拉夫特很少出门，而当他外出时则会将衣领拉得很高，对任何人，即使是高中时的好友，也会回避有加。他的母亲也仍被丈夫的死所困扰，因而歇斯底里患上了抑郁症，并与洛夫克拉夫特处在一种爱恨交加的关系中——大多数时候她仍会像洛夫克拉夫特小时候那样疼爱他，但有时又会莫名其妙地对他数落谩骂，称他相貌丑陋——这也进一步导致了洛夫克拉夫特的自我封闭，也是他在日后近乎自卑自谦的源头。

将洛夫克拉夫特从避世带回到现实的事件多少有些偶然。在阅读了大量当时的通俗杂志后，他对业余杂志《大船》[1]中的一位名叫弗莱德·杰克森（Fred

[1]《大船》：The Argosy，美国著名通俗杂志，创刊于1882年，是美国第一部通俗杂志。它在1920年与另一份杂志《故事全刊》（The All-Story）合并（接后页）

Jackson）的浪漫爱情作品意见甚多，认为它们庸俗不堪，因此写了一封抨击其作品的信。这封信于1913年发表后立刻引来了杰克森的支持者一连串的反攻，洛夫克拉夫特不甘示弱，相继在《大船》和类似业余杂志的来信专栏展开还击。这场激烈的争论引起了当时的联合业余刊物协会（United Amateur Press Association, UAPA）——一个由美国各地的业余作家与杂志出版人构成的组织——会长爱德华·F. 达奥斯（Edward F. Daas）的关注，他在不久后邀请洛夫克拉夫特加入了这一组织。洛夫克拉夫特于1914年初应邀入会，并在1915年自创杂志《保守党人》（*The Conservative*）（1915—1923）以发表自己的诗作与论文。在后来的岁月中，他又当选为协会会长与首席编辑，也曾在联合业余刊物协会的竞争对手，全国业余刊物协会（National Amateur Press Association, NAPA）任会长一职。参与业余写作协会是洛夫克拉夫特人生中的一个重要的转折点——这一系列事件不但将他从可能默默无闻的一生中所拯救，他在其中所结识的业

5. 1921年7月5日，洛夫克拉夫特、查尔斯·W. 汉斯和W. 保罗·库克。
6. 1922年，洛夫克拉夫特在布鲁克林。
7. 1921年7月5日，刊登于索尼娅·格林的《彩虹》杂志。
8. 1921年9月7日，哈罗德·B. 门罗和洛夫克拉夫特。

（接前页）改名为《大船—故事全刊》（*Argosy All-Story*），最终在1978年停刊。众多美国著名科幻与奇幻作家，如E. E. 史密斯、A. 梅里特、埃德加·莱斯·巴罗斯与罗伯特·E. 霍华德均由此起家或在此杂志刊有其作品。

余作家也对他多加鼓励，使他重拾了一度遗弃的小说创作。虽然直至1922年他的作品大多仍是诗篇与论文，但是在这段时间里他还是写出了如《坟墓》与《达贡》等具有代表性的早期作品。同时，他也通过这些业余作家协会的联络网认识了日后众多志同道合的好友。

洛夫克拉夫特的母亲因每况俱下的身体与精神状况，在1919年的一场精神崩溃后被送入了其夫曾经入住的巴特勒医院，并于1921年5月24日在一场失败的胆囊手术后离世。虽然在1908—1913年的五年中，洛夫克拉夫特与母亲之间有过些许不和，但他们仍旧保持着亲密的关系，即使在她入院之后两人之间仍有密切的通信来往。毫无疑问，母亲的去世是继外祖父的死以及失去童年家园后，洛夫克拉夫特所再次承受的巨大打击。这使他又一次短暂地陷入了与世隔绝的状态，不过几周后便从中恢复，并在1921年7月前往波士顿参加了一次业余刊物集会。也是在这一场会议中，他遇到了自己未来的妻子，索尼娅·格林（Sonia Greene）——一位比自己年长七岁、居住在纽约的衣帽商人。两人一见如故，洛夫克拉夫特还特意在1922年前往索尼娅在纽约布鲁克林的公寓看望她，最终在两年后的3月3日成婚。不过，洛夫克拉夫特的姨妈——他仅存的两名亲人——对两人的交往在一开始便毫不

1.1921年7月5日，R. 克雷纳、索尼娅·格林和洛夫克拉夫特在波士顿。

赞同，认为自己的外甥不应被商人的铜臭味所玷污，所以洛夫克拉夫特在婚礼结束之后才向她们传达了自己婚事的消息。婚后，洛夫克拉夫特搬入了索尼娅在布鲁克林的公寓。在这场婚姻的初期，一切看似对两人都十分有利：洛夫克拉夫特因其早期作品被杂志《诡丽幻谭》[1]所采纳，正式开始了职业写手的生涯，同时索尼娅在纽约第五大道的衣帽店的生意也蒸蒸日上。

这段时间可能是洛夫克拉夫特生命中唯一的高潮。在初来纽约时，他在书信中将其描绘为"如同仅在梦里才能一见的城市"；而在索尼娅的陪伴下，他的饮食也改善了很多，开始略微发福。对他来说，未来充满了希望，同时在这段时间他也接触了邓萨尼勋

---

[1]《诡丽幻谭》：Weird Tales，美国著名的通俗杂志，主要以刊登恐怖与奇幻作品闻名，也是洛夫克拉夫特作品面向大众的主要途径。在20年代至30年代初，洛夫克拉夫特的恐怖小说、克拉克·阿什顿·史密斯的奇幻小说，以及罗伯特·E.霍华德的"蛮王柯南"剑与魔法奇幻冒险系列是杂志社的三大顶梁柱。同时，这部杂志也是众多当时的年轻作家，如弗里茨·雷柏（Fritz Leiber）、雷·布拉德布里、亨利·库特纳、奥古斯特·德雷斯与罗伯特·布洛克的起家之所。《诡丽幻谭》于1954年停刊，但在80年代至90年代经历了屡次复兴，并在2000年后以不定期电子杂志的形式持续至今。

2. 1922年4月11日，弗兰克·贝尔科纳福·朗、洛夫克拉夫特和詹姆斯·F.莫顿在纽约福特汉姆的爱伦·坡小屋。

爵的作品，并为其中奇伟瑰丽的梦之幻境而着迷，进而写出了如《乌撒的猫》《塞勒菲斯》《蕃神》《伊拉农的探求》等邓萨尼式风格浓厚、奇幻大于恐怖的作品，与之前爱伦·坡式的哥特恐怖风格大相径庭。夫妇两人在这一段时间里也合作完成了一篇名为《马汀海滩的恐怖》的小说。

不过好景不长，两人不久便遭遇了困境。索尼娅的衣帽店因经济原因破产，她本人也不堪重负而病倒，不得不在新泽西的一家疗养院养病；洛夫克拉夫特因不愿搬去芝加哥而拒绝了《诡丽幻谭》杂志副刊的编辑职位，并试图在其他领域寻找工作，但他并没有在其他领域的工作经验，加之年龄偏高（34岁），所以一筹莫展。1925年1月，索尼娅应聘前去克利夫兰工作，而洛夫克拉夫特则因廉价的房租搬去了人种杂居的布鲁克林雷德胡克（Red Hook）区，落脚于一间单人公寓中。

尽管洛夫克拉夫特在纽约结交了许多朋友——弗兰克·贝尔科纳福·朗、莱恩哈特·克莱纳，以及诗人萨缪尔·洛夫曼等——他仍因与日俱增的孤独感，以及在移民潮中无法找到一份适合自己的工作，只能靠撰写毫无文学价值的庸俗文章以及代写与修订工作勉强度日，这一切所带来的挫败感令他日渐沮丧。洛夫克拉夫特十分看重出身与血统，并因自己对早期殖民时

1. 1922年8月，洛夫克拉夫特在马萨诸塞州马格诺力亚的海岸。
2. 1924年（待考证），洛夫克拉夫特在纽约。
3. 1925年，在布鲁克林的克林顿街169号前面。

代的认同感，认为盎格鲁-撒克逊文明是世界上最为先进的文明。此时，自己作为一名盎格鲁-撒克逊人的后裔，面对来自东欧、中东以及来自世界各地的移民大潮却几乎无法维生。这使他对自己眼中的"外国人"逐渐产生了偏见与抵触，而他作品的主题也由起初对家乡的怀念（《避畏之屋》，1924年，取材自普罗维登斯）转向了消沉与厌世（《他》和《雷德胡克的恐怖》均写作于1924年，前者表达了他对纽约的厌恶，而后者更像是他对外来移民的恐惧与憎恨之情的宣泄）。最终在1926年，他在与朋友的书信中声明自己正在计划返回普罗维登斯，随后下定了回家的决心；虽然洛夫克拉夫特在书信中仍称对索尼娅爱慕有加，但他的姨妈依然坚决反对两人的婚事。于是，洛夫克拉夫特与索尼娅的婚姻在维持了七年后（其中两人相处的时光仅有三年）于1929年终结。离婚后，索尼娅在加利福尼亚定居，并在那里度过了余生。

洛夫克拉夫特在1926年4月17日返回普罗维登斯，入住于布朗大学以北的巴恩斯街10号。这一次他并没有像在1908年一般使自己在默默无闻中消亡——直到1936年去世为止，这最后的十年是洛夫克拉夫特生命中最为高产的时光，也是在这十年里，他脱离了之前爱伦·坡或邓萨尼勋爵的风格，明确地在作品中建立了独属于自己的笔风。在他的写作生涯中最具有代

4. 1925年（待考证），洛夫克拉夫特抱着弗兰克·贝尔科纳福·朗的猫菲利斯。
5. 1927年8月21日，亚瑟·古迪纳夫、洛夫克拉夫特和W.保罗·库克在古迪纳夫位于佛蒙特州西博瑞特波罗的家门前。
6. 1928年9月，洛夫克拉夫特和弗莱斯·特奥顿在佛蒙特州。

表性的作品——《克苏鲁的呼唤》《疯狂山脉》《印斯茅斯的阴霾》《敦威治恐怖事件》《查尔斯·德克斯特·沃德事件》与《超越时间之影》均是这十年间的产物。同时，作为坚定的古典爱好者，他也时常沿着北美东海岸旅行，到访一个又一个古城镇的博物馆与历史遗迹，最远曾前往加拿大的魁北克城。也是在这时，他通过数量惊人的书信联络，认识了诸多在当时仍处在事业初始阶段的年轻作家，如在他死后大力推广其作品、为保持其作品流传而功不可没的奥古斯特·德雷斯与唐纳德·汪德雷，20世纪60年代著名科幻与奇幻巨头弗里茨·雷柏，《惊魂记》（*Psycho*）小说原作者罗伯特·布洛克等，并鼓励他们积极创作，同时无偿为他们修改文章。洛夫克拉夫特也是在这时结识了大名鼎鼎的罗伯特·E.霍华德——"蛮王柯南"系列的作者。两人进而成为了好友，在书信之间对如人类文明的发展等主题展开了诸多讨论，而两人的作品也因此相互影响。但洛夫克拉夫特终究心仪于生养自己的土地——新英格兰地区与普罗维登斯城，于是，它们也成为了他这十年内作品灵感的源泉。同样也是在这时，他开始对美国以及世界上所发生的一切产生了兴趣：因大萧条对经济与政治的影响，他开始支持罗斯福的"新政"并逐渐成为了一位温和社会主义者，但同时对古典文化以及英国王权的认同又使他对墨索

1.1930年（待考证），洛夫克拉夫特坐像。
2.1931年，洛夫克拉夫特在布鲁克林。
3.1931年（待考证），弗兰克·贝尔科纳福·朗和洛夫克拉夫特在布鲁克林。
4.1931年7月11日，弗兰克·贝尔科纳福·朗和洛夫克拉夫特在布鲁克林玩"拳击"。

里尼的法西斯主义[1]产生了好感（不过他却鄙视希特勒，认为希特勒不过是效仿墨索里尼，是哗众取宠的小丑），并持续了对从哲学到文学，再到历史与建筑学知识的自学。

　　不过，洛夫克拉夫特一生中最后的数年间却充满了艰辛。1932年，他的一位姨妈，安妮·E.菲利普斯·加姆威尔（Annie E.Phillips Gamwell）病故，洛夫克拉夫特便于1933年再次迁居至学院街66号，与另一位姨妈，母亲的姐姐莉莉安·D. 克拉克（Lillian D.Clark）同住。而他后期的作品因其长度与词句之复杂，向杂志社的推销开始逐渐变得困难。加之洛夫克拉夫特表面上处世态度波澜不惊，但私下里对其作品受到的批评却十分敏感，尤其是《疯狂山脉》在科幻杂志《惊奇故事》（Amazing Stories）中首先惨遭大篇幅修改，进而饱受看惯了浮夸的"太空歌剧"式科幻作品的读者的猛烈抨击，这对洛夫克拉夫特的打击巨大，使他几乎产生了放弃写作的念头。同时，在他生命中最后的几年里，外祖父留下的家产已然消耗殆尽，洛夫克拉夫特被迫又回到了在纽约时期的

5. 1931年(待考证)，唐纳德·万德拉、洛夫克拉夫特以及弗兰克·贝尔科纳福·朗在纽约。
6. 1931年，弗兰克·贝尔科纳福·朗和洛夫克拉夫特在布鲁克林。
7. 1931年7月11日，弗兰克·贝尔科纳福·朗和洛夫克拉夫特在布鲁克林。
8. 1933年。

---

[1]墨索里尼的法西斯主义：墨索里尼在上台之初组织修复了诸多意大利境内古罗马时代的遗迹，希望重现罗马帝国的荣光。这一举动，外加一些其他政策博得了一批国外古典主义者的好感，似乎洛夫克拉夫特也位列其中。

老本行，以代写与修订工作挣取收入，依靠廉价的罐头食品（有时甚至是过期的罐头食品）度日。在这段时间里，他唯一的慰藉来自于与自己保持通信的友人们——1935年，居住在美国东海岸的朋友陆续前来拜访洛夫克拉夫特，而他也在1935年夏季南下至佛罗里达州探望好友罗伯特·巴洛，之后在秋季迎来了巴洛北上的旅行。

1936年，挚友罗伯特·E. 霍华德自杀身亡，这使得洛夫克拉夫特在震惊与悲伤之余备感疑惑。但当年冬季的旅行，以及业余出版协会同好威廉姆·L. 克劳福德决定将《印斯茅斯的阴霾》以书籍形式出版仍为他带来了些许惊喜——即使这个版本错误连篇且漏洞百出，篇幅与正规书籍相比也只能算是小册子，但这仍是洛夫克拉夫特在活着时唯一以书籍形式出版的作品。

艰辛的生活，以及长期因财政窘境而养成的糟糕的饮食习惯，终于在1937年初使洛夫克拉夫特一病不起。他的病情在年初开始迅速恶化，仅用了几个星期便使他因难以忍受的疼痛而无法自由行动。因此他推掉了诸多写作任务，其中包括一项来自英国出版商、很可能会使其从通俗杂志写手转为主流作家的项目。当友人们在2月底拜访洛夫克拉夫特时，他已经因剧痛而卧床不起，并终于在3月10日入住普罗维登斯的简·布朗纪念医院。1937年3月15日早晨7点15分，在

入院五天后，霍华德·菲利普斯·洛夫克拉夫特因小肠癌与世长辞，终年四十六岁。

因其生前并不十分出名，在洛夫克拉夫特死后，他的作品面临着被遗忘的危险。而他那些以通信而结识的朋友在此刻则帮了他的大忙——奥古斯特·德雷斯与唐纳德·汪德雷为了使洛夫克拉夫特的作品保持流通，不惜自己出钱成立出版社出版他的作品，使他的作品能够流传至今；众多曾受他鼓励与指导的作家在日后都为纪念洛夫克拉夫特写下了回忆录。不过，洛夫克拉夫特能有今日的影响力，且受世人敬仰，除了友人的不懈努力，与其作品的独特性，以及其中超越时代的洞察力是有着无法分割的关系的。诚然，他的一些作品的主题在今日看来早已不被时代所接受，而他的笔风也有些许迂腐，但其中对于人类过度探索未知的警示，以及在人类无法企及的未知边缘所徘徊的恐惧却是永恒的——无论在史蒂芬·金脍炙人口的小说中，还是在克里夫·巴克笔下光怪陆离的扭曲异界里，抑或在托马斯·黎哥提对形而上的黑暗的探寻中，我们都能看到洛夫克拉夫特的影子。可能正如洛夫克拉夫特自己在他的著名论文《文学中的超自然恐怖》中所提，黑暗题材终于在今日成为了大众瞩目的焦点。但无论如何，洛夫克拉夫特早已与世长辞，如今只有他的作品留下供众人品析。

4. 1935年(待考证)，洛夫克拉夫特在佛罗里达(待考证)。

北极星
Polaris

译者：玖羽

　　朝房间的北窗仰望，就能看见北极星放出神秘的光芒。在地狱般的漫漫长夜中，北极星一直在那里闪烁。这年秋天，北风一边哭泣一边诅咒，沼泽中的红叶树在犄角般的亏月下低语，在短暂的黎明时分，我会坐在窗边观望那颗星星。时间流逝，闪耀的仙后座从高天降下，而在那些被雾气包裹、随夜风摇荡的沼泽中的树木背后，北斗七星正在缓慢地爬升。黎明前，大角星会在低矮山丘上的墓地上空闪耀红色的光彩，而后发座则会在遥远而神秘的东方天空里发散奇异的毫光。但凶狠而邪恶的北极星依然在黑暗的穹隆上睨视着下界，它令人生厌地眨着，就好像一只疯狂的眼睛，似乎要传给我一些奇怪的信息。然而，除了它过去曾经告诉我的信息之外，北极星什么也没有唤起。有时云朵会遮蔽天空，只有这时我才能够入睡。

　　我依然清楚地记得那个剧烈的极光之夜，那一夜，骇人的、恶魔般的光辉照亮了整片沼泽。当那些光被云朵挡住后，我就睡着了。

　　我第一次看见那座城市的时候，一轮犄角般的亏月正高挂在它的上方。那座城市位于怪异的高原之上，被两座怪异的山峰所挟，寂静无声，仿佛是在安眠。它的城墙、高塔、立柱、圆顶乃至铺石皆是由惨白色的大理石所建，大理石街道两旁竖着大理石的列柱，柱顶站着相貌威严、颊生美髯的人物雕像。城里的空气温暖而无风，抬头望去，就在离天顶不到十度的地方，北极星依然煌煌地闪耀，仿佛正在守候。我久久地望着那座城市，但黎明始终没有到来；当红色的毕宿五[1]——低低地

_____

[1] 毕宿五：二者分别为南鱼座的主星（南鱼座 α 星）与金牛座 α 星。

在天上闪烁，可却从不落下——在地平线上爬行了大约四分之一的距离时，从宅邸里发出了光，从街道上也传出了动静。人们穿着古怪的袍子，但他们的身影很快就变得高贵而亲切。他们从屋里走到街上，在那犄角般的亏月之下谈论着智慧，我能理解他们在说什么，尽管他们的语言和我所知的任何一种语言都完全不同。而当赤红的毕宿五爬过地平线的一半之后，黑暗和寂静就再次笼罩了全城。

醒来之后，我已经不是原来的我了。城市的风景已经刻进了我的记忆，同时也有别的记忆从心中生出，虽然那时我还不知它究竟为何。此后，每当云朵遮蔽天空，使我能够睡着的时候，我常常看见那座城市，那座城市的上空有时高挂着犄角般的亏月，有时则笼罩着太阳那灼热的黄光——这太阳总是在地平线附近打转，永不落下。而在晴朗的无云之夜，北极星会用从未有过的眼神睨视着一切。

渐渐地，我开始思考自己在那座位于怪异的高原之上、被怪异的山峰所挟的城市中的立场。起初我只是观察，满足于作为一个没有肉体的存在眺望城市；但现在我开始渴望明确自己和城市的关系，渴望跻身于每天都在公共广场上交谈的严肃的人群之中，向他们讲述我的想法。我对自己说："这不会是梦。一种是住在这城市里的人生，另一种是住着用石头和砖块建起的房屋——这房屋位于不祥的沼泽和修在低矮山丘上的墓地南方，北极星每晚都会从北窗外窥探的人生，我怎么能证明后者比前者更接近真实呢？"

一天晚上，当我聆听着雕像林立的宏大广场中的演讲时，感觉到了变化；然后我发现，自己已经有了肉体。在奥拉索尔城——这座位于萨尔基斯（Sarkis）高原之上、被诺峒（Noton）峰和卡迪弗尼克（Kadiphonek）峰所挟的城市的街道上，我不再是一个陌生人。现在，我的朋友阿罗斯（Alos）正在演说，他的雄辩使我打心底里感到高兴，因为这是一篇真诚的、爱国者的演说。那一夜，传来了戴科斯（Daikos）沦陷、因纽特族（Inutos）进击的消息；因纽特族是一群矮胖的黄皮肤恶鬼，他们五年前从未知的西方出现，残破了我们的王国，最终包围了我们的城市。假如位于山麓的筑垒地域也被攻陷，除非每个市民都能以一当十，否则就没有任何办法能阻止他们侵入高原。那些矮胖的生物精通战争的艺术，不知顾忌荣耀，而正是荣耀保护了我们这些高大、灰眼睛的洛玛尔人，使我们不被残忍地征服。

我的好友阿罗斯是高原上全军的总帅，我国最后的希望就担在他的双肩。此时他正讲到我们面临的灾祸，并呼吁奥拉索尔的人民——洛玛尔人中最勇敢的一支——铭记祖先的传统：当不断推进的大冰川迫使我们的祖先离开佐波纳（Zobna），往南方迁移时（就算我们的子孙终会同样被迫逃离洛玛尔之地也好），他们勇猛地扫清了挡在前进路上，长臂、多毛、善食人的诺弗·刻（Gnoph keh）[1]一族。阿罗斯没有把我编入作战部队，因为我身体虚弱，在紧张而劳苦时还会陷入莫名的昏厥。不过，就算焚膏继晷地埋头于对《纳克特抄本》和佐波纳父祖们的智慧的研究，我的眼睛也是奥拉索尔第一好的。因此，我的朋友为了让我有所作为，就把无比重要的职责赏给了我——他命我登上塔普宁（Thapnen）的观望塔，去当全军的眼睛。如果因纽特族穿过诺峒峰背后的隘口、对守城部队发起奇袭的话，我就要点起烽火，向等待着的士兵们发出警告，把城市从迫在眉睫的危难中拯救出来。

我孤身一人登上了塔，因为所有身强力壮的人都去守卫山脚下的隘道了。我好几天都没睡过一觉，兴奋和疲劳使我头痛而晕眩；但我决心坚持下去，因为我深爱着我的祖国洛玛尔，深爱着奥拉索尔——这座被诺峒和卡迪弗尼克两峰环抱的大理石之都。

可是，当我走进塔顶的房间，却望见犄角般的亏月正放出鲜红的、不祥的光芒。这摇荡的光芒穿透了沉淀在遥远的巴诺夫（Banof）山谷中的雾气，而苍白的北极星却在天花板的缺口处闪烁着，它的脉动就像拥有生命，它的凝视就像恶鬼或魔王的眼睛。北极星的魂魄向我低语着邪恶的言辞，富有节奏地重复着可恶的约定，引诱我进入叛国的安眠：

　　"睡吧，观星人，直到天球

---

[1] 诺弗·刻：克苏鲁神话中一种出现在寒冷地区的神秘生物。这种生物生长着六条腿，头部有一角，全身多毛。

经过两万六千年的岁月，
运转一周，那时我将再度
回到现在燃烧着的场所。
其后，沿着天空的轴线，
将会有其他的星辰升起，
那些抚慰和祝福的星辰
将会在甜蜜忘却中升起。
当我运转的周期结束之后，
往昔才会去纷扰你的门扉。"

　　我徒劳地抵抗着睡魔，企图把这些不可思议的词语和我从《纳克特抄本》中学到的关于天空的传说联系起来。我的头昏昏沉沉地低到胸前，当再次抬头时已是身在梦中。我朝窗外仰望——在那些恐怖地摇曳在梦境沼泽中的树木上空，北极星正对我咧嘴微笑。尽管如此，我依然身在梦中。

　　我被耻辱和绝望攫住，只能疯狂地哀号。我乞求周围的梦境生物们，在因纽特族偷偷通过诺峒峰背后的隘口发动奇袭、攻陷城塞之前，把我从梦中唤醒；可这些生物都是恶魔，它们嘲笑我，说我根本没在做梦。我说，当我睡着的时候，那些黄皮肤的敌人也许正在慢慢地爬近我，然而这些生物竟只是对我冷嘲热讽。我又说，我的任务失败了，我把大理石之都奥拉索尔出卖给了敌人，我背叛了我的好友阿罗斯总帅，但梦中的影子却只是愚弄我，它们骗我说，洛玛尔之地只在我夜晚的梦幻中存在，而在那北极星高挂天穹、赤红的毕宿五爬行在地平线上的地方，除了千万年的冷雪冰封，并无一物；除了一种被寒冷摧残的矮胖黄肤种族，并无一人——那个种族的名字，叫什么"爱斯基摩"。

　　罪恶感折磨着我，我癫狂地想要拯救那座危险每一分每一秒都在增长的城市。我被困在这怪异的梦境中，在梦里，我住着用石头和砖块建起的房屋，这房屋位于不祥的沼泽和修在低矮山丘上的墓地南方。我努力摆脱梦境，可一切奋斗都归于虚空。凶狠而邪恶的北极星依然在黑暗的穹隆上睨视着下界，它令人生厌地眨着，就好像一只疯狂的眼睛，似乎要传给我一些奇怪的信息。然而，除了它过去曾经告诉我的信息之外，北极星什么也没有唤起。

白船
The White Ship

译者：玖羽

我叫巴希尔·埃尔顿（Basil Elton），继承了父亲和外祖父的工作，在北角灯塔担任守灯人。灰色的灯塔远离海岸建造，泥泞的礁石只在落潮时才露出海面。灯塔建成之后的一个世纪里，从七大洋中驶来的三桅帆船都会和它擦肩而过，在我外祖父的时代，这样的时候很多，而到我父亲这一代就很少了。如今我已几乎见不到航经此处的只帆片影，有时，这会使我感到莫名的寂寞，仿佛我是这颗星球上的最后一人。

昔日，帆色洁白的大船队会从远方的海岸航来，船上还留着东方海岸上阳光的温暖、缭绕着来自奇异花园和华美神殿的甜香。年老的船长常来拜访我的爷爷，向他讲述各种各样的奇闻异事，我爷爷把这些讲给了我父亲，最后，在一个可怕的、东风呼啸的漫长秋夜，我的父亲又把这些讲给了我。当我还年幼、头脑中充满各种不可思议的幻想的时候，我还从别人给我的书里读到了更多这种事情，乃至其他许多。

然而，比老人的智慧和书本的知识更加美妙的，是来自大海的秘密传说。大海从未沉默，它变幻着蓝、绿、灰、白、黑的颜色，波浪有时宁静，有时起伏，有时愤怒滔天。我每天都在观察它、倾听它、熟悉它。起初，它只是告诉我平静的海滩和附近港口发生的平凡琐事，随着岁月流逝，它对我更加亲切，开始告诉我另外的事情，那都是发生在遥远时空中的奇异传说。有时，黄昏水平线上的灰色雾霭会分开一线，让我窥见彼方的景色；有时，夜半深海中的海水会变得澄澈，发出磷光，让我瞥见海底的世界。就像这样，我看到了过去、现在和未来，因为大海比山脉古老得多，它满载着"时间"的记忆和梦想。

当满月在高天之上洒落光辉时，白船就会从南方驶来，从南方轻快无声地滑过海面驶来。无论大海是狂涛骇浪还是平静无波，无论是顺风还是逆风，它都会轻驶而来，白帆高悬，古怪的长桨排列成行，富有节奏地划动。一天晚上，我发现甲板上有一个人，他长袍美髯，似乎在邀我和他一起航向美丽的未知海岸。后来我在满月下又无数次见到了他，但他却没有再度邀请我。

在一个明亮的月夜，我答应了邀请，顺着海面上架起的月光之桥走上白船。那邀请我的男人开口相迎，他的话语悦耳而又似曾相识。在美丽满月那金色光辉的照耀下，桨手们久久地唱着绵软的歌，划船航向神秘的南方。

黎明降临，世界被玫瑰色的光辉笼罩，我望到了遥远的绿色海岸，它光明而美丽，我对它从不知晓。从海边修起了宏伟的露台，树木林立，到处都是奇异的神殿，白色的殿顶和立柱闪烁光芒。当我们更接近这翠绿的海岸时，大胡子男人告诉我，这片土地叫扎尔（Zar），保留着人类产生并忘却的所有美丽梦想和思想。当我重新望向露台时，立即知他所言非虚：在眼前铺展开来的景色中，有许多是我曾在雾霭笼罩的水平线彼方或发散磷光的海洋深处见过的。此外，还有比我所知的一切事物更为壮美的形态和幻想，这些是在世界理解他们所见、所梦的事物之前就死去的年轻诗人的想象。但我们并没有踏上扎尔绿草茵茵的山坡，因为据说踏足这里的人将永远不能返回故乡。

白船安静地远离了扎尔的神殿露台，远方的水平线上又出现了一个大都市的尖塔。大胡子男人告诉我："那是千秘之城塔纳利昂（Thalarion），被人类努力追寻却又徒劳无功的全部奥秘都收藏于此。"当距离更近一点之后，我再度望向塔纳利昂，它比我所知道、所梦到的所有城市都更加宏伟。神殿的尖塔直刺天空、无远弗届，冷酷的灰色高墙一直延向地平线的尽头，从墙外只能看到一点点怪诞不祥，然而却拥有华美雕带和迷人雕塑的屋顶。虽然有些反感，但我还是万分渴望进入这迷人的城市，于是恳求大胡子男人在巨大的石雕门阿卡利尔（Akariel）旁的石砌码头那里停泊。但他礼貌地拒绝了，对我说："进入千秘之城塔纳利昂的人有很多，却没有人能够返回。在那城里行走的只是恶魔和疯狂之物，而不再是人类。城中的街道上堆积着无人埋葬的白骨，那都是目睹了城市的统治者——幻灵拉提（Lathi）的人。"就这样，白船沿着塔纳利昂的城墙继续航行，在很长一段时间里，我们都跟着一只向南飞的鸟，它光滑的羽毛映出了天空的颜色。

终于，我们面前出现了一片令人心旷神怡的海岸，岸上缤纷绽放着万紫千红的鲜花，在内陆，可爱的灌木和夺目的凉亭正享受着正午的艳阳。从我们视线以外的阴凉处飘来了阵阵歌声，入耳的歌词片段与歌唱和谐地配搭。歌声里还夹杂着笑语，这使我热切地催促桨手把船划向岸边；可大胡子男人沉默不语，只是在船靠近百合盛开的海岸时注视着我。突然，一阵风吹过百花齐放的草地和生机勃勃的树林，带来的气味使我战栗莫名。风变得越来越强，空气里充满了被瘟疫摧残的城镇和被掘开的墓穴发出的致命尸臭。我们疯狂地划离那片可诅咒的海岸；最后，大胡子男人才说："这里是修拉（Xura），无法实现的欢愉存留之地。"

白船继续跟随天空之鸟航行，被香柔的微风推着，渡过被祝福的温暖海洋。航程持续了许多个昼夜，在每一个满月之夜，桨手们都会低声吟唱绵软的歌，这歌声和我离开远方故乡、开始航海时听到的歌声一模一样。终于，靠着月光的引导，我们在索纳尼尔（Sona-Nyl）的港口投锚，水晶的双子之岬在上方交会成灿烂的拱门，守护着港口。这里是梦想的国度，我们走过月光造成的金桥，登上碧绿的海岸。

在索纳尼尔没有时间也没有空间，没有痛苦也没有死亡，我在这里度过了几近永恒的光阴。这里的森林和草场青翠欲滴、花朵色彩鲜丽；溪流沉静韵动、泉水通透清凉。索纳尼尔的神殿、城堡和街市尽皆庄严壮美，动人的美景层叠不尽，在无边无涯的土地上无限铺展。在美丽的乡村和壮丽的城邑里，尽是幸福的人们在自由自在地漫步，他们全都被赐予了无瑕的优雅和无缺的福乐。几近永恒的时间中，我一直住在此地，幸福地信步在庭院和花园；从庭院那爽亮的灌木丛中能窥望古雅的宝塔，在花园洁白步道的两旁有纤美的群花盛开。在爬上平缓的山丘之后，就能从丘顶把动人的景色一览无余：拥有尖尖屋顶的城镇坐落在葱茏的山谷，巨大都市的金色圆顶在遥远的地平线上闪耀。而在月光下，我能望见波光粼粼的海面、水晶的双岬，以及白船停靠的宁静港湾。

在遥远得无法追忆的塔普（Tharp）之年的一个晚上，我望见了天空之鸟和满月的轮廓，它的影子再次向我召唤。于是我把新的渴望告诉了大胡子男人——我想离开这里，前往从没有人见过的卡瑟里亚（Cathuria）。所有人都相信，它就位于西方的玄武岩巨柱之后；那里是希望之地，人类所知的一切完美的理想都在那里广放光明。至少大家都是这么说的。可大胡子男人这样忠告道："请小心，那传说中的卡瑟里亚位于危险的海洋，在索纳尼尔没有痛苦和死亡，但没人能告诉你在西方的玄武岩巨柱后存在着什么。"尽管如此，我还是在下一个满月之夜登上白船，大胡子男人不情不愿地开船航向未知的海域，把幸福的海港抛在脑后。

天空之鸟飞翔在前，把我们带向西方的玄武岩立柱。但这次，桨手们却没有在满月下唱起绵软的歌。我时常在脑海中想象未知的卡瑟里亚的景色，想象它堂皇的森林和宫殿，盼望着在那里等待我的全新欢喜。我这样对自己说道：

"卡瑟里亚是诸神的居所，拥有无数座黄金城池。它的森林长满沉香和白檀，甚至还有芳香扑鼻的卡莫霖（Camorin）。鸟儿们在林间甜蜜地歌唱，愉快地飞翔。在卡瑟里亚群花吐艳的青翠山坡上，有用桃红色大理石建起的神殿，殿中富藏着被雕刻及被绘出的光荣。冷冽的银泉在庭院里喷涌，带着从石窟发源的纳格（Narg）河的清香，哗哗作响，奏出引人入胜的曲调。卡瑟里亚的城墙由黄金铸成，街道上铺的也尽是黄金。城市的花园种有奇妙的兰花，湖水之底被珊瑚和琥珀覆满。入夜后，街道和花园会被用三色龟甲制成的华丽灯笼照亮，城市中会飘荡歌手和鲁特琴手的轻柔乐章。在卡瑟里亚的城中，所有宅邸都是宫殿，它们全部建在由圣河纳格引来的清香运河边上。建筑房屋的材料只选大理石和斑岩，房顶则是闪亮的黄金，反射着阳光，增添城市的辉煌，就像被祝福的神明从遥远的山顶看到的景象。群宫中最美的一座属于伟大的帝王多里布（Dorieb），有人称他为半神，也有人称他为神。多里布的宫殿高耸壮丽，殿墙上耸立着诸多大理石塔楼，人群会集在宫殿的大厅里，厅墙上挂着来自各个岁月的纪念品。它的殿顶是纯金的，高大的立柱是红宝石和琉璃的，柱顶傲立着诸神和英雄们的雕像，抬头仰望时，就仿佛亲眼目睹了奥林匹斯山一样。宫殿的地板以玻璃铺就，其下有纳格河水流淌，河水被巧妙地照亮，除卡瑟里亚外别处所无的艳丽鱼群在水中畅游。"

我这样向自己讲述了卡瑟里亚，但大胡子男人只是劝我转回索纳尼尔的欢乐海岸，因为索纳尼尔是已知之地，但卡瑟里亚却从未被人目睹。

在我们跟随天空之鸟前进的第三十一天，望到了西方的玄武岩巨柱。它们被浓雾包裹，看不到柱后的景象，也看不到它们的顶端；甚至有人说，它们直达天际。大胡子男人再次恳求我转回，但我完全无视了他，只是幻想，从玄武岩巨柱彼方传来的歌手和鲁特琴手的乐章远胜索纳尼尔最甜美的旋律，听起来就像在赞美我，称颂住在梦想之地的我能在满月下航过漫长的路途、来到这里。白船朝着旋律传来的方向航行，驶过了玄武岩立柱。

当音乐休声、雾霭散尽，出现在我们面前的不是卡瑟里亚，而是一片怒涛之海。在不可抵挡的激流中，我们的三桅帆船束手无策，被冲往未知的目的地。很快，我们的耳边充满了飞流直落的轰鸣，在遥远前方的水平线上，骇人的巨大瀑布扬起飞沫，全世界的海水都在那里坠入虚无的深渊。这时眼泪划过大胡子男人的脸颊，他说："我们已经抛弃了美丽的索纳尼尔，以后再也无法见到它了。诸神远远比人类伟大，胜利永远属于它们。"我在剧烈的碰撞到来之前紧闭双眼，因为我不想看到天空之鸟在激流上空嘲弄般地拍打蔚蓝双翼的模样。

撞击之后是一片黑暗，我听到了人类及非人之物的哀鸣。从东方刮起了大风暴，我蹲缩在从脚下升起的潮湿礁岩上，被冻得瑟瑟发抖。旋即，我又听到了撞击声，当睁开眼睛时，我发现自己正置身于灯塔的瞭望台上，在我出航之后，它已经度过了几近永恒的岁月。下方的黑暗中，我隐约看到一艘朦胧的黑影撞毁在无情的礁石上。等我把视线从残骸上移开时才陡然惊觉，自我的外祖父开始守灯以来，灯塔的光辉第一次熄灭了。

夜色更深之时，我登上灯塔，发现墙上的日历仍停留在我乘上白船的那一天。黎明到来之后，我下塔去礁石上寻找残骸，但只找到一只从未见过、颜色宛如晴空的鸟的尸首，还有一片比浪花和山顶积雪还要白的桅杆碎片。

此后，大海再也没有把它的秘密告诉我。满月在高天之上洒落光辉的夜晚过去了无数，但南方再也没有出现白船的帆影。

绿色草原
The Green Meadow

译者：玖羽

由伊丽莎白·涅维尔·伯克利（Elizabeth Neville Berkeley）与小刘易斯·西奥博尔德（Lewis Theobald, Jun.）[1]共同翻译

导言：

这篇非凡的故事，或称印象的记录，系在极为异常的状况下发现，因此有必要在此详加介绍。在1913年8月27日星期三晚间8:30左右，美利坚合众国缅因州的滨海小村波托旺克特（Potowonket）的居民的宁静生活被炫目的闪光和隆隆的轰音打破，靠近岸边的人目击到巨大的火球落入离岸不远的海中，激起巨大的水柱。星期天，由约翰·利奇蒙德（John Richmond）、皮特·B.卡尔（Peter B. Carr）、西蒙·坎费尔德（Simon Canfield）所乘渔船的拖网网住了一块金属质的岩石，三人将其拖拽上岸。该岩石重360磅，按坎费尔德的说法，看上去就像炉渣。大多数居民都赞同这块岩石就是四天前从天而降的火球的说法，当地科学家利奇蒙德·M.琼斯（Richmond M. Jones）博士认为它不是石质陨石。为了送给波士顿的专家分析，琼斯博士切削了几块标本，结果发现在

---

[1] 伊丽莎白·涅维尔·伯克利是杰克逊的化名，此人是 1734 年版莎士比亚全集的编纂者。小刘易斯·西奥博尔德是洛夫克拉夫特的化名。

半金属质的岩块中藏着一本不可思议的小册子，册子上记载着本篇故事。这本册子至今仍在博士手中。

就形态来说，发现的册子与普通的笔记本极其类似，幅为5×3英寸，包含30张内页。但其材质却显示出非同寻常的特性，封面系由地质学家至今未知的黑色石质物质制成，任何机械手段都无法将之破坏，任何试剂都无法与之反应。内页的材质亦与之相同，但颜色比封面浅得多，几乎没有厚度，可以轻易地团起来。没有一个观察者能搞清这本册子是怎么装订起来的，内页和封面紧紧地粘在一起，不可分离，无论多大的力量都无法将内页撕毁。内页上所写的文字是最纯粹的古典希腊语，好几名古文学家都断言其文字是通用于公元前2世纪左右的手写体。文本没有提及特定的年代，从笔触来看，似乎是用石笔写在石板上的。根据已故的哈佛大学教授钱伯斯（Chambers）的分析，有几页，特别是故事末尾的几页，在没来得及被任何人读到之前就已模糊、消失，不可挽回地损失掉了。册子现存的部分由古文学家卢瑟福（Rutherford）翻译成现代希腊语，交到了译者手中。

麻省理工学院的迈菲尔德（Mayfield）教授检查了怪异岩石的标本后，宣布它的确是一块陨石，海德堡大学的冯·温特费尔德（Von Winterfeldt）教授反对他的观点（已于1918年以敌侨罪名被拘押）。哥伦比亚大学的布莱德利（Bradley）教授的意见则比较中立，他认为该岩石含有大量某种未知成分，现在还不能确切分类。

这本不可思议的小册子的存在、性质及内容给我们提出了很多难题，这些问题就连解释都无从下手。我们只能从现有文本出发，尽可能地用现代语言移译如下，希望读者能自己做出诠释，将这近年来最大的科学谜团之一加以解决。

——E.N.B.、L.T. 6月

（故事）

身处这狭小所在的，只有我独自一人。在我的一侧，在轻摇的绿草之外，是澄碧的大海；汹涌海浪激起的水雾使我陶醉，水雾太过浓密，甚至使我产生了海天合二为一的奇妙错觉，就好像天空也是同样的澄碧一片。在我的另一侧是森林，它仿佛和大海一样古老，无尽地向内陆延伸。林中阴森幽暗，因为所有的树木都大到了怪异的程度，其数量也是难以置信的多。巨大的树干上混着可怕的绿色，那绿色和我所站的小块绿茵的颜色完全相同。等草地稍微漂远一点之后，我看到这异样的森林占满了水际，盖住了海岸线，把这块狭小的草地整个包围起来。有些树甚至长到了海里，就好像没有任何东西能阻挡森林的扩张一般。

我没有看到任何生物，也没看见除我以外的生物存在的痕迹。大海、天空和森林整个包围了我，它们无远弗届地延展着，直到超乎我想象之外的领域。本应存在的、风吹过树林和波浪拍打的声音，也完全没有听到。

站在这寂静的绿茵之上，我突然开始颤抖。我不知道自己是怎么到这里来的，就连自己的名字和地位也已忘记。但我能感觉到，如果了解了潜伏在周围的事物的话，我肯定会发疯。我想起，在遥远而悠久的另外的人生中，我学到了什么、梦到了什么、想象了什么、渴望了什么。我记得，当仰望天星时，我为了自己自由的灵魂不能越过那肉体无法进入的辽阔深渊，而整晚整晚地诅咒着神灵。我忆起了古老的亵渎之举，还有我在德谟克利特（Democritus）的纸草中读到的可怖之事。但想起这些的时候，更加深远的恐惧就使我瑟瑟发抖了，因为我明白，自己现在是孤身一人——这种孤独让我恐怖。尽管我很孤单，但我依然希望自己不会理解、也不会遇到那巨大而模糊的、像种感觉一样的冲动。我能感到，在摇曳的绿色树枝发出的声音中，充满了恶意、仇恨，以及狂乱的胜利的欢喜。半藏在树木那鳞状的绿色树干中的，是可怖的、无法想象的东西，有时我觉得它们正在和树木进行着令我毛骨悚然的对话。那可怖的东西无法用眼睛看到，但却不能在意识里隐藏。而对我最具压迫的，还是那种险恶的异样感。在我周围的是树、草、海、天——虽然我能叫出它们的名字，但它们和我的关系，与我朦胧地记起的另外的人生中的树、草、海、天和我的关系完全不同，我不知道到底哪里不一样，只是感觉到各种异状，并在恐怖中颤抖不已。

其后，在以前只能看到雾气笼罩的海面的地方，我发现了绿色草原。在太阳照耀之下，辽阔的蔚蓝大海闪着粼粼的波光，它把我和绿色草原分隔开来，但很奇怪地，我却觉得草原和我非常接近。此前我经常偷偷看向在我右手边的可怕森林，现在我却更喜欢把视线投向这绿色的草原。

在我看到这怪异草原的同时，我第一次感到脚下的地面开始摇晃。首先传来的，是一种脉搏似的鼓动，它就好像是出自恶魔的建议、出自有意识的行为；然后，我所站的一部分草地离开海岸，在海上漂浮，随着一种无法抗拒的力量的流动，缓慢前进着。我被这出乎意料的现象震惊了，一动不动地立在当场，直到我和茂盛森林的陆地之间拉开一条宽阔的水路。终于，我在一片茫然中坐下，再次望向日光下波光粼粼的大海和绿色草原。

在我背后，那些可能隐藏在树木之间的东西正散发出前所未有的威胁。我知道自己不需再看它们了，在我习惯眼前景色的同时，我也逐渐变得不像过去那样依靠五官了。我也知道那深绿一片的森林恨我，不过它现在已经不能再危害我，因为我所站的小块绿茵已经远远地漂离了岸边。

可一难刚去，又来一难。载着我的浮岛正在不断缩小，死亡已经在迫近了。尽管明白地知道这一点，我却觉得死亡对我来说并不是终结。我再次看向绿色草原：和我经受着的不可思议的恐怖正好相反，它给了我一种奇妙的安全感。

之后，我听见从无可计量的远方传来了水流倾注的声音。这声音不是我所知的那种细小瀑布的声音，它听起来就和我在遥远的西徐亚（Scythia）之地听过的、地中海的海水注入无底深渊的声音一样。这个逐渐缩小的浮岛正朝那声音的方向漂流而去，我对此感到心满意足。

在遥远的后方，发生了世上最诡异、最可怕的事情。当我回头望去，不禁浑身发抖。那遮蔽了天空的异样的、黑色的雾霭，就像回应摇曳的绿色树枝的挑战一样，覆盖了森林。而后浓雾从海中升起，使我难以看到天空，更望不到岸边。太阳——和我所知的完全不同的太阳——照耀着我和我周围的海面，而一阵狂乱的暴风席卷了我所离开的陆地，就仿佛那掩盖着地狱般的森林的意志被大海与天空的意志粉碎了一样。浓雾消散之后，映入眼帘的只有蔚蓝的天空和大海，陆地和森林已经完全不见了。

这时，一阵歌声把我的注意力从绿色草原上引开。前面说过，我在这里没看到任何人类存在的痕迹，可现在我却清楚地听到了单调的咏唱，我无法分辨它的源头和性质。我还没有理解歌词含义，这咏唱就在我心里引发了一连串奇异的联想。我想起我曾从埃及的书籍中翻译出一些文字，这些文字抄自在古老的梅罗伊找到的纸草，其内容不知为什么，就是令人不安。我把那些文字在脑中过了一遍——光是想起它就使我恐惧——它记载了当地球还非常年轻的时候，存在于世界上的生命形态，以及万分古老的东西。那些东西能思考、能行动，也活着，可无论诸神还是人类都不会把它们看作活物。那真是一本怪异的书。

当我听到那歌声时，逐渐意识到了这种在潜意识中使我困惑的状况。到现在为止，我还没有在绿色草原上看到任何值得注意的东西，视野所及之处，尽是铺展开来的一模一样的绿色，这就是我见到的全部了。我发现海流此时已经把我所在的小岛带到离绿色草原很近的地方，我想我也许能够知晓那草原和歌手的事情。我的好奇心使我按捺不住想要见到歌手的心情，尽管这心情里还混杂着不安。

载着我的浮岛越来越小，可我却并不在意，因为我感到自己不会随着现在似乎归我所有的肉体（或看似肉体的东西）一起死亡。我的一切，包括生死，皆属虚幻，我已经超越了必有一死的命运、超越了拥有肉体的生物的领域，变成了谁都无法阻挡的自由的存在——这印象在我看来已近乎确定无疑。我不知自己身在何方，只是觉得根本不在熟悉的地球上。现在我的感觉已不再是萦绕于心的恐怖，正在展开无尽航程的冒险家的心情在我胸中扩散开来。有那么一瞬间，我想到了被我抛在身后的土地和人们，我可能再也不会归还，但我想找到一个有朝一日能让他们知道这次历险的方法。

现在我已经非常靠近绿色草原了，歌声也变得清晰而分明。虽然我通晓多种语言，但却无法理解歌词的内容。这歌声我很熟悉，我隐约感觉到它离我非常遥远，然而，除了这种朦胧的感受和令我畏惧的记忆，我什么也无法想起。这声音最令人惊叹的性质——无可言喻的性质——就是它充满恐惧，同时又充满诱惑。我已经能够从无所不在的青草中辨别出一些东西——那些东西隐藏在覆满鲜绿苔藓的岩石和灌木之后，非常巨大，但看不清形状，似乎只是在灌木中用某种奇怪的方式移动或震动着。我渴望看到歌手，但歌声只是变得无比高亢。那些看不清形状的东西也和着歌声，越来越多，越来越活跃。

我的小岛漂得更近了，远方瀑布的声音越来越大。我清楚地看见了咏唱的来源，在恐怖的瞬间之中，我记住了一切。关于那东西，我不能说，也不敢说，那里显示的令人惊骇的事实解答了我的困惑。如果我把它写下来的话，恐怕连读者也会陷入疯狂吧，因为我现在几乎就要疯狂了……我明白了在自己身上发生的变化，这正是那些过去曾经是人的东西身上发生的变化！而我也明白了，像我这样的人不可能逃脱未来那无尽的循环……我大概将永远生存下去，永远保有意识，就算我的灵魂大声哭喊，向死亡与遗忘之神乞求恩惠也……我的眼前出现了一切：在斯特提罗斯（Stethelos）的土地上，在那震耳欲聋的洪流对岸，有着无限老迈的年轻之人……绿色草原……我将从无限辽远的恐怖深渊彼方，把这信息送来……

降临在萨尔纳斯的灾殃
The Doom That Came to Sarnath

译者：玖羽

在米纳尔（Mnar）这地方有一个静谧的大湖，既没有河流流入这个湖，从湖里也没有河流流出。一万年前，曾有一个名叫萨尔纳斯（Sarnath）的强大城邦坐落在湖畔，可它如今已完全不见影踪。

据说，在世界还处于年轻时代的上古往昔，当萨尔纳斯人来到米纳尔之地时，发现湖畔坐落着另一个城邦。在这个名叫伊伯（Ib）的灰色石砌城邦中，生活着与大湖同样古老、见之令人生厌的生物。这些生物的长相怪异而丑陋，仿佛是鸿蒙初开时那个被粗鲁地塑造而成的世界中的造物。这些生物留在卡达瑟隆（Kadatheron）的黏土圆筒上的样子，是和湖水及湖上雾气一样的通体绿色；它们眼球外鼓，嘴唇突出而无法合拢，长着形状奇特的耳朵，不能发声。黏土圆筒上的记录说，在某一个夜里，雾气会包裹月亮、包裹它们自身，乃至它们这个坐落在静谧大湖岸边的城邦。这也许只是传说，但它们确实崇拜一尊用海绿色石头雕就的偶像，这尊偶像模仿伟大的水蜥蜴波库鲁格（Bokrug）的样子雕刻而成，当凸月之时，它们会在偶像面前跳着可怕的舞蹈。而在伊拉尼克（Ilarnek）的古代纸草文书中还记载着，有一天它们发现了火，从那以后就在诸多的仪式上点燃了火焰。不过，现存关于这些生物的记载非常稀少，因为它们是生活在远古的种族，那时人类还很年轻，对远古的事情只是一知半解而已。

悠久的岁月流逝，人类终于来到了米纳尔。最先到达的是头发黝黑的牧人，他们带着毛茸茸的羊群，沿着蜿蜒的艾（Ai）河，建立了刹拉（Thraa）、伊拉尼克、卡达瑟隆等城邦。而更有一些强大的部落排除万难，推进到湖畔，在能掘出贵金属的地方建立了萨尔纳斯。

那些没有定居之地的游牧民族在离灰城伊伯不远的地方放下了萨尔纳斯的础石。见到住在伊伯的生物后，他们啧啧称奇。然而，当他们想到自己并不希望看到这些丑恶的生物在黄昏下漫步于人类的世界中时，他们的惊叹中就掺杂进了憎恶。他们也不喜欢那些坐落在伊伯的灰色巨石上的形状怪异的雕像，没有人能说出这些雕像为什么能够度过如此之多的岁月，远在人类到来之前就已经存在于这个世界上；这些雕像仿佛是从相隔遥远的诸多土地上分别搬运而来，这些土地有些存在于清醒的世界里，有些则存在于幻梦的世界中。

萨尔纳斯人望着住在伊伯的生物愈久，他们的憎恶也就愈深。他们得知这些生物十分孱弱，它们柔软的果冻状身躯无法抵挡石块、枪矛和箭矢的伤害。于是，某一天，年轻的战士们组建了一支由投石兵、长枪兵和弓箭兵构成的军队，向伊伯发动进攻，将它的居民屠戮净尽。没有人愿意碰触它们，大家就用长枪把它们的尸体按到了湖底。他们同样不喜欢那些坐落着雕像的灰色巨石，所以把它们一并投入湖中；无论在米纳尔还是在邻近的土地上都找不到这样的石头，人们想到把这些巨石从远方运到此地所要花费的庞大劳力，都不禁惊讶莫名。

就这样，远古城邦伊伯的所有痕迹都被彻底抹去，仅有那尊仿照水蜥蜴波库鲁格雕刻而成的海绿色石像幸存下来。年轻的战士把这尊石像视作他们征服古代诸神与住在伊伯的生物们的象征，同时也把它视作萨尔纳斯城统治米纳尔全境的标志。然而，就在把石像奉入神殿的那个夜里，一定发生了某种恐怖的事情。诡异的光辉照耀湖面，当人们早上去看的时候，发现石像已经消失，只有大祭司塔兰·伊什（Taran-Ish）的尸身横倒在当场。他仿佛是被什么不可名状的恐惧惊吓而死；而在弥留之际，塔兰·伊什还用颤抖的手在橄榄石祭坛上匆匆写下了灭亡的记号。

继塔兰·伊什之后，萨尔纳斯换过很多任大祭司，但他们都没能找到那尊海绿色的石像。几个世纪过去，萨尔纳斯享尽荣华，还记得塔兰·伊什在橄榄石祭坛上写过什么的人，只有祭司和老太婆罢了。在萨尔纳斯和伊拉尼克之间开辟了商道，萨尔纳斯人利用那些从地底掘出的贵金属，换来了其他金属、罕见的布料、宝石、书籍、工具，以及住在蜿蜒的艾河沿岸或更远之处的人们所知的一切奢侈品。就这样，萨尔纳斯的力量、学识和美丽与日俱增，它派遣军队，征服了附近的城邦；最后，萨尔纳斯那坐在宝座上的王终于成了全米纳尔及其周边土地的统治者。

壮观的萨尔纳斯是世界的奇迹、人类的荣耀。它的城墙是用从沙漠里切割、打磨出来的大理石建成的，高三百腕尺、厚七十五腕尺，马车可以在上面通行。城墙全长五百斯塔迪亚，只在向湖的那一面开有缺口，那里用绿色的石头建起了防波堤，专门用来挡住一年一度的涨水——奇怪的是，波浪只会在每年庆祝伊伯灭亡的宴会那天才会涨高。在萨尔纳斯城里，有五十条街道连接着湖岸和供商旅出入的城门，又另有五十条街道与之交叉。所有道路都铺以缟玛瑙，但让马、骆驼和大象通行的道路则用花岗岩铺装。萨尔纳斯的城门数量和通往湖岸的街道数量相等，所有城门都由青铜铸就，门两旁还置有用如今已经无人知晓的石头雕刻而成的狮子和大象。萨尔纳斯的住房全部用琉璃瓦和玉髓筑起，每间宅邸都拥有被墙围起的庭院和如水晶般澄净的池子。他们在建造时使用了奇特的技术，在其他城邦看不到这样的建筑；从刹拉、伊拉尼克、卡达瑟隆来的旅行者们总是为那扣在房上的光辉灿烂的穹顶惊叹莫名。

可更加令人惊叹的，是萨尔纳斯的宫殿和神殿，以及由古代的佐卡尔（Zokkar）王建起的花园。宫殿为数甚多，其中最小的也比刹拉、伊拉尼克、卡达瑟隆的最大的宫殿还大。宫殿的天顶极高，有时甚至会让里面的人觉得自己身处在天宇之下；点着多特尔（Dother）产的油的油灯把宫中照得灯火辉煌，这些油灯照亮了描绘诸王和军队的宏伟壁画，观看者只有被震撼得目瞪口呆的份。宫殿由无数立柱支撑，立柱的材料皆是带颜色的大理石，有着绝美的雕工和设计。大多数宫殿的地板上都铺着用精挑细选的绿柱石、天青石、缠丝玛瑙、石榴石镶嵌的马赛克，走在上面，就像走在珍奇无比的花坛里一样。宫殿中还有巧妙配置的喷泉，喷泉的水管被精心隐藏起来，可以喷出香水。但是，让以上这些都相形见绌的，还是那统治全米纳尔及其周边土地的王的宫殿。在闪耀的地板和高高的台阶之上，有一对黄金狮子蹲坐在宝座两旁，那宝座竟是由一根完整的象牙雕琢而成，没有一个活着的人知道如此巨大的象牙是从哪里来的。在这座宫殿里也有许多艺术展廊和许多圆形斗兽场，狮子、人和大象会在斗兽场里搏斗，供王取乐。有时，粗大的水管还会把湖水导入斗兽场，在这里上演令人血脉偾张的海战，或是人类与恐怖的水生怪物的搏斗。

萨尔纳斯城中高耸入云的奇观，是如塔一般矗立的十七座神殿。这些神殿由别处没有的闪亮多彩石头筑起，最高的神殿高达一千腕尺，里面住着威仪不亚于国王的大祭司。神殿的一层是像宫殿那样广阔的壮丽大厅，人们会聚集在这里，崇拜萨尔纳斯的三柱主神：佐·卡拉尔（Zo Kalar）、塔玛什（Tamash）、洛本（Lobon），这香火鼎盛的圣所几可与君主的宝座匹敌。佐·卡拉尔、塔玛什和洛本的神像不同于他神，被雕得栩栩如生，仿佛这几位美髯的优雅神祇正亲自坐在象牙宝座上一般。在神殿那无尽的锆英石台阶尽头设有展望室，大祭司白天在此俯瞰城市、平原和湖泊，夜晚则在此眺望隐藏着神秘的月亮、象征着重大意义的恒星和行星，以及月亮和星辰映在湖中的倒影。在展望室中会执行表达对水蜥蜴波库鲁格的憎恶的万分古老、万分神秘的仪式，被塔兰·伊什写下灭亡记号的橄榄石祭坛也放在这个房间里。

同样美不胜收的，是由古时的佐卡尔王所建的花园。这座花园位于萨尔纳斯城中央，面积广阔、高墙环绕。花园上覆盖着巨大的琉璃圆顶，晴天可接受日月星辰的照耀，阴雨天则在圆顶内吊挂模仿日月星辰光辉的东西。夏天，熟练挥舞的扇子送来清凉的微风，冬天，隐藏在各处的炉火温暖着空气，使花园四季如春。从闪亮的卵石上流过的小溪分开碧绿的草地和万紫千红的花圃，溪流上架着数不清的桥梁。许多小溪的尽头就是瀑布，还有许多小溪汇入盛开着百合的池塘。在小溪和池塘中有天鹅在划水，它们会应和其他珍禽的歌唱而鸣叫。绿色的堤坝被修成齐整的阶台，树荫下到处都是饰以蔓藤和香花的凉亭，凉亭中安置着用大理石或斑岩雕成的椅子和长凳。在花园里，小小的庙宇和神殿也随处可见，游人可以在此休息，或者向小神们献上祈祷。

每年萨尔纳斯都会用盛大的宴会庆祝灭亡伊伯的纪念日，在宴会上，葡萄酒、歌舞及一切令人尽欢之物都从不或缺。为了向那些歼灭了怪异远古生物的勇士们的灵魂表示伟大的敬意，舞者和鲁特琴的奏者会戴上从佐卡尔花园中采来的玫瑰做成的花冠，尽情地嘲弄那些残留在人们记忆中的怪异生物及它们的诸神；同时，萨尔纳斯的王也会俯瞰大湖，诅咒那些散落在湖底的骨骸。刚开始的时候，大祭司们并不喜欢这宴会，因为在他们之中依然流传着关于那海绿色的偶像消失之事，以及塔兰·伊什死于恐怖、写下警告之事的奇怪传说。他们还说，从高塔上往下望去，可以看到湖水里闪烁着光辉。可是，在无病无灾地度过许多岁月之后，祭司们也笑着、诅咒着，混进了纵欲狂欢的酒席之中。事实上，在神殿的展望室里，不断执行表达对水蜥蜴波库鲁格的憎恶的万分古老、万分神秘的仪式的，不正是他们自己吗？就这样，萨尔纳斯——这世界的奇迹、人类的荣耀，在财富和欢愉中度过了千年的岁月。

庆祝伊伯灭亡一千周年的飨宴奢华得超乎所有人的想象。全米纳尔从十年前就开始谈论这场宴会，当宴会的期日终于临近之际，从剎拉、伊拉尼克、卡达瑟隆，从米纳尔全境及其周边的所有城市中，人们骑着马、骆驼和大象摩肩接踵地来到萨尔纳斯。举行宴会的那一晚，大理石城墙下架满了显贵的行宫和旅者的帐篷，设席尽欢之人的歌声响彻湖畔。在宴会大厅里，萨尔纳斯王纳尔基斯·亥（Nargis-Hei）斜倚在座上，被赴宴的贵族和忙碌的奴隶簇拥着，醉倒在从被征服的纳斯（Pnath）的酒窖中取出的陈酿之前。华宴上罗列了无数的奇珍美馔——从中海（Middle Ocean）的纳利耶尔（Nariel）群岛送来的孔雀、从遥远的伊姆普兰（Implan）丘陵运来的小山羊、生活在布纳齐克（Bnazic）沙漠的骆驼的脚筋、产于塞达瑟里亚（Cydathrian）森林的坚果和香料，就连被米塔尔（Mtal）的波浪洗过的珍珠也被溶进刹拉产的醋里供人饮用。筵席上使用的调料无法计量，这些调料都是出自米纳尔最好的厨师之手，就连最挑剔的食客也无话可说。不过，一切美食的魁首，还是一条从湖里打来的大鱼；那鱼大得出奇，用一个镶着红宝石和金刚石的大金盘盛着，被摆到席间。

就在王和贵族们在宫殿里尽情饕餮、开始品尝用大金盘盛着的鱼肉时，其他人也在城市各处开始吃喝。在大神殿的高塔上，祭司们有他们自己的酒席，在城墙外的行宫中，从附近城邦来的显贵们也醺醺欲醉。此时，大祭司奈·卡（Gnai Kah）首先看到，凸月在湖面上投下了阴影，不祥的绿色浓雾从湖中涌出，笼罩了被命运攫住的萨尔纳斯的高塔和穹顶，直达月边。其后，高塔上和城墙外的人们看见湖水闪烁着诡异的光辉，那靠近岸边、高高耸立的灰岩阿库利昂（Akurion）几乎已被完全淹没。恐惧默默地、然而却是迅速地增长着，从伊拉尼克和远方的洛科尔（Rokol）来的显贵立即逃出行宫和帐篷，朝艾河跑去，虽然连他们自己都不清楚离开萨尔纳斯的原因。

将近午夜的时候，萨尔纳斯的青铜城门被一齐冲开，疯狂的人群争先恐后地跑出，在平原上聚了黑压压的一片——所有来萨尔纳斯赴宴的显贵和旅人全被吓得逃了出来。他们每个人的表情都被难忍的恐怖和由此所致的疯狂扭曲，乱无章法地、飞快地念叨着可怕的话语，让听的人很难判断城里发生的事情。这些因恐惧而目光狂乱的人尖叫着告诉别人，他们在王宫的宴会大厅里看到了什么：从窗户里窥见的那些东西，不复再有纳尔基斯·亥、贵族或是奴隶的形貌，它们的身躯呈现出难以形容的绿色，眼球外鼓，嘴唇突出而无法合拢，长着形状奇特的耳朵，还跳着可怕的舞蹈。那些东西正用前脚抓着那个镶有红宝石和金刚石的大金盘，盘里燃烧着陌生的火焰。显贵和旅人们纷纷骑上马、骆驼和大象，逃离灾殃临头的都市萨尔纳斯，当他们回头远望雾气升腾的大湖时，发现灰岩阿库利昂已经完全没进了水中。

通过那些从萨尔纳斯逃出的人们的讲述，米纳尔全境及其周边的地区都知道了这件事情。很多商队都曾前往那被诅咒的城市，企图寻找留在那里的贵金属，但什么都没找到。在很长一段时间中，旅行者的足迹一直都延伸到那里，但这些有胆量探访萨尔纳斯的人，也只不过是来自遥远的法罗纳（Falona）、具备勇气和探险精神的年轻人而已。这些敢于冒险的年轻人金发碧眼，和米纳尔人的长相完全不同，为了瞧一瞧萨尔纳斯，他们的确走到了湖边，但只看到静谧的大湖和高耸在岸边的灰岩阿库利昂，萨尔纳斯——那世界的奇迹、人类的荣耀，却已经再也看不见了。过去曾经矗立着三百腕尺高的城墙和更高的高塔的地方，现在只是铺展开来的沼泽，过去曾经住着五千万人民的地方，现在只是不祥的绿色水蜥蜴到处爬行的场所。没有一个人能够找到贵金属矿脉——萨尔纳斯已经迎来了最后的灭亡。

可是，人们却找到了一尊半埋在草丛里的奇特的绿色石像，这尊石像覆满海草，仿照伟大的水蜥蜴波库鲁格雕刻而成。它被安置在伊拉尼克的大神殿里，其后，每逢凸月之时，整个米纳尔都会向它顶礼膜拜。

乌撒的猫
The Cats of Ulthar

译者：玖羽

据说，在斯凯（Skai）河对岸的乌撒（Ulthar）有一条法律：严禁任何人杀猫。当我凝视着爱猫坐在壁炉边发出呼噜声的样子时，就相信这是千真万确的。猫是神秘的生物，与人眼不可见的奇异之物有着紧密的联系。猫是古老的埃及埃古普托斯（Aegyptus）[1]的灵魂，至今仍传承着梅罗伊（Meroe）[2]和俄斐（Ophir）[3]等失落都市的传说。它是丛林支配者的亲族，继承了悠远而凶险的非洲的秘密。猫是斯芬克斯的远亲，懂得斯芬克斯的语言，可它比斯芬克斯还要年长，记得连斯芬克斯也已忘却的事情。

还在乌撒的自由民们禁止杀猫之前，有一个老佃农和他的妻子住在那里，他们喜欢设下陷阱，捕杀附近的猫。我不知道他们为什么要这么做，但我明白很多人讨厌猫在晚上的叫声，也有人认为猫在黄昏时无声无息地穿过庭院和花园是件不吉利的事。不管是为了什么理由，这老头和他的老伴都以设陷阱捕杀每一只靠近他们的破屋的猫为乐；镇民们听到从黑暗中传来的声音，根本想象不出他们杀猫的手段。但镇民从来都不敢找这两个人当面质问，这既是因为他们堆满皱纹的脸上露出的表情，也是因为他们的破屋那么小，在废弃院落中一棵橡树的树荫下藏得那么深。实际上，养猫的人越是憎恨这对古怪的

---

[1] 埃古普托斯：希腊神话中的埃及国王。

[2] 梅罗伊：是埃塞俄比亚的古都。

[3] 俄斐：是《圣经》里提到的城市，盛产黄金，具体位置不明，一般认为在非洲。

夫妇，也就越惧怕他们，他们不敢指责这两人是残忍的杀手，只能小心看顾他们的宠物或捕鼠能手，不让它接近橡树阴影下的破屋。但是，仍有些猫会不可避免地走失，而天黑后就会传来那些声音。在这种时候，丢猫的主人只能无力地悲叹，或者感谢命运，聊以自慰，因为遭到这般对待的毕竟不是他的某个孩子。乌撒的居民十分淳朴，他们不知道这里的猫都是从哪里来的。

有一天，一支奇怪的流浪商队从南方的土地进入了乌撒狭窄的鹅卵石街道。这支商队里的人发色黝黑，和其他那些每年两次经过镇子的巡回商人截然不同。他们在市场里用银子和商人们交换色彩鲜艳的玻璃珠；没人知道这些人来自哪里，但他们的信仰应该非常奇特，这从画在他们货车两旁的猫首人身、鹰首人身、羊首人身、狮首人身的异样图案就能看出。商队的首领戴着一顶双角的头饰，在两角间还夹着一个奇特的圆盘。

在这支奇异的流浪商队中有一个失去双亲的小男孩，仅有一只小黑猫和他相伴。残忍的瘟疫只给他留下了这个毛茸茸的小东西来缓解悲痛；对小孩来说，一只小黑猫的憨态带给他的安慰已经非常够了。因此，当这个被黑发之人称为美尼斯（Menes）的小男孩坐在画有奇妙图案的马车的踏板上，与这只姿态柔雅的小猫玩耍的时候，他的笑容远比泪水更多。

这支流浪商队停留在乌撒的第三天早晨，美尼斯的小猫不见了。当他在市场里哭泣时，几个镇民告诉了他那对老夫妇的事情，还有他们晚上听到的声音。听到这些，美尼斯不再哭泣，转入沉思，最后开始祈祷。他向太阳展开双臂，用村民们完全无法理解的语言祷告——当然，村民们也没有努力去理解孩子的话，他们的注意力全被天空和形状怪异的云朵吸引了。此事甚为怪异，但当小男孩说出他的请求后，天上似乎形成了某种阴暗、朦胧的异样身形，那是一种由诸多特征组合而成的生物，头生双角，角间夹着一个圆盘。自然界充满了这种能使充满想象力的人印象深刻的幻象。

那天晚上，商队离开了乌撒，从此再也没有人见过他们。而当镇民们发现全镇上下都找不到一只猫时，他们开始不安。大猫、小猫、黑猫、灰猫、虎斑猫、黄猫、白猫全都消失了；镇长老克拉农（Kranon）坚称是那些黑发之人为了报复美尼斯的小猫被害而带走了所有猫咪，还诅咒了商队和那个小男孩。但瘦削的公证人尼斯则认为老佃农和他的老婆的嫌疑更大，因为他们对猫咪的憎恶不仅臭名昭著，还越发肆无忌惮。尽管如此，也没人敢去责问那对夫妇，哪怕在听了客栈老板的儿子小阿塔尔（Atal）的话后也是如此——阿塔尔发誓说，他曾在黄昏时看见乌撒所有的猫都聚集在那个被诅咒的院落的树下，成两列纵队绕着破屋围成一圈，缓慢而庄严地踱步，仿佛是在执行某种前所未闻的动物的仪式。镇民们不知道这么小的孩子说的话有多可信；尽管害怕那对凶恶的夫妇已经用魔法迷惑了所有的猫并将它们杀死，他们还是打算等那个老佃农离开他那黑暗而令人厌恶的院子之后再去谴责他。

于是，乌撒全镇在徒然的愤怒中入睡了。当人们在黎明中醒来时——哎呀！所有的猫都回来了，就趴在它们熟悉的壁炉边呢！大猫、小猫、黑猫、灰猫、虎斑猫、黄猫、白猫一只不缺。这些猫看起来都毛色光鲜，胖胖的，还不停发出满足的咕噜声。这件事成了镇民们谈论的话题，人们对此十分惊奇。老克拉农依然坚持说，是那些黑发之人带走了猫咪，因为从来没有一只猫能从那对老夫妇的破屋中活着回来。他们只能对一件事达成共识，那就是：所有的猫一齐拒绝进食或喝牛奶，这实在是太古怪了。接下来整整两天，这些皮毛光亮的、懒洋洋的乌撒猫都没碰任何食物，仅仅是在火炉边或太阳下打盹而已。

一星期后镇民们才察觉，到了晚上，那树荫下的破屋里再没亮起灯光。然后，瘦削的尼斯发现，从猫咪们消失的那晚开始，就没人再见过那对老夫妇。又过了一个星期，镇长决定克服自己的恐惧，把调查那座陷入诡异静谧的破屋当成自己的义务；尽管如此，他还是谨慎地带上了铁匠商（Shang）和石匠苏尔（Thul）作见证。砸开破烂的门后，他们只发现两具被剔得干干净净的人类骨架躺在泥地上，在阴暗的角落里爬着一大群甲虫。

那之后，乌撒的自由民们就此事讨论了很久。验尸官札斯（Zath）和瘦削的公证人尼斯唇枪舌剑，克拉农、商和苏尔被质问不休。就连客栈老板的儿子阿塔尔也被刨根问底，还得到了一块糖当报酬。他们谈论着老佃农和他的老伴、黑发的流浪商队、小美尼斯和他的小黑猫、美尼斯的祈祷以及当时天空的变化、猫在商队离开那晚的行为，还有在那个藏在废弃院落的树荫下的破屋里发现的东西。

最后，乌撒的自由民们通过了那条被哈提格（Hatheg）的商人讲述、被尼尔（Nir）的旅行者谈论的法律：在乌撒，严禁任何人杀猫。

塞勒菲斯
Celephais

译者：玖羽

在梦中，库拉尼斯（Kuranes）看到了坐落在山谷中的城市，看到了彼方的海岸，看到了能将大海一览无余的积雪的峰顶，还看到了涂着华丽的色彩、扬帆出港、航向遥远的海天相接之处的桨帆船。在梦中，他得到了库拉尼斯这个名字，醒来之后，别人自会用另外一个名字称呼他。他在梦中取了新的名字，这也许是理所当然的事情：对所有家人都已去世、孤身一人生活在数百万冷漠的伦敦群众中的他来说，能和他说上话、唤起他的记忆的人并不会很多。他已经失去了财产和土地，也不在乎世人对他所行之事的看法——他只是喜欢做梦，然后把梦写下来。无论他把写下来的梦给谁看，换来的都是嘲笑，所以有那么一段时间，他只为自己而写，最后就什么都不写了。他脱离世间越远，看到的梦就越美妙，这样的梦就算想写下来也是徒劳的。库拉尼斯不是一个有现代精神的人，他的想法也完全不像其他作家那样。其他的作家一直想从"人生"身上剥除"神话"这件绣花长袍，让丑恶的躯体——让那肮脏的"真实"裸露在人们面前，但库拉尼斯所追求的，却只是"美"。在事实和经验中，找不到美的存在——明白这一点之后，他就开始在空想和幻想中寻求。于是他发现了，"美"就存在于他伸手可及的地方，就存在于朦胧的记忆中，就存在于幼时听到的故事、做出的梦里。

很少有人知道，在我们小时候所见的幻象、所闻的故事中，究竟包含着多少惊奇。因为，当我们在童年时代听到故事、做了梦之后，我们只能在头脑中形成半实半虚的印象，而当我们长大成人，试图回忆那些印象时，我们已被"人生"这剂毒药搞得迟钝而乏味了。尽管如此，我们之中有些人依然能在夜晚看到奇异的幻影——看到充满诱惑的山丘或花园、看到在阳光之下歌唱的喷泉、看到能俯视低吟的大海的金色悬崖、看到向沉睡的青铜或岩石之城延伸出去的平原、看到如虚似幻的英雄们骑着穿有华丽马衣的白驹前进在树影深邃的林间——但我们却知道，我们会在这种时候扭头离去，在自己变得聪明、同时也变得不幸之前，离开那些通往奇妙世界的象牙门扉。

童年时代的库拉尼斯非常突然地发现了他的"旧大陆"。他在自己出生的宅邸里做了那个梦——那是一幢爬满常春藤的石建大宅，他之前的十三代先祖都生活在这里，库拉尼斯自己也希望在这里结束人生。在一个洒满月光的芬芳夏夜，库拉尼斯偷偷从家里跑出，穿过花园，走下台阶，经过耸立在庭院里的大橡树，踏上那条长长的、白色的道路，走向村庄。村庄看起来非常老旧，到处都是虫蛀的痕迹，就像开始残缺的月亮。库拉尼斯想知道，在村里小屋的尖顶之下隐藏的究竟是沉睡，还是死亡。街道上的草长得有长矛那么高，路两旁所有屋子的窗户玻璃就像是被打碎了似的，朦胧一片。库拉尼斯没有在此逗留，他就像被召唤一样径直走向自己的目标。他不敢违背这召唤，因为他怕这召唤可能像自己清醒时感到的冲动和渴望那样，只是一种幻象，无法将他导向任何地方。然后，他走过村庄，走上那条通往悬崖的小路，从悬崖上能看见海峡。他终于走到了大地的尽头——在那里，无论村庄还是世界，忽然全都掉进了无声的、无尽的虚无。前方只有绝壁和深渊，渊面空虚黑暗，就连破碎的月亮和隐约的群星也无法将它照亮。在信念的驱使下，库拉尼斯越过绝壁，跳进深渊，他感到自己正在飘浮着下落、下落、下落；在深渊里存在着黑暗、无形、尚未被做出的梦，也存在着微微闪亮的球体，那想必是已经被做出的梦的一部分。除此以外，更存在着一种有翼的、不停嗤笑的东西，它们看起来仿佛正在嘲笑全世界一切做梦的人。接着，在他前方的黑暗中好像出现了一个裂口，通过裂口，他远远地看到了下面那座坐落在山谷中的光辉灿烂的城市，看到了辽阔的大海和天空，也看到了头戴雪冠的高山巍峨地屹立在岸边。

库拉尼斯刚瞥了一眼那座城市就醒了。但他知道，自己刚才瞥见的，乃是坐落在位于塔纳利亚（Tanarian）丘陵之后的欧斯·纳尔盖（Ooth Nargai）山谷中的城市——塞勒菲斯（Celephais）。在那个早已远去的夏日午后，从奶娘那里逃开、望着飘在村子附近悬崖上的云朵、终于在温暖的海风中睡去的他的灵魂，已在宛如永恒的一个小时里拜访了那座城市。当大人们找到他，把他叫醒并带回家的时候，他抱怨道，自己刚乘上金色的桨帆船，正要向那位于海天相接之处的诱惑之地扬帆远航。如今，他正和当初被叫醒时一样愤愤不平——经过四十年疲惫不堪的岁月，他终于又找到了他那座瑰丽绝伦的城市。

但在三天后的夜里，库拉尼斯又去了塞勒菲斯。和以前一样，他首先来到那个不知是睡着还是死去的村庄，然后无声地在深渊里飘落。此时裂口再次出现，他便看见了城市里闪耀的光塔，看见了优雅的桨帆船在碧波中投锚，也看见了阿阑（Aran）山上的银杏树在海风中摇荡。可这次库拉尼斯不再只是看看而已，他就像肋生双翼一样向葱荣的山丘上慢慢落去，最终轻轻地站到了草地上。——他确实回到了欧斯·纳尔盖山谷，回到了辉煌的塞勒菲斯。

库拉尼斯走下铺满清香的草丛和鲜艳的花朵的山丘，走过那座架在泛着泡沫的纳拉克萨（Naraxa）河上的小木桥——很久以前他曾把自己的名字刻在桥上。走出沙沙作响的森林之后，他就到了通往城市大门的巨大石桥之前。在这里，所有的一切都和过去丝毫无差，大理石的城墙没有一点变色，立在城墙上的雅致的青铜雕像也没有失去半点光泽。当库拉尼斯看到城墙上的哨兵也像以前那样年轻时，便知道他无需为自己熟知的事物可能消失而颤抖。他穿过青铜的城门、进入城市，走在铺着缟玛瑙的路面上，商人和骆驼驭手们向他打着招呼，就好像他从未离开过这座城市；在用绿松石建成的纳斯·霍尔萨斯（Nath-Horthath）的神殿里也是一样，那些头戴芝兰花冠的祭司告诉他，在欧斯·纳尔盖没有时间的概念，这里的人可以永葆青春。然后，库拉尼斯通过竖着立柱的街道，走到面朝大海的城墙，那里聚集着贸易商、水手以及从海天相接之处来的古怪的人。他久久地伫立在那里，忘情地望着那座灿烂夺目的港口，港中的波涛闪烁在未知太阳的光辉之下，从遥远的国度越过大海而来的桨帆船轻快地破浪而行。

他同样忘情地望着在岸边巍然矗立的阿阑山，它低处的山坡上有绿树摇曳，而那高耸入云的峰顶却覆盖着皑皑白雪。

在库拉尼斯心中，乘桨帆船出海、去探访那些产生过许多奇妙传说的遥远国度的愿望越发高涨，于是他再次去寻找那名很久以前曾允诺过让他乘船的船长。这个叫阿提布（Athib）的船长还像以前那样坐在香料箱上，仿佛不知道自己度过了多少岁月一般。就这样，两人划着小船，转搭到停泊在港里的一艘桨帆船上，向桨手发出命令，起锚航向波浪直通天空的塞雷纳利亚（Cerenerian）海。他们在大海的浪花上航行数天后，抵达了海天相接之处的水平线；在这里，桨帆船没有停下，而是轻轻地浮起，直飞向飘浮着绵软的玫瑰色云朵的天空。远在翱翔高天的桨帆船的龙骨下方，被仿佛永不黯淡、永不消逝的阳光照耀着，大地无远弗届地铺展开来。库拉尼斯能够看到，地上到处都是陌生的国度和河流，到处都是美丽无匹的城市。终于，阿提布告诉他，旅程即将结束，天上马上就要吹起西风，把桨帆船送到缥缈的天岸，送入那座用粉红色大理石筑就的云城塞拉尼安（Serannian）的港口。然而，就在塞拉尼安最高的石雕塔楼刚刚映入眼帘之际，从空中某处突然传来了声音，接着库拉尼斯就在伦敦的一个阁楼里醒了过来。

自那之后，库拉尼斯花了好几个月，枉费心机地寻找瑰丽的塞勒菲斯、寻找能够在天上飞翔的桨帆船。梦把他带到了许多绚丽多彩、闻所未闻的场所，可没有一个人能够告诉他，怎么才能找到位于塔纳利亚丘陵之后的欧斯·纳尔盖。有一夜，他飞过漆黑的山脉，看见许多相隔遥远的营火，还有一种毛糁糁的异样生物的大群，领头的生物正在摇着铃铛。其后，他就进入了这个丘陵密布的国度中的最遥远、最荒凉、最人迹罕至的地方，在这里发现了一道沿着山脊和山谷的走向蜿蜒曲折、其自身古老得可怕的石砌墙壁或长堤，它极其庞大，很难想象是出自人类之手，无论往哪边看都望不到头。当灰色的黎明降临之时，库拉尼斯已经越过这道墙壁，踏上一片有着许多古雅的庭园和樱树的土地。而当太阳升起之后，他更是看到了红白两色的美丽花朵、碧绿的树叶和草坪、洁白的小路、如钻石般闪耀的小溪、蔚蓝的池塘、饰以雕刻的桥梁，以及有着红色尖顶的宝塔。看到如斯美景，库拉尼斯沉浸在至纯的喜悦之中，甚至暂时忘记了塞勒菲斯的事情。但他很快又想起自己的目的，为了向这片土地上的居民打听去塞勒菲斯的路，他沿着洁白的小路走向有红色尖顶的宝塔，可一路上碰到的只有小鸟、蜜蜂和蝴蝶。在另一夜，库拉尼斯走上一条没有尽头的、潮湿的螺旋石阶，来到高塔上的一扇窗户之前，从窗户里可以俯瞰被满月照耀的广阔平原以及平原上的河流。沉默的城市从河岸的堤坝边向陆地扩展开来，他觉得自己过去就曾知晓这座城市的特征，或称布局。库拉尼斯想，如果顺着这螺旋石阶一直走上去，会不会直接到达欧斯·纳尔盖；此时，恐怖的极光从地平线彼方的遥远之地激荡而起，照亮了早已在久远的年代中化作废墟的城市，照亮了芦苇丛生的淤塞河流，也照亮了覆盖在这片土地上的死亡。自从凯纳拉托利斯（Kynaratholis）王从被征服之地归国、招致诸神的复仇以来，死亡已经在这里沉淀很久了。

就像这样，在寻找非凡的塞勒菲斯、寻找能把他带向空中的塞拉尼安的桨帆船的历程中，库拉尼斯目睹了许多奇妙的事物。曾有那么一次，他在冰冷不毛的冷原上见到了一位独自住在史前的岩石修道院中的大祭司，那位大祭司的脸上戴着黄色的丝制面具，其样貌难以形容——库拉尼斯好不容易才从他手里逃脱。在这段时间中，他越来越无法忍耐那打断了夜晚的白昼的凄凉，为了把睡眠的时间多延长一会儿，他开始吸毒。大麻给了他很大的帮助，可以把他送到没有实体存在的空间，在那里，光辉的气体正在研究"存在"的秘密。有一种紫罗兰色的气体告诉他，这个空间处在"无限"之外；这气体从未听说过"行星"或"生物"这类东西，它好像只把库拉尼斯视为一个从拥有物质、能量和万有引力的"无限"的世界来的"他者"。现在的库拉尼斯无比渴望回到光塔林立的塞勒菲斯，为此他加大药量，终于用尽钱财，没法继续购买毒品。最后，在一个夏日，他离开阁楼，无意识地漫步在街上，不知什么时候就过了桥，走到房子越来越少的地方。于是，库拉尼斯满足了自己的愿望：他遇到了一队骑士，为了把他永远地带到塞勒菲斯，他们特意从彼方前来造访。

这些英俊的骑士骑在五花马上，身穿闪亮的铠甲，铠甲外还披挂着饰有奇怪纹章的金丝战袍。他们为数极多，看在库拉尼斯眼里，简直就是一整支军队；但骑士们的领袖却告诉他，他们来这里是为了向他表示敬意——因为他在梦中创造了欧斯·纳尔盖的缘故，他将被永远奉为该地的主神。骑士们给了库拉尼斯一匹马，让他走在整个队列的最前头，接着，这一行人就威风堂堂地穿过萨里郡（Surrey）的丘陵，朝库拉尼斯和他的先祖们出生的地方前进。说起来很不可思议，不过骑士们仿佛是在逆着时流而行：当他们在黄昏下通过村镇的时候，经常能看见只有乔叟（Chaucer）或更早之前的人才能看到的房屋、集落，有时还能看见别的骑士带着寥寥无几的随从骑马经过。随着天色变得越来越暗，队伍前进的速度也不断加快，最后快得令人惊异，竟像是在飞翔。在黎明前的昏暗中，队伍到达了库拉尼斯梦里那座不知是睡着还是死去的村庄，这里也是他度过童年的地方。可现在这座村庄是活的，早起的村民听到骑士们的坐骑从街上疾驰而过的蹄声，便彬彬有礼地目送他们转向那条通往梦之深渊的小路。库拉尼斯以前只在夜里进过深渊，他想看看白天的深渊是什么样子，于是，当队伍接近断崖边缘的时候，他就急切地凝神观瞧。正当他们驱马登上通往悬崖的坡道时，从东方某处闪现出金色的光辉，给一切景象的边缘都镶上一圈耀眼的光芒。深渊现在变成了一团充满玫瑰色和天蓝色的混沌的光彩，不可见的歌者正在狂喜中尽情欢唱。在歌声中，库拉尼斯和随同的骑士们一起，越过断崖的边缘，在灿烂的云朵和辉映的银光里优雅地飘落。他们几无穷尽地飘了下去，胯下的马儿就好像在金砂上飞奔那样，不停地踢踏着以太；终于，光耀的雾霭逐渐散开，展露出更加辉煌的空间——在那里，库拉尼斯看到了瑰丽绝伦的塞勒菲斯，看到了彼方的海岸，看到了能将大海一览无余的积雪的峰顶，看到了涂着华丽的色彩，扬帆出港、航向遥远的海天相接之地的桨帆船。

从此，库拉尼斯就统治了欧斯·纳尔盖及其周边所有的梦之国度，他在塞勒菲斯和云城塞拉尼安交替处理政务，直至今日。在他的统治下，一切都美满而幸福——不过，在印斯茅斯（Innsmouth）的断崖之下，海峡里的波浪却嘲弄着一具流浪汉的尸体，黎明时分，他从半荒废的村庄里跟跄地走出，掉落悬崖；波浪嘲弄着他的尸体，把它推上爬满常春藤的特雷弗塔（Trevor Towers）附近的石滩。特雷弗塔已经被一位开啤酒厂的富豪买了下来，这肥胖而又无礼的富豪正在享受买下绝嗣贵族家的地产的乐趣。

来自遗忘
Ex Oblivione

译者：玖羽

最后的时日迫近了。就像拷问者让小小的水滴不停滴在受害者身体上的一点那样，生活中各种丑恶的琐事把我逼得快要疯狂。因此，我热爱睡眠中那光辉的避难所，在梦里，我能找到自己一直在人生中空虚地寻找的些许美丽，漫步在古老的庭园和充满魅惑的森林之中。

有一次，微风香柔，我听到南方的呼唤，在未知的群星下开始了倦怠的、无尽的航海。

有一次，细雨飘降，我棹着一条孤舟，在不见阳光的地底顺流而行，最后到达了一个异世界。在那里，有着紫色的薄暮、虹彩的凉亭，以及不谢的玫瑰。

更有一次，我走过黄金的山谷，树林和废墟在山谷中投下阴影。在山谷尽头是一面高耸的垒壁，枯萎的藤蔓为它穿上绿衣。垒壁之上，镶嵌着一扇小小的青铜门扉。

我花很多时间走过山谷，又在神秘的微明中久久伫立。在那里，巨树扭曲成荒诞的形状，在树与树之间，是延伸开来的灰色地面，地上散布着盖满青苔、属于被埋没的神殿的石头。不知何时，我的梦幻（fancies）已经抵达终点，站到了覆满藤蔓的垒壁和青铜小门之前。

过了一会儿，我觉得清醒世界里那阴惨的、一成不变的时日已经变得越来越不可容忍。我想，鸦片带来的安宁应该可以使我常常漫步在这山谷和阴影婆娑的树林之中，而后又想，怎样才能让这里成为我永恒的居所，使我再也不必爬回无聊而又灰暗的浊世？我盯着高耸垒壁上的那扇小门，感到门后有着铺展开来的梦幻国度，人一旦踏入，就再也不会归还。

此后，每晚一入睡，我就努力寻找那枚能打开覆满枯藤的垒壁上的门扉的钥匙，这钥匙被极为巧妙地藏了起来。我告诉自己，存在于垒壁之外的国度不仅更为恒久，还会更加可爱、更加绚烂多彩。

就在这样的一个夜晚，我在梦之都扎卡利昂（Zakarion）发现了一张泛黄的纸草。在这张纸草上写下文字的梦境贤者们过去曾经生活在这个城市，他们因为太过智慧而无法在清醒的世界里生活。纸草记载了很多幻梦世界的事情，它也提到了黄金的山谷、神殿旁神圣的树林，以及镶有青铜小门的高耸垒壁。我一看到这段文字，就立即明白它能解决折磨着我的困扰，于是我把这张泛黄的纸草读了很久很久。

关于那扇不可能通过的门扉之后的东西，有些梦境贤者用华丽的文笔记载了各种奇景，也有些人记下了自己看到的恐怖和幻灭。我不知该采信哪种说法，所以越来越渴望进入那片未知的土地，亲自看个明白。怀疑和秘密是最具蛊惑性的事情，无论会遇到怎样的恐怖，在平庸的生活带给我的苦闷面前都不算什么了。所以，当我学会能打开门锁的秘药的制法后，就决定在下次清醒的时候服用它。

昨夜，我吞下药，飘入金色的山谷和阴影婆娑的树林。当我到达那古旧的垒壁之前时，看见青铜小门稍稍打开了一点，从门对面射来的炽烈的光，古怪地将扭曲巨树和埋没神殿的顶端照亮。我轻快地向前飘去，心中满怀着对那进去了就不能再归还的国度中的荣耀的期待。

可当门扉大开，药与梦的魔力把我推进门中的时候，我知道所有的美景和荣耀都已终结；在我眼前展开的国度里，没有陆地也没有海洋，只有白色、虚无、无人，同时又无边无涯的空间。因此，我感受到的愉悦比曾经期望过的任何愉悦都强，对现在的我来说，人生只宛如短暂而孤寂的一个小时，我摆脱了这恶魔般的人生，再次融入了故乡的无限，融入了水晶般的遗忘。

伊拉农的探求
The Quest of Iranon

译者：玖羽

那个流浪到花岗岩之都提洛斯（Teloth）的年轻人戴着藤蔓编成的头冠，金发上闪耀着没药的光辉，他的那身紫袍在越过矗立在古老石桥前的锡德拉克（Sidrak）山脉时，被荆棘划破了口子。这些住在方形屋子里的提洛斯市民阴沉而严苛，他们皱着眉头问这个年轻人，他叫何名、来自何方；于是，年轻人这样回答：

"我叫伊拉农（Iranon），来自艾拉（Aira）。我对那座遥远的城市只有朦胧的记忆，为了再次见到它，我不断探求。我是个歌者，我在远方的城市学到了歌；我的职责是从童年的回忆中制造出美，我的财富是些微的记忆和梦。我只希望能在月影婆娑、西风将睡莲的花蕾摇动的时候，歌唱在庭园之中。"

提洛斯的市民们听到这些话，开始交头接耳。在这座花岗岩之都中，没有笑声和歌曲存在，这些严苛的市民只是有时望望春日里的卡尔提亚（Karthian）丘陵，想想旅人们口中那存在于遥远的欧奈（Oonai）的鲁特琴，仅此而已。他们正这么想的时候，那个陌生人宣布，他要在米林（Mlin）塔前的广场上演唱。市民们不喜欢他那身撕得破破烂烂的袍子的颜色，也不喜欢他涂在头发上的没药、戴在头顶的藤叶，以及荡漾在他悦耳声音里的青春。日落之时，伊拉农开始歌唱，他唱的是一个老人在祈祷，唱的是一个盲人见到了歌手头顶的光环；可是，听了他的歌后，提洛斯的很多市民只有打哈欠的念头，有人嘲笑他，有人直接去睡觉。因为伊拉农没有告诉他们任何有用的事情，他只是在唱他的记忆、他的梦，还有他的希望。

"我还记得那黄昏、那月亮，那美妙的歌唱。当时我在窗边的摇篮里入眠，从窗户外面射进了金色的光芒，以大理石砌就的屋宇的影子在房间里摇荡。我还记得，把地板照亮的月光是四方形的，不同于其他光芒，当妈妈给我唱歌的时候，在月光中舞蹈着各种各样的幻象。我同样还记得，夏天的朝阳照亮了多彩的丘陵，森林唱出南风，把甜美的花香带到我的身旁。

"啊，大理石与绿柱石之都艾拉，它是多么美丽！我是多么热爱那片温暖而芳香的森林，它横跨在澄净的尼特拉（Nithra）河上；我是多么热爱那条流经青翠山谷的柯拉（Kra）溪，瀑布在那条溪流上欢唱！在森林和山谷中，孩子们互相给对方编着花环，黄昏时分，蜿蜒的尼特拉河像闪光的带子那样，倒映着城市的灯火和星光——我望着它，渐渐地在山中的亚斯（yath）树下睡去，看到不可思议的梦在眼前流淌。

"城里耸立着用带花纹的和带颜色的大理石建成的宫殿，那些宫殿有黄金的圆顶和涂彩的墙壁，在碧绿的庭园里还有天蓝色的水池和水晶般的喷泉。我常在庭园里玩耍，在水池里徒涉，躺在树荫下的白色花丛中进入梦乡。日落时，我会走上长长的山道，登上视野开阔的城堡，眺望城市的景象——那就是包裹着金色光辉的壮丽城市，大理石与绿柱石之都，艾拉。

"我离开艾拉已经太久了。被流放的时候，我还很小；但我的父亲是那里的王，因此，命运注定我会再度回到艾拉。为了寻找它，我走遍了七块土地，总有一天，我会统治它的森林和庭园、统治它的街道和宫殿。总有一天，听我唱歌的人将懂得我的歌，他们不会发笑，也不会转身不听。我就是伊拉农——艾拉的王子伊拉农。"

那一晚，提洛斯的市民让这个陌生人睡在马厩里。第二天早晨，执政官来见他，告诉他必须去补鞋匠阿托克（Athok）的店里当学徒。

"可是，我是唱歌的歌手伊拉农，"伊拉农回答，"我没有要当补鞋匠的打算。"

"所有在提洛斯居住的人都必须埋头苦干，"执政官道，"这是法律规定的。"

于是，伊拉农对他说："您是为了什么而辛勤劳碌呢？劳碌的目的，不是为了让自己更加幸福吗？如果只是为了劳碌而劳碌，那幸福何时才会找到您呢？即便是为了生存而劳碌也好，可人生不是由美和歌组成的吗？如果在你们这些人中没有歌手，那劳动的果实又在哪里呢？如果没有歌声陪伴，只是一味地劳碌，那岂不就像走上了没有目的、疲惫不堪的旅程吗？您不觉得，连死亡都比这样要好吗？"

但执政官根本没有明白他的意思。他只是阴沉着脸，向这位陌生人斥责道："你真是个奇怪的年轻人，我不喜欢你的面容和声音。提洛斯的诸神告诉我们，只有埋头苦干才是正确的行为；你刚才说的那些话是对神灵的亵渎。我们的神灵许诺说，在死亡的彼方有一座光明的天堂，我们能在那里得到永恒的安歇。在那寒冷的、如水晶一般的所在，没有任何思考去烦扰头脑，也没有任何美去使眼睛疲劳。现在你要么去补鞋匠阿托克那里，要么在日落前离开本城。在本城居住的所有人都必须工作，唱歌这种行为简直愚蠢透顶。"

于是伊拉农便走出马厩，穿过阴暗的方形花岗岩房屋之间的狭窄小巷，想在春天的空气里寻找一点绿色。可提洛斯完全由石头建成，全城上下没有一片绿；市民们的脸上充斥着严苛的神情，唯有在缓慢流淌的祖罗（Zuro）河岸边，一个男孩蹲在石头堤坝上，用悲哀的眼神注视着河面——他在看被融化的雪水从丘陵那边带过来的出芽绿枝。

男孩对伊拉农说道："您就是执政官说的那个寻找美丽土地和遥远都市的人吧？我叫罗姆诺德（Romnod），就生长在提洛斯，可我还没长大到能适应这座花岗岩城市里的生活。我日夜都盼望去那遥远的土地，去那有着美妙歌声的温暖森林；在越过卡尔提亚丘陵之后，有一座叫欧奈的城市，它是鲁特琴与舞蹈之都，大家全都压低声音谈论着它，觉得它既可爱又可怕。我本来就想等自己长得够大之后，去寻找通向那里的道路，如果您也希望有人听您的歌的话，咱们就一起走吧。让我们离开提洛斯，一起在春日的丘陵上旅行吧。您可以教给我旅行的方法，而我呢，当星辰一颗接一颗出现在夜空之中、给做梦的人们带去梦的时候，我就会聆听您的歌唱。再说，那座鲁特琴与舞蹈之都欧奈，说不定正是您寻找的艾拉呢。您已经很久没得到艾拉的消息了，它也可能是改了另外一个名字吧。让我们一起去欧奈吧，发色金黄的伊拉农啊。欧奈的人民一定会了解我们的渴望，像迎接兄弟那样迎接我们。在那里，没有一个人会笑话我们，或者向我们皱眉的。”

而伊拉农这样回答他："好啊，我的小弟弟。在这座石砌的都市中，倘若有人想要得到美的话，就必须到山脉彼方去寻找。我不会把你的渴望抛在这条缓水慢流的祖罗河之畔，但你不要以为，你一跨过卡尔提亚丘陵，旅行个一天，或者一年，甚或五年，就能获得你说的那种快乐、懂得你说的那种方法。我在像你这么小的时候，曾住在寒冷的克萨利（Xari）河流过的纳尔托斯（Narthos）山谷，那里没有一个人会听我讲述自己的梦。当时我告诉自己，等我长大了，可以到建在南方丘陵中的希纳拉（Sinara）去，在市场上把我的歌唱给那些微笑着的单峰驼背人听。可是，等我真的去了希纳拉，却发现那些单峰驼背人尽是些下流的醉鬼，他们的歌和我的歌完全不是一回事。于是我就搭一艘驳船沿克萨利河而下，到了拥有缟玛瑙城墙的伽连（Jaren）。伽连的士兵们嘲笑我，把我赶走，从此我就在许多城市中辗转流浪。我曾经见过大瀑布下的斯特提罗斯，也目睹了曾有一个叫萨尔纳斯的城邦坐落在那里的沼泽。然后我顺着蜿蜒的艾河，途经刹拉、伊拉尼克、卡达瑟隆，来到位于洛玛尔之地的奥拉索尔，在那里住了很久。虽然我有时会得到一些听众，但他们的人数毕竟很少，因此我知道了，会欢迎我的，只有我父亲曾经君临过的大理石与绿柱石之都——艾拉。所以，让我们去寻找艾拉吧；虽然去探访一下位于卡尔提亚丘陵彼方、得到鲁特琴祝福的欧奈也是很好，但我不认为它能与艾拉相比。艾拉的美只能想象，艾拉的欢喜无法述说。但那些骑骆驼的家伙却用斜眼看着欧奈，压低声音谈论着它。”

日落之时，伊拉农和小小的罗姆诺德一起离开提洛斯，在翠绿的丘陵和凉爽的森林里流浪了很久。因为道路早就荒废，他们一直都未能接近那座鲁特琴与舞蹈之都欧奈。不过，每逢群星闪现在薄暮的天空之中，伊拉农都会歌唱艾拉和它的美丽，而罗姆诺德也会认真地聆听，他俩都非常幸福；两人吃饱了水果和红莓，他们谁都没有计算时间，但一定已有很多岁月流逝而过。小小的罗姆诺德已经不能再称为小，他尖细的声音逐渐变得粗犷低沉。和伊拉农戴在满头金发上的东西一样，他也从森林里采来藤蔓和芬芳的树脂，把它们饰在自己的头发上。最后，伊拉农在缓慢流淌的祖罗河岸边见到的那个盯着出芽绿枝看的小男孩，看起来竟比伊拉农还要年长了。

在一个满月之夜，这两位旅人登上高山，看见了欧奈的万家灯火。农民告诉他们，欧奈离这里不远；可伊拉农已经明白，这里不是自己的故乡艾拉。欧奈的灯火亮得刺眼，和艾拉根本不一样。艾拉的灯火是柔和的，如魔法般的光芒，就像伊拉农的母亲摇着摇篮、唱着歌哄他入睡时，他所看见的照到窗边地板上的月光那样。但欧奈毕竟也是鲁特琴与舞蹈之都，当伊拉农和罗姆诺德走下险峻的山峰时，他们觉得这里肯定有能在歌和梦中发现快乐的人。于是他们进了城，发现寻欢作乐的人群戴着玫瑰花冠挨家挨户串来串去，还从窗户或阳台探出身来。他们听完伊拉农唱的歌后，拍手喝彩，纷纷把花朵向他投去。有那么一会儿，伊拉农相信，虽然这里的美丽不及艾拉的百分之一，但他总算找到了和自己所想所感完全相同的人。

但当黎明降临时，伊拉农却惊讶而失望地看着周围的一切。欧奈的圆顶是灰色的，不会在阳光下发出金色的光辉，看起来非常凄凉。欧奈的市民耽于肉欲、面色苍白，醉倒在葡萄酒里，和艾拉那光耀的人民完全两样。可是，因为人们向伊拉农扔花、赞赏他的歌的缘故，他还是和罗姆诺德一起留在了这里。罗姆诺德倾心于这座城市的欢乐，他把玫瑰和桃金娘花戴到了自己黝黑的头发上。夜里，伊拉农经常向那些摆酒尽欢之人演唱，他总像以前那样戴着从山上采来的藤蔓，想念着艾拉的大理石街道和澄净的尼特拉河。在君主那画满壁画、以镜子做地板的大厅里，他站在水晶台上歌唱；听歌的人渐渐觉得，地板上映出的竟不再是喝得满脸通红、不停投着玫瑰的赴宴者们的样子，而是古老、美丽，半是来自记忆的图景。于是，欧奈的王就剥去伊拉农那褴褛的紫袍，给他换上用缎子和金线织成的华服，赐给他翡翠的戒指和彩色的象牙手镯，并让他住进涂金挂绸的房间，睡上用香木雕成的床，床上还覆以天盖和绣着花朵的丝绸床罩。就这样，伊拉农在鲁特琴与舞蹈之都欧奈住了下来。

伊拉农不知在欧奈住了多久。有一天，欧奈的王从利拉尼亚（Liranian）沙漠请来了能猛烈回旋的舞者，从东方的德利宁（Drinen）请来了皮肤浅黑的长笛手。从那以后，那些纵酒狂欢之徒投向伊拉农的玫瑰就不像他们投向舞者和长笛手的那么多了。日子一天天过去，来自花岗岩之都提洛斯的小男孩罗姆诺德喝了太多的葡萄酒，品性变得粗俗恶劣，他做的梦越来越少，在伊拉农的歌中找到的喜悦也越来越少。伊拉农十分悲哀，但他没有停止歌唱，只是在夜里继续述说自己梦见的大理石与绿柱石之都艾拉。终于在一个晚上，面色通红、体躯肥胖的罗姆诺德裹着用罂粟装饰的丝绸，躺在宴会的躺椅上，重重地喘息，挣扎着死去了。他断气的时候，肤色白皙、身材苗条的伊拉农正在远离他的角落里为自己歌唱。其后，伊拉农在罗姆诺德的墓前流下眼泪，把他曾经爱过的出芽绿枝撒在墓上，脱去丝绸的美裳，摘掉俗丽的首饰，穿上来时所穿的褴褛紫袍，又用采自山里的新鲜藤蔓编成头冠，给自己戴上，就这样把鲁特琴与舞蹈之都欧奈抛在脑后。

伊拉农在夕阳下流浪，他依然在寻找故乡，寻找能理解、珍爱他的歌和梦的人。他走遍了位于塞达瑟里亚的城市以及位于布纳齐克沙漠彼方的城市，但快乐的孩子们却只是嘲笑他那古老的歌谣和褴褛的紫袍；然而，伊拉农还是那样年轻。他在黄金色的头发上戴着藤冠，尽情地歌唱着艾拉，歌唱着过去的喜悦和未来的希望。

一夜，他来到一个肮脏而破旧的小屋，有个年老的牧羊人住在这里。这个既驼背又邋遢的牧羊人在沼泽边的岩石山坡上养着一群瘦羊；就像对着许多人说话一样，伊拉农向他问道：

"请问您能告诉我吗，在哪里能找到那座城市？平稳澄净的尼特拉河在那里流淌，柯拉溪上的瀑布在那里欢唱。那里山谷青翠，丘陵上丛生着亚斯树，那就是大理石与绿柱石之都——艾拉。"牧羊人听见他的问话，用十分怪异的眼神久久地盯着伊拉农，盯着这位陌生人的脸，盯着他黄金色的头发，还有他戴在头上的藤蔓，仿佛在追忆遥远往昔的事情。但牧羊人已经很老了；终于，他摇了摇头，答道：

"哦，这位陌生人，我的确听过你说的艾拉，还有其他那些名字。那已经是很久很久以前的事了。我小时候有一个玩伴，是个以乞讨为生的小男孩，他总是会做奇怪的梦，会编关于月亮、花朵和西风的长长的故事。我们经常嘲笑他，因为我们明明知道他的出身，他还老说自己是国王的儿子。他长得像你一样标致，但脑袋里净是愚蠢而古怪的想法。还在很小的时候，他就为了寻找能快乐地听他唱歌、讲梦的人，不知跑到什么地方去了。当时他还经常给我们讲那些不存在的土地、不存在的事情呢！艾拉就是他经常讲的。他总说什么艾拉呀、尼特拉河呀，还有柯拉溪上的瀑布呀；他还说自己以前是住在那里的王子，可我们都知道，他就是在这里出生的。根本就不存在什么大理石之城艾拉，也没有人会在那不可思议的歌谣中找到快乐。除了在梦里，这一切全都不存在——除了在我的儿时玩伴伊拉农的梦里。"

　　暮色渐浓，星辰一颗接一颗出现，月亮把它的光投到沼泽上。在晃动的摇篮里睡去的那一晚，他所看到的景色也和现在一样。这个慢慢步进致命泥沼的龙钟老人身穿褴褛的紫袍，头顶枯萎的藤叶，他在梦中所见的美丽城市的黄金圆顶，仿佛正在前方浮现。那一晚，旧世界（elder world）中的一切青春和美都死去了。

蕃 神
The Other Gods

译者：玖羽

　　大地上的诸神（gods of earth）住在地上最高的山顶，他们禁止人类见到自己的样子、谈论自己的行踪。起初，诸神住在比较低矮的山上，但随着平原上的人类登上被岩石和积雪覆盖的山坡，他们也被赶到越来越高的地方，最后，他们的居所只剩下一座山峰。诸神在离开曾经居住过的山巅时，会抹去自己留下的一切痕迹，据说，只有一个例外：他们在一座名叫恩格拉尼克（Ngranek）的高山的岩石上刻下了自己的面容。

　　但是，诸神如今已经去了冰冷荒野中未知的卡达斯，没有人类能够踏足那里。已经没有更高的山峰能让诸神逃避不断前来的人类了，所以，他们越发严厉，甚至禁止人类去往卡达斯，而万一有人去了那里，他就不可能回去了。人类最好对位于冰冷荒野中的卡达斯毫不知情，因为，如果人类知道了它的存在，就一定会不智地将它寻求。

　　有时，大地上的诸神会为思乡之情所困，在寂静的夜晚重访自己曾经住过的山峰，轻轻啜泣，在他们记忆中的山坡上试着像往昔那样游戏。人们能感觉到神祇从白雪皑皑的苏莱（Thurai）山上洒下的泪水，虽然他们只是把它看作雨滴；他们也能听到神祇的叹息，这叹息会夹在雷利昂（Lerion）山的晓风中传来。诸神经常乘着云船到处旅行，聪明的佃农会告诉别人这样的传说——神灵已经不像过去那样宽大仁慈了，所以不要在多云的夜晚靠近某些山峰。

　　过去曾有一位老人住在坐落于斯凯河对岸的乌撒，他渴望目睹大地上的诸神。这位老人潜心钻研过《玄君七章秘经》（Seven Cryptical Books of Hsan），那本存在于遥远、苦寒的洛玛尔之地的《纳克特抄本》也被他烂熟于胸。别人称他为贤者巴尔塞（Barzai），镇民们至今还可以讲述，他是怎么在那个不可思议的月食之夜登上山顶的。

巴尔塞知晓很多关于诸神的事情，他能向别人宣告他们的来去、猜测出许多他们的秘密，以至于他自己也被视为半神。正是由于他明智的劝告，乌撒的镇民才制订了那条令人惊叹的法律——禁止任何人杀猫，也正是他第一次告诉年轻的祭司阿塔尔，黑猫们在仲夏节之夜到底去了哪里。巴尔塞读尽了关于地上诸神的传说，亲眼看看神祇颜容的愿望在他心里油然而生。他相信自己学到的伟大的神知秘识可以保护他不受诸神的愤怒伤害，因此当他得知神祇们会在月食之夜出现时，就决心在那一夜登上崔嵬的哈提格·科拉（Hatheg Kla）山。

哈提格·科拉山正如其名，位于哈提格远方的岩漠之中，就像一座沉默神殿里的岩石雕像一样矗立着。环绕峰顶的雾气总是充满悲伤，这雾正是诸神的回忆，昔日住在哈提格·科拉的时候，诸神是很爱这个地方的。地上诸神常会乘云船到访哈提格·科拉，使山头堆满苍白的云雾，而诸神就在明亮的月光下像过去那样舞蹈。哈提格的镇民们说，无论什么时候登上哈提格·科拉山都是不好的，如果在山顶沐浴着月光、笼罩着苍白的雾霭时登山，就更是会送命；然而，从附近的乌撒来到这里的巴尔塞却对此置若罔闻，他身边的弟子——年轻的祭司阿塔尔是客栈老板的儿子，所以有时还是会感到害怕，不过巴尔塞的父亲是一位住在古老城堡里的方伯，他的血统使他不会相信这些迷信，他只是嘲笑这些担惊受怕的佃农。

巴尔塞和阿塔尔不顾镇民的恳求，离开哈提格，走进岩石的荒野，晚上还在篝火旁谈论地上诸神的事情。他们走了很久，终于远远望见了顶着悲哀雾霭的哈提格·科拉山；第十三天，他们走到哈提格·科拉的脚下，这里荒凉不毛，阿塔尔的恐惧开始溢于言表。可年高而博学的巴尔塞却无所惧怕，他大胆地走在前面，率先登上山坡——自从那古旧的《纳克特抄本》用可怕的话语记载的参苏（Sansu）的时代以来，还没有人登上过这座山峰。

山路上堆满石头，裂缝、断崖和落石给他们带来了许多危险。越往上爬，天气就越冷，周围的积雪也越多，巴尔塞和阿塔尔不知滑倒了多少次，他们还必须用杖和斧开辟出向上的道路。终于，空气变得稀薄起来，天空也改变了颜色，两人开始感到呼吸困难，但还是努力登攀。他们为眼前奇特的景色而惊讶，更为自己的想象——当月光黯淡、山顶被苍白的雾气笼罩时，究竟会发生什么——而战栗。在三天中，他们一直忙于向世界屋脊攀登、攀登、攀登；而后，他们开始野营，等待云朵把月亮覆盖的那个时候。

他们等了四天，一直没看见云彩，冷冷的月光照亮的，只有被悲伤的雾气环绕的沉寂山巅。第五个晚上是一个满月之夜，巴尔塞发现从北方遥远之处飘来了厚厚的云团，于是他便和阿塔尔一起彻夜望着这些云团接近。那是一团团浓密而威严的云朵，它们缓慢地、从容不迫地向前推进着；云团围住这两人所在的山峰，挡住了月光和峰顶。在漫长的一个小时里，两人只能呆呆地仰面遥望，直到雾气开始卷起旋涡，直到云朵的帐幕越来越重、越来越活泼。熟知关于地上诸神的知识的巴尔塞凝神谛听着某些声音，而阿塔尔却为雾气的寒冷、为夜晚的畏怖，乃至为种种的一切而恐惧。很快，巴尔塞就开始向更高处攀登。他急切地向阿塔尔招着手，阿塔尔过了很长时间才反应过来。

浓雾使攀登非常困难，阿塔尔很快就落在了后面，他只能在被云朵遮掩的月光下隐约看见巴尔塞在山坡上攀行的灰色剪影。巴尔塞已经超过他很多了，尽管年事已高，他爬起山来却似乎比阿塔尔还要容易，他并不惧怕已经变得极为险峻的地形，这地形只有强壮而大胆的人才能越过；他也从不为那些宽宽的黑色裂口而停脚，这些裂口连阿塔尔也只能勉强跳过。就这样，两个人一边打滑，一边跌撞着爬上狂乱地耸立的岩石和深渊，有时，他们不得不在那凄凉的冰峰和缄默的花岗岩面前，为它们的广漠和令人恐怖的沉寂而敬畏不已。

突然，巴尔塞从阿塔尔的视线里消失了。他已经登上了前方突起的峭壁，那峭壁是如此可怕，甚至让人觉得，没有得到地上诸神启示的人断无可能登上这样的悬崖。阿塔尔被他远远地落在下面，还在想自己该怎么爬到那里——正在此时，他发现，一道奇妙的光线正在逐渐增强，仿佛无云的山顶和被月光照亮的诸神的集会场已经近在咫尺了。当他向突出的峭壁和明亮的夜空继续攀爬的时候，感到了前所未有的恐惧；没过多久，巴尔塞狂喜的欢呼就透过高处的浓雾，从他的视野之外遥遥传来：

"我听见诸神的声音了！我听见地上诸神在哈提格·科拉的山顶歌唱的声音了！地上诸神的声音被我这先知巴尔塞知晓了！雾气渐薄，月光照耀，诸神在他们年轻时曾经爱过的哈提格·科拉山上狂野地舞蹈！我巴尔塞用智慧凌驾了地上诸神，用意志使他们的咒语和障壁归于无效，现在，我巴尔塞看见了诸神——那骄傲的、神秘的、拒绝人类目睹自己的诸神！"

不管巴尔塞听见了什么，阿塔尔都没有听见。但他还是尽量靠近突出的峭壁，想找一块立足之地；这时，他又听见了巴尔塞的喊叫，这回的喊声更高、更强：

"雾已经非常薄了，月亮把影子投在山坡上，地上诸神的声音越来越高、越来越狂野，因为他们害怕比他们还强大的贤者巴尔塞的到访……月光开始闪烁，大地上的诸神背对月光舞蹈；诸神在月光中又跳又叫的样子，被我清楚地看到……月光暗了下来，诸神开始恐慌……"

在巴尔塞大叫的同时，阿塔尔感觉到空气发生了一种玄妙的变化，就好像是大地上的法则在更加深远的法则面前屈服了一样；虽然岩壁还是那样陡峭，但向上的攀登开始变得容易起来——简直容易得可怕。他不觉得有任何障碍存在，自己几乎是在凸起的岩石上朝峭壁滑去。月光奇怪地越发黯淡，阿塔尔在雾里不断攀登，此时贤者巴尔塞的叫声又在黑暗中响起：

"月光暗了，诸神在夜晚舞蹈。天空中存在着恐怖，月亮正被侵蚀，被没有一本人类的书籍或地上诸神的书籍曾预言过的东西侵蚀……在哈提格·科拉一定有着未知的魔力，瑟瑟发抖的诸神的悲鸣变成了笑声，我所站的包覆冰层的坡道正朝着黑暗的天空无尽地上升……嘿，嘿！终于，在这微暗的光芒中，我终于看到了大地上的诸神！"

现在，阿塔尔已经是在陡峭得令人难以置信的岩壁上头昏眼花地向上滑了。他听到可憎的嘲笑从黑暗里传来，在嘲笑中还夹杂着一个人的哀号。除了在混沌的噩梦中梦见的地狱火河佛勒革同（Phlegethon）之外，没有人听到过这种声音。那哀号仿佛是把饱受折磨的一生的恐怖和痛苦，全部集中到骇人听闻的一个瞬间：

"蕃神！是蕃神啊！这些外界地狱（outer hells）的诸神在保护着弱小的地上诸神啊！……转过头去！……回去！……不要看！……不能看啊！……这正是无限深渊（infinite abysses）的复仇……那被诅咒的、可恶的深坑……慈悲的地上诸神啊，我正在掉到天空里啊！"

阿塔尔紧闭双眼，捂住耳朵向下跳去，企图抵抗从未知的高空传来、想把他也拉上去的那股力量。就在这时，哈提格·科拉山上响起了恐怖的雷鸣，轰鸣的雷声惊醒了平原上善良的佃农，也惊醒了哈提格、尼尔和乌撒的那些老实的镇民。他们能望见笼罩的云雾，也能看到那没有任何书籍预言过的月食；当月亮再次露出脸庞的时候，阿塔尔已经平安地躺在了积雪的山坡上，无论是大地上的诸神还是蕃神，他都没有看见。

在那本古旧的《纳克特抄本》上记载着，当整个世界都还年轻的时候，参苏曾经登上哈提格·科拉山，除了沉默不语的冰块和岩石之外，他没看见任何东西。可是，当乌撒、尼尔和哈提格的镇民强压恐惧，在白天登上那座闹鬼的山峰，去寻找贤者巴尔塞时，他们却在山顶裸露的岩石上发现了一个宽约五十腕尺的巨大刻印，这刻印就像是被硕大的凿子刻在岩石上一样。在古老到学者们难以解读的《纳克特抄本》里，有许多可怕的地方都出现了相似的印记：那就是人们在山顶看到的东西。

贤者巴尔塞的行踪最后还是没有找到，也没有人能说服依然当着神圣祭司的阿塔尔为他灵魂的安息祈祷。从这之后，乌撒、尼尔和哈提格的镇民开始害怕月食，并且会在苍白的雾气掩盖山巅的夜晚祷告。在哈提格·科拉的雾霭之上，地上诸神仍然会时不时地像过去那样舞蹈。他们知道自己已经安全了，他们也喜欢乘着云船、顺着老路，从未知的卡达斯来这里游玩，就像在大地还是簇新簇新、这些山峰还是人类无法攀达的时候那样玩耍。

记忆
Memory

译者：玖羽

在尼斯（Nis）的山峡中，被诅咒的亏月洒下惨淡的光辉，它绵软的双角顶过大箭毒树那致死的毒叶，画出光亮的细线。在峡谷深处、月光照不到的地方，从未被目睹过的东西在蠢动；两侧的山坡上葳蕤着杂草，恶毒的藤蔓与匍匐植物爬行在宫殿废墟的础石之间，轻柔地缠上倾颓的立柱和怪异的独石，拉拽起那些由早已被遗忘的手铺下的大理石地板。破败的庭园里，小猿猴在参天大树间跳来跳去，而在地下深处的藏宝库中出没的，只有扭动的毒蛇和无名的鳞族而已。

庞大的石堆在湿漉漉的绿苔下沉睡，那曾经强固的石墙如今已变成了这样。它的建造者们曾把全部人生都奉献给它，它至今仍高尚地履行着职责：一只灰色的蟾蜍在下面安了家。

撒恩（Than）河从峡谷底部流淌而过，黏稠的河水中丛生着水藻。它从隐秘的泉眼中流出，又往地下的洞穴流入。所以，峡谷的精灵既不知它的水为何是红的，也不知它究竟流向何处。

出没于月光中的神怪向峡谷的精灵搭话："我已经很老了，忘记了很多事情。是谁垒起了这些石头？告诉我他们的行止、他们的容貌，以及他们的名号。"精灵回答："我乃是'记忆'的精灵，我精通那些过往的知识，但我也已太老，我不了解那些生物，就像我不了解撒恩河的水一样。我已忘却他们的行止，因为那只是如白驹转瞬过隙；我对他们的容貌稍有印象，他们颇似那些在树梢间跳跃的小猿。不过，他们的名号我倒是清楚地记得，因为那名号恰好和这条河的名字押韵。那些存在于往昔的生物名叫'人'。"

于是，神怪飞回了光辉惨淡的月亮，而精灵则专心致志地望着一只在破败庭园里的参天大树上栖息的小猿猴。

阿撒托斯
Azathoth

译者：玖羽

　　漫长的岁月从世界上流逝而过，人们的心中失去了惊奇的能力。在灰色的都市里，丑恶而令人反感的高塔直刺天空，在它们的阴影中，没有人会梦见太阳、春天和鲜花盛开的草原。知识从大地上剥除了"美"，诗人只懂用模糊的双眼往自己的内心窥探、将扭曲的幻象歌唱。当这些事情真的降临、当童真的希望永远丧失的时候，有一个人抛弃人生，踏上寻求之旅。他寻找的，正是世界的梦想逃去之所。

　　这个人的姓名和住所都是属于清醒世界的俗物，微不足道、鲜为人知。我们需要知道的，只是他住在一个被不毛的黄昏永远笼罩的城市，那个城市被高高的壁垒围起。他日复一日地在阴影和混乱中劳苦，晚上回到住处、打开窗户之后，所面对的也不是原野或森林，而只是一个被所有窗口愚钝而绝望地凝视的昏暗庭园。他从窗户里只能看见垒壁和别的窗口，唯有把身体大大地探出窗外，才有可能望到在夜空中运行的微小星辰。一成不变的垒壁和窗口足可把一个经常做梦、读书的人迅速逼疯，因此这房客便夜复一夜地将身体探出窗外，望向高天，只为瞥见一眼那存在于清醒世界和灰色都市彼方的片段。他年复一年地仰望，甚至给那些缓慢运行的星辰取了名字，即使星辰遗憾地滑出视野，他依然在想象中将它们紧紧跟随。就这样，常人无法察觉的诸多秘密幻景终于能被他看见。一夜，巨大的鸿沟上架起了桥梁，萦绕着幻梦的天空越来越近，沉进那孤独的观星者的窗户，化入他周遭的空气，使他与难以置信的惊奇融为一体。

　　于是在他的屋内，飘浮着黄金尘埃的紫罗兰色暗夜奔涌而入，尘埃与火焰的旋涡从终极的虚空里喷出，又沉淀在来自世界彼方的芳香

之中。催人入眠的大海涌了上来，在人的眼睛从未目睹过的阳光的照耀下，游弋在深不见底的旋涡中的奇异海豚和海中仙女现出身形。寂静的无限在入梦者身边缠卷而上，不需触碰从孤寂的窗口里僵硬地探出的身体，便将他轻轻卷起。在不可用人类的历法计量的许多天后，来自遥远领域的浪潮温柔地将他运进梦境——那正是他渴望的梦境，是人类已然失却的梦境。过了无数个周期，潮水只是体贴地让他留在绿色太阳照耀的岸边安眠，那岸边有盛开的莲花的芬芳，有红色的水生植物装点。

休普诺斯
Hypnos

译者：玖羽

致 S.L.[1]

　　睡眠是深夜中不祥的冒险，人们每天都大胆无畏地上床睡觉，这
只能是出于对危险的无知，否则，对我们来说，这份勇气就真的无法
理解了。

——波德莱尔[2]

　　如果这个世界上真的有慈悲的诸神，那就请让我永远停留在睡眠
的峡谷之间，既摆脱意志的力量，也摆脱由人类那狡猾的头脑制出的
药物的有效时限吧。死亡是慈悲的，因为从来没有人能从那里回归，
但是那些从最深处的夜之洞窟回来的人会得到知识，因此变得枯槁，
他们将再也无法安眠。我实在是个白痴，因为我被毫无意义的狂热驱
使，一头扎进人类绝不应理解的神秘，而我那不知该称为愚者还是该
称为神的朋友——我唯一的朋友——引导着我，先我而行，终于孤身
进入恐怖之中：这恐怖也许正是我自己的恐怖。

　　还记得，我是在一个火车站里遇到他的，当时他正被粗俗而好奇
的群氓包围，失去意识，不断抽搐，裹着极少几件黑衣的躯体奇怪地
硬直着。我想他应该快四十岁了，虽然苍白的脸庞上已经刻下了深深
的皱纹，但那张椭圆形的脸依然可称端丽，他那浓密而卷曲的头发，

---

[1] S.L.：洛夫克拉夫特的好友、业余诗人萨缪尔·拉夫曼 (Samuel Loveman)。

[2] 波德莱尔：夏尔·皮埃尔·波德莱尔 (Charles Pierre Baudelaire)，19 世
纪法国现代派诗人。引文出自格言集《火箭》(Fusées)，第 9 节。

以及曾经漆黑一片的胡须，现在都混进了白色。他的额头洁白如潘特里科斯（Pentelicus）山[1]的大理石，前额的高耸和宽阔都宛如神祇的雕像。激起我身为雕刻家的热情的事实是，他简直就是一尊由古希腊人雕刻、从神殿废墟中挖出的法乌恩（Faun）[2]像，以某种方式被带到我们这令人窒息的生活里，在严酷的时代中饱受寒冷和压迫。当他那双凹陷的、巨大而炯炯有神的黑眼睛睁开时，我立即明白，这双眼睛一定能看到超越正常知觉和现实的国度中的荣耀和恐怖——那是我在梦境的幻想中一直无果地探求的国度。我也明白，他一定能成为我——这个从未拥有过朋友的人——唯一的朋友。我一边摆脱人群，一边请他到家里来，教授给我无可计测的神秘，他无言地同意了。在这之后，我发现他的声音简直就是音乐——属于低沉的维奥尔（viol）[3]和水晶般的天球的音乐。我们经常在夜晚长谈，而在白天，我雕了许多胸像和象牙雕像，这是为了把他的各种表情永远保存下来。

我们俩的研究和活人能够想象的世界几乎没有任何关系，所以不可能在这里描述。我们追寻的东西与广大而骇人的宇宙相关——在这种宇宙里，只有模糊的实体和意识存在，这些东西所在的地方比物质、时间、空间更加深邃，我们怀疑它们只会存在于某种梦境之中——这是特别罕见的、超越了梦境的梦境，普通人绝不会做这种梦，即便是想象力非常丰富的人，终其一生也只会做一两次。我们清醒时了解的世界正是从这种宇宙中诞生，正如肥皂泡从小丑手中的吸管里吹出一样，只有当小丑心血来潮地吹出肥皂泡时，人们才会讥讽几句，除此以外，他们和这种宇宙没有任何联系。有识之士倒是能猜出一点这种宇宙的事情，但他们大多都选择了无视。当贤哲们试图解释梦的时候，神会嘲笑他们。当拥有东方人眼睛的那个人[4]宣称所有时

---

[1]潘特里科斯山：在雅典附近，盛产大理石。

[2]法乌恩：罗马神话中的森林小神,常与希腊神话中的潘(Pan)或萨提尔(Satyr)混同。

[3]维奥尔：一种中世纪弦乐器，现代提琴的前身。

[4]拥有东方人眼睛的那个人：指爱因斯坦。

间和空间都互相联系时，人们会嘲笑他。可即使是拥有东方人眼睛的那个人也仅止步于推测，我希望得到比推测更多的结果，便和我的朋友共同努力，最后取得了部分成功。然后，我们把自己关在古意苍然的肯特郡（Kent）的一座老庄园宅邸的房间里，做了各种尝试，嗑了各种新式毒品，见到了或者恐怖、或者禁忌的梦。

接下来，在长达数日的时间里，我被各种折磨煎熬，这些痛苦的折磨我甚至难以描述。至于那些在诸神的探险中学习、目睹的东西，没有任何语言可以讲说，就连表达一些象征或暗示也不可能。因为我们的探险自始至终只限于感觉的范畴，这些感觉与任何正常人类的神经系统能够接受的印象都毫不相干。虽然是感觉，但在其内部却有着难以置信的时间和空间的要素，它们位于感觉的最深处，绝无明确的存在可言。根据我们的体验，如果非要用人类的语言描述我们的普遍状态，就是突破或飞翔；在启示的所有阶段，我们精神的某一部分都会大胆地逃离一切现实存在，在骇人、黑暗、蕴含恐怖的深渊的空虚中疾驰，偶尔穿破一种清楚可认的、典型的障壁，这种障壁就像浓密而令人不悦的云朵或蒸汽一般。在这种脱却肉体的黑暗飞翔中，我有时独行，有时和朋友在一起，当我们在一起的时候，我的朋友经常飞在我前方很远之处。虽然没有肉体，但我却能理解他在那里，并对他的模样留下图像化的印象：这时的他总是被不可思议的光笼罩，发出金色的光辉，拥有诡异的美感。他的面容年轻得反常，他的眼睛像是在燃烧，他的额头宛如奥林匹斯的诸神，他的头发和长髯会拉出阴影。

我们没有记录经过的时间，因为对我们来说，时间无非是微不足道的幻影。我终于觉得一件事十分反常，那就是我们为什么没有变老。我们谈论的内容真可说是罪孽深重，时常包含着恐怖的野心——就算是神或恶魔，恐怕也不敢奢望那样的发现和征服，而这些计划都是我们在窃窃私语中制订的。我只是谈到它们就浑身颤抖，而且也不敢清晰描述。只有一次，我的朋友把他不敢说出口的愿望写在了纸上，我把那张纸烧掉，瑟瑟发抖地望向窗外闪烁的星空。我提示一下——我只能提示一下，他企图获得我们能够观测到的宇宙，甚至是更广阔领域的支配权，地球和群星都能被他随心所欲地操纵，一切活物的命运都将掌握在他的手中。我可以肯定——我发誓，我没有那么极端的野心。我朋友所说、所写的任何与我说的这些相反的事情，都是错误的。要想获得这样的成就，就必须独自一人在不可言说的领域中进行不可言说的战争；没有人禁得起这样的压力。

有一夜，从未知空间发出的风旋转着，不由分说地把我们带进那超越一切思考和实体的无尽虚空。我们感觉到的东西几乎能使人发狂，但却丰富万分，得到无穷感知的我们欢欣雀跃。现在我已经失去了当时的一部分记忆，就算是能记起来的部分，也无法解释给别人听。我们疾速突破一道又一道浓密的障壁，我想我们已经到达了比我们所知的最远之处还要遥远的国度。当突入这片全新的、令人敬畏的以太大洋时，我朋友见到了一张记忆中的年轻面容，它漂浮在遥远的前方，放出光芒。他陷入危险的狂喜；这时那面容突然模糊起来，迅速消失，我几乎立即发现，有一道无法突破的障壁挡在了面前。这道障壁和其他的基本相同，但更为浓密；尽管处于非物质的领域，不过，硬要说的话，它类似于黏黏糊糊、又冷又湿的团块。

虽然引导着我的朋友顺利越过，但我似乎没能突破那道障壁。我刚想再努力一次，靠药物带来的梦就终结了，我在宅邸的房间里醒了过来。这时我才看到，我的朋友横躺在对面的角落里，还没有恢复意识，苍白的身体一动不动，正在做梦。月亮把金绿色的光投到他身上，他那张仿佛是大理石所雕的面容憔悴得近乎怪异，可却有一种狂野的美。过了一会儿，那躯体颤动起来，慈悲的上天啊，但愿我别再听到，也别再看到这样的事情——我的朋友突然发出狂叫，在短短一瞬间之中，他那沉淀着惊恐的黑眼睛究竟映出了怎样的地狱，我无法用言语形容。我只能说，我立即昏了过去，但我的朋友却恢复了意识，为了摆脱恐怖和孤独，他摇晃着我，直到把我弄醒。

这是我们最后一次主动去梦之洞窟探险。我这位越过障壁的朋友谨慎恐惧地警告我，绝对不要再踏入那些国度。他不敢告诉我他看见了什么，但他明智地建议，必须尽可能地减少睡眠，即使依靠药物也在所不惜。在失去意识、被难以名状的恐惧吞没之后，我发现这建议完全正确。每当落入短暂但不可避免的睡眠，我都觉得自己变老了，而我朋友变老的速度更是快得令我愕然，他现在皱纹满面、白发苍苍，看起来十分丑陋。我们的生活习惯也已完全改变，在此之前，就我所知，我的朋友是个遗世独立的隐者——他从未对我说过他的本名和出身——可现在他却非常害怕孤独。他害怕一个人在夜里独处，就连几个人在他身边也无济于事。唯有狂欢和庸俗的喧闹才能为他带来安宁，但凡是年轻人或小伙子的集会，我们几乎没有不去的。我们的容貌与年龄似乎很容易遭到嘲笑，我极其愤怒，但我朋友觉得这至少比孤单一人要好。他特别害怕在星光闪烁的时候独自出屋，倘若非得出屋不可，他就会偷偷摸摸地窥视天空，好像要在天上寻找什么可怕的东西。他不会总窥视一个地方——因季节而异，春夜看向东北天空的低处，夏季移到接近天顶的地方，秋季是西北，冬季是东方，在凌晨的时候更害怕，不过在冬至之夜，他倒完全不会感到恐怖。仅仅用了两年，我就知道他在怕什么了，因为他总是窥视一个特定的位置，还会随时间推移变换方向：他所窥视的地方，恰是北冕座（Corona Borealis）闪耀光辉之所。

我们俩如今身处伦敦的斗室，寸步不离，每天都在探索非现实世界的神秘，但从不加以谈论。我们拼命嗑药，竟日神经紧绷，因此变得衰老而虚弱；我朋友的头发越来越稀，胡须也已雪白一片。我们从漫长的睡眠中解放的时候已是惊人的少，面对阴影，我们能做到一次最多只屈服一两个小时——这阴影目前已变成最可怕的威胁。时光流逝，雾霾和阴雨的一月来临，我们的钱所剩无几，很难买到药物，我早就把胸像和象牙雕像全部卖光，也没钱再买新的材料；就算有材料，我也没有雕刻的精力了。我们痛苦非常。在一个夜晚，我朋友呼吸沉重地昏睡过去，我怎么也没法把他叫醒。当时的景象至今仍鲜明地刻印在脑海——听着雨打屋檐的声音，我们两人身处寒冷而阴暗的阁楼。挂钟嘀嘀嗒嗒地走着，我觉得自己似乎也听到了我们放在梳妆台上的手表的嘀嗒声，正在这么想的时候，从远处的屋邸那边传来百叶窗吱嘎作响的声音，雾和空间包裹了城市的一切噪声。而最糟糕的，还是我那躺在躺椅上的朋友的呼吸：他的呼吸十分沉重、平稳而凶险，我的朋友正在难以想象的、遥远得可怕的禁忌之世界里彷徨，这规则的呼吸仿佛正在一刻一刻地计量着他那超乎寻常的恐怖和苦闷。

守望的紧张是难忍的，我的大脑开始不受控制地信马由缰，塞满了各种印象和联想。不知从哪儿传来了时钟敲响的声音，我们的钟根本不能报时，所以肯定不是我们的钟发出的。我病态的想象力把这当成无聊彷徨的出发点，时钟——时间——空间——无限——当我的想象重新回到现在这个地方时，我觉得，在屋檐、雾、雨、大气层的彼端，我朋友所惧怕的北冕座已从东北方冉冉升起，虽然肉眼看不见，但那些排成半圆形的星辰现在一定在无限的以太深渊中煌煌闪耀。同时，尽管我的耳朵狂热而敏感——药物强化了听力，使耳边一片嘈杂，可我还是清晰地听到了新的声音。那是从非常遥远的地方传来的、低沉而不祥的声音，久久不散。它听起来像在低吟、在吵闹、在嘲笑、在呼唤——发出声音的方向，正是东北方。

可是，令我的躯体麻痹、在我的灵魂上烙下永不能抹除的恐怖烙印的，并不是那遥远的低吟；令我发出惨叫、全身疯狂地痉挛，致使其他房客和警察破门而入的，也不是那传来的声音。这不是因为我听见了，而是因为我看到了。在漆黑一片、房门紧锁、连窗帘都拉得严严实实的暗室里，竟有一道恐怖的金红色光束从黑洞洞的东北角射来。这光束驱走一切黑暗，直射到我那正昏睡着、一动不动的朋友头上。正当我的朋友越过障壁、投身于在最深处隐藏着噩梦的禁忌之洞窟时，一张既光辉又奇异的、记忆中的年轻面容被可怕地复制过来，我知道，这面容就存在于梦里，而这梦和深不可测的空间及被解除了枷锁的时间相关。

同时，我目睹到我朋友的脑袋开始抬起，那双凹陷的、炯炯有神的黑眼睛在恐怖中睁开，带着阴影的薄嘴唇也大张开来，仿佛他要发出的哀号极其可怕，以至于根本叫不出口。在黑暗中，我看不到他的身体，只能见到那张返老还童、发散光芒的脸——那脸既苍白又年轻，它所带来的至高、猛烈、粉碎大脑的恐怖，比天地间任何东西曾带给我的恐怖都强得多。遥远的声音逐渐接近，但它却不是任何一种言语。我顺着那张记忆中的面容的疯狂视线，沿着那道光束看去，发现光束和低吟来自同一个地方。那一瞬间，我也看见了我朋友疯狂的双眼所看见的东西，顿时在癫痫中陷入痉挛，狂叫着跌倒在地；把其他房客和警察引来的，正是这狂叫。不管怎么努力，我也没法说出我究竟看见了什么，以及那张僵硬的脸究竟发生了什么事情。我肯定看见了很多，但我永远不会告诉别人。只有这样，我才能保护自己——从不知餍足地嘲笑着的沉眠之主休普诺斯（Hypnos）那里，从夜空、从知识和哲学带来的疯狂野心那里保护自己。

我不知道发生了什么。这既是因为奇诡而可怕的事件剥夺了我的理性，也是因为一切都已归于遗忘，如果没有疯狂，那这一切就没有任何意义了。人们说，虽然不知道我是怎么想的，但我从未有过什么朋友，我这悲惨的人生只是被艺术、哲学和疯狂充满而已。那一夜，即便别的房客和警察不停安慰我，即便医生给我投放镇静剂，也没有人能够理解，发生的事情到底是怎样的噩梦。他们没有对我那受尽折磨的朋友表现出半点怜悯，但他们在躺椅上发现了某个东西，因此就把让我作呕的称赞加到我头上。如今我在绝望中抛弃所有名声，连续几个小时地枯坐，我头顶变秃、胡子变灰、皮肤干皱、中风，整个人变成药罐子，全身衰弱不堪，只是一味地朝他们发现的东西崇拜、祈祷。

他们不承认我卖掉了最后一尊雕像。被那道光照过之后，变得冰冷、石化、无声的东西，让他们非常着迷。那正是我朋友——我那落入疯狂和破灭的朋友——现在的样子；这大理石雕像犹如神祇一般的头部仿佛只可能出自古希腊人之手，它的青春超越了时间，颊上生着美髯，唇边带着微笑，额头宛如奥林匹斯之神，头发浓密而卷曲。他们说，这雕像肯定是我根据萦绕于心的面容雕刻而成，那是我自己二十五岁时的面容。可在大理石的台座上，却只有一个用阿提卡字母刻成的名字——"ΥΠΝΟΣ"（休普诺斯）。

奈亚拉托提普
Nyarlathotep

译者：玖羽

奈亚拉托提普……伏行的混沌……我在最后……我将述说，倾听虚空……

我记不清事情是从什么时候开始的了，但那肯定是几个月之前的事。当时所有人都紧张得可怕，无论政治还是社会都在遭遇剧变，再加上许多骇人听闻的现实危险，这些都加剧了人们的不安。其中，有的危险仿佛威胁着一切，有的危险仿佛只能来自最为恐怖的噩梦中的幻想。我记得每个人的脸上都是苍白的，充满了担忧，他们轻声念叨着警告和预言，但却没有一个人胆敢公开重复，或者承认自己曾听到这些话。这片土地上弥漫着令人震惊的罪恶，身处从群星之间的深渊里吹来的寒风中，人们只能躲在阴暗、偏僻的角落，瑟瑟发抖。季节的规律似乎也已被恶魔的力量改变——即使是秋天也依然暑热异常；所有人都觉得，这个世界，不，这个宇宙可能已经脱离了已知诸神、已知力量的控制，如今支配着宇宙的，是未知的诸神、未知的力量。

就在这个时候，奈亚拉托提普从埃及来到这里。没有人知道他的来历，但他一定有着古代埃及人的血统，那形貌看起来就像一位法老。所有的埃及农民见到他都会跪拜，但没人能说出其中的理由。他说，自己乃是从二十七个世纪的黑暗中重生，而且他所听到的信息并非来自这星球上的任何一个地方。奈亚拉托提普走遍了文明的国度，这位黝黑、纤瘦、不祥的奈亚拉托提普无论到哪里，都要购买许多玻璃或金属制的奇妙器具，并把它们组合成更加奇妙的东西。他发表了许多科学方面的长篇阔论——其中包括电学和心理学，每次演说都把观众震惊得哑口无言。很快，他就为自己赢得了煊赫的高名。人们一边颤抖着，一边建议旁人亲眼看看奈亚拉托提普；然而，凡是奈亚拉托提普所到之处都会失去安宁。在深更半夜里，常常响起被噩梦魇到的尖叫，以至于尖叫前所未有地成了一个社会问题。现在，智者们甚至考虑禁止人们在午夜睡眠，指望通过这种手段，在苍白色的、可怜的月光投到绿色河水——那流过桥下、流过在病态的天空下倾颓的尖塔的绿色河水——之中的时候，能够将那响彻整个城市的绝叫降低一些音量。

我还记得奈亚拉托提普来到我们这座巨大、古老、充斥着无数犯罪的恐怖之城时的事情。我的朋友告诉我关于他的事，同时还告诉我，他所揭示的信息有着强烈的魅力和诱惑。这激起了我的热情，我饥渴地想从他那里学到无比深奥的神知秘识。朋友说，奈亚拉托提普所揭示出来的东西甚至远远凌驾于我最狂热的空想之上，在黑暗的房间里，屏幕上投射出来的是除奈亚拉托提普之外无人胆敢承认的预言，他擦出的火花能吸引所有人的视线，即使他们从来没有被吸引过视线；此外，我还听到一种流传甚广的传言说，认识奈亚拉托提普的人能够看到旁人看不到的景象。

那是一个闷热的秋夜。在叫人透不过气的房间里，我越过躁动不安的群众、越过无数级台阶，望着奈亚拉托提普。而在屏幕映出的阴影上，我看到了废墟中仿佛被遮盖住的形体，在累累的残垣之后，是许多黄色的、邪恶的面孔。我还看到了世界抵抗黑暗的样子；那世界围绕一个黯淡、冰冷的太阳苦苦挣扎，它旋转着、翻搅着，竭力抵抗来自无限宇宙的毁灭之波。这时，火花在观众的头顶以惊人之势闪烁，使头发悚立起来，投下怪异的、用语言难以形容——但可以说，似乎是蹲坐在人们头顶上的阴影。因为我比别人都要来得冷静和有科学头脑，所以我便用颤抖的声音咕哝着指摘说"这是骗术"，"是静电反应"。奈亚拉托提普于是就撵走所有观众，把我们赶下高得目眩的台阶，赶到湿热、无人的街道上。为了安慰自己，我尖叫着："我不害怕，我决不能害怕。"还喊了其他一些话。我们大家发誓，这座城市依然丝毫不变地存在着，甚至还比以前更具活力，而当路灯的光开始暗下去时，我们就一遍遍地诅咒电力公司，还互相嘲笑对方那古怪的表情。

可以肯定，我们从那绿色的月亮中感觉到了什么。我们开始在月光的指引下前进，在无意识中慢慢地组成了一支奇妙的队伍。我们行进的样子，就好像知道目的地一样——尽管我们之中没有一个人知道目的地在什么地方。突然，我们发现路面上的石块变得松动，在石块的缝隙里长着草丛。我们看到了过去曾经跑过电车的、缺失而锈蚀的铁轨，还有一辆只剩空窗的电车孤单、残破地横倒在一边。当我们向地平线上远望的时候，发现已经看不到河岸边的第三座塔，只有第二座塔那塔尖的剪影在夜幕中破碎不堪。接下来，我们分成数列纵队，每一列似乎都要朝不同的方向前行；其中一列消失在左边狭窄的小巷里，只留下一阵可怕的呻吟回荡在耳畔。另一列走进了杂草丛生的地铁入口，他们一边走下去，一边疯狂地号叫、哄笑。至于我所在的队伍，则像被吸走似的往郊外远去。前进在一望无际的旷野里，我感到一阵与这酷热的秋天完全不符的恶寒。不仅如此，当我们大步走进这黑暗的原野之后，发现自己已经被邪恶的、反射着地狱般月光的积雪包围，那没有足迹、怪异莫名的积雪被吹往一个方向的风分为两部，造出两道闪耀的雪墙，而中间则是黑暗的深渊。我们觉得远方似乎立着极细的列柱，于是就像梦游似的缓缓走进深渊。我徘徊在队伍后方，对那被月光染绿的雪堆上的黑色裂口惧怕不已。我想我听见了我的同伴消失时那令人不安的哀号的回响，但我自己也已经不剩多少力气。就好像有人在远方向我招手一样，我在巨大的雪堆上半滑半走地行进，一边颤抖一边恐惧，就这样被吸进无法想象的、不可见的旋涡。

我想要尖叫，想要沉默地陷入谵妄，但我却只能述说那些神祇的事情。风像一个恶心而灵敏的影子那样回旋，既是手又不是手的东西在翻弄着它。在这充斥着腐烂造物的恐怖暗夜中，在已经死亡、长满名为城市的溃疡的诸世界的尸体上，回旋的风把人搅得头晕目眩。这冥府之风吹过苍白的群星，让它们颤抖着黯淡下来。越过世界与世界之间，隐约浮现出了如巨怪一般的幽影，那些若隐若现的影子是不净的神殿的立柱——这立柱坐落于构成宇宙基盘的无名岩石之上，高高地矗立，超越光与暗的领域，直达于难以仰止的太虚；就在这座隐藏在宇宙之中的、令人作呕的墓地里，从超越时间、超越想象的黑暗房间中传来了疯狂敲打巨鼓的声响，以及长笛细微、单调、亵渎的音色。应和这可憎的敲击和吹奏，那些庞大而黑暗的终极之神——那些盲目、喑哑、痴愚的蕃神们——正缓慢地、笨拙地、荒谬地跳着舞蹈。而它们的魂魄，就是奈亚拉托提普。

魔女屋中之梦
The Dreams in the Witch House

译者：竹子

沃尔特·吉尔曼不知道究竟是那些梦境导致了这场高烧，还是这场高烧诱发了那些梦境。这段时间以来，他若不在那张单薄的铁床上辗转反侧，就在阁楼里书写、研究并且挣扎应付着那些数字与方程。这座古老小镇以及那间带着霉味、充满罪孽的阁楼所诞下的阴郁恐怖正蜷缩在一切事物之后潜滋暗长。他的听力渐渐变得超乎寻常的敏锐，甚至达到了让人难以忍受的程度。为此，他在很早以前就停掉了那只廉价的座钟，只因为那东西的嘀嗒声在他听来就像是炮兵部队的轰鸣。而在夜幕降临之后，来自屋外黑暗城市里细碎的喧闹，耗子在虫蛀隔板里匆匆跑过的不祥脚步，以及这座百年老屋里那些看不见的木料所发出的咯吱声响对他来说已经是一片刺耳的喧嚣了。黑暗里总充斥着无法解释的响动——而在某些时候，他会恐惧地颤抖不已，唯恐自己听到的噪音会在某一刻消退平息，让他能够听到另一些更加微弱模糊的声响，一些他一直怀疑就潜伏在自己身后的声音。

他住在一成不变的阿卡姆。那座城市充满了民间传说。在那里，丛生的复折式屋顶歪斜、松垮地盖在一座座阁楼上。当新英格兰辖区[1]还处在那段古老而黑暗的岁月里时，女巫们就是躲在这样的阁楼里避过国王的耳目的。但在这座小城里，恐怕没有哪个地方会比吉尔曼现在的栖身之处拥有更多阴森恐怖的历史——因为这座房子里的这间阁楼曾经也是老凯夏·梅森的避风港。从来都没有人能够解释清楚凯夏·梅森最后是如何从塞伦监狱里逃出来的。那还是1692年的事

---

[1] 新英格兰辖区：指基督教新英格兰辖区。

情——当时看守监狱的那个狱卒发了疯，并且模糊不清地嘟哝着说有个身披皮毛、长着白色牙齿的小东西冲出了凯夏的单间。人们在监狱的灰色石墙上看到了用某种黏稠的红色液体涂抹出的弧线与尖角——甚至就连科顿·马瑟[1]牧师也不知道那是什么。

或许，吉尔曼不该研究得那么专注。不论非欧几里得几何学还是量子物理都是让人耗费脑力的学问；倘若有人想将这些东西与民间传说混在一起，并且试图从那些哥特故事与壁炉旁的疯狂传说里寻找到一些涉及多维实现的离奇知识，那么很难想象他能完全免受精神紧绷的困扰。吉尔曼以前生活在黑弗里尔，但直到来阿卡姆读大学后，他才开始试着将自己所学习的数学理论与那些有关古老魔法的奇妙传说联系在一起。这座古老小城的空气里有某些东西潜移默化地触动了他的想象。密斯卡托尼克大学的教授们曾经一再敦促他放松一点，而且主动削减了好几个领域里的课程。甚至，他们还禁止吉尔曼去查阅那些记录着禁忌秘密的可疑古书——多年来，这些书一直被牢牢锁着，而且打开它们的钥匙也放置在大学图书馆的一间地下室里。但这些预防措施终究还是来得太晚了，阿卜杜·阿尔哈兹莱德所著的那本令人恐惧的《死灵之书》，还有残缺不全的《伊波恩之书》[2]以及冯·容兹编写的那本被查禁的《无名祭祀书》已经向吉尔曼暗示了某些可怖的秘密。而吉尔曼更将这些暗示与他所学习的那些用来描述空间性质以及已知与未知维度间相互联系的抽象数学公式联系在了一起。

他知道自己所住的房间就在那座古老的魔女之屋里——事实上，这正是他选择住在这里的原因。艾塞克斯郡的档案里记载了许多审判凯夏·梅森的细节。而她被迫向巡回法庭供述的内容更让吉尔曼觉得毫无道理地痴迷。她告诉霍桑法官：线与弧可以用来指明方向，引导人们穿越空间与其他空间之间的隔阂；此外她还表示当女巫们在

---

[1] 科顿·马瑟：（1663—1728），新英格兰地区的著名清教徒牧师，曾参与过塞伦女巫审判运动。

[2]《伊波恩之书》：原文是 Liber Ivonis，其实是《伊波恩之书》的拉丁文书名，字面大概的意思似乎是：Ivonis 的子孙。

梅朵山另一边有着白色石头的黑暗山谷里——或者河中无人居住的小岛上——举行某些午夜集会的时候，也会经常使用这样的线与弧。她还提到了"黑暗之人"，提到了自己的誓约，还有她的新秘名"奈哈比"。后来，她将这些东西涂抹在了自己牢房的墙壁上，然后消失了。

吉尔曼相信那些与凯夏有关的怪事，而当他得知凯夏所居住的房屋在经历过两百三十五年的风风雨雨后依然健在时，更感到了一阵莫名的兴奋。后来，他又听说了许多流传在阿卡姆城里的隐秘传闻——像是凯夏会经常出现在那座老房子里，或者出现在某些狭窄的街道上；一些睡在那座房子——以及其他房子里的人身上会出现不规则的人类牙印；有人会在临近五朔节与万圣节的时候听到孩童的哭声；而度过这两个可怕的日子后，老房子的阁楼里经常会弥漫出恶臭的气味；在黎明前最黑暗的那几个小时里，会有某个长有皮毛与尖牙的小东西出现在那座腐朽的大屋里，或者徘徊在小镇上，并且用鼻子去古怪地摩挲人们的身体。在听说了这些传闻后，吉尔曼决心不计一切代价也要在那座房子里住下来。想要在那座房子弄到一个房间其实并不困难；因为那座房子非常不受欢迎，很难租出去，因此很早以前就被用来从事廉价的寄宿生意。可是，吉尔曼也说不清楚自己到底希望在那座房子里找到什么东西，但他知道自己希望住在这样一座房子里——因为这里的某些东西或多或少地让一个生于十七世纪的平庸老女人拥有了非常深刻的数学见解，而且这种数学见解可能远远超越了普朗克、海森堡、爱因斯坦以及德·西特等当代大师所钻研到的极限。

他仔细研究了那些墙纸已经剥落的地方，考察了每一块能够找到的木料与灰泥墙，试图寻找出某些神秘设计留下的痕迹，并且花了整整一个星期说服房东允许自己租下位于东面的阁楼——据说那里曾是凯夏练习魔法的地方。那个房间原本就是空着的——因为从来都没有人愿意在那里久留——但波兰房东在将它租出去这件事情上仍旧表现得非常谨慎。可是，实际上，直到吉尔曼开始发烧之前，什么事情都没发生过。他没有在阴暗的大厅与房间里看到凯夏的鬼魂突然飘过；也没有发现任何能够爬进自己房间，并用鼻子摩挲自己身体的长毛小东西；更没有找到任何女巫的魔咒来奖励自己矢志不渝的搜索。有时候，他会走进那些纠结交错在一起的幽暗小巷。在那些地方，未铺砌的地面裸露出原来的模样，空气里飘荡着发霉的臭味。年代不明的怪异棕色屋子在巷子两旁摇摇欲坠地倾斜着，并且透过镶嵌着小块玻璃的狭窄窗户向他投来嘲弄的一瞥。他知道这些地方曾经发生过奇怪的事情，而且在这片表象之下还存有一丝模糊的暗示：那些骇人听闻的过往或许尚未彻底消亡——至少它们还残留在那些最黑暗、最狭窄、最复杂曲折的小巷里。此外，他也曾两次划船登上河中央那座被认为非常邪恶不祥的小岛，并用素描画下了那些由一排排披覆着青苔的灰色立石组成的奇异夹角——那些石头全都有着极为晦涩和久远的起源。

吉尔曼租下的那个房间非常大，但却有着一个不规则的奇怪形状；阁楼北面的墙体出现了由外向内的明显歪斜，同时低矮的天花板也沿着相同的方向略略有点儿垂下。除开一个显眼的耗子洞，以及其他几个耗子洞被堵死后留下的痕迹外，房间里没有什么入口能通往夹在房屋北面笔直外墙与歪斜内墙之中的隔间，也没有痕迹说明曾经存在着这样一个入口。但当吉尔曼站在屋子外面眺望时，他看到阁楼北面的外墙上有一扇被木板封死的窗户，而且这个窗户应该是在很久以前封死的。此外，吉尔曼也没办法进入阁楼顶层位于那块倾斜天花板上方的隔间——但那里肯定有一个隔间，而且隔间的地板肯定是倾斜的。不过，当吉尔曼沿着一条梯子从阁楼里的其他房间爬上满是蜘蛛网的阁楼顶层时，他找到了一些痕迹证明阁楼顶层的确存有一个通往天花板上方隔间的入口——不过那个入口被一些非常古老的厚木板给紧紧地封死了，而且还有人用英国殖民时代常见的结实木桩进一步加固了那些封条。可是，不论吉尔曼说些什么，固执的房东都不允许他继续深入调查那两处被封死的隔间。

随着时间的流逝，吉尔曼对房间里歪斜的墙面与下垂的天花板感到更加着迷了；因为他开始意识到了那些古怪墙角背后的数学意义——这些数学意义似乎提供了一些模糊的线索，让他能够窥探到这些夹角的用途。他意识到，老凯夏也许是因为某些非常重要的原因才会选择居住在这样一个有着奇怪墙角的房间里；她不是曾声称自己能够通过某些夹角穿越我们所知道的空间的边界吗？渐渐地，他的兴趣出现了转移。他不再关心那些位于倾斜墙面与天花板背后、无从探明的封闭隔间，因为这些倾斜表面的用途似乎与他所居住的这个房间有关。

2月初的时候，吉尔曼开始有了头脑发烫的感觉，并且开始做奇怪的梦。这段时间以来，吉尔曼房间里的那些古怪墙角似乎对他产生了一种离奇的、近乎催眠般的影响；随着凛冬渐渐离去，他发现自己开始越来越专注地盯着向下垂倾的天花板与向内歪斜的北墙所夹成的墙角。此时的他已经没办法集中精神从事日常的学习了。这让他感到非常焦虑，此外他也非常担心即将到来的年中考试。另一方面，极度超常的听力依然让他感到烦恼。生活里充满了持续不断而且几乎无法忍受的噪音，而且他还觉得有另一些持续不断、令人恐惧的声音——也许并非源自日常生活的声音——在自己能够听到的范围边缘颤动着。到目前为止，在那些能够听到的声音中最让人心烦意乱的是耗子在老旧隔板里发出的声音。有时候，那些耗子活动时发出的声音丝毫没有鬼鬼祟祟的感觉，似乎更像是故意弄出来的。当这种响动从歪斜的北墙里传出来的时候，中间总混合着一种干瘪的喀嚓喀嚓声——而当它从下垂的天花板上传下来的时候，吉尔曼总会绷紧自己的神经，仿佛随时准备好迎接一个正在等待时机突然俯冲直下将自己完全吞噬的恐怖怪物。

而他的梦境也完全超出了理性可以解释的范围。吉尔曼觉得这是他在学习数学与民间传说的结果。他一直在思索他的方程式为自己揭露的那些存在于人类所知道的三维世界之外的晦涩世界；思索老凯夏是否真的——在某些无法想象的力量的引导下——找到了通向那些晦涩世界的大门。泛黄的乡郡档案上记录了她与指控方的证词，那些证词令人憎恶地暗示一些完全超出人类经历的事情。此外，记录上还提到了那个四处乱窜、长着皮毛的小东西——她的魔宠——那些描述充满了难以置信的细节，但却又真实得可怕。

那只东西似乎是一起非常特别的群体妄想症的产物，因为在1692年至少有十一人声称自己瞥见过那个东西。它的尺寸接近一只大号的耗子，而市民们更是奇怪地将它称作"布朗·詹金"。此外，吉尔曼还发现了许多年代较近的谣言，这些传闻之间的相似程度多得令人困惑和不安。目击者声称它有着长长的毛发，外形像是只耗子，但那张长着尖牙与胡子的面孔却像是一张邪恶的人脸，而且它的爪子也像是细小的人手。它在老凯夏与魔鬼间传话，而且是用女巫之血养大的——它会像吸血鬼一样吸食血液。它的声音像是一种令人憎恶的窃笑，而且它能说所有语言。在吉尔曼梦见的所有离奇怪物中，没有什么东西能比这个亵渎神明的小怪胎更让他感到作呕与恐惧。在那些梦境里，它那一闪而过的形象要比吉尔曼在清醒时根据古老记录或是近代流言想象出的模样还要可憎成百上千倍。

在那些怪梦中，吉尔曼大部分时间都在坠落着摔向无底的深渊。那些深渊里充满了拥有着神秘色彩的微光与杂乱得令人迷惑的声响。他完全无法理解这些深渊的物质性质，引力特点，以及深渊与自己的关系。在梦里，他既不在行走也不在攀爬，既不在飞行也不在游泳，既不在匍匐也不在蠕动；他总觉得自己以一种部分出于自愿、部分不由自主的方式在运动。他没办法准确判断自己究竟处在怎样的状况下，因为当他看到自己的手臂、腿脚与躯干时，这些身体部位似乎总被某些古怪无序的景色给割裂开了；但他觉得自己的身体组织与生理机能却通过某种方式进行了奇妙的转变，间接地联系在了一起——而且还与自己在正常情况下的身体比例与性质保持着某种怪诞的联系。

那些深渊也不是空的。那里面挤满了大堆大堆难以形容的带有棱角的东西。在这些闪现着异样色泽的事物里，有一些似乎是有机体，而另一些则不是。有一小部分有机体似乎唤起了某些位于吉尔曼脑海深处的模糊记忆，但他没办法形成一个清晰的念头去辨认它们究竟在滑稽地模仿或暗示什么东西。后来，梦中的他开始将那些有机体按照看上去的模样归类到几个互不相干的类别里。他发现每个类别似乎都有着与其他类别完全不同的行为模式与基本运动方式。在他看来，所有这些类别中，有一类物体在行动上要比其他类别的成员稍稍有规律一些，也稍稍符合逻辑一些。

吉尔曼完全没办法描述他梦见的所有物体——不论是不是有机体——他甚至都无法理解那些物体。有几次，他试图把那些大块的无机体比作棱柱、迷宫、大量立方体与平面堆簇的东西，或者巍峨的建筑；而那些有机体则让他想到了各式各样的其他东西，比如一堆泡泡、章鱼、蜈蚣、活的印度神像，还有像是蛇一样活动的复杂阿拉伯式蔓藤花纹。他看到的所有东西都透着一种无法言喻的险恶与恐怖；每当有某个有机体做出似乎在留意他的举动时，吉尔曼总会感到纯粹的、毛骨悚然的恐惧，而且通常会因此从睡梦中惊醒过来。至于那些有机体是如何运动的，吉尔曼却完全说不清楚，就好像他没法解释自己是如何移动的一样。随着时间推移，他注意到了一个更大的谜团——有些东西会突然出现在原本空荡荡的地方，或者有些东西会突然消失得无影无踪。那些深渊里充斥着尖锐与轰鸣的声音，吉尔曼完全没办法区分这些混乱噪音的音调、音色或旋律；但当所有那些不确定的物体——不论是有机体还是无机体——表现出视觉可见的含混变化时，那些混乱的噪音也会同步地变化。吉尔曼一直害怕那些噪音会在一个又一个模糊而且必然无休止的起伏波动中发展到响亮得无法承受的程度。

但吉尔曼并不是在这些充满了怪诞的旋涡里见到布朗·詹金的。那只令人惊骇的小怪物只会出现在那些较浅也较鲜明的睡梦中——那些在吉尔曼坠入最深的沉眠前侵扰着他的梦境。每天夜晚，他会躺在黑暗里，努力保持清醒，然后这个有着百年历史的房间会闪烁起一种模糊摇曳的光辉，而那个一直狡诈地侵占着吉尔曼脑海、由倾斜平面会聚形成的墙角也会显现出一团紫色的薄雾。接着，那只可怖的怪物似乎也从角落里的耗子洞里钻了出来，啪嗒啪嗒地经过下陷的木地板，向他小跑过来，而那张长着胡子、如同人脸一般的微小面孔上还流露着邪恶的期盼——万幸的是，这样的梦总会在那只东西爬近到足够用鼻子摩挲吉尔曼之前消散殆尽。他甚至都能看到它长得可怕的尖锐犬齿。每一天，吉尔曼都会尽力堵死那个耗子洞，但每天夜里，隔间里的住客们——不论它们是什么——都会啃掉洞口的阻塞物。曾有一次，他让房东用马口铁钉死了耗子洞，但第二天晚上，耗子们又啃出了一个新洞口——在啃出洞口的时候，它们还从洞里推，或拖出一小块奇怪的骨头碎片。

吉尔曼没有因为高烧的事去找医生。因为他知道如果自己还想通过年中考试，就必须把所有时间都花在临时抱佛脚上，而医生有可能会命令他去大学里的医务室进行检查，这肯定会影响他的复习进度。可即便如此，他依旧没有通过微积分D与高等普通心理学考试，不过他起码还有希望在学期结束前做些补救。3月的时候，那些浅层的、像是序幕一样的梦里出现了新的元素。另一团朦胧模糊的东西开始伴随着布朗·詹金那梦魇般的形象一同出现在了他的梦里。随着时间的推移，那团模糊的东西越来越像是一个佝偻的老妇人。这个新出现的景象让他感到格外不安，甚至超出了他能够解释的范围，但他最后觉得那个人影很像是自己曾见过的一个干瘪的老太婆。他曾经两次在废弃码头附近、曲绕幽暗的巷子里遇见那个老太婆。每次遇见她时，那个老丑婆总会用一种似乎目的不明的邪恶讥讽眼神盯着他，几乎让他不寒而栗——特别是第一次遇见那个老丑婆的时候，吉尔曼还看到了一只臃肿的耗子窜过了相邻小巷的阴暗街口，那让他毫无道理地联想到了布朗·詹金。吉尔曼思索着，现如今这些曾让他神经紧张的恐惧记忆被倒映进了自己错乱的梦境里。

他承认这座老房子给自己的身心健康带来不利的影响；但早前那种病态的兴趣却依旧将他留在房间里。他觉得每夜的幻想只是高烧导致的结果；而等到退烧的时候，他就能摆脱这些可怕的噩梦了。不过，这些噩梦实在太过生动，太过真实，这让他觉得颇为憎恶。而且在醒着的时候，他总隐隐约约地觉得自己在梦中经历的事情要比他醒来后记住的事情多得多。他毛骨悚然地觉得——在那些他无法记起的噩梦里——自己曾与布朗·詹金还有那个老妇人有过交流，而且他们还在怂恿自己与他们一同去某个地方，去与另一个有着更伟大力量的存在会面。

到了3月末，吉尔曼已经在数学领域里取得了不小的进展，而其他课程却让他越来越觉得烦恼。渐渐地，他开始用一种近乎直觉般的诀窍来解决黎曼方程，而他对于第四维度，以及其他一些能够难倒班上所有同学的问题，有了颇为深刻的理解——这一点甚至让阿帕姆教授都觉得有些惊讶。有天下午，他们举行了一次研讨会，打算探讨空间能够被扭曲成怎样的奇特结构，以及宇宙中我们所在的区域与其他各个区域——

像是最遥远的恒星，或者星系间的巨大深渊，甚至那些理论设想出来的、位于爱因斯坦时空连续体之外、遥远得难以置信的宇宙区域之间是否存在从理论上看较为靠近，甚至相互连通的特殊地点。吉尔曼在这一议题上的表现赢得了所有人的钦佩，然而他举出的某些假设性的例证让那些一直以来都不绝于耳的、有关他神经质与独居怪癖的流言蜚语得到了进一步的发展。真正让学生们大摇其头的还是他在清醒时发表的那套理论：一个人——假如拥有了全人类都不可能获得的渊博数学知识后——或许能够自由地从地球跨越到其他天体上去，只要那个天体位于整个宇宙模型中无穷多个特殊点中的某一点上。

他认为，这样的跨越仅仅只需要经历两个阶段：首先，他需要沿一条通道离开我们所熟悉的三维空间；然后，他再沿一条通道回到三维空间中的另一点上——而那个点可能在无限遥远的地方。这样的跨越并不一定会让旅行者送命——有许多事例可以推导出这样的结论。生活在三维空间任何地方的任何生物或许都能够在四维空间里存活；而它是否能够活过第二阶段则取决于它选择从何处重新回到三维空间，以及那个地点的实际情况了。某些行星上的居民或许能够在其他一些行星上生存下来——即使那些星球可能存在于其他星系，或其他时空连续体里的相似维度空间——当然，这当中也存在着大量不适宜旅行者居住的选择，即便从数学角度来看这些天体，或者空间里的区域，与旅行者的出发点是邻接的。

而生活在特定维度空间里的居民同样也能够安全地进入许多未知而且不可思议的更高维度，甚至无限的维度空间——那么这个时候，他们是还在原来的时空连续体内，还是已经离开那个时空连续体了呢？——反过来想，相反的过程同样也是成立的。这些都只是猜想而已。不过，可以确定的是，从任意维度前往相邻的更高维度并不会对我们所知道的生物体完整性造成任何形式的破坏。吉尔曼非常确定最后这一条假设；但关于这一问题，他解释得很含糊，与面对其他复杂要点时的清晰思路很不相称。此外，他还论证了高等数学理论与神秘学的某些方面有着非常密切的关系，而这些历经漫长岁月传承下来的神秘知识有着某个难以言明的古老源头——不论是人类或是出现在人类之前的东西——它们对于宇宙以及宇宙法则的了解肯定远远胜过了现在的人类——而阿帕姆教授特别欣赏这部分的观点。

大约4月1日的时候，吉尔曼变得更加焦躁了，因为长时间的高烧并没有出现消退的迹象。此外，还有一件事也让他觉得有些不安——有好几个房客都说他患上了梦游症。住在楼下房间里的那个房客说，吉尔曼似乎经常在夜晚的某几个小时里离开自己的床，并且在地板上弄出嘎吱嘎吱的声音。那个人声称自己听到鞋子在地板上走动时发出的声响；但吉尔曼觉得他肯定听错了，因为每天早上他都能看见自己的鞋子与其他衣物都准确地摆在原来的位置上。待在这座令人生厌的老房子里，任何人都会发展出各式各样的幻觉——吉尔曼不是也觉得歪斜北墙与下垂天花板的后面——即便在白天——也会发出某些不同于耗子刮擦墙壁的声音么？依靠着那对灵敏得已趋病态的耳朵，他逐渐觉得头顶那早在许久以前就被封死的顶层房间也会传出模糊的脚步声。有些时候，这种错觉甚至逼真得让他感到苦恼。

不过，他知道自己的确患上了梦游症；因为有人曾两次在半夜里发现他的房间是空的，但他所有衣服却都留在原地。弗兰克·埃尔伍德向他证实过这件事情。弗兰克·埃尔伍德是他的同学，由于家境贫寒，他也住在这个不受人们欢迎的污秽大屋里。有一次他学习到了很晚，并且被一个微分方程给难住了。于是，他来到了阁楼里，希望能向吉尔曼请教。起先，埃尔伍德敲了敲门，却没有得到回应，于是他推开了没有上锁的门——虽然这个举动有点儿冒昧，可他实在很需要帮助，而且他觉得房间主人也不会介意自己礼貌的打扰——然而，他却发现吉尔曼并不在房间里。像这样的事共发生过两次——而当吉尔曼听说这些事情的时候，他不由得纳闷起来：光着脚、仅仅穿着睡衣的自己究竟去了什么地方呢？于是，他下定了决心，如果梦游的情况继续出现，他就必须搞清楚这件事情。他还想过把面粉撒在走廊的地板上，看看脚印会通往什么地方。因为狭小窗户的外面没有可立足的地方，整个房间唯一可能的出口就是房门。

4月份的时候，吉尔曼遇到了新的麻烦。他极度灵敏的耳朵捕捉到了乔·马祖尔维奇发出的如同哀怨一般的祷告声，而这些声音搅得他不得安宁。那个迷信的织机修理工住在房子的一楼。他说过不少混乱而冗长的传说——关于老凯夏的鬼魂，关于那只长着尖牙、喜欢用鼻子嗅来嗅去的小杂种。他还说自己有一段时间经常被这些东西纠缠，只有他的银十字架——圣斯坦尼斯洛斯教堂的伊万伊奇神父给他用来对抗这些邪物的银十字架——能够给他带来安宁。他之所以在这个时候祈祷，是因为女巫们的拜鬼仪式[1]已经近了。五朔节前夕就是沃尔帕吉斯之夜[2]，届时地狱里最阴暗的邪恶将会在世间飘荡，而撒旦所有的奴隶都会聚集在一起实施不可名状的仪式与行为。虽然好人们总会在这个时候聚集在密斯卡托尼克大道、海尔街，或是克索顿斯托尔街上，并假装对正在发生的事情一无所知，但于阿卡姆镇来说，这总是个非常糟糕的日子。到时候会发生糟糕的事情——而且会有一两个小孩消失。乔知道这些事情，因为他住在古老村庄里的老外祖母从她的外祖母那里听说过这些事情。乔知道这些事情，所以在这个时节里，祈祷和埋头数念珠总是比较明智的。何况凯夏和布朗·詹金已经有三个月没有靠近乔的房间，或者靠近保罗·切尼斯奇的房间，或者其他任何地方了——像他们这样拖延可不是什么好事情。他们肯定在忙什么。

4月16日，吉尔曼顺道去了一次诊所，却惊讶地发现自己的体温实际上没有他担心的那么高。医生深入地询问了他一系列问题，并且建议他去找个神经科专家来看一看。再三考虑之后，他很庆幸自己没有去咨询学校里那个更加爱打听的校医。老瓦德伦以前就限制过他的课余活动，而这次肯定会强迫他好好休息一阵——而这几乎是最不可能接受的事情，因为他已经快够到自己研究的那些方程的伟大结果了。吉尔曼很确定自己已经接近了这个已知宇宙与第四维度之间的边界了，又有谁能预言得到他还能在这条路上走出多远呢？

---

[1] 拜鬼仪式：中世纪基督徒想象的巫师集会，他们认为女巫和男巫通过这种方式聚集在一起，崇拜魔鬼并实践巫术。

[2] 沃尔帕吉斯之夜：指4月30日到5月1日的夜晚，其原本是欧洲的传统民间节日五朔节的一部分，在基督教传播到欧洲后，这个节日划归为异教徒节日，后来逐渐被扭曲成了女巫集会的时间。

虽然他是这么想的，但吉尔曼却不知道这种奇怪的自信究竟源自何处。难道这种有什么事情即将发生的危险感觉全都源自他一天天在纸上演算的那些公式吗？从头上完全封闭的顶楼里传来的那些想象出来的轻柔、鬼祟的脚步声更让他觉得紧张不安。而此刻，吉尔曼还有了一种越来越强烈的奇怪感觉——他觉得某个人正在坚持不懈地说服他去做某件他不能去做的事，某件非常可怕的事。梦游症的事情又该怎么解释？夜晚的时候，自己到底去了哪里呢？那些即使在大白天——自己完全清醒的时候——也能偶尔透过一片无法辨认的嘈杂噪音，悄悄传进耳朵里的模糊响动又是什么？那些响动的韵律或许与一两首在女巫拜鬼仪式上诵唱的、不能提及的圣歌有些相似，但除此之外，这个世界上再也找不出与它们相似的声音了。不过，有些时候吉尔曼觉得那些旋律在某些方面与自己做梦时在那些极度怪诞的深渊里听到的模糊尖叫与轰鸣有些相似。

与此同时，他的梦也变得越来越险恶了。在那些进入更深沉睡眠前的较浅梦境里，那个邪恶老妇人的形象已经清晰得让他觉得有些可憎。吉尔曼知道她就是那个出现在陋巷里，让自己颇感恐惧的老妇人。她有着佝偻的背脊、长长的鼻子以及皱缩的下巴，吉尔曼绝对不会认错这些特征，而且她身上也裹着一些与记忆里非常相似的破烂棕色衣物。她脸上流露着充满恶意与狂喜的表情，让人觉得毛骨悚然。而当吉尔曼醒来后，他依旧记得那个老妇人在说服与威胁自己时发出的沙哑嗓音。那个老妇人说，他必须去觐见"黑暗之人"，并且与他们一同前往位于终极混沌中心、属于阿撒托斯的王座。因为他已经独自探索了太多的东西，所以他必须用自己的血在阿撒托斯之书上签下自己的名字，并且挑选一个新的秘名。但有件事情让吉尔曼绝不会跟着她、布朗·詹金，还有别的什么东西前往混沌的王座，前往那个永远回响着无意义尖细笛音的地方——他曾在《死灵之书》上见过"阿撒托斯"这个名讳，他也知道这个名字象征着一个原始的、太过于恐怖而无法描述的邪恶。

那个老妇人总会凭空出现在下垂天花板与内斜的墙面所构成的墙角前。她似乎总在更靠近天花板的某个位置上显现成形，而且每晚都会赶在梦中的内容出现变化前靠近一些，同时也变得更清楚些。布朗·詹金也总会变得更靠近些，而且它黄白色的尖牙始终在神秘的紫色磷光中泛着令人惊骇的寒光。它尖锐可憎的窃笑声深深地刻进了吉尔曼的脑子里，越刻越深，甚至早晨的时候，他还能记得它是如何发出"阿撒托斯"和"奈亚拉托提普"这样的词的。

而在更深的梦境里，所有的东西都变得更加清晰了。吉尔曼觉得自己梦见的那些昏暗深渊就是四维空间。那些在运动时似乎不那么缺乏规律与动机的有机体很可能就是我们星球上的生命——包括人类——在四维空间里的投影。而其他东西在它们各自的维度空间里会是什么样子？吉尔曼甚至都不敢去想象。在那些不那么完全无规律运动的东西中有两个似乎注意到了他——其中一个比较大，它是由许多彩虹色扁球体的泡泡堆积而成的聚集体；另一个则要小得多，并且是有着陌生色彩与快速变换平面与棱角的多面体。当他在那些棱柱、迷宫、大量立方体与平面堆簇的东西以及类似建筑群的集合间改变位置时，那两个东西也会跟在他周围，或是飘浮在他前面；与此同时，那些模糊的尖叫与轰鸣也在变得越来越大，仿佛他正在接近某个洪亮得完全无法忍受的可怕顶点。

4月19日到20日的那个夜晚，事情发生了一些新的变化。当吉尔曼有点儿不由自主地随着那堆泡泡与小多面体在昏暗的深渊里移动的时候，他注意到一些由相互毗邻的棱柱簇的边缘构成的、非常规则的棱角。紧接着，他突然跳出了深渊，颤抖着站在一片刺目绿光里。他的脚下是一片满是岩石的山坡。吉尔曼发现自己光着脚，身上只穿着睡衣，而当他试图走动时，却发现自己几乎无法抬起脚来。打着旋的水汽将所有东西都隐藏了起来，只能看见近处的山坡。水汽里似乎涌动着一些声音，而当他思索这些声音的来源时，不由得打了个寒战。

然后，他看到了那两个身影——那个老妇人与那只披着皮毛的小东西——正在费力地向他爬过来。那个干瘪老太婆费力地抬起她的膝盖，并设法用一种奇怪的姿势将手臂交叉了起来。而布朗·詹金则明显很艰难地举起一只可怕的、类似猿猴手掌的前爪，指向某一个方向。一种不知从何而来的冲动触动了吉尔曼，于是他开始拖着步子朝着老妇人手臂所组成的角，以及那个小怪物前爪所指出的方向，走了过去。但他只拖着身子走了三步，接着就回到昏暗的深渊里。几何形状在他周围翻滚扰动。他觉得头晕目眩没完没了。最后，他在那座怪异老房子里的那间有着疯狂墙角的阁楼中的那张属于他自己的床上醒了过来。

整个上午他都觉得精神不振，并因此翘了所有课程。某种未知的吸引力总是拉扯着他的视线转向一个似乎毫不相干的方向，因为他总是不由自主地盯着地板上的一块空地。随着时间流逝，他双眼茫然凝视的焦点也在慢慢变化。中午的时候，他终于克制住了这种总是盯着空地的念头。大约两点钟的时候，吉尔曼出门去吃午餐。而当他步行穿过城市里的狭窄小巷时，他发现自己总是不自觉地转向东南方向。在经过洽奇街的一家自助餐馆时，他努力停下了自己的脚步。但在用过午餐之后，他觉得这种未知的牵引变得更加强了。

他本该去请教神经科专家的——也许这件事和他的梦游症有什么关系——不过，现在他至少得想办法打破这层施加在自己身上的病态的魔咒才行。毫无疑问，他依然能想办法偏离牵引的方向；因此他下定决心拖着身子沿着加里森大街走向了北方。等到吉尔曼抵达密斯卡托尼克河上的大桥时，他已经满头大汗了。他紧紧地抓住了桥上的铁栏杆，逆着河流向上望去，凝视着河中那座被认为是邪恶之地的小岛。午后的阳光忧郁地照在小岛上，将那上面排列成许多规则线条的古老立石笼在其中。

然后他抖了一下。因为在那座原本荒无人烟的小岛上有一个清晰的、活动着的人影。接下来，他非常确定地认出了那个人影——她是那个奇怪的老妇人——她阴险不祥的模样已经灾难般地刻进了吉尔曼的梦境里。靠近她的高草丛也在晃动，就好像有什么活物在她脚边的地面上爬行一样。而当老妇人将头转向他的时候，吉尔曼猛地跑下了桥，逃向城市滨水区那迷宫般的小巷寻求庇护。尽管那个小岛非常遥远，但他仍旧感觉到了那个藏在棕色衣服下、老态龙钟的佝偻人影所投来的讥诮凝视中包含着无法战胜的可怕邪恶。

来自东南面的吸引依然存在，吉尔曼依靠着极大的毅力才拖着身子回到了老房子里，爬上了吱呀作响的楼梯。他茫然地坐了几个小时，默不作声，双眼渐渐瞟向西面。大约六点钟的时候，他敏锐的耳朵又捕捉到了乔·马祖尔维奇在两层楼下发出的哀怨祷告声。绝望之中，他抓起了自己的帽子，离开了老房子，走进了被落日镀成金色的大街，任由此时已转移到正南方的牵引领着他继续前进。一小时后，他来到了汉格曼斯溪另一边的昏暗旷野里。那种驱使他前进的吸引已经逐渐神秘地指向了空中。突然间，他意识到这股吸引着自己的力量源自哪里了。

它来自天空。某个位于群星之间的地方控制着他，召唤着他。它似乎在长蛇座与南船座之间的某个点上。而且吉尔曼知道，自黎明他醒来的时候起，那个地方就在召唤自己。在早晨的时候，那个位置正好位于他的脚下，而现在它则大约位于南方微微偏西的方向上。这种新出现的症状意味着什么呢？自己是不是发疯了？它会延续多久呢？吉尔曼再次坚定了决心，转过身去，拖着步子走回了那座邪恶不祥的老房子。

回来的时候，吉尔曼发现马祖尔维奇正在大门前等着自己。那个织机修理工既焦虑又很不情愿地低声说起了一些新的迷信言论。这次是关于魔女之光的传说。由于那天是马萨诸塞州的爱国者日，黄昏时候，乔外出庆祝了一番，一直玩到午夜时分才回来。而当他站在外面望向房子的时候，他本以为吉尔曼房间的窗户是黑的，但随后却看见那里面透出了某种黯淡的紫罗兰色微光。乔想要警告这位先生小心那些微光，因为在阿卡姆生活的人都知道那种光芒是凯夏的魔女之光，因为它总会在布朗·詹金与那个老丑妇的鬼魂附近出现。要是在过去，乔是不会说起魔女之光的，但现在他不得不说了，因为他知道那种紫色光芒的出现意味着凯夏和她长着长牙的宠物正在纠缠这位年轻的先生。他、保罗·切尼斯奇还有房东多布罗夫斯基曾好几次觉得自己看见那种光线从吉尔曼房间上方那个密封的顶楼房间的缝隙里露出来，不过他们都觉得还是不要谈论这些事情为好。不过，乔建议吉尔曼最好还是调换到另一个房间去住，而且还必须要从一个好神父——比如伊万伊奇神父——那里讨一个十字架来保护自己。

那个男人喋喋不休地说了许多东西，而吉尔曼觉得某种无可名状的恐惧牢牢地扼住了自己的喉咙。他知道乔在回家前肯定已经喝得醉意朦胧了，但乔提到的那种出现在阁楼窗户后面的紫色光芒仍然让他觉得恐惧不已。在坠入未知深渊前出现的那些较浅也较鲜明的梦境里，那个老妇人与那只长毛的小东西身边也闪烁着同样的光芒。如果有另一个清醒着的人也能看到那些出现在他梦境里的光芒，那么这件事情已经完全超出了理性可以解释的范围了。如果乔没有看见那些光芒，那么他又是从哪里获得这些奇怪念头的呢？难道自己在梦游的时候一边在房子里走动，一边还在自言自语地说话？但乔告诉了他否定的答案——不过吉尔曼仍觉得自己必须进行一些详细的调查。也许弗兰克·埃尔伍德能告诉他一些事情，但吉尔曼讨厌去询问别人。

高烧——疯狂的梦境——梦游症——幻听——来自天空之中某个位置的召唤——现在还可能患上了疯狂的呓语症！吉尔曼觉得自己必须立刻停止研究，并且找神经科专家谈一谈，以便控制住自己。爬上二楼的时候，吉尔曼在埃尔伍德的门边停顿了一会儿，却发现对方并不在房间里。于是，他很不情愿地继续向上走去，回到了自己的阁楼房间，呆坐在黑暗里。他的视线依旧盯着西南方，而且他发现自己正在专注地聆听着从头顶密封的阁楼里传出来的某些声音，隐约幻想着那种邪恶的紫色光芒正从倾斜低垂的天花板上的某个难以察觉的裂缝中渗漏下来。

那天晚上，待吉尔曼睡下之后，紫色的光芒突然出现在了他的面前，并且变得越发明亮了。那个老巫婆和那只长毛的小东西靠得更近了，前所未有的近。他们发出非人的尖笑，做出魔鬼的姿势。吉尔曼很庆幸自己很快就坠入了回荡着模糊轰鸣的昏暗深渊，但那个彩虹色的泡泡堆与那个千变万化的小多面体仍追踪着他，让他觉得既恼火又害怕。接着，许多由看起来非常平滑的物质所组成的巨大平面突然显现在他的头顶与脚下，然后世界出现了变化。变化结束的时候，他看到幻象一闪而过，随后是一片陌生而且怪异的强烈光线。在这片光线中，纯黄、洋红、靛蓝三种颜色疯狂而又纠缠地混杂在一起。

接着，吉尔曼发现自己正半躺在一座边缘环绕着奇妙栏杆的露台上。那座露台很高，而它的下方绵延着一片无边无际、由无数建筑构造组成的丛林——那当中有令人难以置信的古怪尖峰、均衡的平面、穹顶、像是宣礼塔[1]的立柱、顶着圆盘的小尖塔，以及其他更加疯狂怪诞的形状。那当中的有些建筑是用石头修建的，有些则是金属质地。所有一切都在色彩斑斓的天空所投下的、几乎要将他烫出水泡的多彩强光中灿烂地闪闪发亮。他抬起头看见三个巨大的火球，每一个都有不同的色彩，并且悬挂在不同的高处，但全都距离那些低矮群山所勾勒出的弯曲地平线无限遥远。在他身后是一层层更高的露台，它们如同阶梯一样延伸向高处，最终消失在他的视野之外。露台下方的城市也一直延伸到他的视线尽头，而且他希望那里面不会传出什么声音来。

随后，吉尔曼从铺砌着地砖的地面上爬了起来。这一次他没有费多大力气。露台上的地砖是用一种带有脉络纹理的石头经过抛光制成的，但他没办法分辨出石头的种类。所有的地砖都被切割成一些非常怪异的多角形。但吉尔曼觉得那些形状是依据某种他无法理解的神秘对称原理设计而成的，并非像看上去那样毫无对称可言。露台的栏杆约有齐胸高，样式巧妙，做工精细。扶手上每隔一小段距离就安置着一个制作精湛但样式怪诞的小雕像。这些雕像，与整个栏杆一样，似乎是用某种光亮的金属制成的，但在色彩斑斓的光芒中，很难分辨这种金属原有的色泽；至于金属的种类与性质就更无从猜起了。雕像表现了某种有脊的桶状物体。这些桶状物的中央腰部水平地延伸着好几条如同轮辐般的肢体，而它们的上下两端则鼓起突出，形成某种竖直的瘤或是球茎。不论桶状物的顶端还是底端都有五条很长并且尖端逐渐收拢成三角形的扁平肢体。这些肢体以球茎为中心向周围延伸开去，就像是海星的触手——所有肢体都呈现出轻度的弯曲，有偏离中央桶状结构的上翘或下垂趋势，但整体上还是水平延伸的。桶状物底部的球茎被熔焊在了长长的栏杆上，但两者的接触点非常脆弱，因为吉尔曼留意到扶手上的好几个雕像已经折断丢失了。整个雕像大约四

---

[1] 宣礼塔：常见于伊斯兰教清真寺里的一种建筑，类似于在顶端收拢变尖细的圆柱形。

英寸半高，算上像钉子一般向外伸出的触肢，最大直径约有两英寸半。

待吉尔曼站起来后，他觉得地砖对于自己的赤脚来说有点儿烫。周围一个人影也没有，于是他径直走到了露台的栏杆旁，头晕目眩地向下望去，俯视着那个距离自己将近两千英尺的城市。那是一座铺展得无边无际的雄伟都市。而当吉尔曼仔细聆听的时候，他觉得自己听到一些涵盖了宽广音域，犹如音乐一般的笛音混乱但却有节奏地从下方狭窄的街道间飘了上来。他希望自己能辨认出这个地方的居民，但距离实在太远了。过了一会儿，下方的景象开始让吉尔曼觉得有点儿昏眩，于是他本能地抓住了光亮的栏杆，免得自己头昏眼花地摔倒在地砖上。他的右手搭在了一只突出的雕像上，指间传来的触感似乎让他稍稍镇静了一点。但是这些奇异的金属制品有点儿太精细了，那只满是枝丫的雕像被他给生生地折了下来。但吉尔曼依旧觉得有点儿昏眩，于是他继续紧紧地握着雕像，同时用另一只手抓住了光滑扶手上的一截空当。

然而，在这一刻吉尔曼极度敏锐的耳朵却捕捉到了一些源自背后的响动。他回过头去，望向身后的露台，看见五个身影正悄悄地靠了上来。对方的动作很轻柔，但并没有表现出偷偷摸摸的样子。五个身影中有那个邪恶不祥的老妇人，也有那只长着尖牙与皮毛的小畜生，但真正让他昏过去的却是另外三个身影——因为那三个身影虽然有大约八英尺高，却与栏杆上那些满是枝丫的雕像一模一样。但它们是活生生的东西，而且正蠕动着身体下端海星般的触肢，如同蜘蛛一样爬了过来。

醒来的时候，吉尔曼发现他还躺在自己的床上，但浑身已经被冷汗给浸透了。一阵阵刺痛的感觉从手臂、双脚与脸上传来。随后，他跳下床，发疯一般仓促地洗了脸，然后换上了衣服，就好像自己必须尽快地离开这间屋子一般。他不知道自己要去哪里，只是觉得自己可能又要翘课了。那种指向天空中位于长蛇座与南船座之间某点的古怪牵引并未减弱，但另一股更强大的力量取代了它的支配地位。如今，吉尔曼觉得自己必须往北走——无限遥远的北方。他不敢经过那座能够看到密斯卡托尼克河上无人小岛的大桥，所以从皮博迪路大桥上过了河。一路上他总是磕磕碰碰，因为他的眼睛与耳朵都被拴在蓝色空旷天空中某个极其遥远的地方，完全无暇顾及身边的情况。

　　大约一个小时后，吉尔曼终于控制住了自己。这时候，他已经离城市很远了。在他的周围只有空旷荒凉的盐沼，脚下的狭窄小路一直通向印斯茅斯——说来奇怪，阿卡姆人都非常不愿意去拜访那座几乎已经荒废的古老小镇。不论如何，指引他向北行进的力量并没有减弱，但他能像之前对抗另一股力量一样对抗它，并且最终发现自己几乎可以用这股力量平衡先前的那股力量了。就这样，吉尔曼拖着沉重的步子回到了城里，并且在一台冷饮柜前要了一杯咖啡。随后，他又拖着身子走进了公共图书馆，开始漫无目的地浏览起那些比较轻松的杂志。其间他碰到了几个朋友，他们都提到吉尔曼身上有奇怪的晒伤，但吉尔曼没有告诉他们自己步行出城的事情。三点钟的时候，他在一家餐厅里吃了些午餐。在这期间，那股牵引既没有减弱的迹象，也看不到分裂的可能。在那之后，他又去了一家廉价电影院，盯着银幕上的疯狂表演，继续消磨接下来的时光。那些表演重复了一遍又一遍，但吉尔曼却对其中的内容毫不关心。

　　大约九点钟的时候，他游荡着走向了回家的方向，跌跌撞撞地走进了那座古老的屋子。乔·马祖尔维奇还在哀怨地念叨着那些无法理解的祷词，于是吉尔曼加快速度径直回到了阁楼上的房间里，没有中途停下来查看埃尔伍德是否在家。而当吉尔曼打开昏暗电灯的时候，令他万分惊恐的事情发生了。起先，他发现桌子上多了一个不属于他房间里的东西，接下来的查看让他确定了自己的想法。桌面上的东西正是他在可怕噩梦里从那条奇异栏杆上掰下来的那个满是枝丫的雕像。它躺在桌面上——因为奇特的形状使它没办法独自立起来——每个细节都与梦里一模一样。分布着脊线的水桶形身躯，向外辐射伸展的触肢，位于两端的球茎，还有那些自球茎上延伸出来稍稍向外弯曲的扁平海星触手——所有特征一个不少。在电灯下，它的颜色看上去像是一种闪耀着多彩光芒的灰色，中间夹杂着绿色的纹理。此外，沉浸在恐惧与困惑中的吉尔曼还注意到雕像一端的球茎底部有一处不整齐的断口，而那个断口恰好能与梦中栏杆上残留的连接点吻合起来。

吉尔曼并没有大声尖叫，因为他已经陷入了一种茫然的恍惚状态。现实与梦境的融合已经超出他能够承受的限度。晕眩中，他抓起了那个满是枝丫的东西，摇摇晃晃地走下楼梯，朝着房东多布罗夫斯基的房间走了过去。迷信的织机修理工念叨的那些哀怨祷词依旧在满是霉味的大厅里回响，但吉尔曼已经无暇理会它们了。房东正待在自己的房间里，他很和蔼地接待了吉尔曼，并且告诉吉尔曼自己从未见过那东西，也对它一无所知。不过，房东告诉吉尔曼，他的妻子说自己中午整理房间的时候曾经在一张床上发现了一个很有趣的锡制品，也许她说的就是这个东西。随后，多布罗夫斯基叫来了自己的妻子。而那个女人也认出了吉尔曼手里的东西。她说她是在吉尔曼的床上靠墙的那一侧找到这东西的。她觉得这东西看起来非常奇怪，不过吉尔曼房间里的许多东西都很奇怪——书、古董、图画，还有画在纸上的符号。显然，她对这东西也一无所知。

　　于是，吉尔曼再次爬回了楼上，脑子里一片混乱。他觉得自己要么还在做梦，要么就是梦游症已经发展到了一个不可思议的极端，导致自己从某个未知的地方抢来了这样一个东西。但他是从哪里抢来这个怪诞东西的呢？他不记得自己曾在阿卡姆的哪家博物馆里见过这样的东西。但是，它肯定曾摆在某个地方；而且梦游时抓住它的情景肯定导致了那段发生在有栏杆露台上的怪梦。明天，他应该做一些谨慎的调查——也许还得去找个神经科专家来看看。

　　此外，吉尔曼还打算追踪自己梦游时的路径。他向房东借了一些面粉，准备撒在楼梯与阁楼大厅上——听说他的目的后，房东很爽快地同意了。路过埃尔伍德房间的时候，吉尔曼停了一会儿，却发现里面一片漆黑。于是他走回了自己的房间，将那个满是枝丫的东西放在了桌子上，然后精疲力竭地躺在床上，甚至都没来得及脱掉外衣。他觉得自己听到从下垂天花板上方的封闭空间里传来了微弱的刮擦声与脚步声，但他的思绪已经完全混乱了，没有心思再去理会。那种指向北方的召唤又变强了，但现在它似乎指向天空中一个相对低矮的地方。

　　那个老妇人与那只长着尖牙与皮毛的小东西再次出现在了梦中令人眼花的紫色光芒里，而且变得比以往的任何时候更加清晰。这一次，他们甚至触碰到了他。吉尔曼觉得那个老妇人伸出干瘪枯萎的爪子抓住了自己，将他从床上拉了起来，拖进了虚空之中。在一瞬间，他听到了有节奏的轰鸣，看到了模糊深渊里昏暗无定形的事物在自己身边翻滚沸腾。但这个过程非常短暂。很快，他又出现在了一处简陋无窗的小房间里。在他的头顶上，粗糙的横梁与木板架成了一个尖顶；而在他的脚下，地板奇怪地垂陷下去，形成了一个斜面。一摞摞摆在地板上、装满了书籍的矮箱子充当了支撑梁。箱子里的书都很古老，显现出不同程度的腐朽迹象。地板的中央则摆着一张桌子与一条长凳，两件东西显然都被牢牢地固定在了地上。箱子的顶端排列着一些形状奇怪、作用不明的小物件。借着火焰般摇曳的紫光，吉尔曼觉得自己看见了另一个与那个令他极度困惑的雕像类似的满是枝丫的东西。在地板向左延伸到一处时戛然中断，在地面上留下了一个三角形的黑色深坑。在一阵干枯的嘎嘎声后，那只有着黄色尖牙与蓄胡子人脸的可憎小怪物从那个深坑里面爬了出来。

那个老丑妇仍旧紧紧地拽着他，咧着嘴露出邪恶的笑容。而桌子的另一边还站着的一个他从未见过的人——那是一个高大精干的男人，有着一身暗黑色的皮肤，却看不到一丁点儿黑人的特征；他既没有胡子也没有头发，身上只穿着一件由某种厚实黑色织物缝制的怪异长袍。由于那个人站在长椅和桌子的另一边，因此吉尔曼看不见他的脚，但他一定穿着鞋子，因为当他走动时，总会发出咔嗒咔嗒的声音。那个男人没有说话，那张瘦削匀称的脸上也没有显露出任何的表情。他仅仅指了指桌面上一本已经翻开而且尺寸巨大的书，然后老丑婆将一只巨大的灰色鹅毛笔塞进了吉尔曼的右手里。所有的一切蒙上了一层足可令人发疯的恐怖气氛。而当那只长着皮毛的小东西爬上吉尔曼的衣服，越过他的肩膀，然后顺着他的左臂爬下去，最后狠狠地咬在他袖口下的手腕上时，那种恐怖发展到了顶点。鲜血从吉尔曼手腕上的伤口里喷了出来，而他也跟着跌倒在地丧失了意识。

22日早上，吉尔曼醒了过来。他觉得自己的左手手腕疼痛难忍，并且看到衣服的袖口已经被干竭的血液染成了褐色。他觉得脑里的记忆一片混乱，但那个肤色黝黑的男人站在陌生房间里的情景却仍栩栩如生。他睡着的时候肯定被耗子给咬了，而且这件事演变成了整段可怕梦境里最恐怖的部分。推开房门，吉尔曼只在地板上的面粉里发现了住在阁楼另一边的那个粗野家伙所留下的大脚印，除此之外再没有别的痕迹。所以，这一次他没有梦游。不过，他还得想办法对付那些惹人厌的耗子。他打算和房东说说这些祸害，并且准备再一次试着堵住歪斜北墙上的耗子洞。这次他塞进去了一个大小看起来正合适的烛台。他的耳朵里一直可怕地回响着嘈杂的声音，就好像某些在梦里听到的噪音还在不停回荡。

洗澡并换下身上的衣服的时候，吉尔曼一直试图回忆起梦中离开闪耀有紫色光芒的房间后还发生了些什么，但却始终得不到清晰具体的印象。最初的场景肯定与头顶上那处封闭的房间有关，因为那个地方近来一直在猛烈地激发着他的想象力。但后面的情景却非常模糊朦胧。吉尔曼隐约记得自己进入了模糊昏暗的深渊，然后是某些位于那些深渊之外，更加浩瀚、更加黑暗的深邃——在那个地方不存在任何确定的印象。他是被那堆泡泡聚积体与那个总是尾随着自己的小多面体带进那个地方的；但它们，还有吉尔曼自己，在进入这片更空旷的终极黑暗后就变成了一缕缕隐约散发光亮的乳白色迷雾。在他们的前方还有别的什么东西——那是一团更大的迷雾，并且偶尔会凝聚出某些不可名状的轮廓——吉尔曼觉得他们并非沿着一条直线进行，而是沿着某种虚无旋涡中的怪异弧线或是螺线不断前进。这种弧线或螺线遵循着一种完全怪异的法则，与任何能够被理解的宇宙所拥有的物理和数学原理都不相同。后来，还有其他一些模糊的印象，例如一群不断跳跃的巨大阴影，一种似乎能被听到的恐怖脉动，还有从一只看不见的长笛里吹奏出来的纤细可怕笛音——但仅此而已。吉尔曼觉得后半段梦境肯定起源于自己在《死灵之书》里读到的内容。那本书曾经提到过一个叫作阿撒托斯的疯狂存在，它待在混沌中央的黑色王座里，统治着一切时间与空间。

洗掉手腕上的血迹后，吉尔曼发现手腕上的伤口其实很浅，但那两个小刺孔的位置让他觉得非常迷惑。他记得床罩上自己躺过的地方并没有留下血迹——但胳膊和袖口上却残留了不少凝结的血液，这让他觉得特别奇怪。难道他一直在自己的房间里梦游，而耗子咬他的时候，他正坐在某张椅子上，或是停留在某个比较奇怪的位置上？他翻遍了房间里的每个角落，想找到一些血滴或污迹，但却一无所获。他觉得自己最好还是在房间里也撒上面粉——就像门外一样——不过，他已经不需要更多有关自己梦游症的证据了。他知道自己会梦游——而现在要做的事情是阻止这些行为。他必须得找弗兰克·埃尔伍德来帮忙摆脱困境。这个早晨，那种来自远方的奇怪召唤似乎有所减弱，但另一种更加难以解释的奇怪感觉取代了它们的位置。那是一种模糊但却一直存在的冲动；他想要飞，要飞离现在的处境，但又不知道具体该飞向哪个方向。当吉尔曼拿起桌子上那个满是枝丫的雕像时，他觉得那股指向正北方的召唤又变得稍稍强烈了一点；不过它依旧被新出现的那种更加令人困惑的冲动给压制着。

他拿着那个满是枝丫的雕像下楼来到了埃尔伍德的门前，咬紧牙关忍受住了一楼织机修理工发出的哀怨祷告，敲了敲门。谢天谢地，埃尔伍德正在房里，似乎刚刚才醒。时间还早，因此他们能赶在出门吃早餐与上学前进行一次简短的交谈，于是吉尔曼匆匆忙忙地向他的同学叙述了自己近来的梦境与焦虑。埃尔伍德对吉尔曼的处境深表同情，也同意应该做些什么。看到吉尔曼痛苦憔悴的模样后，他觉得很担心，此外他也注意到了其他人在上个星期曾提过的那些看上去不太正常的奇特晒伤痕迹。可是，他不知道该说些什么。他从未见过吉尔曼梦游，也完全不认识那个奇怪雕像。不过，他曾在某天晚上意外听见住在吉尔曼楼下的法裔加拿大人与马祖尔维奇的对话。那两个人谈到了还有几天就要到来的沃尔帕吉斯之夜，而且全都表现得非常担忧与恐惧；此外，他们也谈到了那个厄运缠身的可怜年轻人——吉尔曼——并且全都对那个年轻人的遭遇表示了同情。那个住在吉尔曼楼下的房客——德斯罗切斯——说自己常常在夜晚听见楼上传来脚步声——其中有穿鞋的脚步声，也有没穿鞋的脚步声——而且有天晚上他还充满恐惧地偷偷跑上楼去，想透过钥匙孔看看吉尔曼在做些什么。但是他最后没敢去看，德斯罗切斯告诉马祖尔维奇，因为他看见房门周围的裂缝里透出了紫色的光芒。此外，德斯罗切斯说他还听到过一些低声的谈话——但当他开始描述谈话内容的时候，他压低了声音，说起了旁人无法偷听的耳语。

埃尔伍德不知道究竟是什么事情让这些迷信的家伙们说起了这些闲言碎语，但他觉得吉尔曼熬夜、梦游、梦呓等行为让他们产生了不好的联想，而传统上对于五朔节前夜的恐惧情绪也起了推波助澜的作用。吉尔曼显然经常说梦话，而且德斯罗切斯肯定在门外偷听到了吉尔曼的梦话，如此一来他们会觉得自己也看到了那种紫色的光芒，于是与梦中紫色光芒有关的虚妄念头就这样传开了。那些头脑简单的家伙只要听说了一丁点儿奇怪的事情，就会立刻想象成自己也遭遇了同样的经历。至于下一步该做什么——埃尔伍德觉得吉尔曼最好还是搬下来，和自己住在一起，并且尽量避免一个人在房间里睡觉。一旦吉尔曼开始梦游或说梦话，只要埃尔伍德醒着，他就会把吉尔曼也叫醒。当然，吉尔曼必须马上找一位专科医生进行检查。与此同时，他们还要带着那个满是枝丫的雕像走访各个博物馆与某些教授，谎称他们在一个公共垃圾箱里找到了那件雕像，并且希望找些专家进行鉴定。当然，他们还得让多布罗夫斯基毒死那些藏在墙里的老鼠。

埃尔伍德的陪伴让吉尔曼鼓起了勇气。他参加了那天的课程。虽然那些奇怪的牵引依旧在召唤他，但他已经能很成功地忽略它们了。在课余时间里，他向好几位教授展示了那个奇怪的雕像。虽然见过雕像的人都对它表现出了相当大的兴趣，但没有人能知道它的材质与起源。埃尔伍德让房东搬了一张睡椅放进二楼的房间，那晚，吉尔曼就睡在睡椅上。数周来，他第一次完全从那些让人不得安宁的梦境中解脱了出来。不过，他的高烧仍旧没有退去，而织机修理工那哀怨的祷告依然让他觉得紧张不安。

接下来的几天里，吉尔曼欣慰地发现，那些可怕的异状被几近完美地隔离在了自己的生活之外。根据埃尔伍德的观察，他没有在梦中说话，更不会从床上爬起来开始梦游；此外，房东在房子里每一个角落都撒上了耗子药。唯一让他觉得有些不安的就是那些迷信的外国人所谈论的东西。最近的事情大大地激发了那些外国人的想象力。马祖尔维奇一直试图说服吉尔曼去弄一个十字架来保护自己，后来他干脆硬塞给了吉尔曼一个据说是由虔诚的神父伊万伊奇祝福过的十字架。德斯罗切斯也说了许多话——事实上，他坚持说吉尔曼离开的头两天晚上自己曾听见头顶上的空房间里传出过小心翼翼的脚步声。保罗·切尼斯奇则觉得自己在晚上听见大厅里和楼梯上传出过一些声音，而且还说有人轻轻地推过他的房门。而多布罗夫斯基夫人则发誓说自己看见了布朗·詹金——这还是她自万圣节结束后第一次看见那个小怪物。但这些幼稚的故事说明不了什么问题，而吉尔曼随手把那个廉价的金属十字架闲挂在了埃尔伍德的衣橱把手上。

三天来，吉尔曼与埃尔伍德跑遍了城里的博物馆，想找人鉴定那个满是枝丫的雕像，但却一无所获。然而，不论他们走到哪里，雕像总能招来浓厚的兴趣；因为那个东西实在是太怪异了，任何有科学好奇心的人都将它视为一个莫大的挑战。他们折断了一根辐射状伸展的细小触肢进行了化学分析，而分析的结果到现在仍是大学学术圈里的讨论话题。埃勒里教授在那种奇怪的合金里发现了铂元素、铁元素和碲元素；但除此之外，合金中还掺杂了另外三种化学家完全无法鉴定的重元素。这些未知元素不仅不能与已知的元素进行对应，也不能与元素周期表上为可能存在的新元素所留下的空位对应起来。时至今日，这件神秘的雕像依旧陈列在密斯卡托尼克大学的图书馆里，但围绕在它身上的谜团依旧没有得到解决。

4月27日早晨，吉尔曼借宿的房间里出现了一个新的耗子洞，不过房东多布罗夫斯基在白天用马口铁把洞口给封死了。耗子药没有起多大的效果，因为耗子依旧在隔板里刮擦墙面、小步快跑，而且它们发出的细碎声响几乎没有减弱。那天的晚些时候，埃尔伍德出门了，因此吉尔曼只好熬夜等他回来。他不希望一个人待在房间里独自入睡——尤其在黄昏的时候，他觉得自己瞥见了那个一直出现在他噩梦里、令他作呕的老妇人。当时那个老妇人站在一座肮脏天井的大门前，吉尔曼想知道那个老妇人究竟是谁；也想知道那个在她身边垃圾堆里翻弄锡罐头，并且弄出喀啦喀啦声响的东西又是什么。那个老妇人似乎注意到了他，并且向他投来了邪恶的眼神——不过，这或许仅仅只是他的妄想而已。

等到第二天的时候，两个年轻人都觉得疲惫不堪，而且都觉得等夜幕降临时，自己会睡死得像块木头。于是，那天晚上他们两个睡意蒙眬地讨论起了那些让吉尔曼沉陷其中无法自拔——甚至还可能对他有害——的数学理论研究工作；并且猜测起了这些数学理论与那些似乎确有其事的民间传说与古老魔法之间的联系。他们谈到了老凯夏·梅森。埃尔伍德觉得吉尔曼的推测的确有着扎实的科学依据——她也许在偶然间发现了某些奇特但却非常重要的信息。女巫们参加的那些隐匿邪教时常传承并守护着某些从被遗忘的遥远亘古里流传下来的惊人秘密；凯夏完全有可能真的掌握了穿越多维空间之门的技艺。传说经常强调物理上的障碍不能阻碍女巫的行动，那么谁又能说清楚那些骑着扫帚飞越夜空的民间传说背后又隐藏着什么呢？

　　一个当代的学生到底能否通过研究数学理论获得类似的力量？这件事依旧值得商榷。吉尔曼补充说，即便有人成功了，他也可能会面临危险而且无法想象的处境；谁能预言一个毗邻却无法通过正常手段抵达的维度空间里会有什么东西呢？另一方面，这当中也存在着许许多多美好的可能。在空间里的某些地带，时间可能是不存在的。如果有人进入并停留在这样的地带里，那么他或许能够将生命与年龄无限地延续下去；他的器官会停止新陈代谢，停止老化，除非他再度回到原本属于自己的区域，或者与之类似的区域。例如，一个人或许能进入一个没有时间的维度空间，等地球上过去很长一段时间后再度出现，并且依旧像当初一样年轻。

　　至于是否真的有人做到这一点，没人能够猜测得出来。那些古老的传说既含糊又隐晦，而历史上所有尝试穿越那些禁忌隔阂的举动似乎都非常复杂难解——因为那些尝试者总会与某些从外面来的存在或使者结成古怪而又恐怖的誓盟。自远古以来，一直有一个角色充当着这些隐匿可怖力量的代理人或使者——他是女巫教团口中的"黑暗之人"，是《死灵之书》所记载的"奈亚拉托提普"。此外，还有着一些令人困惑的东西充当着较次要的使者或是媒介——一些类似动物的杂种怪物，传说将它们描绘成为女巫的魔宠。当吉尔曼与埃尔伍德躺在床上，昏昏欲睡无法继续讨论下去的时候，他们听到喝得半醉的乔·马祖尔维奇跌跌撞撞地回到了房子里，又念叨起了那些哀怨的祷词——那个织机修理工在祷告里流露出的疯狂绝望让他们俩打了个寒战。

那天夜晚，吉尔曼又看见了那种紫色的光芒。在梦里，他听到房间的隔板里传来了一阵刮擦和啃咬的声音，然后又觉得有人正在笨拙地摸索门闩。然后他看见那个老妇人与那只长着皮毛的小东西出现在铺着地毯的地板上，向他一步步走来。老丑婆的脸上洋溢着一种非人的狂喜，而那只长着一口黄牙的小怪胎则抬起前肢，指向房间对面另一张长椅上睡着的埃尔伍德，同时充满嘲弄地窃笑起来。恐惧麻痹了吉尔曼的身体，他想要尖叫，却发不出声音。像上次一样，那个令人毛骨悚然的老丑妇抓住了吉尔曼的肩膀，猛地把他拉下了床，拖进了虚空。随后，回荡着尖叫声的昏暗深渊在他眼前一闪而过，紧接着，他觉得自己来到了一条阴暗、泥泞、飘荡恶臭的陌生巷子里，四面八方都耸立着古老房屋的腐朽高墙。

在他的面前站着一个穿着袍子、肤色黝黑的人。他曾在另一个梦里——那个关于尖顶房间的梦里——见过这个人。此外，他还看见那个老妇人站在更近一点的位置上，皱着眉头傲慢地示意自己过去；而布朗·詹金则待在那个肤色黝黑的人身边，在他被烂泥遮盖了大半的脚踝旁如同嬉戏般亲切地摸索着自己的身体。那个肤色黝黑的人正静静地指着右边一扇敞开着的黑暗入口。随后，老妇人皱着眉头，拉起吉尔曼的睡衣袖子，拖着他走进了那个入口。接着，他们走上了一条散发着邪恶臭味的楼梯。一路上脚下的台阶一直在不祥地吱呀叫唤。而那个老妇人似乎也散发出了模糊的紫色光芒。最后，他们在连接着一扇房门的楼梯平台上停了下来。老妇人摸索着拉开了门闩，推开了房门，示意吉尔曼等在外面，然后消失在了门后的黑暗里。

年轻人过度敏锐的耳朵听到一阵从被扼住的喉咙里发出来的、令人毛骨悚然的尖叫声。没过多久，那个老丑妇带着一个没有动静的小东西走了出来，将手里的东西塞给了吉尔曼，似乎命令他拿住那东西。可是，那东西的模样，以及它脸上的表情打破了施加在吉尔曼身上的魔咒。他觉得头晕目眩，无力尖叫，只能沿着恶臭的楼梯不顾一切地冲了下去，跑进了满是污泥的巷子；但那个等在门外、肤色黝黑的男人抓住了他，卡住了他的喉咙。在昏迷前，他听见那只长着尖牙、如同耗子般的怪胎发出了微弱而刺耳的窃笑声。

29日早晨，吉尔曼在极度恐惧中醒了过来。在睁开眼睛的同时，他便意识到自己遇到了一件非常可怕的事情，因为他发现自己正待在那个有着倾斜墙壁与天花板的阁楼房间里，四肢伸展地躺在还未铺好的床上。他觉得喉咙莫名其妙地隐隐作痛。而当他挣扎着从床上坐起来后，吉尔曼惊恐地看见自己的双脚与睡衣下摆上沾满了已经结块的褐色泥巴。在那时候，他的记忆一片朦胧，但他至少知道自己肯定又梦游了。埃尔伍德肯定睡得太沉，所以没听到他发出的声响，也没能阻止他。地板上满是泥泞的脚印，可非常奇怪的是，那些脚印并没有延伸到门边。吉尔曼越是盯着它们看，就越觉得奇怪；因为除开那些他认出来属于自己的脚印外，他还看到了一些较小的、近乎圆形的污迹——就像是用大椅子或桌子的腿弄出来的一样，只不过大多数圆形污迹都被分成了两半。此外，地上还有一些耗子留下的奇怪泥印。那些足迹从一个新的洞口里延伸出来，然后又折返了回去。随后，吉尔曼摇摇晃晃地走到了门边，却发现外面的走廊上没有任何泥泞的足迹。疯狂的恐惧与迷惑折磨着他的神经。他越是回忆昨夜的恐怖噩梦，就越觉得惶恐，而乔·马祖尔维奇在两层楼下发出哀怨的吟诵更让他感到绝望。

于是吉尔曼走下楼去，回到了埃尔伍德的房间里，摇醒了仍在熟睡的房间主人，并且将发生在自己身上的事情告诉了他。可是埃尔伍德也不清楚到底发生了什么事情。他完全不知道吉尔曼昨夜去了哪里；也不知道为什么吉尔曼在返回自己房间的时候没能在大厅里留下泥泞的足迹；更不知道那些留在吉尔曼卧室地板上的足迹里为什么会混进好像是由家具留下的泥印。然后，埃尔伍德发现吉尔曼的喉咙上残留着一些暗淡的青紫色瘀痕，就好像他曾试图扼死自己一样。但吉尔曼把手放在瘀痕上的时候，却发现它们完全不能吻合。他们说话的时候，德斯罗切斯路过了门口，并且告诉他们自己曾在凌晨时候听见头顶上传出过一阵可怕的响动。他还补充说，午夜过后就没有人用过楼梯——但在临近午夜的时候他曾听见阁楼里传来了模糊的脚步声，以及小心翼翼下楼的声音，后者让他觉得特别可怕。德斯罗切斯告诉他们，对于阿卡姆来说，这是一年里非常糟糕的时候。吉尔曼最好还是确保自己戴着乔·马祖尔维奇给的十字架。就算是白天也不安全，因为在黎明之后，房子里曾传出过一些奇怪的声音——特别是一些微弱的婴儿哭声，然后又突然给捂住了。

吉尔曼机械地出席了那天上午的课程，却完全无法将精力集中在学习上。一种混合了极度忧惧与期盼的情绪占据了他的脑海，而他似乎正在等候着将会彻底消灭自己的最后一击。中午的时候，他去大学里的理疗中心吃顿午饭。在等待甜点的时候，吉尔曼随手从旁边的座位上拿起了一张报纸。后来发生的事情让他忘记了自己的甜点；因为报纸第一版上的一条新闻让他瘫软了下去，双目圆瞪，最后只能付过账单，摇摇晃晃地走回埃尔伍德的房间里。

那则新闻报道了昨天夜里发生在奥恩巷中的一起离奇绑架案。米斯基娜·沃莱索杰科——一个愚昧的洗衣房工人——声称自己两岁大的孩子突然从自己的视线里消失了。这位母亲似乎在很早之前就一直担心会发生这样的事情；但她担心的原因却太过怪诞，因此没人把她的焦虑当真。她说，自3月份开始，她就经常看见布朗·詹金在房子周围出现。她看到那只怪物的鬼脸，也听到了它的窃笑，所以她知道女巫肯定选择了小拉迪斯拉斯作为沃尔帕吉斯之夜举行可怕拜鬼仪式时的祭品。她曾请求邻居玛丽·卡赞克一同睡在房间里，想办法保住孩子，但玛丽不敢这么做。她也不能求助警方，因为警方从来都不相信这类事情。然而自她记事以来，每年都有小孩失踪。而她的朋友皮特·司铎瓦奇也不会帮助她，因为他正希望这个孩子消失。

但真正让吉尔曼吓出一身冷汗的则是一对狂欢者的报告。刚过午夜的时候，他们曾从那条巷子的路口前经过。虽然那两个人承认自己喝得酩酊大醉，但又信誓旦旦地说自己看到了三个着装怪异的人鬼鬼祟祟地走进了那条黑暗的巷子。他们说，那当中有一个穿着袍子的高大黑人、一个衣衫破烂的矮小老妇，还有一个穿着睡衣的年轻白人。那个老妇人一直在拖着年轻人前行。而在那个黑人的脚边的褐色泥地里，还有一只温顺的耗子正在摩挲着来回地穿梭。

整个下午吉尔曼都精神恍惚地坐在房间里。埃尔伍德也看到了那份报纸，并从中推测出某些可怕的想法。因此回家的时候，他找到了吉尔曼。这一次，他们俩都相信有某些令人毛骨悚然的危急事情正在向自己逼近。夜晚噩梦中的幻觉与客观世界中的真实间逐渐形成了一条可怖而又不可思议的纽带，唯有尽最大努力保持警戒才能避免事情向更可怕的方向发展。吉尔曼必须尽快找一个专家来看一看，但不能是现在，不能在所有报纸都在报道这桩绑架案的时候。

但事情的真相却依旧模糊不清，几乎要让人发狂。有一会儿吉尔曼与埃尔伍德压低了声音，相互交换了彼此所能设想到的最疯狂的假设。难道吉尔曼在研究过程中不经意地掌握了空间与维度的秘密，只是他还不知道而已？难道他真的离开我们的世界，去过某些无从猜测也无法想象的地方？在一夜夜险恶的怪事发生时，他去了哪里呢？那些轰鸣着的昏暗深渊——那片绿色的山丘——那块炙热的露台——那种源自群星之间的召唤——那个黑色的终极旋涡——那个肤色黝黑的人——那条满是污泥的巷子与那段楼梯——那个老巫婆与那只长着长牙与皮毛的恐怖怪物——那泡泡聚集体与那小多面体——吉尔曼身上奇怪的晒伤——手腕上的伤口——来历不明的雕像——满是污泥的双脚——喉咙上的瘀痕——那些迷信的外国人口里传说与他们的恐惧——这一切究竟意味着什么？这中间理性的成分又有多少呢？

那晚他俩都没睡着，因此第二天他俩都旷了课，而且全都疲倦不堪。这天是4月30日，女巫们会在这天黄昏举行让所有外国人与迷信老人都备感恐惧的可憎拜鬼仪式。下午六点钟的时候，马祖尔维奇回到了家里，说磨坊里的人都在偷偷议论沃尔帕吉斯夜狂欢的事。他们说女巫们会在梅朵山另一边的黑暗幽谷里举行这场仪式。那地方有一块古老的白色石头，而这块石头的周围寸草不生。磨坊里的一些人甚至报了警，建议警方去那里寻找沃莱索杰科被绑架的孩子。不过，警察们都不相信会发生什么事情。乔坚持让可怜的吉尔曼戴上自己那柄用镍质项链串起来的十字架。为了迁就他，吉尔曼只好戴上了十字架，并把它塞进了衬衫里。

那夜晚些时候，两个年轻人昏昏欲睡地坐在自己的椅子上，听着楼下织机修理工有节奏的祷告声，渐渐松弛了下来。打盹的时候，吉尔曼还能听到周围的声音。而他敏锐得不可思议的耳朵似乎从老房子里的噪音中剔出了一些琐细却让人恐惧的靡靡低语。某些记载在《死灵之书》与黑皮书上的危险内容开始逐渐在他的记忆里涌现，他发现自己正在跟随着某些太过恐怖因而无法描述的旋律慢慢摇摆着——据说那种旋律与拜鬼仪式上最为邪恶的典礼有关，而且起源于我们所能理解的时空之外的地方。

没过多久，他便意识到自己正在倾听的声音是什么了——那正是回荡在远方黑暗山谷里的可憎圣歌。他很清楚那些人期望得到什么；他知道他们需要在献上黑山羊与黑公鸡后再献上一只装满祭品的碗；他也知道奈哈比[1]和她的助手该在什么时候带来那只碗，但他是如何知道这一切的？他看见埃尔伍德已经睡着了，于是试图大叫起来，吵醒自己的朋友。然而某些东西却哽住了他的喉咙。他没法再控制自己。难道他最后还是在那个皮肤黝黑的男人的书上签下了自己的名字？

这时，他异常敏锐的听力捕捉到了远方由风递来的讯息。它们飘荡了数英里的距离，翻过山丘，越过田野，穿过城市的大街小巷来到了房子里，但吉尔曼依旧能或多或少地分辨出那些声音。一堆堆篝火肯定已经燃起来了，狂欢者们肯定已经开始跳舞了。他怎么才能克制住自己，不去参加那些仪式呢？究竟是什么东西缠住了自己？数学理论——民间传说——这栋房子——老凯夏——布朗·詹金……此刻，他忽然发现墙上靠近自己所躺长椅的地方多了一个新的耗子洞。另一种声音盖住了远处的圣歌与近处乔·马祖尔维奇的哀怨祷告——那是从墙壁隔间里传来的、鬼鬼祟祟却又非常坚定的刮擦声。他希望电灯不会在此刻熄灭。然后，他听见门边传来了微弱的摸索声；看见那张蓄着胡子长着尖牙的小脸出现在了耗子洞里——他最终意识到，那张该被诅咒的小脸滑稽但却令人惊骇地像是老凯夏的面孔。

回荡着尖叫的昏暗深渊自他眼前一闪而过。他觉得那个彩虹泡泡聚集体伸出没有固定形状的爪子抓住了无助的自己。而那个千变万化

---

[1] 奈哈比：女巫凯夏的秘名。

的小多面体在前方领着他们全速前进。从始至终，翻滚搅动的虚空里回荡着一种加速拔高的模糊音调，似乎预示着某种无法描述也无法承受的高潮即将降临。他似乎知道将会发生什么——那是沃尔帕吉斯之曲的可怕爆发，在那些无限宽泛的音色之中浓缩着藏在物质世界之下、最初也是最终极的时空搅动。有时，终极混沌的搅动翻滚会以一种可以听到的振动形式隐约地穿透过每一层现实，在无数世界里为某些令人恐惧的时期赋以令人毛骨悚然的含义。

但是，这一切在一瞬间消失得无影无踪。吉尔曼再次出现在了那个被紫色光芒点亮的狭窄尖顶房间里。倾斜的地板，一个个装满古书的低矮巷子，长凳与桌子，奇怪的物件，还有位于房间一端的三角形深坑，一个不少。桌子上躺着一个白色的小东西——一个男婴，一丝不挂，昏迷不醒——而那个睥睨着他的可怕老妇人正站在桌子的另一边。她的右手拽着一把有着怪异把手、刃口闪闪发亮的匕首；左手则拿着一只比例怪异的灰白色金属碗——那只碗的碗身上覆盖着奇怪的浮雕图案，而且还有一个精致的横向把手，老妇人捏着的正是那个横向的把手。此时，她正在用某种语言诵念某些低沉沙哑的仪式咒语。吉尔曼听不懂那种语言，但觉得它们与《死灵之书》里小心引述过的某些东西有些相似。

渐渐地，吉尔曼眼前的场景变得更清晰了。他看见那个老丑婆弯下腰，越过桌面，将那只空碗递了过来——随后，他开始不由自主地活动了起来。他将身体往前倾过去，用双手接下了空碗，发现它比自己想象的要轻一些。与此同时，令人作呕的布朗·詹金从左手边的三角形深坑中爬了出来。随后，那个老丑婆示意他将碗举到某个特定的位置上。接着，她对准了那个白色的小受害者，将抓着那柄怪异大匕首的右手举到了最高处。那只长着皮毛与尖牙的小东西窃笑着开始了一连串陌生的仪式，而那个巫婆也用她低沉沙哑的嗓音可憎地回应着。吉尔曼觉得一股强烈而又痛苦的厌恶感贯通了他麻痹的精神与情感，而他握着的那只轻巧金属碗也摇晃了起来。片刻之后，匕首下落的动作完全打破了施加在吉尔曼身上的魔咒，他将碗扔向地面，后者发出了如同钟鸣一般的回响。然后，他抬起双手，不顾一切地飞扑向前试图阻止眼前的恐怖举动。

在那个瞬间，他从倾斜的地板上站了起来，猛地拧过老丑妇的爪子，夺走了匕首，扔向了那个狭小的三角形深坑。匕首撞击地面发出一阵硬物碰撞的声音，越过了深坑的边缘，掉了下去。随后，事情发生了逆转。那双凶残的爪子紧紧地锁住了他的喉咙，疯狂的暴怒扭曲了那张布满皱纹的脸。吉尔曼觉得廉价十字架的链子正在被慢慢碾进他的脖子里，而在危机关头，他想到拿出自己的十字架是否会影响这个邪恶的家伙。她的力气完全超越了常人的范围，但就在她进一步扼紧吉尔曼的脖子时，吉尔曼无力地抓住了自己的衬衣，拖出了那柄金属十字架，扯断了它的链子，将它举了起来。

看到那个东西，老巫婆似乎有些惊恐。她的双手放松了一会儿，留给吉尔曼足够的机会完全摆脱它们。他将那双钢铁般的爪子拉开了自己的脖子，并且打算把那个老丑妇扔进房间角落的深坑里，但是那双爪子很快又恢复了力量，并且再度合拢了。这一次吉尔曼决定以牙还牙。他伸出双手扑向老巫婆的咽喉，在她意识到自己的打算前，将十字架的项链缠在了她的咽喉上，然后绷住了链子，切断了老丑婆的呼吸。在她挣扎的最后时刻，吉尔曼觉得某个东西咬住了自己的脚踝，随后看见布朗·詹金已经爬了过来，正试图帮助它的主人。于是他凶狠地一脚将那个怪胎踢进了深坑里，并且听到它在很深的坑底发出阵阵呻吟。

他不知道自己是否真的结果了那个老丑婆，不过当她跌倒在地板上时，他并没有多加理会。然而待吉尔曼转过身去，看到桌上的情景时，他最后的一丝理智也跟着崩断了。当巫婆打算掐死他的时候，精力充沛、四只小手也灵巧得可怕的布朗·詹金一直都在忙碌，他所有的努力全都化成了泡影。虽然那把匕首没有插进受害者的胸口，但那个长着皮毛与黄色尖牙的亵神怪物在受害者的手腕上做了相同的事情——而不久前才被他摔在地上的碗，此时也正满满地摆在了那具毫无生气的小躯体旁。

在狂乱的梦境中，他又听到了那种旋律怪异的可憎圣歌。它正从无限远处的拜鬼仪式上源源不断地飘来，吉尔曼知道那个肤色黝黑的人一定也在那里。混乱的记忆与他所知晓的数学理论搅在一起，而他相信自己的潜意识一定还记得那个角度，能够让自己回到正常的世界。而这是他第一次独自返回。吉尔曼确信他就在自己房间上方那个很早以前就被封锁的顶楼隔间里，但他很怀疑自己是否真的能通过倾斜的地板或者早在很久以前就封死的那个入口逃离那个房间。此外，如果他从梦里的顶楼隔间逃出去，会不会仅仅只是进入梦里的房子呢——或许他抵达的地方仅仅只是目的地衍生的异常投影？在所有经历中，梦与现实之间的联系总让他感到颇为困惑。

穿越昏暗深渊的通道将会变得非常可怕，因为沃尔帕吉斯之曲正在那里回荡，而且吉尔曼还必须面对那些虽然一直摸不清但依旧让他无比恐惧的宇宙脉动。即便待在那个尖顶房间里，他还是能感觉到一种低沉、可怕的震动。他甚至能一点不差地猜出那种震动的节拍。在举行拜鬼仪式的时候，这种低沉的震动总会传播、扩散直到无数世界的各个角落，呼唤那些新加入者一同举行那些无可名状的仪式。拜鬼仪式上的圣歌里有一半都是在模仿这种隐约能够感觉到的模糊震动——但是，没有凡人的耳朵能够在毫无阻碍的情况下承受它的完整力量。况且，本能真的能将自己领回正确的位置吗？吉尔曼有点儿不太确定。他可能前往那片位于某个遥远行星上，绿光笼罩的山坡；也可能前往那座位于银河系外某个由长着触手的怪物建立的城市上空的露台；或者前往恶魔之主阿撒托斯统治着的终极混沌虚空里的黑暗螺旋旋涡。

当他准备进入通道的时候，紫色的光芒突然熄灭了。房间陷入了完全的黑暗。这肯定意味着那个老巫婆——老凯夏奈哈比已经死了。远方拜鬼仪式上诵唱的圣歌与下方深坑里布朗·詹金发出的呻吟混合在一起环绕着吉尔曼。但他觉得自己还听到另一种更加疯狂的哀怨声音正从下方的某个未知地方传了上来。那是乔·马祖尔维奇——抵抗伏行之混沌的祷词此刻变成了一种不可思议的狂喜尖叫——讽刺的现实世界与高烧的混乱梦境碰撞在了一起——耶！莎布·尼古拉斯！那孕育千万子孙的森之黑山羊……

凌晨，距离黎明还有很长一段时间的时候，那个有着奇怪墙角的阁楼房间里突然响起了一声骇人的尖叫。德斯罗切斯、切尼斯奇、多布罗夫斯基以及马祖尔维奇立刻跑上了楼，甚至就连熟睡的埃尔伍德也惊醒了过来。人们在阁楼房间的地板上找到了吉尔曼。他还活着，双眼圆睁，但似乎已经不省人事了。他脖子上有被人扼过的痕迹，左脚脚踝上还有一个耗子咬出来的可怕伤口。他的衣服被拉扯得很凌乱，乔的十字架也不见了。埃尔伍德打了寒战，甚至都不敢去猜测自己的朋友在这次梦游时经历了怎样的遭遇。马祖尔维奇却似乎有些晕眩，他说自己在先前祷告时曾经得到了一个"征兆"。随后，他们听见倾斜的墙壁后面传来一只老鼠的尖叫与呻吟，而马祖尔维奇疯狂地在胸前画起了十字。

大家把昏迷中的吉尔曼抬到了埃尔伍德房间里，并将他安顿在之前睡的长椅上，然后又派人叫来了麦考斯基医生——对方是当地的职业医师，而且从来不会泄漏病人的难堪。麦考斯基医生给吉尔曼做了两次皮下注射，使他放松了下来，进入了更加自然的睡眠状态。到了第二天白天，病人断断续续地清醒了几次，支离破碎地向埃尔伍德嘟哝了一些昨晚噩梦的内容。这是个非常费力的过程，因为在他刚开始叙述的时候，埃尔伍德就发现了一个令人不安的新变化。

虽然在不久前吉尔曼还有着异常灵敏的听力，但他此时已经完全聋了。匆忙间，人们再次叫来了麦考斯基医生。经过详细检查，医生告诉埃尔伍德，吉尔曼的双耳的鼓膜已经破裂，像是被某些超出人类想象和承受能力的洪亮声音震裂了。然而他是在什么地方听到这些声音的呢？像这样的声音足够惊醒密斯卡托尼克山谷里的所有居民，但显然没有人听到过这样的声响。对于这个问题，诚实的医生也没办法解答。

为了和吉尔曼顺畅交流，埃尔伍德只得将要说的话通通写在了纸上。他们两个都不知道是什么导致这一连串混乱的事情，但都觉得最好还是不要多想。此外，他们俩一致认定必须尽快从这栋被诅咒的老房子里搬出去。当天的晚报报道了警方的一次突击行动——在快拂晓的时候，警方突然搜捕了一群聚集在梅朵山另一侧深谷里的古怪狂欢者。同时，报纸也提到了那块迷信者们一直都非常关注的白色石头。

这次事件中没有人被捕，不过有人曾在四散的逃亡者中瞥见过一个高大的黑人。在另一个版面里，报纸表示米斯基娜·沃莱索杰科丢失的孩子还是没有任何线索。

　　然而，最恐怖的事情恰恰发生在那天晚上。埃尔伍德永远都不会忘记那天夜晚发生的事情，而且这件事情压垮了他的神经，让他一直休学到了学期结束的时候。入夜的时候，他觉得自己听到耗子一直在房间隔板里活动，但却没有在意。等到他与吉尔曼睡下很久后，房间里突然响起了令人毛骨悚然的尖叫声。埃尔伍德跳起来，打开了电灯，急急忙忙跑向房客睡着的长椅。吉尔曼在不断地尖叫，那完全不像是人类能发出的声音，就好像他正承受着某些无法用言语来描述的折磨与痛苦。他看见吉尔曼在床毯下痛苦地扭曲着，与此同时，一大块红色血污开始在床单上浸润开来。

　　埃尔伍德几乎不敢去碰他。但随着时间的推移，尖叫与扭动都渐渐平静了下来。这时，德斯罗切斯、切尼斯奇、多布罗夫斯基、马祖尔维奇还有顶楼的其他房客们全聚集到了走廊里。房东让他的妻子回去打电话找麦考斯基医生来帮忙。忽然，一只大老鼠模样的东西从血染的床单下跳了出来，所有人都大叫了起来。那只耗子飞快地窜过了地板，就近钻进了一个敞开着的新耗子洞。而等到医生赶到房间里，揭开那张可怕的床单时，沃尔特·吉尔曼已经死了。

　　至于吉尔曼的死因，实际发生的事情比描述起来要疯狂和野蛮得多。他的身体上出现了一个几乎穿透的洞——某些东西把他的心脏给吃掉了。多布罗夫斯基因为自己没能彻底毒杀耗子觉得大为懊恼。他放弃了出租这座老房子的打算。没出一个星期，他就领着所有的老房客搬到了瓦伦特大街上的另一座房子里——那是座肮脏的房子，但至少没有这么古老的历史。在随后的一段时间里，最麻烦的事情就是让乔·马祖尔维奇保持安静——这个忧郁的织机修理工似乎永远都没法镇定下来。他总是含糊地嘀咕着一些阴森恐怖的事情。

　　在那个毛骨悚然的夜晚，乔曾弯下腰仔细查看过那一行从吉尔曼的躺椅延伸到旁边洞口的鲜红色老鼠脚印。虽然地毯上的足迹非常模糊，难以辨认；但在地毯边缘到踢脚板之间还有一截裸露出来的地板。而马祖尔维奇在那截地板上发现了一些令人毛骨悚然的异样——或者他自以为发现了一些异样，因为尽管那些脚印看起来确实非常怪异，但没人赞同他的看法。虽然那些留在地板上的染血脚印显然与普通耗子的足迹大不相同，但就连切尼斯奇与多布罗夫斯基也拒绝相信马祖尔维奇的看法——因为他说那些足迹看起来像是四个微小的人类手掌。

再也没有人租用过那座房子。自多布罗夫斯基从房子里搬出去后，帷幕渐渐落下。人们纷纷避开了那座房子，不仅仅因为过去的恶名，也因为它里面飘荡着一股新出现的恶臭。或许那位前房东的耗子药最后还是发挥了效果，因为他搬出去没多久，那个地方就变成了邻里间的公害。卫生署的工作人员仔细检查后发现那股气味是从东面阁楼房间旁边与上方的封闭空间里传出来的。几个工作人员觉得那里面肯定堆积了很多死老鼠，但他们认为没必要拆开那个早在很早前就已经封死了的密封空间，进行消毒处理；因为恶臭很快就会消散，而且周边的居民对于卫生问题也不是特别挑剔。事实上，经常有隐晦的地方传说声称——五朔节与万圣节过后，魔女之屋的楼上就会传出无法解释的恶臭气味。由于懒惰，当地的居民们虽然常有抱怨，却也习以为常了——但是，这种恶臭依旧为那座房子增添了一笔新的罪过。再后来，建筑督察员从住宅名单上划掉了这座房子，并宣布它不能再住人了。

吉尔曼的噩梦，以及伴随发生的一系列事情，始终都没有得到合理的解释。埃尔伍德对于整件事情有自己的看法，但其中的某些观点可怕得几乎让人发狂。他在第二年秋天回到了学校，并且于第三年的6月顺利毕业。他发现小城里有关鬼怪的流言蜚语少了很多。虽然直到房子被拆除前一直有人报告说在那座废弃的建筑里听到鬼魅般的窃笑声，但自从吉尔曼死后，再也没有人嘟哝着说自己看到老凯夏或布朗·詹金了。随后的那一年，某些事情意外地让阿卡姆的居民们重新谈论起了那些与古老恐怖有关的当地传闻。但幸运的是，那一年埃尔伍德并不在阿卡姆。当然，他听说了后来发生的事情，并且有了一些困惑而又阴暗的猜想。这些想法让他受尽了无法言喻的痛苦折磨；可即便如此，埃尔伍德仍然觉得这比置身现场，并且亲自目睹其中的一些场景要好得多。

1931年3月，一阵强风掀起了魔女之屋的屋顶，并且摧毁了房子的主烟囱。那些剥落的砖块、长满苔藓的暗色木瓦以及朽烂的木板与横梁一股脑地刮进了顶楼，并且压坏了下方的地板。整座阁楼塞满了倒塌的残砖破瓦。由于这座破旧建筑物的拆毁工作已经提上了日程，因此在开始拆迁前没人愿意费功夫去清理那堆垃圾。最终的拆除程序于12月开工，而当那些忧心忡忡的工人极不情愿地开始清理吉尔曼以前住过的房间时，以前流行过的传闻又复苏了。

工人们在那些从倾斜天花板上垮塌下来的残砖破瓦里发现了几样东西，并且叫来警察。随后，警察又依次找来了验尸官和大学里的几位教授。他们找到了一些骨头——虽然经历严重的碾轧并且裂成了碎片，但人们依旧能轻易地辨认出那是人类的遗骸。它们显然是从头顶上那个早在很久以前就已经被封死，任何人都无法进入的低矮小隔间里掉下来的。虽然那个隔间在很早以前就被封死了，但这些骨头的年代却要近得多，这一矛盾让所有人都觉得困惑不已。与验尸官随行的医生检查后断定，其中一部分骨头属于一个小孩，而另一些——一堆与腐朽的棕色碎布混在一起的骨头——属于一个矮小、佝偻的年迈女性。当人们小心地移开残砖碎瓦后，他们又发现了许多细小的骨头——有些是楼顶倒塌时被困在里面的耗子，还有些是年代更久远些的耗子骨头，上面还留着一些细小牙齿啃咬过的古怪痕迹——那些痕迹时常会引起许许多多的争论与思考。

此外，他们还发现了许多书籍与手稿的散乱碎片，以及一些更加古老的书籍手稿完全朽烂后留下的黄色尘土。所有书籍似乎无一例外地牵涉到了那些最为高级、最为恐怖的黑魔法；此外，人们还发现了一些明显是近代才出现的东西，与那具明显属于近代的人骨一样，它们为何会出现在这里依旧是个未解之谜。但那些古老的手稿带出一个更大的谜团——根据那些手稿的保存状况及水印来看，最新与最老的手稿相隔了至少一百五十到两百年的时间，但手稿上那些潦草的古老字迹却完全相同。但是，对于另一些人来说，这次发现中最大的谜团则是那些散落在残砖破瓦里，明显受到不同程度损毁的小物件。这些东西的种类很多，但全都令人困惑不解——没有人能够猜测出它们原本的形状、材质、制作风格以及实际用途。其中的一件东西曾让密斯卡托尼克大学的几个教授兴奋了好一阵子——那是一个严重损坏的畸形雕像，与吉尔曼当初送给学校博物馆的那尊奇怪雕像非常相似，但新发现的这尊雕像要更大一些，而且所使用的底材不是金属而是某种奇怪的淡蓝色石头。这尊雕像安置在一个拥有奇怪棱角的台座上，而那只台座上还铭刻有无法解读的象形文字。

如今，考古学家与人类学者依然在努力解读某些雕镂在一个已被压扁的轻巧金属碗上的奇异图案。发现那只碗的时候，碗的内侧沾满了不祥的褐色污渍。而外国人与容易受骗的老太太们则会絮絮叨叨地谈论起那柄混在垃圾堆里、断了链子的十字架——乔·马祖尔维奇曾经颤抖地表示，这正是几年前他送给可怜的吉尔曼的那柄十字架。有些人觉得这柄十字架是被耗子拖进封闭隔间的，而另一些人则觉得它当时肯定遗失在吉尔曼房间中的某个角落里。还有些人，包括乔本人，有着另一套看法，但那些想法太过疯狂和荒诞，因此没有人会把它们当真。

挖开吉尔曼房间里那面向内倾斜的墙壁后，工人们发现那个夹在倾斜内墙与房子北面外墙间的三角形空间里没有积累多少建筑垃圾——即使按面积比例来考虑，那块地方的建筑垃圾也比外面要少得多；但这块三角形空间里却铺着一层古老得多，也阴森得多的东西。那些东西吓呆了清理现场的工人。简单来说，那个地方是个货真价实的纳骨所——里面堆满了幼儿的骸骨。其中一些骸骨的年代并不久远，但另一些则要古老得多，这些骸骨无穷无尽地一层层叠在一起，最底端那些最古老的骨头几乎已经完全崩碎了。在深深的骸骨堆里躺着一把明显非常古老的大匕首，匕首的样式非常怪异，上面有着复杂的装饰。许多建筑垃圾都垮塌在匕首的上方，堆成了一个小堆。

而在那堆残砖破瓦里，有一个东西注定会比这座被诅咒的闹鬼老宅里发现的其他任何东西更让人困惑与恐惧，并且会引起更多迷信的传说。那个东西被卡在了一块掉落下来的木板与一堆水泥黏合起来的砖头之间。它是一具巨大、病态的老鼠骨架。骨架的一部分已经被压碎了，但密斯卡托尼克大学比较解剖系的成员至今依旧会为它争论不休，同时又奇怪地对外界保持沉默。他们极少泄漏与骨架有关的信息，但发现它的工人们却总是用惊骇的语气低声谈论着骨架周围的棕色长毛。

有传闻说，骨架上组成细小爪子的那部分骨头体现出许多抓握的特征，因而更像是猴子而非老鼠；而那具有着凶狠黄色尖牙的头骨最为反常怪异。从某个角度看过去，它非常可怕地像是一个严重退化的人类头骨。当遇到这尊亵渎神明的东西时，工人们纷纷充满恐惧地画了个十字。但在离开老房子后，他们会去圣斯坦尼斯洛斯教堂里点亮一支蜡烛表示感恩，因为他们相信自己往后再也不会听到那种刺耳的阴森窃笑了。

夜 魔
The Haunter of the Dark

译者：竹子

我看见黑暗的宇宙张开大嘴
黑色的星球在它嘴中茫然滚动——
它们在自己从未曾留意过的恐怖中转个不停
这些恐怖没人知晓、没有光泽、没有名字

——涅墨西斯[1]

　　对于罗伯特·布莱克的死因，那些谨慎小心的调查人员并不会贸然质疑大众所认可的结论——即他要么死于闪电，要么死于由放电过程引起的深度神经性休克。虽然，他当时所面对的那扇窗户并没有任何形式的破损，但大自然已向我们证明她的确有能力制造出许多匪夷所思的怪事。他死亡时的面部表情也能很容易地归结为某种尚不清楚机理的肌肉作用——而这个过程与他在死前所看见的东西应该没有任何关系。一些流传在当地的迷信思想与他揭露出来的某些古老往事在他的脑海里激起了一系列离奇怪异的假想，而他日记里所留下的文字显然就是这种荒诞奇想所造就的产物。至于联邦山上那所废弃教堂近来所发生的反常情况——那些思维敏锐、精于分析的人肯定能迅速地将它们归结于某种骗局，而且不论有意无意，布莱克至少暗地里牵扯

---

[1] 涅墨西斯：此处出自洛夫克拉夫特于 1917 年所作的长诗《涅墨西斯》（即希腊神话中的复仇女神）。

上了其中的一部分活动。

　　说到底，死者只是一个作家兼画师。这个年轻人全身心地沉迷于神话、梦境、恐怖与迷信等领域的研究与创作，并且渴望追寻那些离奇鬼怪的场景与效果。早年间，他曾在城里住过一段时间——为了拜访一个像他一样致力于那些神秘禁忌知识的奇怪老头——但这段生活最后以死亡与火焰而告终。但某些病态的直觉将他从位于密尔沃基的家中再度引到了这里。尽管他在日记里矢口否认，但他可能的确知道那些古老的故事，而他的死亡可能也使得某个注定会在文学领域激起巨大反响的惊天骗局中途夭折了。

　　然而，在那些检查过所有证据，并将它们拼凑起来的调查人员中，仍有几个人依旧在坚持某些不太寻常，也不太合理的推论。他们倾向于关注布莱克日记中的字面意义，并指出了某些值得注意的事情——例如老教堂的记录无疑是真实无误的；那个招人嫌恶、名叫"繁星之慧"的异端教团在1877年之前也的确存在过一段时间；同时也有记录显示，在1893年之后，的确有一名叫埃德温·M.勒里布里奇的好刨根问底的记者失踪了——最重要的是——这名年轻作家死亡时，脸上留下的那种可怕甚至变形了的恐惧。而在这些笃信者中，有一个甚至走向了入迷的极端，他将一块从老教堂尖塔里找到的古怪石头与一个上面带有奇怪装饰、用来装这块石头的金属盒子一同扔进了海湾里——奇怪的是，这块石头是在那座黑暗无窗的尖顶塔里找到的，而不是布莱克日记中所说的它们原本该在的位置上。虽然遭到了众多来自官方与非官方的谴责，这个人——这位对古怪民间传说颇有兴趣的著名医生——仍旧坚持声称自己为这个世界除掉了某个太过危险而不应该存在于这世界上的东西。

　　读者必须在这两种意见之间做出自己的判断。报纸已从一个怀疑论者的角度给出了部分确凿的细节，并留待他人自行描绘出罗伯特·布莱克亲眼看到的东西——或是他以为自己所看到的东西——或是假装自己曾看到过的东西。现在，为了进一步、不带偏见地研究这些日记，让我们从事件主角所表达出的观点出发，对这一系列隐晦的事件做一个概述。

年轻的布莱克于1934年到1935年之间的那个冬天回到了普罗维登斯，并在一座老宅的上层住了下来。这座老宅被一片通向学院路的青翠庭院围绕着，坐落在布朗大学校园附近——即用大理石修建的约翰·伊图书馆后方那座朝向东面的山丘顶上。这是一处既舒适又迷人的住所，四周是乡村般古雅的宜人花园，友善的大猫时常会在合适的屋顶上晒着太阳。这座乔治亚时期的方正大屋有着分层式的通风屋顶、带有扇形雕刻的古典走廊、小方格窗户以及其他一些体现着十九世纪早期工艺特色的物件。房屋里面安装着由六面嵌板组成的房门、宽大的地板、一条带有殖民时期风格的旋转楼梯以及亚当式[1]的白色壁炉架。而房屋后半部分的房间则要比大屋的整体水平面低上三个台阶。

布莱克的书房是一间位于西北方向上的大房间。房间的一面能够俯视到宅邸的前花园，而位于西面的窗户则正对着山地的悬崖边缘，恰好能够俯瞰到一片位于下方的壮丽风景——那儿有低地城镇上绵延不断的屋顶，以及在它们后方燃烧着的瑰丽晚霞——而布莱克就将他的书桌安置在了其中一扇朝向西面的窗户下。在遥远的地平线上是一片位于旷阔乡野间的紫色山坡。依靠着这一片山坡作为映衬，在大约两英里开外的地方，耸立着联邦山那鬼怪般的小山丘。挤在一起的屋顶与尖塔林立于那座山丘之上，远远看去，它们的轮廓仿佛在不可思议地摇曳着一般。而当城市里的烟雾旋转着不断上升，最后将它们笼罩在其中时，这些屋顶与尖塔也跟着展现出了许多奇妙怪异的模样。布莱克因此产生了一种古怪的感觉，他觉得自己看到了某个虚无缥缈的未知世界，觉得如果自己试图寻找那片地方或亲自走入那里的话，它会不会就此消失在那片梦境里。

布莱克把大部分书寄回了家，并添置了一些与自己住处相称的古典家具，然后安顿了下来，开始专心写作与绘画——他一个人住在那里，并致力于亲自完成一些简单的家务劳动。他把工作室设立在北面的阁楼上，因为分层式通风屋顶的格子窗为这间小阁楼提供了绝佳的

---

[1] 亚当式：一种从乔治亚风格发展而来的装饰风格，总体风格华丽，在美国东北部极为流行。

光照条件。在那里的第一个冬天，他创作出了五个在他所有作品中最为出名的短篇故事——《地下掘进者》《墓穴阶梯》《夏盖》《潘斯之谷中》以及《群星欢宴者》——此外他还画了七幅油画，试着描绘那些无可名状的非人怪物以及地球上不曾有过的异域风景。

在夕阳西下的时候，他常会坐在自己的桌子前，恍惚入迷地盯着铺展在西面的开阔景色——位于下方纪念山上的黑色高塔，乔治亚式的法院钟楼，闹市区的高大尖塔，以及远方那顶端环绕着尖塔、闪闪发亮的小丘。那些陌生的街道与迷宫般的山墙强烈地刺激着他的幻想。从少数几个他所认识的当地人那里，他得知西面那片遥远的山坡是一片非常宽阔的意大利人聚居地，不过那里的大多数房子只是过去北方佬与爱尔兰人居住时遗留下来的一小撮残余而已。偶尔他会用自己的双筒望远镜眺望那片位于缥缈烟尘之后、不可触及的鬼怪世界；试着分辨出单个的屋顶、烟囱与尖塔，并暗自思索那里面究竟躲藏着怎样一些离奇古怪的神秘事物。即便有着望远镜的帮助，联邦山看起来仍给人以些许怪异、难以置信的感觉，让人联想起布莱克所创作的故事与图画中那些虚幻无形的奇迹。山丘的形状渐渐消散在灯火星星点点闪烁的紫罗兰色微光中，接着法院大楼的强光灯与工业信托的红色灯塔开始放出强烈的光芒，令夜空看起来怪诞无比。

在所有位于联邦山上的遥远事物中，最令布莱克感到着迷的是一座尺寸肯定非常巨大的黑色教堂。在一天的某几个小时里，它显得极为清晰；而等到日落时分，映衬燃烧着的天空，那座巨大的高塔与顶端渐细的尖顶则会变成若隐若现的漆黑阴影。它所在的地势似乎特别高；因为布莱克可以望见它脏兮兮的正面，还可以瞥见那盖着倾斜屋顶北侧以及有着巨大尖窗的尖顶，而所有这些部分全都突兀地耸立在周围那凌乱的屋脊与烟囱管帽之上。它似乎是由石头修建起来的，在风暴与烟尘中历经了一个多世纪的侵袭与浸染，显得格外阴森与简朴。教堂的风格，就望远镜从远处能看到的局部来说，是庄严的厄普约翰时期之前、哥特式风格复兴的那段时间里最先使用过的试验性样式，同时也保留了部分乔治亚时期建筑所具备的轮廓与比例特征。因此，它可能是在1810年到1815年间修建起来的。

几个月的时间里，布莱克一直在远远地眺望那座不祥的建筑，更加古怪的是，他对这座建筑物的兴趣越来越浓。由于那些巨大的窗户从未露出过半点光芒，所以他知道一定没有人住在那里面。他眺望得越久，想象得就越多，直到最后，他开始幻想起一些稀奇古怪的事情来。他相信有某种模糊而奇异的荒凉氛围一直笼罩在那块地方，所以就连野鸽与燕子也会避开它那被烟雾熏染的屋檐。当他用望远镜眺望其他钟楼与尖塔时，他总能看到一大群的鸟儿，但这些鸟儿从不在那块地方落脚。至少，他是这么想的，而且也是这么在日记里记录的。他曾将这个地方指给他的几个朋友，但他们当中没有人去过联邦山，也没有人能说出丁点儿有关那座教堂当下或过去的情况。

等到春天的时候，布莱克逐渐变得极端的焦躁不安起来。他原本打算开始写作自己计划已久的小说——一个有关想象中缅因州女巫教团余党的故事——但是却非常奇怪地无法进行下去。他开始越来越频繁地坐在朝西的窗户前，盯着那座位于远方的山丘以及那座令人愁眉紧锁、连鸟类也避之不及的黑色尖塔。渐渐地，花园的枝丫开始长出了纤细优雅的嫩叶，而整个世界也充满了新的优美景色，可布莱克的焦躁不安不但没有减弱，反而变得越发强烈起来。就是在这个时候，他第一次萌生了探险的念头，打算穿越城市，勇敢地爬上那片仿佛只存在于传说中的山坡，深入到那片被熏染风蚀的梦幻世界里去。

4月的晚些时候，就在那自古以来便阴暗不祥的沃尔帕吉斯之夜之前，布莱克开始了他第一次探索未知的旅程。他迈着沉重的步伐穿过了无穷无尽的闹市区街道，然后又走过了城市外围荒凉而破败的广场，直到最后，他来到了那条上山大道前。大道上风吹雨打了一个世纪之久的阶梯、下陷倾斜的多利安式门廊以及周围那些窗户模糊的圆顶阁楼都让他觉得这条道路一定能将他引向那片位于迷雾之外，他早已熟识却从未抵达过的世界。他看到了肮脏的蓝白色街道标示，但却完全不知其意。而后不久，他留意到那些游荡着的人们都长着一副有些陌生的深色面庞，而那些经营在历经了数十年风雨的褐色建筑中的古怪小店都悬挂着像是来自外国的陌生招牌。他找不到任何在远处曾望见过的东西，所以，他再一次开始幻想那座位于远方的联邦山只是一片从未有活人涉足过的梦境世界。

　　他偶尔会见到一座破败教堂的正门，或是一座摇摇欲坠的尖塔，但它们都不是他所寻找的那座被烟雾染黑了的古旧建筑。当他向一位店主询问起那座雄伟的石头建筑时，那个男人只是微笑着摇了摇头，不过他倒是能说得上一口流利的英语。而当布莱克爬得更高些时，周围的世界似乎变得越发古怪起来，由无数阴沉的褐色小巷组成的复杂迷宫永远在向着南方延伸。他穿过了两三条宽阔的大道，其间有一次觉得自己瞥见了一座熟悉的高塔。于是，他再次向一位商人问起了那座巍峨的石头教堂，而这一次他敢发誓，对方只是在假装自己对那座建筑一无所知。当那个有着深色皮肤的男人试图掩盖内心的想法时，他的脸上浮现出了一副惊恐的神情。接着，布莱克看见他用右手做了一个奇怪的手势。

　　突然之间，他的左侧阴云密布的天空下出现了一座黑色的尖塔。那座高塔凌驾在沿着向南小巷分布的一排排褐色屋顶之上，而布莱克在瞬间便意识到那是哪一座建筑，并径直穿过沿着小巷向上攀升的肮脏泥土道路，冲向了那个地方。其间两次，他迷失了方向，但却不知为何不敢上前去询问任何坐在门阶上的长者与主妇，甚至都不敢向那些在阴暗小巷的泥土上玩耍尖叫的孩童问路。

　　直到最后，他终于清楚地看见了那座屹立在西南面的天空下的巨大塔楼，以及那条小巷尽头阴郁耸立着的巨大石垛。这时，他正站在一座历经风吹雨打的露天广场上。广场的地面铺设着古老的鹅卵石，并在远端的一侧修建着一堵高大的护墙。这便是他探寻之旅的尽头：那是一个比周围街道足足高出六英尺的独立小世界，而那片被护墙支撑着、周围竖立着铁制栏杆、野草丛生的宽阔高地上耸立着一座阴森巨大的建筑——尽管与之前的视角有所不同，但布莱克仍能毫不迟疑地认出它来。

　　闲置的教堂已经显得极为破败了。一些高大的石头拱壁已经倒塌，而几处精美的尖顶饰物也掉落了下来，几乎被埋没在了不引人注意的褐色野草中。被烟雾熏黑的哥特式窗户大多还完好无损，但许多石头框格已经不见了。那些涂抹着晦涩图案的窗户玻璃倒是保存得相当完好——考虑到世界各地的小孩都有着某些人们熟知的共同嗜好——这让布莱克感到颇有些不解。巨大的门扉依旧完好无损，并且紧紧地闭着。在护墙的顶端有着一圈生锈的铁栅栏将整块地方完全地围绕了起来，而栅栏的大门——就位于从广场延伸出的几级阶梯顶端——被挂着的大锁紧紧地锁着。从大门到建筑物的道路完全被茂盛的植被给遮盖住了。荒凉与衰败的气息如同一张棺罩一般覆盖在这片土地上，在那挂满常青藤的黑色高墙与没有飞鸟栖息的屋檐所投下的遮蔽中，布莱克隐约感觉到了一丝他无法解释的邪恶意味。

只有寥寥可数的几个人站在广场上，但布莱克看到一名警察正站在广场的北角，于是他走了过去，试图询问一些有关教堂的问题。那名警察是一个健康正常的爱尔兰人，可奇怪的是，当布莱克问起有关那座教堂的事情时，他只顾着一边画十字，一边嘟哝着说人们从不谈论那座建筑。待布莱克进一步追问时，他便慌慌张张地回答说有个意大利牧师警告所有人要小心它，并发誓说某个可怕的邪物曾居住于此，并在那里留下了它的印记。而他自己则曾经从他父亲那里听到过一些有关它的邪恶传说，因为他父亲还记得小时候曾在这一带听说过的某些声音以及一些风言风语。

过去，这里曾有过一个邪恶的秘教在此活动——这个非法的教团从夜空中的未知深渊里召来了某些可怕的事物。也许需要一个好牧师才能将那个降临此地的东西驱除出去；但也有人说仅仅依靠光便可将那东西驱离出去。如果奥麦雷神父还在世的话，他也许能说出不少相关的事情来。但现在已经没有什么办法了，只能将这座教堂孤零零地留在这里。说到底，它现在对生活在周围的人们来说也没有什么害处，而那些拥有它产权的人要么已经死了，要么就躲在非常非常遥远的地方。在1877年，当那些带有凶恶预兆的流言开始流传的时候，这些人便像是耗子一样远远地溜走了，也就是那个时候，人们开始注意到这个地区不时会出现行人失踪的事情。有朝一日，市政府会介入这些事情，并接管这片无人继承的地产，但即便如此，任何与它有瓜葛的人仍不会有什么好下场。所以最好还是不要去管它，任它逐年倒塌，免得再度惊动了那些应该永远长眠在黑暗深渊里的东西。

警察走后，布莱克站在原地，盯着那座阴森的塔形建筑。得知其他人与自己一样，也觉得这座建筑邪恶不祥，让他感到备受鼓舞。同时他也不由得开始想象，那位警察所复述的古老故事里到底有多少东西是真实的。它们有可能仅仅只是一些因为这片地方所显露出的不祥外貌而激发产生的无稽传说。可即便如此，它们仍奇怪地在他自己所构思的一个故事里变得栩栩如生起来。

　　午后的太阳从散开的阴云里再度显露了出来，但却似乎无法照亮那些耸立在高地上、搭建起这座古老神殿的熏染高墙。让人感到奇怪的是，就连春天的绿色也无法染上那些位于高地上、被铁栏杆围绕在其中、憔悴不堪的褐色植被。这座漆黑神殿有着一种让人无法抗拒的可怕诱惑。铁栏杆在靠近台阶的地方并没有什么可供进入的开口，但在北面附近却有一些铁栏杆不见了。他能够登上阶梯，然后沿着栏杆外围、护墙的狭窄顶端一直走到缺少栏杆的豁口处。如果人们真的那么疯狂地恐惧着这个地方，那么他的举动应该不会遭到任何干涉。

　　于是布莱克走上了护墙，而且直到他快要钻进铁栏杆之前都没有任何人注意到他。接着，他往后看了看，便发现有几个人站在广场的远处用右手做着与大街上那个零售店店主一样的手势。几扇窗户猛地关上了，同时一个胖女人飞跑上街，将几个孩童推进了一座未经粉刷的破旧房子里。铁栏杆上的豁口非常容易进入，稍后不久，布莱克就走进了这片荒弃庭院，费力地挤过那些纠缠在一起的腐败植被。一些四下散落、早已风化磨蚀的墓碑告诉他，这块地方曾埋葬着某些死者；但，他意识到，那肯定是非常非常古老的事情了。当他逐渐接近时，教堂那陡峭的巨大体形逐渐变得沉重而压迫起来，但他征服了自己的情绪并走上前去，试图推开那三扇耸立在正面的大门。可是，它们全都牢固地锁着，所以他开始绕着这座巨大的建筑行走，试图找到一些更小，也更容易进入的开口。但即使这个时候，他仍不确定自己是否愿意进入那座充满了荒芜与阴影的巢穴，然而它所表现出的奇异与神秘却在机械地拉着他不断前行。

　　教堂后面一处没有护窗、敞开着的地窖窗户为布莱克提供了所需要的入口。透过入口，他望向里面，看到一个被西面落日渗过阴云的阳光所隐约点亮的地下深渊。深渊里满是灰尘与蛛网，此外他还看到了一些碎石、旧木桶、破损的箱子以及无数种不同的家具，但所有东西上都覆盖着一层厚厚的积灰，让事物原本清晰的棱角变得圆润模糊起来。一堆因热风炉锈蚀后留下的残余说明，直到维多利亚时代中期，这座建筑物仍在被使用着，并且保持着原有的模样。

布莱克几乎不假思索地爬过了窗户，进入了地窖，踩在了覆盖有厚重灰尘并且落满了碎石的水泥地板上。这座地窖非常宽敞，并且没有对空间进行分割；在笼罩着厚重阴影的右侧角落里，他看到了一扇明显是通向上方的阴暗拱门。当切实置身在这座巨大而诡异的建筑中时，布莱克感觉到了一种奇怪的压抑感，但他控制住自己的情绪，小心地检查四周的情况——起初，他在灰尘中找到了一只依旧完好的桶子，并将它滚到了敞开的窗户下作为离开时的垫脚石。然后，他鼓起了勇气，穿过了挂满了蛛网的宽大空间，径直走向了拱门。无所不在的灰尘与覆盖在房间里鬼魅般的蛛丝让他感到窒息，但他仍旧抵达了拱门前，并向上爬进了通向黑暗的破旧石梯。他没有照明，只能小心地用手摸索着。在一个急转弯后，他感觉到前面出现了一扇紧闭着的大门，接着在经过简单的摸索之后，他摸到了门上古老的门闩。门是向里打开的，在它之后，布莱克看到了一条两侧排列着虫蛀嵌板、微微明亮了些的走道。

一进入地面上的那一层后，布莱克便开始快速地探索起来。建筑物内部的房门都没有上锁，所以他能自由地从一间房间进入另一间房间。教堂内部的巨大中殿是一处几近怪异可怖的地方。箱式的长凳、圣坛、漏斗状的布道坛、传声板上都覆盖着厚重如山的灰尘，长串巨大的蛛网悬挂在长廊尖尖的拱门上，并紧紧地缠绕着哥特式的柱子。午后西斜的太阳穿过半圆形窗户上那些几乎被熏黑的奇怪小片玻璃，投射出一道沉闷呆滞的骇人光线，照耀在这一片死寂的荒凉上。

窗户上的绘画已被煤烟熏黑了许多，所以布莱克几乎无法解释它们到底在表达些什么，但仅从剩余的那一部分来看，他觉得自己不会喜欢这些绘画。这些图案大多都很传统，通过他所掌握的那些晦涩的象征主义知识进行辨认，他意识到这些图画与某些古老的图案与花纹有着莫大的关系。少数几位描绘到的圣徒都带着一副明显会招人责难的表情；还有一扇窗户上则仅仅只画着一片黑色的空间，并在里面零散分布着由发光点组成的奇怪螺线。当布莱克把注意力从这些窗户上转移开后，他很快便留意到位于圣坛上方挂满蛛网的十字架并不是那种常见的普通样式，反而有些像是埃及黑暗时代所使用的早期的T形十字章，或者说安可架[1]。

在半圆形后殿后方的礼拜室里，布莱克发现了一张已经腐朽了的桌子与几张有天花板高的发霉书架。这里有许多已经腐烂破碎的书籍。这也让他第一次因客观存在的恐怖事物而感到极度的惊骇，因为那些古籍的名字告诉了他许多东西。它们都是些被查禁的邪恶事物，甚至那些心智健全的人们根本不可能听说过这些东西，或者最多只会在某些隐秘胆怯的谣言与传说中才会听到这些东西；它们是一些令人畏惧同时也被严格查禁的宝库，储藏着模棱两可的秘密与远古时代的咒语，而这些秘密始终在时间长河里流传着，能一直追溯到人类这一种群尚且年幼的时代，甚至人类之前那传说中的黑暗时代。不过，那里面的大部分书目他都曾读过——包括可憎的《死灵之书》拉丁文本，邪恶的《伊波恩之书》，由厄雷特伯爵所撰写的、恶名昭彰的《尸食教典仪》，由冯·容兹所著的《无名祭祀书》，由老路德维希·蒲林所编写的、可憎的《蠕虫的秘密》。但这里还有一些他仅仅听闻过它们名声的书籍，甚至有些书他根本就没听说过——例如《纳克特抄本》和《德基安之书》，以及一本已经完全破烂的典籍——这本典籍使用了某种无法辨识的文字，但却有着某些让人胆寒地辨认出来与神秘学研究有关的符号与图画。很显然，至今仍流传在当地的谣言并非全是谎言。这个地方的确曾盘踞着一个比人类更古老，比已知宇宙更加深远的邪恶事物。

在那张已经完全腐朽的桌子上有一本皮革包边的小手簿。手簿里

---

[1] 安可架：具体形状为一形状类似T上方增加一圆环（早期），或一倒水滴形圆环。这是古埃及象形文字中的一个，也被称为"生命之匙""尼罗河之匙"，象征着"永生"。

写满了某种古怪的密码记录。整份手稿里出现了大量至今仍常用于天文学领域的寻常符号，同时也包含着许多用于炼金术、占星学以及其他可疑领域的古老符号——一些代表太阳、月亮、星球、方位以及黄道符号的图案——这些符号反复出现在写得满满的文本中，并且带有区分与分段，暗示着每一个符号都对应着某些文字字母。

寄希望于将来能解开这些密码，布莱克把这本古籍塞进了自己的外套口袋里。书架上的许多典籍都让他颇为着迷，让他不由得想过些时候再来借走它们。他也想知道它们如何能不受打搅地度过如此漫长的时光。难道那种遍布在当地、将人们紧紧摄住的恐惧在近六十年的时光里一直保护着这片荒废的地方不受拜访者打扰？难道他是第一个征服这种恐惧的人？

在彻底地探索过地面楼层后，布莱克再次从阴森中殿的灰尘中穿了过去，来到前面的门廊。在那里他看到了一扇门与一条大约是通向黑色高塔与尖顶的楼梯——在远距离上他早已对那些东西非常熟悉了。在楼道里向上攀登是一段令人窒息的过程，因为灰尘积得很厚，而蜘蛛在这块狭窄的地方做足了工作。整个楼梯沿着一级级高而窄的木头阶梯螺旋上升。偶尔，他会经过一扇灰暗的窗户，并令人晕眩地俯瞰着这座城市。当他用望远镜研究这座尖塔那狭窄的尖顶百叶窗时，他并没有在那下方看到有任何绳索，但他仍希望能在这座高塔里找到一座大钟或听到隆隆的钟声。但他的希望却落空了；因为当他抵达楼梯的顶端时，他发现塔室中并没有大钟，而且显然被改作了完全不同的用途。

光线从位于四面墙上的四扇尖顶窗中漏了进来，微微照亮了这间只有十五平方英尺的房间。四扇窗户在腐朽百叶窗间透进来的光线中显得闪闪发亮。这里还曾安装着一些不透光的紧密帷幕，但现在它们已大半腐烂了。在满是灰尘的地板上竖立着一个形状奇怪的多角石柱。这根石柱大约有四英尺高，平均直径约两英尺，每一面上都粗陋地雕凿着某些奇异但却粗糙的刻痕，以及一些完全无法辨认的象形文字。在立柱上放置着一个外形极不对称的奇怪金属盒子；它那由铰链连接的盖子向后翻开，露出内部的情形，而在它的里面装着一个大约直径四英寸大的东西——那是一个蛋形，或者说不规则的球形物体，深深地掩埋在数十年累积起来的灰尘中。在立柱的周围，有七把依旧大部分保存完好的哥特式高背靠椅，它们绕着中心的立柱围成了一个粗糙的圈，而在它们的后面，沿着镶嵌着暗色嵌板的墙壁，分布着七座涂抹着黑色灰泥、早已破败不堪的巨大雕像——那像极了神秘的复活节岛上那些蕴意不明的巨石雕刻。在一处蛛网覆盖的角落里，有一条修建在墙体中的梯子，一直通向上方进入无窗尖顶的紧闭活门。

当布莱克习惯了微弱的光线后，他注意到那些雕刻在浅黄色开口金属盒上的古怪浅浮雕。他走上前去，用手与手帕抹掉了上面的灰尘，而后发现上面的雕刻极其可怕同时也极其陌生；它们所描绘的东西，虽然看起来仿佛活的一般，却与这颗星球上演化出的任何生命形式都完全不同。而那个直径约四英寸大小的球体实际上是一个表面分布着许多不规则平面、近似黑色并带有红色条纹的多面体；可能是某种非同寻常的水晶，或是某种矿物雕刻并极度抛光后制作而成的工艺品。它并没有接触盒子的底端，而是悬挂在一个环绕在它周围的金属箍中，而金属箍上则水平地伸出七条样式古怪的支持物架在靠近盒子顶端的内壁夹角上。当暴露出来后，这块石头立刻带给布莱克一种近乎警觉的想象。他几乎无法将眼睛从上面移开，而当他看着它闪耀的表面时，他几乎觉得这块石头是透明的，里面装着无数若有若无的神奇世界。在他的脑海里漂浮出了许多的画面，其中有些是耸立着巨大石塔的陌生星球，其他一些则是绵延着巍峨山脉却毫无生命迹象的行星，甚至比太空更加遥远，只有一片搅动着的模糊的黑暗还能说明那里存在着某种知觉与意志。

当他望向别处时，他又注意到在房间远处的角落里，靠近通向尖顶楼梯的地方，有一堆看上去有些古怪的灰堆。虽然布莱克说不清楚自己为什么会特别在意那撮灰堆，但是它轮廓上的某些特征向布莱克的潜意识传递了些信息。他穿过灰尘，走向那撮灰堆，并将吊在周围的蛛网拨开，接着他开始辨认出那灰堆可怕的一面。布莱克用手与手帕拨开灰尘后很快便发现那堆灰尘下掩盖着什么，接着他带着一种迷惑而复杂的情绪望着他新发现的东西。那是一具人类骷髅，而且肯定已经摆在这里很长时间了。覆盖在它上面的衣物已经变成了破布条，但还有一些纽扣与衣物碎屑预示着那是一件男士灰色套装。附近还有一些其他的证据——鞋子、金属扣子、圆领袖口上的大纽扣、老式的领带夹、一张写有"普罗维登斯电讯报"的记者章，以及一本破烂不堪的皮夹。布莱克小心仔细地检查了后者，发现中间夹着几张老版的票据，一张1893年赛璐珞广告年历片，几张写着"埃德温.M.勒里布里奇"的名片，以及一张写满了铅笔速记的纸片。

这张纸上的信息颇为让人迷惑，布莱克在西面泛着昏暗微光的窗户下仔细地阅读了上面所写的一切。它上面断断续续的文字如下：

"1844年5月伊诺克·鲍恩教授从埃及回乡——7月购入自由意志老教堂——他在考古工作与神秘学方面的研究成就众所周知。"

"1844年12月29日，第四浸信会的吉奥纳博士在布道时警告繁星之慧教徒。"

"1845年末会众九十七人。"

"1846年——三人失踪——第一次提及闪耀的偏方三八面体。"

"1848年七人失踪——传出血祭的流言。"

"1853年，调查毫无结果——传出有关声音的流言。"

"奥麦雷神父提到了某些与一个在某座巨大埃及废墟里发现的盒子有关的邪教崇拜活动——称他们召唤来了某个不能存在于光中的东西。遇见微光会逃跑，强光则能驱逐它。然后需要再度进行召唤。可能是从弗兰西斯·X.菲尼的临终忏悔里得知的。此人在1849年加入繁星之慧教团。有些人说闪耀的偏方三八面体向他们展示了天堂与其他世界。夜魔以某些方法告诉他们秘密。"

"1857年，奥林·B.埃德利的故事。他们通过注视着晶体召唤它，他们有一套自己的密语。"

"1869年，帕特里克·里根失踪后爱尔兰人围观教堂。"

"1872年3月14日，隐晦的文章见报，但人们不愿谈论它。"

"1876年，六人失踪——秘密组织拜访道尔市长。"

"1877年2月，行动批准——教堂被查封。"

"5月——一群——联邦山少年——威胁博士——以及教区代表。"

"一百八十一人于1877年末离开城市——未提及姓名。"

"1880年前后鬼故事开始流行——试图核实自1877年起无人再进入教堂的报道。"

"询问朗尼根1851年照片拍摄地点。"

　　将纸放回皮夹后，布莱克将整个皮夹放进了自己的外套口袋里，然后转向那具掩埋在灰尘中的骷髅。纸条的含义已经很明确了，这无疑就是那个四十二年前，为了追寻一条轰动新闻，而踏入这座荒废建筑的记者——其他人从未有胆量敢踏入这里。也许没有人知道他的计划——谁能说得清楚呢？但他再也没有折返发布自己的报道。难道那原本被勇气压抑住的恐惧在某个时刻突然再度反扑了过来，并导致他因心力衰竭而死？布莱克弯下腰盯着灰尘中的骷髅，接着便注意到它们的情况有些异样。骷髅中有一些显得非常散乱，而且一小部分的末端似乎被奇怪地溶解了。其他一些则奇怪地发黄，并隐约有烧焦过的痕迹。这种烧焦的痕迹一直延伸到了一些衣物的碎片上。头盖骨的状态也显得特别奇怪——染成了黄色，并在顶部留有一个烧焦的孔洞，仿佛某种强酸腐蚀透了坚实的头骨。至于在这四十多年间，这具骷髅在它死寂的坟墓中遭遇了什么，布莱克就无从想象了。

　　当他反应过来时，他发现自己又转过身去注视那块石头了，而且任由它那种奇怪的影响力在自己的脑海里唤起星云般的壮丽景象。他看见由无数身穿长袍头戴遮帽身形完全不似人类的东西组成的长长队伍，看到一列列雕刻成形、直达天际的巨大独石耸立在方圆无数里的荒漠中。他看到无数尖塔与高墙耸立在大洋之下的漆黑深渊里，看到宇宙的旋涡中有一缕缕黑色的迷雾飘浮在一片冰冷紫色薄霾所散发出的稀薄光芒前。而在所有这一切之外，他瞥见了一个黑暗的无尽深渊，在那里面实体与半实体只有在它们如风般搅动时才能被察觉，而模糊不清的力量似乎在将秩序强加在混沌之上，给予一把能够解除我们所知世界里一切矛盾与奥秘的钥匙。

接着，在一瞬间，难以确定但却折磨人的恐慌突然袭来，打破了施加在布莱克身上的魔法。布莱克屏住呼吸，转身离开石头，意识到某些无形的怪异存在正在接近，并怀着可怖的专注紧紧地盯着他。他感觉自己被什么东西给缠住了——某些并不在石头里，但却能透过石头看着他的东西——某些能够用并非像物理视线那样的感觉方式一直紧紧跟随着他的东西。显然，这块地方让他感到紧张——考虑到他所发现的阴森景象，这地方的确应该让他感到紧张。光线已渐渐暗淡了，由于身边没有光源，他知道自己必须立刻离开。

这个时候，在聚集的微光中，他觉得自己看到那个有着疯狂棱角的石头中隐约发出了一丝光芒的迹象。他试图把视线从上面移开，但某些模糊难解的力量强迫他重新看向那块石头。那是否是因为这个东西具有放射性，而散发出的微弱磷光？那个死人字条上所说的"闪耀的偏方三八面体"究竟是什么？总之，这个无限邪物所废弃的巢穴究竟是个什么地方？还有什么东西藏在那些鸟儿回避的阴影里？似乎在附近某处传来了一丝难以捉摸的恶臭，但那臭味的源头却并不明显。布莱克抓住那个长久打开着的盒子，并关上了它。它那怪异的铰链仍颇为灵活，于是盒盖完完全全地遮住了无疑在发光的石头。

随着盒盖扣上时的那阵清脆声响，布莱克头上活门后尖顶里的永恒黑暗中传来了一阵轻微的骚动声。那无疑是老鼠——因为自从他走进这座被诅咒的建筑物以来，这是他唯一见过的活物。然而，这阵从尖顶里传出来的骚动仍让他感到了极度的恐慌，于是他几乎是疯狂地冲下了螺旋的阶梯，穿过阴森的中殿，跑进地下室里，在逐渐阴暗下来的黄昏中爬上了外面荒废的广场，离开了那些位于联邦山上、始终被恐惧困扰着的拥挤小巷，回到了学院区那些健康正常的中央大道与如家一般温暖的砖石人行道上。

接下来的日子里，布莱克没有向任何人谈起他的探险之旅。相反，他反复阅读了某些书籍，检查了归档储藏在市区里、多年以前的报纸，并兴奋地试图解读那本从挂满蛛网的小礼拜室里拿到的密码册子。他很快便意识到，册子上的密码并不简单；在经历过长时间的努力后，他敢肯定册子上所使用的语言并不是英语、拉丁语、希腊语、法语、西班牙语、意大利语或德语。最后，他不得不开始求助于自己那广博却古怪的学识中为最为幽深的部分。

每天晚上，过去那种凝视西面的冲动便会回到他身上，而他也会像过去一样，望着那座黑色的尖顶耸立在那个仿佛传说中的遥远世界里的一片林立的屋顶之间。但，此刻对他来说，那座黑色尖顶多了一分新的恐怖意味。他知道那些邪恶学识所留下的遗产就躲藏在它的遮蔽之下，怀着这些认识，他的想象力开始放纵地驰骋在全新的也更加古怪的道路上。春天的候鸟已经飞回来了，当他看着它们在夕阳中飞行时，他会幻想着它们也在越发迅速地回避着那座荒凉、孤单的高塔。当一大群鸟儿接近那里时，他觉得，它们会在恐慌的混乱中盘旋逃离那里——他甚至可以猜到那些因为相距数英里而未能传到他耳朵里的惊恐啁啾声。

布莱克在日记中宣称他于6月份的时候攻克了那本密码册子。他发现那本册子里的文字使用了晦涩神秘的阿克罗语[1]，这是一种在古老而邪恶的时代里被某些异教所使用的语言，但他曾在过去的研究中通过一些颇为艰难的方法了解到了这门语言。布莱克在描述这本日记时显得奇怪地缄默，但他明白无误地对他所获得的研究结果表现出了畏怯与惊惶。文中提到人们可以通过凝视闪耀的偏方三八面体来唤醒一位夜魔，并且对它被召来之前所出没的黑暗混沌深渊进行了颇为疯狂的揣测。据称这个生物掌握着一切知识，并要求举行可怖的献祭。布莱克叙述中的某些部分显示他唯恐那个东西就在外面追捕它的猎物，甚至表现得好像它已经被召唤了出来一样；但他也在文中补充说那些

---

[1] 阿克罗语：亚瑟·梅琴所杜撰的一种神秘语言，最早出现在他所著的《the White People》中，洛夫克拉夫特后来接受了这一设计并将之写进了自己的作品。

路灯组成了一道无法穿越的壁垒。

不过，他倒是经常在叙述中提起闪耀的偏方三八面体，称它是一扇位于一切时间与空间上的窗口，并且将这个物件的历史上溯到了远古者将之带到地球上之前，那段它在黑暗的犹格斯星上被塑造出来的时候。那些生活在南极洲的海百合类生物将它视为珍宝，并把它放置在了那个奇怪的盒子里；伐鲁希亚的蛇人从远古者的废墟里抢救出了它；无数年后，利莫里亚的第一批人类生物依然凝视着它。它穿越了奇怪的陆地，漂过了更为奇怪的大洋，与亚特兰蒂斯一同沉没，然后又被一个克利特渔夫用渔网捞了上来，卖给了来自黑暗肯恩的黝黑商人。法老涅弗伦·卡[1]围绕它修建了一座庙宇与无窗的地窖，这个举动后来导致人们从所有的纪念碑与记录上擦去了他的名字。接着它继续沉眠在那座被祭司与新法老摧毁的邪恶神殿里，直到探索者的铲子再度将它带到被诅咒之人面前。

7月初的报纸为布莱克的叙述做了奇怪的补充，但这些消息太过简略与随意，只有日记才能唤起大众对它们的关注。似乎在一个陌生人进入那座令人恐惧的教堂之后，一阵新的恐惧情绪开始在联邦山周围扩散开来。意大利人在悄悄地传说，称在那个无窗的黑暗尖顶塔里会传出不寻常的骚动声、碰撞声与刮擦声，并纷纷找来牧师驱除困扰着他们梦境的一个奇怪存在。他们说，某些东西时常在一扇门前观望，看外面是否黑暗到可以冒险前行。杂志社的消息提到长期存在的当地迷信，但却并没有对这种恐惧的早期背景做出清晰的说明。很显然，如今的年轻记者对这些古老的事物并不太感兴趣。布莱克把这些东西也写进了他的日记里，同时表达出一种奇怪的不安与自责。另外，他还常提到自己有义务掩埋那个闪耀的偏方三八面体并驱逐他因为让日光射入那座可怖尖塔而激起的某些东西。然而，与此同时，他显示出自己的幻想已经发展到了危险的地步，并开始病态地渴望回到那座被诅咒的高塔，再次凝视那闪光石头所蕴含的宇宙秘密，这种渴望甚至蔓延进了他的梦中。

---

[1] 涅弗伦·卡：一个虚构的埃及疯法老。

接着，7月17日早晨，杂志上的某些东西令日记作者陷入了确确实实的极度恐慌。那不过是另一条半开玩笑式的、有关联邦山骚动的报道，但不知为何，对于布莱克来说，这条消息却的的确确让他感到了极度的恐怖。夜晚的时候，一场雷暴让城市的照明系统罢工了长达四小时之久，而在这段漆黑的时间里，那些意大利人几乎被恐惧逼到了疯狂的边缘。那些住在可怕教堂周围的人发誓说那个潜伏在高塔尖顶里的东西趁着路灯消失的时候，进入了教堂里，以一种黏糊但却极为令人恐惧的方式在里面摔打、撞击。直到最后，它碰撞着爬回了高塔，并传来了一阵玻璃被打碎的声音。它能够抵达任何黑暗触及的地方，但光明却总是驱赶它逃离开去。

当电流恢复时，塔里传来了一阵令人惊骇的骚乱，因为即便微弱的光芒透过那被灰尘染黑、遮着百叶板的窗户后，对于那个东西来说仍太过强烈了。它及时地碰撞着、滑动着进入了那个黑暗的尖顶——稍晚一点，光芒便会将它遣回深渊之中，那个疯子陌生人就是从这里将它召唤出来的。在那段漆黑的时间里，祈祷的人群冒着大雨聚集在了教堂边，点着用折纸与雨伞保护着的蜡烛与油灯——组成了一道光芒壁垒，将城市与那潜行在黑暗中的梦魇隔开。那些最靠近教堂的人宣称，在这段时间里，教堂的外门曾一度令人毛骨悚然地咯咯作响。

但就算这样，仍不算是最糟糕的事情。那天晚上，布莱克在《公告报》读到了记者所发现的东西。有两个记者对当地意大利人表现出的疯狂举动不屑一顾，他们在发现无法打开大门后，选择通过地窖窗户爬进了教堂，这让布莱克的恐惧上升到了全新且几乎古怪的高度。他们发现门廊与阴森中殿里的灰尘被奇怪地犁开了，还有一些腐烂的垫子与长凳缎子内衬也奇怪地散落在周围。四处飘荡着一股糟糕的恶臭，偶尔还有些好像是烧焦了的黄色污迹与斑点。打开通向高塔的大门后，他们因为怀疑上面传来了一阵刮擦的声音而停顿了下来，接着他们注意到狭窄的螺旋形阶梯上的灰都被粗略地擦干净了。

同样，在高塔内部也有着相似的灰尘被抹除的情况。他们谈到那个七边形的石柱、翻倒的哥特长椅，以及奇异的灰泥图画；但却奇怪地没有提到那只金属盒子与那具破碎残缺的骷髅。可最令布莱克感到不安的是——除了那些污点、焦痕与奇怪臭味外——最后一点细节解释了那些玻璃被打碎的声音。高塔上的每一扇尖形窗都被打碎了，有什么东西用污损的长凳内衬与马鬃垫子塞进了位于两扇窗户之外的倾斜百叶窗之间，将两扇窗户完全地堵死了。许多缎子碎片与马鬃扫帚凌乱地散落在刚被什么东西擦过的地板上，仿佛有人在试图将高塔改造成完全遮蔽的绝对黑暗空间时，被什么东西打断了计划。

他们在通向无窗尖顶的楼梯上发现了一些淡黄色的污迹与焦痕，但当一个记者爬上楼梯，推开了水平滑动的活门，将一束微弱的手电筒灯光投进那个泛着奇怪恶臭的黑暗空间时，他只看到一片黑暗，以及一些散落在入口附近、各式各样的奇怪垃圾。当然，他们认定这一切只是一场骗局。某些人与那些居住在小山上的迷信民众开了个玩笑，否则就是某些狂信者在推动他们的恐惧达成自己想要的目的。或许，是某些更加年轻、更世故的居民向外界排演了一场精巧的恶作剧。当警局派遣一位警官证实这份报道时，出现了一些让人发笑的结果。连续三个人都找了各种理由来逃避委任，第四个非常不情愿地前去调查，接着便飞快地折返回来汇报了与记者完全相同的结果。

从这之后，布莱克的日记逐渐显示出他内心的恐惧与神经质的焦虑开始呈现出不断上升的趋势。他开始谴责自己的无所作为，并疯狂地推测再一次电力崩溃会导致怎样的后果。可以证实的是——在雷暴期间——他曾三次打电话给电力公司，用几乎发疯的口气绝望地要求对断电进行预防。偶尔，他会在叙述中提到那些记者，在探索房间时，没有发现金属盒子、石头与那具被奇怪污损的古老骷髅，并对此表示了急切的关注。他假设这些东西都被移走了——至于是谁，或是什么东西移走了它们——他只能依靠猜测了。但他最为畏惧的还是有关自己的事情，害怕那种——他自认为——存在于自己心智与那潜伏在遥远尖顶里的恐怖怪物之间的某种邪恶联系——由于他鲁莽的举动，这个黑夜里的可怖之物才会被他从黑暗的终极虚空里召唤了出来。他似乎一直觉得自己的意志在受某种力量牵引。在那个时候拜访他的人也都记得他常常心不在焉地坐在自己的桌子前，紧紧盯着西面窗户外那位于城市打旋的烟雾后、林立着尖顶的遥远小山丘。他的叙述里单调地充斥着某些可怕的梦境，而那种邪恶的联系也在他的睡梦中变得越来越强大。其中有一处提到他在某天晚上发现自己穿戴整齐，出门在外，机械地向着西面走下学院山。他一次又一次不厌其烦地在日记中详细描述，声称那个潜伏在黑塔尖顶里的东西知道该在哪里找到他。

根据其他人的回忆，7月30日之后的那个星期，布莱克几乎走到了崩溃的边缘。他开始不穿衣服，完全依靠电话订购自己的食物。拜访他的人注意到了他放在床边的绳索，他说梦游症迫使他每天晚上不得不将自己的脚踝绑在床上，只有这样也许能拖住他，或者至少能在自己解开结扣的时候清醒过来。

在他的日记中，布莱克描述了那段令他崩溃的可怖经历。在30日晚上休息之后，他突然发现自己在一个几乎完全黑暗的空间里四处摸索。他能看到的只有短短的、呈现出一段段水平条纹的昏暗淡蓝色微光，但他能闻到一股几乎无法忍受的恶臭，并听到头上传来一阵轻微但却混乱鬼祟的声响。每当他移动时，他总会碰撞跌倒在某些东西上，而他每发出一次噪音，头上便会仿佛回应一般传来一阵新的声音——一种模糊的骚动声，其中夹杂着木头与木头间缓慢滑动发出的声响。

其间，他摸索的手碰到了一个顶端空空的石头立柱，接着，他发现自己抓住了一只砌在墙内的梯子上的一节横档，并摸索着向上方那个有着更强烈恶臭的地方爬去。接着一阵滚烫焦灼的气浪向下迎面朝他涌来。在他的眼前显现出了一系列万花筒般的幻象，然后所有这一切又不时地溶解在一片深不可测的辽阔黑暗深渊里，无数更深的黑色世界与太阳就在这片深渊里旋转。他想起了古老传说中提到的终极混沌——在那混沌的中央蔓生着盲目痴愚之神，万物之主，阿撒托斯。他被大群毫无心智也没有固定形状的舞者松散地环绕着，随着由那抓握在无可名状的爪子里的可憎长笛所吹出单调笛音而安顿平歇。

接着，一阵来自外部世界的尖锐声响让他从恍惚麻木中惊醒了过来，使他意识到自己正处的地方究竟有多么恐怖骇人。那到底是什么声音，他永远也不会知道了——或许那是某些迟来的烟火声响，整个夏天联邦山上都能听到当地居民为了庆祝他们各式各样的守护圣徒，或是为他们在意大利故乡的圣人们而燃放的烟火。无论如何，他大声尖叫着，疯狂地跳下楼梯，跌跌撞撞地在几乎无光的房间里盲目地横冲直撞，穿过满是障碍的地面。

他几乎在瞬间就意识到了自己在哪儿，并且不顾一切地冲下了狭窄的螺旋楼梯，在每一个转弯都狠狠地撞在墙上几乎绊倒。那对他来说是一段仿佛噩梦般的飞奔经历，他穿过了挂着蛛网的宽阔中殿，那里阴森的拱门径直耸立在一片仿佛满怀恶意的阴影之中，接着他跳进了满是垃圾、什么也看不见的地下室，爬进了有着路灯灯光的外部世界，接着疯了一般直冲下山墙影影绰绰的鬼怪山丘，穿过一座阴森、死寂、耸立着许多黑暗高塔的城市，爬上陡峭的东面山崖，回到了自己的古老住所中。

当早晨，意识逐渐恢复的时候，他发现自己穿戴整齐地躺在书房的地板上。泥土与蛛网将他完全地盖住了，身上的每一寸仿佛都是瘀伤，疼痛难忍。当他面对镜子时，他发现自己的头发被严重地烧焦了，同时还有一丝古怪邪恶的臭味黏附在他穿在最外面的衣服上。也就是在这个时候，他彻底崩溃了。在那之后，他穿着晨袍精疲力竭地躺着，什么都不做，只是盯着西面的窗户，为雷暴的威胁感到不寒而栗，同时在自己的日记中留下了疯狂的叙述。

在8月8日的午夜之前，大风暴降临了。闪电反复地击在城市的各处，报道称看到了两团闪电时的巨大火球。大雨倾盆，连同着一连串的雷声令数千人无法入眠。布莱克则完全因对电力系统崩溃的恐惧而疯狂了。在凌晨1点左右的时候，他试图打电话给公司，但那个时候，考虑到安全问题，所有工作已暂时中止了。于是，他将所有事情记在了日记上——那些在黑暗中胡乱书写下的巨大、神经质而且时常难以辨认的潦草文字记载了那种越来越强烈的疯狂与绝望。

他不得不让房间保持黑暗，好看见窗户外的景象。似乎大多数时候，他都坐在桌子前，焦虑地凝视着外面的大雨，穿过绵延数英里城市中心反光的屋顶，望着那被遥远微光标记出的联邦山。偶尔，他会颤抖地在日记上做下些记录，例如"光芒必须不能熄灭""它知道我在哪里""我必须摧毁它"以及"它在召唤我，也许这一次不会受伤了"，这些句子都散乱地分布在两页纸上。

接着，整个城市的灯光都熄灭了。根据电力公司的记录，这发生在凌晨2点12分的时候，但布莱克的日记上并没有显示当时的时间。记叙仅仅只有"灯光熄灭了——上帝救我"。在这个时候，联邦山上也有一群与他一样焦虑的留守者。一群群被雨水浸透的人列队行走在邪恶教堂周围的广场与小巷上，持着雨伞遮挡住蜡烛、手电筒、油灯、十字架，以及意大利南部常见的各种神秘护身符。每次闪电时，他们便祝福，而当风暴导致那闪光收缩，并最终消失时，他们便充满恐惧地用右手做出某个神秘的手势。一股涌起的风吹灭了绝大多数蜡烛，所以场面变得越发充满威胁的黑暗起来。有些人找来了圣灵教堂里的梅诺卓神父，他急急忙忙地赶到了广场上，发出了所有他能想到的有帮助的言语。所有人都敢肯定，那座黑暗的高塔里传出了无休止的古怪声响。

至于凌晨2点35分发生的事情，有以下人等的证词可供参考——一位聪明且受过良好教育的年轻牧师；来自中央电站的巡查员威廉·J.莫纳汉；一位极为可靠的警察，他当时正逗留在他的巡逻区域内检查拥挤的人群；还有拥挤在教堂高高护墙周围的七十八个人中的大多数——特别是那些站在广场上能看见教堂东侧的人。当然，这些证词中没有什么可以被证实的确违反了自然法则的东西。可能导致这一现象的原因有很多。没有人能够肯定一座古老、巨大、有着阴森氛围、长久以来一直荒废的建筑会产生怎样一些奇怪的化学物理过程。有毒的气体——自燃——长久腐烂产生的气体造成的压力——无数种情况中的任何一个都可能导致了那一切的发生。然而，当然，有意的骗局也不能排除在外。事情本身的确非常简单，实际发生的时候不过持续了不到三分钟的时间。梅诺卓神父，作为一个严谨的人，其间曾多次查看过自己的手表。

事情开始的时候，黑暗高塔内传来了一阵摸索碰撞发出的沉闷声音，而且那声音明显变得越来越响亮。之前教堂里偶尔隐约散发出的古怪的邪恶臭味此刻也变得更加引人注意，更加让人不快起来。接着，传来了一阵木头碎裂的声音，然后一块巨大、沉重的东西从高处掉落了下来，砸在教堂东面下方的庭院里。由于没有蜡烛在燃烧，所以根本看不见高塔，但当那东西接近地面时，人们知道那是高塔东面窗户上早已被烟尘熏黑的百叶窗。

紧接着，一股难以忍受的恶臭从看不见的高处涌了下来，让瑟瑟发抖的留守者们感到窒息与作呕，几乎要瘫倒在广场上。与此同时，空气开始颤动，仿佛有巨大的翼在拍打，一阵突然吹向东面的狂风袭来，比之前的任何气流更加猛烈，掀起了人群头上的帽子，猛地扭开还在滴水的雨伞。在没有蜡烛的黑夜中，无法真切地看到什么，但某些向上仰望的目击者觉得他们瞥到了一团颜色更深更暗的巨大东西在延伸，遮住了黑墨一般的天空——某些像是无形云烟一般的东西流星一般地飞向了东面。

这就是事情的全部了。待在教堂前的留守者因为恐惧、敬畏、不安以及无所适从而走了大半。由于不知道到底发生了什么，他们并没有放松自己的警戒；不久，一道迟来的闪电带来的短暂明亮的光芒，伴随着震耳欲聋的声响，从天际汹涌而来，而他们则为这光芒开始祷告。半个小时后，雨停了，接着在十五分钟内，路灯相继亮了起来，让疲倦湿透了的留守者们放松地返回了自己的家中。

第二天在对风暴进行综合报道时，将这些事情当作小插曲略带地提了一些。那道在联邦山变故发生之后紧随而来的强烈闪电与轰隆巨响在东部更远一点的地区起到了更加惊人的效果，同时那边也爆发出了一阵奇怪的臭味。这种情况在学院山上最为明显，那声巨响惊醒了睡着的居民，并导致了一系列令人迷惑的推测。那些醒着的人中间只有一小部分人看到了靠近山顶顶部的反常闪光，也只有一小部分人注意到了那阵几乎将树叶统统剥离枝干并且吹倒了花园植被的古怪狂风。虽然后来并没有人发现任何痕迹，但人们一致认定，那道突然到来的闪电肯定击中临近的某个地方。一个来自陶-欧米伽兄弟会的年轻人觉得，就在那道最初的闪光爆发时，他看到了一团怪诞可怖的烟雾笼罩在上方，但他不太肯定自己所见到的东西。然而，所有的观察者都同意那阵来自西面的强风与无法忍受的恶臭就发生在那道迟来的闪电之前；而那些在闪电之后有关瞬间焦灼恶臭的迹象则非常普遍。

这些问题都被详细地讨论过，因为它们可能关系到罗伯特·布莱克的死因。其中塞–德塔宿舍上端的后窗能看到布莱克的书房，居住在那里面的学生注意到了9日早晨对面的苍白模糊面孔，并不由得好奇他为何会是那副表情。当他们在晚上仍看见这张面孔时，他们开始感到有些担心，并意识到他公寓里的灯都熄灭了。于是他们按响了那间黑暗楼层的门铃，并最后找来警察强制性地打开了那扇门。

那具僵硬的尸体直挺挺地坐在窗户边的桌子前，当闯入者看到那双鼓胀如玻璃般的双眼、僵硬的痕迹以及扭曲面容上令人骇然的恐惧神情时，不由得都转过身去，陷入了恶心的惊慌中。稍后不久法医便赶到做了检查，尽管面前的窗户仍完好无损，但闪电或是由于放电过程引起的神经紧张被认定为布莱克的死因——至于布莱克最后所留下的、令人毛骨悚然的表情则被完全地忽视了，被当作是这样一个有着怪诞想象力与不稳定情绪的人在陷入深度休克时产生的某种结果。法医在房间里发现了那些书籍、绘画与手稿，并阅读了桌上日记里留下的潦草叙述，最后做出了如上的结论。布莱克一直将这些疯狂的记录延续到了最后时刻。当人们发现他时，那只折断了笔尖的铅笔依旧被紧紧地握在他的右手中。

在灯光熄灭后留下的叙述完全是断断续续的，并且只有部分能够辨认出来。一些调查人员从这些内容里得出的结论与官方的唯物主义裁决截然不同，但这些推测很难撼动那些保守的人们。迷信的德克斯特医生所做的事情也对这些有想象力的怀疑者没有任何帮助。这位医生把一个怪异的盒子与一个有棱角的石头一起扔到了纳拉甘塞特湾最深的海峡里。当那个石头在黑暗的无窗尖顶里被发现时，正明白无误地泛着微光。布莱克发现了那个存在于过去的邪恶异教所留下的惊人痕迹，而这个异教保留的知识加重了他过度的想象力与情绪上的不稳定，而这些东西成为了绝大多数人用来解释那最终疯狂叙述的理由。这就是那些叙述，或者那些能够辨认的部分。

"还是没有光——肯定已经有五分钟了。所有一切都依赖光。亚狄斯保佑它就这么一直持续下去吧！……某些力量似乎战胜了它……大雨、雷声和狂风吵得厉害……那东西抓住我的思想……

"记忆出现了问题。我看见了从来都不曾知道的东西。其他的世界与其他的星系……黑暗……闪电看起来好像是黑色的，黑暗看起来好像是光……

"我在漆黑中看见的东西不可能是真的山丘和教堂。那肯定是闪电在我眼睛里留下的残象。要是闪电停止了，老天保佑那些意大利人都拿着蜡烛走出来吧！

"我在害怕什么？那是不是奈亚拉托提普的化身？——在古老阴暗的肯恩它曾以人类之态现身。我记得犹格斯星，记得更遥远的夏盖星，记得包容黑色行星的终极虚空……

"漫长飞行穿越虚空……不能穿越有光的宇宙……由被闪耀的偏方三八面体捕捉的思想再造……将它送过可怕的光芒深渊……

"我的名字叫布莱克——罗伯特·哈里森·布莱克，住在威斯康辛州、密尔沃基市、东奈普街620号……我在这颗行星上……

"阿撒托斯发发慈悲！——闪电不再闪耀了——恐怖——我能用一种并非视觉的可怕知觉看见一切东西——光芒就是黑暗，黑暗就是光芒……那些在山上的人……守护……蜡烛与护身符……他们的牧师……

"距离感消失了——远处就在身边，身边就在远处。没有光——没有玻璃——看见那尖顶——那塔——窗户——能听到——罗德里克·亚瑟——疯了，或者要疯了——那东西在尖顶里骚动碰撞——我就是它，它就是我——我想出去……必须出去统一那力量……它知道我在哪里……

　　"我是罗伯特·布莱克，但我能在黑暗中看见高塔。有一股可怕的臭味……感觉变形了……登上塔的窗户，碰撞，找到出路……咿呀……恩盖……依嘎……

　　"我看见它——过来了——阴风——巨大模糊——黑色的翅膀——犹格·索托斯救我——那裂成三瓣、燃烧着的眼睛……"

复仇女神
Nemesis

译者：玖羽

穿过食尸鬼守卫的沉眠之门
越过惨白月光下的夜之深渊
经历了无以胜数的诞生死灭
我的目光已能洞察万事万情
破晓前我挣扎着尖叫，在惊恐中被疯狂所擒

我与地球在晨光中共同旋转
其时天穹被火焰和蒸汽充盈
我曾目睹宇宙张开漆黑大口
黑暗的星辰漫无目的地运行
运行在恐怖未知之中，痴愚、幽暗，亦无名

我在无尽的洋面上滑翔而过
头顶密布着不祥的灰色阴云
此时分叉的闪电将云层撕开
随即回荡着歇斯底里的哀鸣
那是无形魔鬼的悲叹，它们升起在海面清零

我像只轻盈的野鹿跃入拱门
这拱门通往古意苍然的树林
那里的橡树感到有物在阔步
可没有鬼魂胆敢在此地漫行

我从那物的包围逃脱，其物睨视于枯枝混溟

我蹒跚登上坑穴纵横的山脉
那贫瘠光秃的山脉君临平原
我满掬豪饮恶臭升腾的泉水
淙淙泉水渗入沼泽以至地间
有物栖于滚沸的湖泊，我不敢再向那里转睛

我曾探寻在藤枝攀附的大殿
我曾踯躅于空无一人的堂前
那里有月亮蠕动着爬出山谷
月光照亮了饰挂在墙的物件
混杂的绣帷布满轮廓，我无胆忆起那些奇形

我从奇特的窗棂间向外看去
只见四面躺遍了衰朽的草原
只见村庄的屋顶连汇成一片
它已被周遭莹地的诅咒紧钳
白石的碑群传出声音，墓碑之讯我侧耳听聆

我曾出没在岁月悠久的墓场
我曾挥动着恐惧的羽翼翱翔
那里有喷吐烟雾的黑暗蔓延
那里有阴沉雪山的峰顶隐现
沙漠的太阳浑浊黯淡，那国度之中万古无明

法老初次登基时我已然年迈
尼罗河畔有美钻的宝座安平
历经无尽时代的我已然年迈
只有我，只有我，污秽莫名

而人类依然纯洁愉快，在极北孤岛陶醉怡情

啊，我灵魂的罪是多么深重
踏上的毁灭之路是多么壮观
即使天国的怜悯也无法拯救
即使坟墓的长逝也无法安眠
拍打残酷的黑暗翼翅，它从无尽的永恒降临

穿过食尸鬼守卫的沉眠之门
越过惨白月光下的夜之深渊
经历了无以胜数的诞生死灭
我的目光已能洞察万事万情
破晓前我挣扎着尖叫，在惊恐中被疯狂所擒

可怕的老人
The Terrible Old Man

译者：玖羽

拜访那位可怕的老人——这正是安吉洛·里奇（Angelo Ricci）、乔·赞尼克（Joe Czanek）、曼纽埃尔·席尔瓦（Manuel Silva）三人的计划。这位老人独居在一座极其古老的房屋里，地址是临海的水街；传说他富有得超乎寻常，身体也衰弱得超乎想象。对于里奇、赞尼克、席尔瓦等专业人士来说，这实在是太有魅力的目标——这三位先生所做的正是"强盗"这门体面的职业。

尽管所有人都肯定，在老人那座发霉、朽败的房屋中藏有无可估量的财富，但金斯波特（kingsport）的居民们众口相传、心中所想的事情却足以让里奇等三位先生的同道对那座老屋敬而远之。说实话，这老人的确是一个非常古怪的人，人们相信，他年轻时是一艘隶属于东印度公司[1]的三桅大帆船的船长，但那已经非常久远，没有人还记得当时的事情，由于老人自己寡言少语，就连知道他的本名的人也为数甚少。几株扭曲的树木长在他那古旧而疏于打理的前院，同时，老人还在院子里安置了自己的藏品：许多古怪的巨石，它们被怪异地分为群组、涂上彩色，看起来就像边远的东方神殿里的偶像。镇上的孩童们喜欢嘲笑他长长的白发苍髯，试图用顽劣的石块打碎他屋子的小玻璃窗，但他们中的大部分都恐惧这些异样的巨石，不敢靠近这座房屋。那些年纪更大、好奇心更强的镇民有时会偷偷跑过去，透过肮脏的窗户往里窥视——让他们恐惧的是另外的事情。他们说，一楼的房间空荡荡的，除了桌子几乎没有别

---

[1] 东印度公司：于 1874 年解散。

的家具，许多奇特的瓶子摆在桌上，瓶子里用丝线吊着小小的铅块，就像钟摆那样。可怕的老人会和这些瓶子对话，管它们叫"杰克""疤脸""高个子汤姆""西班牙的乔""彼得斯""埃利斯大副"[1]等等，他每次叫出名字，某个瓶子里的小铅块就会像回应似的振动。所有目睹过这位高大、清癯、可怕的老人与瓶子进行的异常对话的人都不愿再看他一眼。但安吉洛·里奇、乔·赞尼克、曼纽埃尔·席尔瓦三位先生并不是土生土长的金斯波特本地人，他们都属于新近到来、种族混杂的外国移民，是处在新英格兰的生活和传统之外的"圈外人"[2]。在他们看来，这位"可怕的老人"只是一个必须扶着虬结的拐杖蹒跚、羸弱的双手可怜地颤抖、几乎完全无力的老家伙罢了。他们真心地用他们的方式同情这位被所有人排斥、被所有人避之不及、连所有的狗都对他狂吠的老人，但生意就是生意，这三人都已将灵魂献给强盗事业，对他们而言，这位极其衰朽的老人既是一个诱惑，也是一个挑战：这老人没有银行账户，当他不得不在镇里购买少许必需品的时候，会支付西班牙铸造的金币和银币，这些钱币已经有两个世纪的历史了。

里奇、赞尼克、席尔瓦三位先生把拜访老人的时间定在4月11日的夜晚。里奇先生和席尔瓦先生去和那位可怜的老绅士直接面谈，而赞尼克先生应把一辆汽车隐蔽地停在船街，靠近主人庭院高墙的后门，等待他的同伴带着预想中的金属负荷归来。为了避免向突然出现的警察做出多余的解释，整个计划必须安安静静、避人耳目地启动。

按照定好的计划，这三位冒险家先是分头行动，以防在事后招来恶意的怀疑。里奇和席尔瓦二位先生在老人位于水街的家门前会合，虽然不喜欢透过扭曲树木的萌芽枝条洒在涂色巨石上的月光，

---

[1] "杰克""疤脸""高个子汤姆""西班牙的乔""彼得斯""埃利斯大副"：似乎都是船员的名字或外号。

[2] "圈外人"：安吉洛·里奇、乔·赞尼克、曼纽埃尔·席尔瓦三人的名字分别是意大利式、波兰式、葡萄牙式，这三个国家的人均为当时新英格兰的主要移民。

但他们现在必须考虑比无根无凭的迷信更加重要的事情。他们担心，年老的海船船长都特别顽固而偏执，为了让那位可怕的老人吐露收藏金币和银币的所在，必须做一些可能不是那么令人愉悦的工作。不过，他毕竟太老、太虚弱，再说访客有两个人。里奇先生和席尔瓦先生都拥有让守口如瓶之人变得口若悬河的技艺，况且，一位孱弱的龙钟老者的惨叫很容易就能闷住。于是两人靠近唯一一扇透出亮光的窗户，听到可怕的老人正像孩子一样跟那些装着铅摆的瓶子说话；然后，他们戴上面罩，礼貌地敲响了被风雨染黑的橡木门。

对赞尼克先生来说，等待的时间未免太过漫长了。他待在隐蔽好的汽车里，这汽车就停在船街，靠近可怕的老人的住所后门。他是一个极其善良的人，所以对老房子里传出的可怖哀号感到心神不宁——这时，离约定的时间刚好过了一个小时。他想，不是已经关照过两位朋友，叫他们不要对可怜的老船长下手太重吗？他的神经变得紧张，直望着嵌在爬满藤条的石墙里的那扇狭窄橡木门，还看了好几次手表，觉得两位同伴的拖延未免也太不可思议了。难道那老人在供出藏宝的所在之前便一命呜呼，他们只得把屋子彻底翻找一遍？赞尼克先生不喜欢在这么暗的地方等太久。这时，他听到轻轻的脚步声或拍打声从门内传来，听到生锈的门闩被悄悄拉出，又看到狭长而沉重的门扉向内开去。孤单而昏暗的路灯射出苍白的微光，他焦灼地看向后门，满心期望他的同事们走出近旁这座阴森而凶险的房子，把"东西"搬上车；但期望落空了。当他的目光落到门内时，发现在那里的根本不是他的同事们，而是那位可怕的老人——对方正倚着自己那根虬结的拐杖，脸上的微笑简直令人发指。赞尼克先生以前从来没有注意过老人眼睛的颜色，现在他看清楚了：那双眼睛是黄色的。

在这种小镇上，一点点小事就足以让人大惊小怪。因此，金斯波特的镇民对那三具身份不明的尸体整整讨论了一个春天和一个夏天：这三具尸体被海浪冲上岸，身上千疮百孔，就像被许多短刀细细地碎割过、被许多靴跟狠狠地践踏过一样。有些镇民甚至谈到了一些琐碎的小事，例如那辆被遗弃在船街上的无人汽车，或者某些半夜醒来的镇民听见的非人哀号——那号叫声可能来自流浪的动物或迁徙的鸟类。但可怕的老人对这些闲扯的八卦毫无兴趣，他天生就不爱说话，随着年纪渐长，也越发变得沉默寡言。况且，身为一名老迈的海船船长，他肯定在早已被忘却的年轻时代目睹过太多更加刺激的事情。

雾中怪屋
The Strange High House in the Mist

译者：玖羽

　　清晨，雾气会从金斯波特（Kingsport）远方断崖下的大海中升起，缭绕的雾气会满载着来自潮湿草地和海怪洞窟的梦幻，从深邃的大海飘向它的云朵兄弟身边。其后，云朵会在诗人们的房屋的陡峭斜顶上静静地洒下夏雨，同时也将断续的梦境洒入他们的脑海；这些诗人的人生中充满了关于古老而怪异的秘密的流言、充满了只在长夜群星间流传的不可思议的事情。当故事不断交织在特里同（triton）[1]的洞穴、当覆满海藻的诸城里的海螺吹出习自旧日之神（Elder Ones）的狂野曲调时，弥天的大雾就会带着传说升上高空，如果这时有人从岩边望向大海，他只能看到一片溟蒙的白雾，仿佛脚下的断崖就是世界的尽头，仿佛航标上的庄严钟声[2]正在仙境的虚空里回荡。

　　在古老的金斯波特以北，高耸的奇妙岩山层叠着渐次升高，最北的那一座竟像冰冷的灰色风卷云一般高悬天际。它那孤独而荒凉的顶端伸入无尽的天宇，恰在这里，海岸线弯曲成一个锐角，伟大的密斯卡托尼克河裹挟着森林地区的传说和新英格兰丘陵的略带离奇的记忆，穿过阿卡姆周边的平原，奔流入海。就像其他地方的渔民仰望北极星那样，金斯波特的渔民会仰望这座高崖，根据大熊座、仙后座和天龙座被遮挡或露出的情况计算夜晚

---

[1] 特里同：希腊神话中的半鱼人。

[2] 庄严钟声：即雾钟。有些航标上装有发声装置，用于在能见度不良时为船舶指示航道。

的时间。对他们来说，这座断崖也是苍穹的一员，事实上，当浓雾遮蔽群星或太阳的时候，它也同样会消失不见。有些悬崖特别受渔民喜爱，这座因为怪诞的轮廓被叫作"涅普顿[1]老爹"，那座由于层叠的柱状阶梯被称为"堤道"，如此等等；但最高的这座悬崖却让渔民们感到害怕，因为它离天空太近了。结束航程、进入港口的葡萄牙水手会在第一眼看到它的时候画出十字，当地的年老美国佬认为攀登它比死亡更可怕——如果有人真的能爬上去的话。然而，却有一座老屋建在崖顶，夜幕降临之后，人们可以看到灯光从狭窄的玻璃窗里透出。

那座老屋一直就在那里；金斯波特的居民们说，住在那座房屋里的人会与从深海升起的朝雾对话，当断崖变成世界的尽头、当航标上的庄严钟声在仙境的白色虚空中回荡的时候，他大概能在大海中看到某些奇特的东西。因为这些谣传，至今没有人拜访过那座令人望而生畏的悬崖，当地人甚至不愿用望远镜向它瞭望。夏天来避暑的游人倒是会用望远镜快活地向它远望，但他们能看到的无非是古老的、贴有木瓦的灰色尖顶，几乎与灰色地基相接的屋檐，以及黄昏时分从屋檐下的小窗里发出的黄色微光。游人们不相信有人连续几百年住在这座房子里，但无法让土生土长在金斯波特的人认同自己的看法。就连那个可怕的老人——那个住在位于水街的古旧房屋里、会和玻璃瓶里的铅摆交谈、用几世纪前的西班牙金币购买食品杂货、把石头偶像摆在庭院里的可怕的老人——也只能说，当他的外祖父还是孩子时，那座房屋就是那样了。要知道，他所说的时代已经遥远得难以想象，当时此地还是英王陛下的马萨诸塞湾省[2]，总督可能是布里奇、雪莱、鲍

---

[1]涅普顿：罗马神话中的海神，相当于希腊神话中的波塞冬。

[2]马萨诸塞湾省：马萨诸塞湾周边地区从1629年起成为英国政府认可的正式殖民地。1692年，英国设立"马萨诸塞湾省"（Province of the Massachusetts-Bay），辖区包括后来美国的马萨诸塞州、缅因州和加拿大的新斯科舍省（新斯科舍于1696年分离），直到1776年美国独立。

纳尔或伯纳德中的一位[1]。

　　某个夏天，一位名叫托马斯·奥尔尼（Thomas Olney）[2]的哲学家来到了金斯波特，他在纳拉干西特湾（Narragansett Bay）[3]附近的一所学院教授呆板沉闷的课程。身材发胖的妻子和欢蹦乱闹的孩子和他一起过来；因为积年累月地看着一成不变的事物、思考循规蹈矩的想法，他的眼中满是疲惫的神色。他曾站在"涅普顿老爹"的王冠上眺望雾气，也曾试图通过"堤道"的巨大石阶走进神秘的白色世界。连日清晨，他都会躺在崖顶，望向奇妙虚空彼方的世界尽头，耳边是若隐若现的钟声和也许来自海鸥的狂野鸣叫。而当云开雾散、大海在汽船的黑烟中显露身形的时候，他会叹息着回到镇里。他喜欢步过上下山坡的狭窄小道，喜欢研究摇摇欲坠的离奇山墙和被怪异立柱支撑的大门——这些房屋曾为多少个世代的健壮渔民遮风挡雨。他甚至与那位从不喜欢陌生人的可怕的老人谈过了话，并受邀走进老人那座令人恐惧的古旧房屋，在那屋中，低矮的天花板和虫蛀的镶板常在幽暗的深夜听到令人不安的独语。

　　当然，奥尔尼肯定会注意到那座无人敢去探访的灰色老屋——那座建在位于北方、与迷雾和天空融为一体的不祥悬崖上的老屋。那房子总是孤悬于金斯波特的天空，关于它的神秘流言也总是在金斯波特曲折的小巷中回响。那个可怕的老人曾喘息着告诉他，他的父亲曾经讲过，在一个晚上，闪电从那座有陡峭斜顶的房子疾射向阴云密布的高天；奥纳（Orne）奶奶住在船街的一座拥有复状斜顶、爬满地衣和常春藤的小屋里，她用嘶哑的嗓音转述了她的外祖母从别处听来的事情：从东边的浓雾中，某些东西会拍着翅膀飞出，径直进入那房子仅有的一扇窄门——

　　[1]布里奇、雪莱、鲍纳尔或伯纳德中的一位：皆为马萨诸塞湾省总督。乔纳森·布里奇（Jonathan Belcher），1730—1741年在任；威廉·雪莱（William Shirley），1741—1749、1753—1756年在任；托马斯·鲍纳尔（Thomas Pownall），1757—1760年在任；弗朗西斯·伯纳德（Francis Bernard），1760—1769年在任。
　　[2]托马斯·奥尔尼：奥尔尼是普罗维登斯市一条主要街道的名字。
　　[3]纳拉干西特湾：普罗维登斯市旁边的海湾。

这扇门紧贴临海的悬崖，只有坐船到海上才能看见。

奥尔尼对新奇事物的狂热使他终于做出了一个可怕的决定。他既没有像金斯波特的居民那样被恐惧吓住，也没有像一般的避暑客那样陷入怠惰，尽管所受的教育非常保守——抑或正因如此，因为枯燥乏味的生活会使人生出对未知事物的渴望，他发誓要登上那座无人敢于接近的北方山崖，拜访那座悬于天际的、怪异的灰色老屋。他的理智向自己解释：那座房屋里的住户来自内陆，他们是从密斯卡托尼克河入海口那边平缓的山脊上爬上去的；他们也许知道金斯波特人不喜欢他们的住所，抑或因为朝向金斯波特一侧的山崖过于陡峭，他们爬不下来，因此他们只去阿卡姆购物。奥尔尼顺着较矮的峭壁来到这座傲慢地上达星辰之间的高崖下，立即断定人类是无法从它险峻的南侧上下的。它的北面和东面有数千英尺高，垂直于海面，因此，只剩下朝向有阿卡姆所在的内陆的西面可以攀登了。

八月的一个早晨，奥尔尼出发，去寻找通往那条难以攀达的高崖的道路。他先沿着宜人的小路向西北前进，经过霍普（Hooper）家的池塘和老旧的砖制火药库，来到山脊上的牧场，从这里能够俯瞰密斯卡托尼克河，也能遥望位于好几里格[1]之外的阿卡姆，它那乔治亚式风格的白色教堂尖顶清晰可见。他在此处发现了一条通往阿卡姆的林中道路，但并未发现他所期望的、可以去往海边的小径。密斯卡托尼克河入海口两旁高高的河岸全部被森林和野地占满，不要说人类活动的迹象，就连一道石墙或一头迷路的奶牛都没有，目力所及之处，都是高高的野草、参天的巨木、缠杂的荆棘——在遥远的往昔，印第安人第一次目睹这里时，这里大概就是这样了。奥尔尼继续缓慢地向东攀登，左侧的河口在他下方越来越远，而大海离他越来越近。他发现自己的前进已经十分困难，不禁想，住在那疏外之地的居民怎样去到外部世界，他们是否经常前往阿卡姆的市场。

接下来，树木变得稀疏，他看到金斯波特的山丘、古老屋顶和

---

[1] 里格：旧时长度单位，大约是三英里或者四千米。

塔尖在右下方的遥远之处出现。这里已经比中央山（Central Hill）[1]还高，他只能勉强认出公理会医院旁边的古老墓地，谣传那片墓地之下存在着可怕的洞窟[2]。他的前方是稀疏的青草和蓝莓树丛，再往远看，就是裸露的岩山和那座可怕的灰色房屋的尖顶。现在山脊已经变得十分狭窄，奥尔尼孤单地站在高空中，不由得一阵目眩。他的南侧是能俯瞰金斯波特的可怖悬崖，北侧则几乎垂直在河口上方，有将近一英里高。突然，一道深约十英尺的裂缝出现在他眼前，他不得不手脚并用，沿着倾斜的岩壁爬到裂缝的底部，然后再冒险从对面岩壁上的一条天然形成的隘道爬上去。那座怪异的房屋里的居民就是这样在大地和天空之间通行的！

当他爬过裂缝时，朝雾开始缠聚起来，他这才看清了前面那座在凶险的高处兀立的房屋。它的墙壁是和岩石一样的灰色，在弥漫大海的乳白色迷雾衬托下，它高耸而肮脏的屋顶显得格外清晰。他发现，在房屋朝向陆地的墙壁上没有门，只有两扇用铅格子分割的肮脏小窗，其样式是十七世纪流行的牛眼窗。云雾和混沌包围了奥尔尼，他即使往下望去，也只能看到无垠的白色空间，仿佛只有他与这座怪异的、令人不安的房子一同置身于天穹之中。他悄悄地绕向房子的正面，发现正面的墙壁正与悬崖的边缘齐平，除非从空中走过，否则不可能进入那扇窄门。他感到一种无法完全归咎于此处的高度的恐惧；非常怪异的是，屋顶的木瓦已被严重蛀蚀，但却没有塌落，残碎的砖石也依然维持着烟囱的形状。

在越发浓重的雾气中，奥尔尼蹑手蹑脚地沿着北侧、西侧和南侧的窗户转了一圈，挨个试着打开，却发现它们都被锁住了。但他却隐约为此感到高兴，因为越是看着这座房子，他进入其中的向往就越淡薄。这时，一个声音让他突然站定不动：他听到门锁被打开和门闩被抽动的声音，接着是一阵长长的咯吱声，就像是一道沉重的门扉正被缓慢而小心地推开。声音是从奥尔尼看不见的房屋临海一侧传来

---

[1] 中央山：马萨诸塞州萨默维尔市的一座小山。

[2] 可怕的洞窟：参见《魔宴》。

的——位于那一侧、高于海面数千英尺的那扇窄门向着充满茫茫迷雾的虚空开启了。

接下来，房屋里响起了沉重的、故意踏出的脚步声，他听到窗户被打开的声音。首先是与奥尔尼所在的南侧正相对的北窗，然后是转过一个方向的西窗，下面就该轮到南窗了，而他就站在南侧低矮的屋檐下；必须承认，他一想到自己的一面是这座令人嫌忌的房子，另外三面都是高高的虚空，就感到很不舒服。当近旁的窗棂开始传来摸索的响动时，他又悄无声息地转到西侧，站在一扇已经打开的窗户旁，身体紧紧地贴着墙壁。房屋的主人显然已经回来了，但他既不是从陆地的方向上来的，也很难想象是坐气球或飞艇回来的。又响起了脚步声，奥尔尼沿着房屋的边缘向北挪去，但在找到能藏身的地方之前，他就被一个柔和的声音叫住了。于是他明白，自己必须面对房屋的主人了。

从西窗探出的，是一张生满黑髯的宽大脸庞。他的双眼闪着磷光般的光辉，那仿佛是闻所未闻之物给他留下的印记。但他的声音却十分轻柔，还带着奇妙的古风，因此，当他伸出一只褐色的手，帮奥尔尼越过窗沿时，奥尔尼没有畏缩，在他的帮助下翻进天顶低矮的房间，置身于黑色橡木镶板和雕花的都铎式家具之中。屋主的穿戴古意盎然，奥尔尼总觉得在他身边飘浮着大海的传说，飘浮着高耸桨帆船的梦境。关于他所讲述的匪夷所思之事，奥尔尼记住的不多，甚至连他的名字也已忘记，但感觉他既陌生又亲切，并且充满了来自时空那不可计测的虚无的魔力。屋里似乎荡漾着微微的绿色水光，奥尔尼看到房间尽头的东窗没有打开，厚厚的磨砂玻璃就像旧瓶子的瓶底，把缭绕着迷蒙雾气的虚空关隔在外。

这位大胡子男人看起来还很年轻，但他的眼睛就像是见惯了古老的神秘。从他那涉及许多令人惊奇的古代事物的传说看来，村民们的传言是正确的：早在下方的平原上建起任何一座能够仰见他这沉默之屋的村庄前，这个人就在与海雾和云朵交流了。一天就要过去，奥尔尼仍在听他讲述那些关于太古的时代和遥远的土地的传闻——面对从海底裂缝中蠕动而出的亵渎之物，亚特兰蒂斯的诸王如何与它们战斗；波塞冬神殿覆满海藻、被列柱支撑，船只若在午夜瞥见这座神殿，就会知道自己偏离了航向。泰坦的时代也被他重新忆起，但主人在谈到那个众神乃至旧日之神都尚未诞生的、朦胧而混沌的时代，以及只有蕃神能在坐落于岩漠之中、离斯凯河对岸的乌撒很远的哈提格·科拉山的山顶起舞的事情时，变得有些胆怯。

这时，门被敲响了——那扇朝向白色云雾弥漫的深渊打开、饰以门钉的老橡木门被敲响了。奥尔尼大吃一惊地站起，但大胡子男人示意他安静，然后悄然无声地走近木门，从一个极小的窥孔向外看去。他一定不喜欢自己看到的东西，因此用手指按在唇上，悄悄沿房间绕了一周，关上并锁闭了所有的窗户，这才回到客人身边，在一张古老的高背椅上坐下。然后，奥尔尼看到一个奇怪的黑色形体逐次在昏暗小窗的半透明玻璃后出现——这位来访者在离开之前，好奇地围着屋子转了一圈；他很高兴房屋的主人没有应门。在大深渊（the great abyss）里存在着某些怪异之物，将幻梦探求的人必须小心，不要搅扰或接触什么不该碰见的东西。

渐渐地，阴影开始聚集；先是小块阴影鬼鬼祟祟地潜藏在桌下，然后更加大胆的那些开始在装有镶板的黑暗角落里出现。大胡子男人做了一个奇妙的祈祷动作，然后点燃了细琢着奇怪纹样的黄铜烛台上的那些长蜡烛。他频频往门那边去，仿佛在期盼谁的到来；终于，犹如回应他的视线，一阵特别的敲门声响起，这声音一定遵循着某种万分古老、万分神秘的暗号，因为大胡子男人听到声音后，并没有看窥孔，而是直接拉开巨大的橡木门闩，将沉重的木门大敞向星空和迷雾之间。

紧接着，一阵模糊的和声传来，顿时，大地上所有被淹没的大能者（Mighty Ones）的梦境和回忆一齐从深渊飘进了房间。任金色的火焰在蓬乱的发梢边戏跃，奥尔尼头晕目眩地向他们致敬——在那里的是手持三叉戟的涅普顿、欢闹的特里同和梦幻般的海中仙女（nereid）；海豚们平稳地背负着一个边缘有小锯齿的巨大贝壳，在贝壳里的，就是那位皓首苍颜、尊容庄重的大深渊之主，至高者诺登斯（Nodens）。特里同的海螺吹出了诡异的音调，海中仙女也敲响了潜藏在黑暗海底洞窟中的未知生物的怪诞贝壳，发出奇怪的声响。白发苍苍的诺登斯伸出一只长满皱纹的手，帮助奥尔尼和房屋的主人进入贝壳。随后，海螺和壳鼓发出狂野而令人敬畏的喧哗，这难以置信的行列盘旋着飞向无尽的天空，吵嚷的欢呼被雷鸣的回声淹没。

　　金斯波特的居民们整夜遥望那座巍然的高崖——风暴和浓雾几乎完全遮掩了它，人们只能从缝隙中偶尔瞥见；当那些小窗里的昏暗光芒在午夜消失的时候，他们开始低声议论，是不是有什么恐怖之事或惨事发生了。奥尔尼的孩子们和胖妻子一起向浸信会的那位平和恰当的神明祈祷，希望这位旅客能借到伞和胶鞋，除非雨到早上就停。终于，朝阳在簇拥的雨雾中从海面升起，浮标上的钟声在白色虚空的旋涡中庄严敲响。到了中午，就在精灵角笛的响声从海上传来的时候，奥尔尼干着身子，轻快地从悬崖上攀爬下来，回到了古老的金斯波特，但他的眼神仿佛依然望着遥远的彼方。他不记得在那位仍不知道名字的隐士的小屋里梦到了什么，也说不出是怎么从那座从未有人踏足过的悬崖上爬下来的。奥尔尼只把自己的经历告诉了可怕的老人；之后，老人在长长的白胡子下面咕哝着奇怪的话，说他很肯定，这个从悬崖上下来的人已经不完全是爬上去的那个了。在那灰色的尖屋顶下面，或是在不祥的白雾中的难以想象的某处，徘徊着这个曾经是托马斯·奥尔尼的人的迷失的灵魂。

　　从那时以来，哲学家的白发增加了。他依然过着死板单调的日子，勤奋工作、进食、睡眠，毫不抱怨地履行着公民的责任。他已经不再憧憬遥远山丘的魅力了，也不再为那宛如幽深大海里的绿色暗礁一样的秘密而感叹了。一成不变的人生不再会让他感到悲伤，墨守成规的思想已固化到足以终结想象。他善良的妻子越来越胖，孩子们也逐渐长大，变得越来越平凡、越来越对社会有用，奥尔尼会在所有必要的场合，准确地为他们露出自豪的微笑。他的眼中不再跃动着不安的光亮，只有在深夜，当往昔的梦境萦绕在脑海时，他才会听到庄严的钟声，听到遥远的精灵角笛在吹响。他再也没去过金斯波特，因为他的家人不喜欢那些可笑的老屋，而且抱怨那里的排水太糟糕了。他们如今在布里斯托尔高地（Bristol Highlands）[1]拥有一幢整洁的别墅，

---

[1] 布里斯托尔高地：在罗得岛州东部，邻近普罗维登斯市。

那里没有高耸的峭壁，邻居们也都是充满现代气息的城里人。

然而，怪谈却在金斯波特扩散开来，甚至那位可怕的老人也承认，连他的外祖父都没有讲过类似这样的事情。现在，每当狂嚣的北风吹过与天空融为一体的高耸老屋，就会打破长久以来一直令金斯波特的海边雇农感到不安的源头——那座房屋不祥的沉默。老人们说，从房屋那里传来了悦耳的乐音和歌唱，更有越来越响的、简直超越地上一切欢喜的笑声。他们还说，那些低矮小窗在夜里放出的光辉更加明亮，猛烈的极光比以往更频繁地降临到崖顶，北方的天空显出蓝色的光芒，那里有冰冻世界的异象。与此同时，被流光溢彩的奇幻背景衬托，那座险峻的高崖和房屋变成黑色的剪影，显得玄妙非常。清晨的雾气也比以前更加浓厚，而今就连水手也难以肯定，那在海中闷重鸣响的，到底是不是雾钟的声音。

但一切之中最糟的，莫过于在金斯波特的年轻人心中，自古以来的恐惧开始枯萎，他们开始越来越多地在夜里聆听北风带来的淡淡而悠远的声音。这新声音有着欢乐的节拍，和音乐一起的是语笑欢阗。他们断言说，既然能发出这么动人的声音，那座斜顶陡峭的房屋里的住户一定不会给人带来伤害或痛苦。他们甚至不晓得海雾给极北那座神鬼化生的高崖之顶带去了怎样的故事，就希望找到一点蛛丝马迹，好得知究竟是什么东西在雾气最浓时敲响了那扇朝崖外虚空打开的门。长老们唯恐有朝一日，年轻人会一个接一个地将那高耸天边、难以攀达的峰顶寻求，从而得知历史悠久的秘密，那秘密就隐藏在贴有木瓦的尖顶之下，是岩石、群星及金斯波特的古老恐惧的一部分。他们并不怀疑这些喜欢冒险的年轻人会回来，但害怕光芒从他们的眼中消失、意志从他们的心里离去。他们不愿看到古朴的金斯波特与它的陡坡小巷、与它的陈旧山墙一道，年胜一年地颓堕委靡下去；与此同时，在那从大海向天空而行的迷雾及迷雾的梦境会暂且歇息的、未知而恐怖的高崖之屋，却有一个又一个新的声音加入，使笑声变得愈加高亢、奔放。

长老们不希望年轻人的心离开老金斯波特舒适的壁炉和有着复状斜顶的酒馆，也不希望悬崖上的笑声和歌声越发响亮。因为，就像那声音从大海、从北方新出现的光芒那里带来了新的雾气一般，或许还会有别的声音带来新的迷雾和光芒；他们担心，或许老神们（the olden gods）——为了不让公理会的教长听到，人们只敢在低语中提到这些存在——会从深邃的大海或冰冷荒野中未知的卡达斯升起，在那座适合它们的不吉悬崖上定居，自此便与平缓的丘陵和谷地、与安静而单纯的渔民为邻。作为朴素的普通人，他们并不欢迎不属于这个世界的存在，因此长老们并不希望这些事情发生。另外，可怕的老人还常常想起奥尔尼提到的、令那座房子里孤独的住者惧怕的敲门声，以及他透过铅框牛眼窗的奇特半透明玻璃所看到的、从雾气里好奇地向屋中窥视的那个黑色形体。

但这些事情或许只有旧日之神才能决定；晨雾依然会在那座令人目眩、上建一座老屋的孤崖周围腾涌，尽管没有人能看到，但在斜顶陡峭、屋檐低矮的灰色房子那里，夜晚会出现鬼祟的光亮，北风会讲述怪异的狂欢。缭绕的雾气会满载着来自潮湿草地和海怪洞窟的梦幻，从深邃的大海飘向它的云朵兄弟身边。当故事不断交织在特里同的洞穴，当覆满海藻的诸城里的海螺吹出习自旧日之神的狂野曲调时，弥天的大雾就会带着传说升上高空；而金斯波特就依偎在较为低矮的悬崖上，头顶高悬着那座令人敬畏、宛如哨兵的巨岩。如果这时有人望向大海，他只能看到一片溟蒙的白雾，仿佛脚下的断崖就是世界的尽头，仿佛航标上的庄严钟声正在仙境的虚空里回荡。

银钥匙
The Silver Key

译者：竹子

在他三十岁那年，兰道夫·卡特遗失了他穿越梦境之门的钥匙。在这之前，作为他平淡无奇的生活的一种补偿，他曾每晚漫步在某些奇怪、古老而且不属于这个世界的城市里；游荡在某些位于以太之海彼岸、可爱而又不可思议的花园中。但是，年龄的增长让他变得木讷——他能感觉到这种惬意的自由一直在悄悄地溜走，直到最后，他被完全关在了门外，再也不能驾驶着他的桨帆船航行在奥卡诺兹河上，经过索兰镀金的尖塔森林了；也无法驱策着自己的大象商队迈着沉重的脚步走在肯德那弥漫着芳香的丛林里，看着某些装饰着象牙色柱子、早已被人遗忘的宫殿可爱地长眠在月光中。

他曾读过许多诸如此类的东西，也与许许多多的人谈论过这些事情。好心的哲人们让他多留心关注这些事物之间的逻辑联系；分析是哪些过程塑造雕琢出了他的念头与幻想。如此一来，奇妙便消逝了，而他也渐渐忘记一切生活不过只是存在于脑海里的一系列图像的集合而已——就这些图像来说，.那些来自于真实事物的情境与那些源自内在梦境里的图景之间没有任何的区别；更加没有道理认为其中的一些会比另一些来得更有价值。可是，常识再三向他灌输一种对于那些可触知的、实际存在的事物的盲目崇拜；甚至使得他暗暗地为自己沉溺在这些幻想里感到羞耻。那些聪明人也告诫过他，说他脑海里那些天真的妄想全是疯狂而又孩子气的。卡特相信这些话，因为它们看起来的确如此；但他却忘记现实里的行为同样也是疯狂而又孩子气的，甚至还有些荒诞而愚蠢——因为即便这个盲目痴愚的宇宙正漫无目的却又坚定无情地运行在它那由虚无衍生出万事万物，然后又由万事万物再度回到虚无的轨道上；即便它既不知道也不会注意到在那无尽的黑暗虚无里会偶尔闪现出一丝由希望或者因心智存在放射出的微渺光芒，但这些生活在现实里的人们却依旧坚持幻想一切都应该是充满了目的与意义的。

他们将他束缚在这些事物上，然后开始解释那些东西的运作方式，直到这世界上不再剩下任何神秘可言。他开始抱怨，并且渴望逃回那些朦胧模糊的世界里——只有在那里，才有奇妙的魔法能将他脑海里所有那些生动鲜明的细琐片段与他思想所建立的那些让他珍视的事物联系整合成一幅幅令人窒息地期待，同时又愉悦得令人无法遏制的美妙图景。可每当此时，那些聪明人就会将他的注意力转向那些新发现的科学奇观，嘱咐他去寻找那些位于原子混沌里的奇迹，或是那些隐藏在天空世界里的秘密。而当他无法从这些已知的、可测量的法则中发现任何乐趣时，他们却说他缺乏想象力，而且表现得极不成熟——仅仅因为他更喜好那些存在于梦境里的虚影，而非这些关于我们的自然世界的奇想。

所以，卡特努力试着去做那些其他人都会去做的事情，并且假装那些普通的事务与俗世的情感要比那些由珍稀精妙的灵魂所产生的狂想来得更加重要。不过，当他们告诉他一只待宰的猪或一个患有胃病的农夫所感受到的肉体上的疼痛，远比那个他依稀记得的、出现在自己梦境里的纳拉斯城以及城内数百座雕饰大门与玉髓[1]穹顶所展现的无双美丽来得更加重要时，他并没有表示出任何的异议。甚至，在他们的指导下，他认真地培养发展出了一种怜悯之情与悲剧意识。

虽然如此，偶尔，他仍忍不住会去想人类的渴望是多么肤浅、浮躁而又毫无意义；而相较于那些我们自称拥有的狂妄理想来说，我们真正的动力又是何等空虚。每每这时，他就会将这一切诉诸于一个文雅的微笑——就是那种他们教他用来对付那些夸张而又矫造的梦境的笑容。因为在他看来我们世界里的日常生活和那些梦境完全一样，一

---

[1]玉髓：一种质感像玉的变种石英。通常有淡蓝白、灰、黄、褐色、鲜红或褐红。常作为一些价位较低的手串制品的原料。

样荒诞与造作，而且完全不值得去敬重。因为它们不仅缺乏美，而且它们还愚蠢地不愿承认自己毫无动机和目的。就这样，他成了一个幽默作家，因为虽然在这个宇宙里既没有任何目的，又缺少任何一致或矛盾的真正标准，可他还没有发现连幽默本身也是空虚的。

在他刚被束缚住的那些天，凭借着对于他祖先那幼稚的信赖，他转而试图喜欢上那些文雅温和的教会信仰，因为这些伸展开去的神秘大道曾许诺他能逃避那俗世的生活。但只有当他接近这一切时，他才留意到那些空洞的妄想和美丽、那些陈腐乏味的平庸、那些看似智慧的庄重以及那些所谓的坚实真理——他看到这些令人发笑的主张让人厌烦地支配着它的大多数传道者的言行；他感到这里面满是笨拙和不雅——虽然它原本应该充满活力——那就好比是一个原始物种面对未知时恣意生长的恐惧和猜疑。而当卡特看到那些故作严肃的人们努力试图将那些古老的神话——那些每字每句都与他们狂妄自大的宗教相抵触的神话——赶出这俗世的真实时，他感到了厌烦。这种不合时宜的严肃抹杀掉了他仅存的最后一丝信赖。他们所拥有的古老信条只是满足于用有关缥缈奇想的伪装来提供一些洪亮的仪式和情绪上的出口而已。

但是，当他开始学习那些已经抛弃掉古老神话的人们时，卡特意识到这些人甚至要比那些紧抱神话不放的愚民更加丑恶。他们不知道美的本质在于和谐；也不知道在一个漫无目的的宇宙里，生命的美好本没有任何标准可言——除非那种美好能与那些之前经历过的，将我们这颗小行星与其他混沌区分开来的梦境与感觉协调一致。他们看不到善良与邪恶、美丽与丑陋只不过是由不同观念结出的，只具修饰意义的果实而已——这些词句唯一的价值在于它们联系着那些引发我们祖先思考和感受的事物；甚至对于每个族群每种文化来说，在这些问题的琐碎细节上也都有着完全不同的态度。相反，他们要么完全否定这一切，要么将这一切看成是那些与生俱来的、模糊本能——那种他们与农夫、与野兽一同享有的生物本能；如此一来，他们便能在痛苦、丑恶和矛盾中继续令人厌恶地拖延下去，同时还能让自己满怀一种荒谬的自豪，认为自己逃离了某些不洁的事物，可事实上这些事物绝不会比那些仍掌控着他们的东西更加不洁。他们用对错误神明们的恐惧与盲目虔诚换来了放纵和无人管束的混乱行为。

对于这些现代的自由，卡特大多浅尝辄止；因为它们的肮脏与廉价让一个仅仅只热爱美的灵魂感到嫌恶。然而他的理由却为那些浅薄脆弱的道理所抵触，因为它们的拥护者一直都依靠着这些肤浅的道理，以及一份从那些被他们抛弃的偶像那里所剥离出的神圣意义来粉饰他们自身的动物冲动。他看见他们中的大部分，和那些他们所鄙弃的神职者一样，无法摆脱同一个错觉——他们同样认为生活，除开那些人们所梦到东西之外，是暗含着某种意义的；同样，他们也无法放下那些不属于美的、有关伦理与责任的幼稚概念，甚至当这个世界借由所有他们得到的科学发现向世人尖叫着它既没有意识，也客观地不具备任何道德情感时，他们仍拘泥于这些观念之中。依靠执迷和扭曲那些有关公正、自由、前后一致等等先入为主的错误信仰，他们抛弃了那些过去的传说与学识，抛弃了那些过去的信仰与道途；却从未停下来反思那些学识与道途正是他们当下思想与判断的唯一缔造者，也正是他们在一个没有任何意义的宇宙、一个没有任何固定目的或是任何稳定而又可供参考的观点的世界中的唯一标准与指导。失去了这些人为的规定，他们的生活逐渐开始缺乏方向与生动的乐趣；直到最后他们只能努力让自己沉溺在对于那些忙乱与所谓的价值、那些喧嚣和兴奋，以及那些野蛮的炫耀和动物感官的倦怠中。当这些东西变得乏味，变得令人失望或是经历过某些情绪剧变后变得令人作呕时，他们转而开始冷嘲热讽、制造苦难、挑剔社会秩序的毛病。他们从未能认识到自己那毫无理性的本性就如同他们先祖的神明一样易变，一样充满矛盾。他们也从未能意识到此刻的满足就是下一刻的灾祸。平静与延续不变的美仅仅只存在于梦境之中，可当这个世界在它对真实的盲目崇拜中抛弃了童年与天真所蕴含的秘密时，也一同抛弃了这一丝安慰。

在这空虚与纷乱的混沌中，卡特努力试着如同一个有着敏锐思想与优秀血统的人那样生活着。随着他的梦境在年岁的嘲弄中逐渐黯淡褪色，他开始无法再相信任何事情，但对于和谐的热爱使得他依旧保持着与自己血统和地位相称的风度。他木然地走过满是行人的城市，发出一声声叹息，因为没有什么图景看起来是完全真实的：因为那金黄阳光洒在高高屋顶上的每道闪光，那投向夜幕里华灯初上的雕栏广场的每一瞥都仅仅只能让他再度回忆起那些曾经有过的梦境，仅仅只能让他思念那片他再也不知道如何去寻回的奇幻之地。旅行就像是个笑话；甚至就连第一次世界大战也几乎未能波及他，虽然在一开始他还是加入了法国外籍兵团。有那么一会儿，他找到了朋友，但很快又对他们那粗糙的情感，以及他们那千篇一律而又世俗的梦境感到腻烦。当他所有的亲戚开始疏远他、不再联系时，他甚至感到了一丝模糊的欣慰，因为他们根本无法理解他的精神生活。只有他的祖父和叔父克里斯多夫能够理解这一切，但他们在很早以前就去世了。

后来，他重新拾起自己在梦境刚开始让他失望的时候放弃的写作事业。不过他仍没有感到丝毫的满足或成就感；因为俗世的感觉占据着他的思想，让他无法像昔日一样想象那些美好的事物。反讽的幽默拖垮了他在微光中竖立起的每一座宣礼塔；而对于那些未必存在的事物的恐惧枯萎了他仙境花园里每一朵精巧娇贵而又令人惊叹的花朵。俗世间伪装出怜悯之情的习俗让他的个性里充满了无用的伤感；而那关于某个重要真相的神话以及那大量的俗世活动和情感均使得他的瑰丽奇想贬低成了一些蕴意浅薄的寓言与廉价的社会反讽。可他的新小说却获得了空前的成功，因为他已经知道世人是何等空虚，已经知道如何去取悦这群空虚的民众。那全都是些文笔非常优美的小说，在这些小说里，他文雅地嘲弄了自己曾经简单描绘过的梦境；但他看到人们的世故已经将他们生活的乐趣消磨殆尽。最后，他烧掉了自己的作品，不再写作。

在这之后，他开始精心构造自己的幻想，并开始涉猎那些反常而又奇异怪诞的观念，将它们当作每日平凡俗事的一剂解药。然而，它们中的大多数很快显示出自身内涵的贫乏和荒芜。他看到那些流行的神秘主义教条就如同当下的科学一样干瘪与守旧，然而却没有在追求真理的道路上做出哪怕丁点儿尝试。这些虚假、臃肿蠢笨、困惑不清的东西绝对不会是梦；也不会为他提供一条途径从俗世生命逃向另一个比他们更高级的心智。所以卡特买来各式各样更加古怪的书籍，并继续探访那些掌握着更艰深、更恐怖的奇妙学识的人。他钻研过这些几乎无人涉足过的、有关意识的奥秘；学习过这些蕴含在生命、传说以及那无法追忆的亘古里所包含的秘密——在这之后，这些东西就一直困扰着他。他决定活得更杰出一些，于是重新布置了自己在波士顿的家以适应自己变换的情绪。他为每个房间都漆上合适的色彩，布置好恰当的书籍与物件，甚至为自己每种感官准备好了舒适的环境。

曾有一次，他听说了一个住在南方的人的故事。人们纷纷回避这个人，并对他备感恐惧，只因为他从某些非常古老的典籍上读到过一些亵渎神明的事情，而且通过走私从印度和阿拉伯地区带回了一些泥板[1]。随后他拜访了这个南方人，与他一同研究和生活长达七年之久。直到某天午夜，在一个不为人知的古老墓地里，恐怖突然袭来，结果只有他一个人活着回来。后来，他折回了阿卡姆——这个位于新英格兰地区，他祖先曾生活过的闹鬼小镇。在这里，他体验到了那种在一片漆黑中，置身于那些古老的柳树与摇摇欲坠的复折屋顶之间时所感受到的莫名恐惧。这种体验让他将一位有着疯癫思想的祖先所留下的日记中的某几页永远地黏封上了。但这些恐怖的经历也只能将他带到真实的边缘，而不是那些他在年轻时所见到的真正的梦境之乡；所以在他五十岁那年，他开始对这样一个太过忙碌而无暇顾及美、太精明而无暇顾及梦的世界里是否真的还有任何的安宁和满足感到绝望。

意识到那些真实事物的虚妄与空洞之后，卡特把日子都花在了隐居生活上，渴望能重新拼凑起那些年轻时充满了梦境的记忆。他开始觉得继续这么费心活下去是件很傻的事情，于是从一个南美洲的熟人那里弄到了一种非常奇特的液体，好让自己毫无痛苦地结束这一切。然而，懒惰以及习俗的教育让他一再拖延这一举动。于是他优柔寡断地徘徊在那些对过去时光的怀念里。他从墙上取下那些奇怪的帘帐，将房子整修成他年轻时候的那个样子——装上紫色的窗格玻璃，换成

----

[1] 泥板：公元前 4000 年前后至公元后若干世纪内，生活在西亚两河流域、古埃及、古印度等地区的人使用板块泥土作为文献的载体。典型代表即两河流域留下的楔形文字文献。

维多利亚时期的家具，等等一切。

随着时间的流逝，他又开始为自己当初的徘徊犹豫感到高兴了。年轻时残余下的记忆以及他与整个世界的割裂似乎使得生活本身，以及那些凡俗的世故变得非常遥远起来，非常不真切；这种感觉如此强烈，以至于有那么一点点不可思议而又长年期待的东西又偷偷地潜回到了他夜间的睡梦中。多少年来这些睡梦和那些世人所知道的、最平凡无奇的梦一样，只有对那些日常事务扭曲后的滑稽倒影，但现在它们开始摇曳闪烁着某种更加怪异、更加疯狂的东西；某种迫近的，而且略微有些可怖的东西。这些东西正异常清晰地以他幼时记忆的形式重新出现在睡梦里。这使得他开始重新思考一些他早已遗忘但却非常重要的事情。他常常从睡梦中醒来，叫喊着自己母亲与祖父的名字，可他们都已经进入坟墓四分之一个世纪了。

而后，在某个晚上，他的祖父向他提到了钥匙。那位头发灰白的老学者，如同在世时一般栩栩如生，始终在认真地谈论着他们的家谱，以及那些细腻敏感的人们所梦见的奇异梦境。他谈到了那位有着火红双眼的十字军先祖——他从俘虏他的伊斯兰教徒那里学到了许多疯狂的秘密；以及兰道夫·卡特爵士一世——他在伊丽莎白女王时期学习过某些奇妙的魔法。他也谈到了埃德蒙·卡特——他在塞伦女巫审判运动中逃脱了被吊死的命运，并且把一把自他祖先传下来的银钥匙放进了一个古董盒子里。在卡特醒来前，这位文雅的幽灵告诉了他应该到哪里去找到那个有着古怪盖子却没有把手的盒子——这个古老的、被精雕细琢过的橡木盒子已经存在有两个世纪了。

接着，在那个满布灰尘与阴影的大阁楼里，他找到那个盒子——它已经被遗忘在一个大箱子里的一个抽屉底端很长一段时间了。这个是大约边长一英尺大小的方块。那上面那哥特式雕刻是如此恐怖，甚至让他一点儿也不惊讶为何自从埃德蒙·卡特之后就再也没有人胆敢打开这个盒子。当卡特晃动这个盒子时，他没有听到任何声响，但盒子却神秘地飘散出一股早已被他遗忘了的香味。显然，关于它里面装着一把钥匙的说法一直都是一个模糊的传说，甚至兰道夫·卡特的父亲都不知道存在着这样一个盒子。它被生锈的铁条整个地包裹着，而且似乎没有任何办法可以打开那个棘手的锁。但是卡特隐约知道自己将会在它里面找到某把钥匙，某把能打开那失落的梦境之门的钥匙，但是他的祖父却没有告诉他应该在哪里使用它，或者如何去使用它。

最后，一个老仆人用蛮力打开了那满是雕纹的盖子。当他这么做的时候，那几张雕刻在发黑的木头上，不怀好意地凝视着他的可怕脸孔，以及那种他说不出源头的熟悉感让他颤抖不已。在那个盒子中，有一卷褪色的羊皮纸。而包裹在那羊皮纸里的是一把巨大的、已经失去光泽的银钥匙。这把钥匙上覆盖着密码一般的阿拉伯蔓藤花纹；但却没有任何清晰可读的解释或说明。羊皮纸很大，上面用古时的芦秆写着某种未知的象形文字。卡特认出那些字符属于一种他以前在某份纸莎草卷轴上读到过的古怪文字。那时那份卷轴还属于那个可怕的、最后于某个午夜消失在一个无名坟茔中的南方学者。卡特还记得每当那个男人读到那份卷轴时，他总是止不住地颤抖。而现在轮到他了。

但是他仍将那把钥匙清洗干净，并把它放回到那个散发着芳香的古橡木盒子里，整夜伴在自己身旁。他的梦境也随之变得栩栩如生起来，但是却没有向他展现出任何他以往梦见的那些奇怪的城市或不可思议的花园。这些梦境全都包含着同一种明确的性质，一种不可能被误解的目的。它们在召唤他回溯那些往昔的时光，并且混杂着他所有先祖的意志将他拉向某个隐匿的古老源头。这时，他知道他必须深入过去，将自己与那些古老的事物融合在一起。日复一日，他思考着那些位于北上的群山里的事物，在那里有着闹鬼的阿卡姆，还有奔涌着的密斯卡托尼克河以及他那偏僻的乡下家产。

等到火红的秋日降临时，卡特终于驱车驶上了记忆里的那条古老小道。他穿过一行行起伏的群山与被石墙分割的草甸，驶过偏僻的深谷与陡坡上的林地，路过那弯曲的小路与让人舒适的农场，沿着乡野里那木质或石砌的小桥来回横越过密斯卡托尼克河上那水晶般的波涛。在某个转角，他看见过一片由巨大的榆树组成的密林——他知道在一个半世纪前，曾有一位自己的祖先神秘地在这里消失了。风在那片树林意味深长地簌簌作响，这让他不由自主地颤抖起来。然后，他还看见了老女巫古蒂·福勒那破败的农场——而今它那不再邪恶的窗户和巨大的屋顶几乎要斜到北边地面上了。当穿过这里时，卡特有意加快了汽车的速度，一直到他需要驾车爬上那座他父亲与他父亲的先祖所出生的高山时才渐渐将速度放慢下来。在那高山上，有座古老的白色房子仍然屹立着，越过公路骄傲地俯视着下方那可爱得令人屏息的图景。在这幅图景里不仅有那多石的山坡与青翠的溪谷，而且还有那地平线上金斯波特城里那遥远的尖塔，以及最遥远的背景里那隐约浮现的、满载梦境的古老海洋。

接着在那更陡峭的山坡上是那座卡特已经四十多年未曾见过的老卡特的房子。当他抵达山脚时，下午已经过去大半。等到他驶上弯曲的半山小路时，他停了下来向那被西沉落日洒出的美妙金色魔法所笼罩着的绵延乡野投下一瞥。此时此刻，最近出现在他梦境里的那些奇妙与期盼仿佛都出现在了这块宁静而又超凡脱俗的风景里。天鹅绒般的无人草地绵延在倒塌的断壁残垣之间，如同波涛般起伏着；美丽的森林勾勒出远方那暗紫色群山轮廓；而生长着鬼魅密林的山谷渐渐下沉深入到那阴湿的深谷里；而深谷里的涓涓细流则轻吟着，汩汩作响地淌过那些肿胀、扭曲的根茎。所有这一切都让他想到了宇宙中其他行星之间那未知的寂寞与孤单。

某些东西令他觉得汽车这种东西不应该属于那个他所寻找的神秘王国，于是他在森林的边缘离开了自己的汽车，将那把巨大的钥匙放进自己外套的口袋里，徒步走向山上。此刻森林已经完全吞没了他，不过他知道那座房子还在更高的地方，在一座除了北面周围都没有树木的小丘上。他想象着它现在会是怎样一副模样，毕竟自从三十年前，他那古怪的叔父克里斯多夫死后，就一直因为他的疏忽而闲置着，无人照料。在他小时候，他一直不愿长时间地留在那儿，并且曾在果园外的树林里找到过许多怪诞的奇异事物。

黑暗在他身旁越积越厚，因为黑夜已经近了。有一次，森森树木在他右侧留出了一道狭长的缝隙，好让他向那方圆数里格的昏暗草地做最后的告别，也好让他瞥一眼那位于金斯波特中央山上的老公理会教堂的尖顶——落日最后的余晖将那白色的尖塔染作奇特的粉红色，让那小圆窗上的玻璃闪烁起夕阳的火焰。然后，当他继续踏入那更深的暗影时，他突然惊觉，意识到那一瞥肯定完全来自于他幼年时的记忆，因为那座白色的老教堂在很久以前就被推倒了，好为新的公理教会医院腾出地方。那时他饶有兴致地读完了整条消息，因为报纸提到在那座岩石山丘下发现了一些奇怪的洞穴或通道。

当他还在迷惑时，一个尖细的声音响了起来。这让他不由得为这个相隔多年依然熟悉如故的声音再次感到震惊。那是老贝利加·科里的声音！卡特还记得这个人曾是他叔父克里斯多夫一家的用人。但即使在很久以前，他在孩提时代到访这里时，老贝利加已经很老了。那现在他一定年过百岁了。可卡特却找不到那尖细声音的主人。虽然他没法分辨那声音所说的词句，然而那种口吻仍然在他心头萦绕不去而且也绝不会弄错。想想看，老贝利加应该还活着！

"兰迪[1]先生！兰迪先生！你在哪里？你要把你婶婶玛莎活活吓死吗？难道她没告诉你下午的时候应该待在房子附近吗？没有告诉你晚上要回家吗？兰迪！兰……迪！……你这跑进树林里的家伙是我见过的最调皮的小孩，大半个晚上坐在上面那个蛇窝附近的树林里！……喂！兰……迪！"

兰道夫·卡特在黏稠的黑暗里停了下来，用手晃过自己的眼睛。事情有些奇怪。他正身处某个他本不应该出现的地方，并且与他本应该存在的地方越来越远。而且他意识到自己现在毫无疑问地迟到了。他没有注意金斯波特城里尖塔大钟上的时间，虽然他能轻而易举地利用他的袖珍望远镜办到这一点；但他已知道自己这次迟到实在有些怪异而且前所未有的晚。他甚至都不确定他是否带着自己的小望远镜。卡特将手伸进了自己上衣口袋里找了找，却发现它不在那儿。取而代之的是他在某个地方从一个盒子里找到的一把巨大的银钥匙。克里斯多夫叔叔曾告诉过他一些古怪的事情，一些关于一个装着一把钥匙、没人打开过的盒子的事情，但是玛莎婶婶突然唐突地打断了这个故

---

[1] 兰迪：兰道夫·卡特的昵称。

事，说这些东西不该说给一个已经满脑子都是离奇幻想的小孩听。他努力回忆自己是在哪里找到了这把钥匙，但有些事情却令他颇为混乱。他猜它应该在波士顿的家中的阁楼里，而且他还依稀记得自己用半周的薪水收买了帕克斯，让他帮忙打开盒子并且对整件事保持沉默；但当他回想起这些事情时，帕克斯的脸似乎变得非常怪异起来，那就好像多年的皱纹突然一下子全都积压在了那个活泼的小伦敦佬脸上了。

"兰……迪！兰……迪！嗨！嗨！兰迪！"

一盏飘忽的提灯忽然出现在漆黑的转弯处，然后老贝利加猛地收住了声音，迷惑地看着眼前这位旅者的模样。

"该死的，小子，原来你在这里！难道你一句也没有听到吗，难道还不能答应一句吗？我已经这么喊了半个小时了，你一定老早就听见了！你不知道你玛莎婶婶自你晚上出去后就一直慌慌张张的么？等在这儿，等我告诉你克里斯多夫叔叔再说！你要知道在这个时候，这片树林可不是个闲逛的好地方！你要知道有些东西在外面，对任何人都没有好处，就像我外祖父告诉我的那样。过来，兰迪先生，不然汉娜不会再为你准备晚饭了！"

于是兰道夫·卡特跟着他走上了那条小路。迷离的星光透过那秋天高大的树木枝丫闪烁不定。当远处转弯处出现那从小格窗户里透出的黄色光线时，卡特听到了狗叫。昴宿星云的光芒穿过空旷的小山顶不停地闪烁着，而山顶一侧一座巨大的复折老屋在西面昏暗天际的衬托下耸立在黑暗里。玛莎婶婶就站在门前。当贝利加推着他进屋时，她并没有过分地责骂他。她很了解克里斯多夫叔叔，也同样知道卡特的血液里流淌着怎样一种天性。兰道夫没有展示他的钥匙，只是安静地吃完了自己的晚餐，仅仅在睡觉的时候才表现出一点点抗拒。他有时候能在醒着时梦到更美妙的东西，而且他希望能使用那把钥匙。

早上的时候，兰道夫起得很早，要不是克里斯多夫叔叔抓住他、强迫他回到早餐桌前属于自己的椅子上，他肯定又会跑进那位于高处的茂密树林里了。他不耐烦地四下打量着这个布置简陋，有着破布地毯以及外露的横梁与角柱的房间，最后直到看见果园里那已经碰到房后窗户那大块的窗格玻璃上的树木枝丫时，兰道夫才微微地笑了笑。这些树木与群山让他感到亲近，而且也为他组成了那通向永恒王国的大门，只有那里才是真正属于他的国度。

　　然后，当他自由时，他感觉到自己上衣口袋里的钥匙，开始放心下来，悄悄地穿过果园跑向后面的山坡——在那边覆盖着密林的山丘再次向上延伸到甚至比这边光秃秃的小丘更高的地方。那里的森林覆盖着苔藓，显得神秘莫测。在树林昏暗的光线下，许多长满地衣的巨石歪斜地耸立在各处，仿佛是那些神圣小树林内在那浮肿、扭曲的树干之间竖立起来的德鲁伊圣石。在一段上坡路上，兰道夫跨过了一条湍急的小溪。那溪流的瀑布好像正在为那些潜伏起来的半人羊、潘神以及森林妖精们吟诵着神秘的咒语。

　　接着，他来到了森林山坡上那个古怪的洞穴，那个可怖的、让乡里人避之不及的"蛇窝"。贝利加一次又一次地警告过他要远离那块地方，但他就是不听。这洞穴很深，远远比除了兰道夫以外的任何人所想象的都要深，因为这孩子曾经在那最深的黑暗角落里发现过一道裂缝，一条通向更高处石室的裂缝——那是一个鬼魅阴森的地方，在那里的花岗岩石墙上仿佛奇怪地残留着某种有意设计后留下的痕迹。在这里，他如往常一样匍匐爬行，用从起居室的火柴盒里偷来的火柴照亮眼前的道路，怀着一种就连他自己都无法解释的热切与渴望缓缓地爬过最后的裂隙。他完全说不出自己为何会如此自信地靠近远处的石墙，也说不出自己为何会像这样本能地带着那把巨大的银钥匙前进。但他这么做了，而当他那晚手舞足蹈地回到房子里时，他没有说出任何理由为自己的迟到而辩护，同时也完全没有在意他因为不理会中午和晚餐的呼唤而招来的责骂。

　　现在，兰道夫·卡特所有的远亲都认为在他十岁那年，发生了某些事情让他的想象力被极大地激发了。他的堂兄，芝加哥的欧尼斯特·B.阿斯平沃尔先生整整年长他十岁，仍清晰地记得1883年秋天，发生在那孩子身上的转变。兰道夫看到了一系列极少数人能够瞥见的幻象，不过更奇怪的还是他对于俗世事物的表现中流露出了某些琢磨不透的特质。总之，他似乎在偶然间获得了某种古怪的预言能力，而且开始对那些虽然当时并没有任何特殊含义，但后来却能证实他奇异幻觉的事情产生一些异乎寻常的反应。在接下来的几十年里，随着新发明、新名词、新事件一个接一个地出现在历史书里，人们时不时会惊讶地回忆起卡特曾在数年，甚至十几年前无意中漫不经心地说出过某些词句——某些毫无疑问与当下那些事物相联系的词句。他自己并不理解这些词句，也不知道为什么某些事情会让他产生这种触动；但却一直在幻想这是某些他已忘却的梦境在起作用。早在1897年，当某些旅行者提到一个名叫贝卢瓦昂桑泰尔的法国小镇时，他整个脸都变白了。而另一些朋友们还记得1916年，当卡特加入法国外籍兵团投身第一次世界大战时，他在那个镇子上差点把命都送掉了。

由于卡特最近的失踪，他的亲戚说了不少这类事情。他那多年来一直忍受着他怪异行为的老仆人帕克斯最后看见他早上带着一把他最近刚找到的钥匙，独自驾车离开了。帕克斯曾帮助他从一个古老的盒子里拿出了那把钥匙，并且奇怪地觉得自己被那些盒子怪诞的雕刻，以及其他一些他无法名状的古怪性质所影响了。当卡特离开时，他曾说他准备去拜访他那位于阿卡姆附近的古老祖先的故乡。

在榆树峰的半山腰那通向老卡特住宅的废墟的路上，他们找到了卡特的汽车，它被小心地停靠在路边；在车里面有一个由某种散发着芳香的木头制作的盒子。在那个古老的盒子上雕刻着一些奇异的花纹，吓坏了那些偶然发现它的乡下人。盒子里装着一张奇怪的羊皮纸，上面记载着一些没有任何语言学家和古文书学者能够译解或辨识的符号。雨水已经抹去了一切可能的足印，但波士顿来的调查人员在老卡特古宅那倒塌的木料之间发现了某些骚乱的痕迹。他们声称，好像某些人最近在那片废墟里摸索过什么东西。另外人们还在山坡森林里的乱石间找到了一条普通的白色手帕，不过没人能确定它是否属于那个失踪的男人。

至于兰道夫·卡特的房产在他继承人之间的分配问题还有待讨论，但我将坚决反对这一程序，因为我不相信他已经死了。时间和空间、幻觉与真实之间一直纠缠不清，只有一个做梦的人才能发现这一切。以我对卡特的了解，我想他仅仅是发现了一种方法去穿越这些混乱的迷境。他是否还会回来，我无法断言。他怀念着他遗失掉的梦境之地，渴望着自己孩童时期的旧时光。然后，他找到了一把钥匙，而我开始有点相信他能够利用它那奇异的特质了。

当我遇见他时，我会问问他，因为我现在还期待着与他短暂地在某个我们过去常常出没的梦境之城里会面。在乌撒当地，有谣传说在斯凯河那一边，一位新的王君临埃莱克-瓦达的猫眼石王座；有谣传说那座传说中的尖塔之镇位于能够俯瞰到一片微光之海的玻璃悬崖顶端，而在那微光之海里长着胡须与鱼鳍的格罗林[1]建造了属于他们的奇异迷宫。我相信我知道如何解释这些谣言。很确定，我焦急地期盼着见到那把银质的大钥匙，因为它那充满神秘隐喻的阿拉伯式蔓藤花纹也许正象征着这个客观而又漫无目的的宇宙中的目的与秘密。

---

[1] 格罗林：一种类似人鱼（雄性人鱼），但拥有额外一到两条手臂的生物。

梦寻秘境卡达斯
The Dream-Quest of Unknown Kadath

译者：竹子

　　兰道夫·卡特曾三次梦见那座精美绝伦的城市，但每次他都只能在城市上方高处的露台上稍作停留，旋即便被某种力量紧紧攫住，从梦境中拖离开去。一连三次，皆是如此。他记得，在夕阳的照耀下，整座城市——那些高墙，那些庙宇，那些柱廊，还有那些由带纹理的大理石修筑起来的拱桥——全都闪耀着金碧辉煌而又美妙动人的光辉；银色底座的喷泉在宽阔广场与芬芳花园里喷吐着泉水，散发出棱彩光芒；优美雅致的树木、繁花锦簇的花坛以及象牙色的雕像排列在宽阔的街道两侧；层层叠叠的红色屋顶与老旧的尖形山墙爬在北面的山坡上，为下方草绿色鹅卵石铺筑的小巷提供一份遮蔽。这座城市是诸神的宠爱；是天国喇叭吹奏出的仪仗乐曲，是神界铜钹碰撞发出的洪亮音符。神秘的气息笼罩着这座城市，就仿佛阴云笼罩在一片无人造访、只存在于传说中的山脉上一般；而当卡特屏住呼吸，满怀期待地站在修砌着栏杆的矮墙前时，各种情绪纠缠着一同涌了上来，其中有几乎快要褪去的记忆所带来的辛酸与焦虑，也有因失去所爱事物而感到的苦痛，还有那强烈得几乎要将人逼疯的渴望——渴望想要再度出现在那个令人敬畏而又非同寻常的地方。

　　他知道这座城市对他来说一定曾有着非凡的意义；但他却不知道自己是在哪个循环，或哪具躯体里[1]知道这个地方的，也说不出当时自己究竟是醒着还是在梦中。它模糊地唤起了一些片段，一些有关某段遥远的、几乎已被遗忘的幼年岁月的片段——在那个时候白昼中的一

---

　　[1] 在梦境系列中，洛夫克拉夫特认为入梦者会以不同的身份出现在梦境之地中。

切神秘都充满了奇妙与愉悦，而不论黎明还是黄昏都在预兆般地大步向前，走在鲁特琴与歌唱交织的渴望之声中；打开仙境的大门，迈向更多令人惊讶的奇迹。但每次当他站在高处有着奇怪瓮坛与雕栏的大理石露台上，俯瞰着这座肃穆、美妙而又超脱俗世的夕阳之城时，他总能感觉到梦境里那些暴虐专横的诸神所施加的束缚；因为他永远都无法离开那个高台，也不能走下那条宽阔的大理石阶梯——虽然它一直无穷无尽地延伸到下方那些铺展开来、诱人心动同时也充满了古老魅力的街道。

当他第三次从这样的梦境里醒来时，他仍旧无法走下那些阶梯，也无法横穿那片被夕阳照耀着的肃穆街道。兰道夫·卡特花了许多时间向那些躲藏起来的梦中诸神祈祷——这些神明总会反复无常地徘徊在无人知晓的卡达斯峰上方的阴云里，而那座山峰则位于杳无人迹的冰冷荒野上。可即便如此，那些神明仍没有做出任何回应，也没有展现出丝毫的怜悯与慈悲。卡特也曾试着在梦境里向他们祷告，甚至通过蓄着胡子的那许与卡曼·扎进行了带有牺牲性质的祈求——这两位牧师所掌管的那座矗立着火焰立柱的洞穴神庙就坐落在距离通向清醒世界的大门附近不远的地方——但那些神明仍没有因此展现任何有帮助价值的神迹。不过，他的祈祷似乎传达到了诸神那里，并引起了相反的效果：因为从他第一次祈祷开始，卡特就再也不能俯瞰那座精美绝伦的城市了；就仿佛前三次从高处得到的短暂一瞥仅仅是缘于某种意外或勘漏，违背了某些诸神制定的隐秘计划或意愿。

直到最后，卡特厌倦了继续缅怀那些在夕阳下闪闪发光的街道与那些隐藏在古老瓦檐间的山地小巷。可他既睡不着，也不能将这些念头赶出脑海。于是他决定带着自己那大胆的愿望前往那片从未有人去过的地方，不惧结冰的荒野，穿过黑暗，前往无人知晓的卡达斯——这座被云雾遮罩的山峰环绕着常人无法想象的星辰，而梦境诸神所居住的那座永夜的神秘缟玛瑙城堡就坐落在这座山峰上。

在浅睡里他向下走过了七十级台阶，来到了火焰洞穴中，向长着胡子的牧师那许与卡曼·扎谈论起了他的计划。两位牧师摇晃着他们戴有双重冠[1]的头，发誓说这将是他灵魂的死亡之旅。他们告诉卡特，梦境诸神已经表达了他们的意愿，而他们不会因为卡特坚持不懈的祈愿而感到愉快或决定退让。他们还提醒他，不仅没有人去过无人知晓的卡达斯，甚至没有人能够推测出它到底在哪里；它可能坐落在围绕着我们世界的梦境之地里，也可能坐落在那些围绕着北落师门或毕宿五的未知梦境里。如果它在我们的梦境之地里，那么卡特还有可能抵达那里；如果不是，那么从太初至今，只有三个完完全全属于人类的灵魂成功地穿过亵渎神明的漆黑深渊抵达其他梦境并折返了回来，而在这三个人中，有两个回来时已经彻底疯了。这种旅途中的每一处地方都充满了无法估量的危险；而且在旅途的最后，旅行者还需面对那个只有在无人胆敢谈及的胡言乱语中才会被提到的最终危险——它存在于有序的宇宙之外，一个任何梦境都无法触碰到的地方；这股没有确定身形的毁灭力量存在于最深的混沌里，待在一切无垠的中央，翻滚冒泡，亵渎着一切神明——那就是无所限制的恶魔之王阿撒托斯。没有哪张嘴唇胆敢高声言及它的名讳。在那些超越时间之外、让人无法想象的黑暗巨室里，污秽巨鼓敲打着隐约而又令人发疯的回响，邪恶长笛吹奏出的空洞而又单调的哀号，而在这一切之中，它饥饿地啃咬着。那些巨大的至高神明缓慢笨拙而又荒诞不经地伴着那令人憎恶的敲打与尖啸翩翩起舞。他们是完全不同的另一类神明，盲目痴愚而又阴暗无声，而他们的灵魂与使者即是伏行之混沌——奈亚拉托提普。

　　这就是牧师那许与卡曼·扎在火焰洞穴里对卡特所做出的警告。但即便如此，卡特仍决心要找到那些居住在无人知晓的卡达斯城中的诸神，不管这座城市在哪里；同时他还要从他们的手里赢回与那座美妙绝伦的夕阳之城有关的一切记忆，并重新看到这座城市，甚至行走居住在这座城市里。他知道这趟旅程将会离奇而又漫长，而梦境诸神

---

[1] 双重冠：原指埃及统一后法老所佩戴的特殊王冠。相传法老美尼斯统一了上下埃及后，为了表示埃及成为一个整体，于是将上埃及的红色王冠与下埃及的白色王冠组合成了新的王冠——双重冠。

也将对他百般阻挠；但他已经在梦境之地里度过了很长一段时间，并且因此积累了许多将会有助于他的经验与设备。所以在向两位牧师祈求过道别的祝福后，卡特机灵干练地规划好了自己的旅行线路，然后勇敢地向下走过七百级台阶来到沉眠之门前，准备出发穿越那片被施加过魔法的树林。

在这片被施加过魔法的树林里，无数低矮巨大的橡树扭曲盘绕，编织着自己向外摸索的粗壮枝干；奇异蕈类散发出的磷光昏暗地点亮了这个地方。那些隐秘而又鬼祟的祖各就生活在这些由纠缠扭曲的树木构成的通道里。这些小东西知道许多梦境世界里的隐秘秘密，也知道些许有关清醒世界里的事情——因为这片林地中有两处地方与人类的世界接壤，不过要是说出这两处地方在哪儿肯定会引起灾难性的后果。祖各出没的地方总会出现某些无法解释的流言、怪事与人口失踪案件，万幸的是它们并不能离开梦境世界太远。但是，它们的确能自由地出入那些靠近梦境世界的地方，它们的棕色身影会在不被人发觉的情况下悄声一闪而过，然后带着许多有趣的故事回到它们所钟爱的森林里，在自己的灶台边为这些故事陶醉上几个钟头。它们中的大多数都住在地洞里，但也有一些住在巨大树木的枝干上；虽然它们大多数时候都靠蕈类为食，但也有传闻称它们对肉食亦有些许兴趣——不管那是实实在在的血肉还是精神上的躯体——因为有很多入梦者在进入了树林后便再也没出来过。不过，卡特对此并不在意；因为他早已是个老练的入梦者了，不仅学会了祖各那种使用拍打来表达意义的语言，而且也曾与它们订立过不少的条约。他曾在它们的帮助下找到了塞勒菲斯——这座辉煌的城市位于塔纳利亚丘陵另一侧的欧斯·纳尔盖山谷里。在一年中，它有一半的时间是被伟大的库拉尼斯王统治着。不过，卡特知道这位君主在现实世界中的另一个名字。而这个库拉尼斯正是那三个穿越群星深渊然后又折返回来的灵魂中的一个，而且他是唯一一个没有因此而疯掉的。

在昏暗的磷光中，卡特一面快速穿行在那些由巨大树干组成的复杂通道里，一面按照祖各的方式发出拍打的声响，并时不时停下来聆听它们的回应。他记得有一个由这种生物组建起来的村落就坐落在靠近树林中央的地方，他还记得那里有一个由许多长满了苔藓的巨大石块所围成的石圈——这显然说明那里过去曾生活着某些更加古老也更加可怕的居民，但它们早已被遗忘了——而卡特此刻正飞快地赶往那里。那些生长在林地里的怪诞蕈类为他提供了有利的指引，但凡靠近那些古老存在曾舞蹈与献祭过的地方，这些奇异的真菌就会生长得格外茂密。很快，茂密的真菌所散发出的微光便汇聚成了一片广阔而又不祥的灰绿色，沿着森林的根部弥漫铺展开来，一直蔓延到视线之外。这里便是最近的巨石圈了，而卡特也知道自己离祖各的村落不远了。他重新发出了一阵拍打的声响，然后耐心地等待着；过了一会儿，他便感觉到有许多眼睛正在注视着自己。这就是祖各了，在看到它们怪异的眼睛之后，人们往往还要花上很长时间才能分辨出它们那细小且皮毛光滑的棕色轮廓。

它们从隐匿的地洞与蜂巢般的树干中蜂拥而出，拥挤在这片区域里，直到整片被微光点亮的区域都充满了它们活跃的身影。某些较为野化的祖各在卡特的身边令人不悦地摩挲着，甚至有一只还颇为讨厌地在啮咬他的耳朵；但这些无法无天的精灵很快便被更加年长的祖各管束了起来。在认出了来访者之后，贤者议会为卡特提供了一瓢发酵后的树汁——这种树汁是祖各们从某棵与众不同的大树上提取出来的，据说过去某个月亮上的存在扔下了一颗种子，后来这颗种子便生长成了这棵它们用来酿造汁液的大树；当卡特按照仪式隆重地喝下树汁之后，一场非常怪异的谈话便开始了。可不幸的是，祖各们并不知道卡达斯峰在哪里，也不知道冰冷荒野究竟是在人类世界的梦境之地上，还是在别的梦境之地上。关于梦境诸神的传说各式各样；只能说人们更可能在高耸的山脉上找到他们，而不是在河谷里，因为当月亮升起、云层下沉时，他们会在这些山脉的高处缅怀往事般翩然起舞。

接着，一只年纪非常大的祖各回想起了一件其他祖各从未听说过的事情；它说在斯凯河对岸的乌撒还保存着最后一本根据那些古老得不可思议的《纳克特抄本》制作的副本。一群生活在某个早已被世人遗忘的北方王国里的古人在清醒的时候制作了这份副本；但后来当身披长毛、吞食人类的诺弗·刻征服了满是庙宇的奥拉索尔城[1]，屠杀了洛玛尔大陆[2]上的所有英雄之后，这份副本便被传到了梦境之地里。那只年长的祖各告诉卡特，这些手稿讲述了许多有关诸神的事情；而且，在乌撒还曾有人看见过诸神的神迹，甚至还有一个老牧师曾攀登过一条巨大山脉试图目睹诸神在月光中起舞的情景。虽然他失败了，但是他的同伴却成功了，并且因而招致了无可名状的毁灭。

于是兰道夫·卡特对这些祖各表达了他的感谢，而它们则友善地拍打回应，并再次送给他一瓢用月亮树汁液发酵而成的美酒供他随身携带。稍后卡特便再次出发，开始继续穿越这片遍布磷光的树林，前往它的另一侧——在那里，斯凯河的流水从雷利昂山的山坡上奔涌而下，而哈提格、尼尔与乌撒就坐落在山下的平原上。当卡特离开村落时，几只好奇的祖各鬼鬼祟祟地悄然跟在他的身后，因为它们想知道卡特会遇到些怎样的奇遇，并打算将这些故事带回给它们的族人。在离开村落后不久，巨大的橡树林开始变得茂密起来，于是卡特停下来敏锐地寻找那些树木较为稀薄的地方——那些矗立在稠密得极不自然的真菌群落中、已经死亡或垂垂将死的大树，以及那些腐坏的沃土，还有那些橡树倒下所残留下来的长满苔藓的原木。他得拐一个急弯，因为在那边林地的地面上铺着一块极大的石板；而那些胆敢靠近这块石板的人回来说那石板上面摆放着一个三英尺宽的铁环。祖各们还记得那个由长满了苔藓的巨石所组成的古老石圈，也记得它可能是用来做什么的，所以祖各们绝不会在那个摆着巨大圆环的石板附近多做停留；因为它们明白并不是所有被遗忘的东西都必定是已经死亡了的，而它们也不希望看到那块石板在某个时候缓慢而又从容不迫地升起来。

卡特选择了一条合适的道路，绕开了那个地方，同时他也听到自

---

[1]奥拉索尔城：洛玛尔大陆上的一个城市，曾出现在《北极星》中。

[2]洛玛尔大陆：在克苏鲁神话中，这是远古时期从海里升起的一块土地。

己身后传来了几只比他更加胆怯的祖各受惊时所发出的拍打声。他知道它们会跟着自己，所以他并不在意；因为他已经习惯了这些好打探的生物所表现出的怪异举动了。当卡特来到林地边缘时，他看到天边正泛起微光；而那逐渐变亮的微光让他意识到这是清晨的曙光。他能看见农舍烟囱里冒出来的烟雾正从斯凯河奔流着的肥沃平原上缓缓升起，各个方向上都是一片平和的景象——树篱、耕作过的田野以及用茅草铺盖的屋顶。他在一家农舍前的井口边暂作停留，讨了杯水，与此同时，所有的狗都在对着他身后那几只趴在草地上、毫不起眼的祖各恐吓性地吠叫。在另一处人群忙碌的农舍边，他试着向农夫打听一些关于诸神的事情，以及他们是否经常在雷利昂山上翩翩起舞；但农夫与他的妻子仅仅只是画了个旧印，然后给他指出了通向尼尔与乌撒的道路。

等到中午的时候，卡特已经走在尼尔城内一条宽阔的主路上了。他曾经来过这里一次，而且这也是他在这个方向上到过的最远距离；中午过后，他便来到了那座横跨斯凯河的雄伟石桥前———千三百年前，修建这座石桥的时候，他们还曾将一个活人当作牺牲封进了这座石桥的中央桥墩中。穿过这座石桥之后，猫的身影便开始频繁地出现在他的周围（这些猫咪无一例外地对着尾随在他身后不远的祖各充满了敌意地弓起了背）。这些猫咪的出现说明卡特已经距离乌撒的近郊不远了；因为那个地方存在着一条古老但却非常重要的法则：在乌撒，严禁任何人杀猫。乌撒的近郊是片让人颇感愉快的地方，因为那里有着浅绿色的农舍与被整洁的篱笆圈出来的田野；但更让人感到愉悦的还是那座古雅的小镇本身——这里有着古老的尖形屋顶；也有许多从小楼中突出悬挂在道路上方的楼层；还有不计其数的烟囱管，以及狭窄的山地小巷——大群的猫咪游荡在这些街巷上，透过它们之间的空隙，卡特能看见那些铺设在小巷上的古老鹅卵石。那些若隐若现的祖各让乌撒的猫咪纷纷散开，藏了起来，但卡特并不在意，而是径直走向了那座供奉着旧日之神的庙宇——据说牧师与那些古老的记录都待在这座简单而朴素的神庙里；其间，他爬上了乌撒最高的山丘，在这座山丘顶上坐落着一座庄严的圆形高塔，而在这座攀绕着常青藤的石头高塔里，卡特找到了大长老阿塔尔。这位年长的牧师曾爬上了砾石荒漠中被视为禁忌的哈提格·科拉峰，并活着折返了回来。

阿塔尔坐在一张象牙色的讲台上，而这张讲台则被摆放在神庙顶端一个饰以彩花的圣祠里。这个老人已经足足有三百岁了，却仍有着极其敏锐的思维与清晰的记忆。卡特从他那里了解到了不少有关诸神的事情——他们事实上只不过是一群尘世里的神明；只能软弱无力地统治着我们的梦境之地。倘若离开了我们的梦境之地，他们便既没有居所，也没有力量。阿塔尔说，他们在心情愉悦的时候也许会留意凡人的祷告；但凡人绝不该去尝试寻找他们位于冰冷荒野上的居所——那座矗立在卡达斯巅峰的缟玛瑙要塞。没有人知道卡达斯的位置实在是件极为幸运的事情；因为攀登这个地方必定会招致极其悲惨的后果。阿塔尔的同伴，贤者巴尔塞[1]，仅仅因为爬上了那座人们所熟知的哈提格·科拉峰，就在尖叫中被某种力量拖进了天空。如果有人找到了卡达斯，那么等待他的后果要比发生在巴尔塞身上的悲剧糟糕得多。因为，虽然一个睿智的凡人可能会在某些时刻胜过那些俗世里的神明，但这些神明却被来自宇宙之外的另一批神明保护着，而凡人们最好还是不要讨论有关那些神明的事情。这些神明曾将他们的力量烙在了地球上的原始花岗岩中，而且这种事情在历史上曾发生过两次：其中一次发生在上古时期，人们猜想说那本古老得已经无法去解读的《纳克特抄本》上有一张绘画正表现了这件事情；另一次则发生在哈提格·科拉峰，当贤者巴尔塞试图窥探俗世诸神在月光中舞蹈的情景时，这些神明将他拖进了天空之中。所以，阿塔尔说，除了进行机智委婉的祈祷外，人们最好还是不要去理会所有这些神明。

虽然阿塔尔的劝告令人泄气，而《纳克特抄本》与《玄君七章秘经》也没有提供有利的帮助，但卡特却并没有完全绝望。起先，他向老牧师询问起了他在带栏杆的露台之上所看到的那座精妙绝伦的夕阳之城，希望能不通过诸神的帮助独自找到这座城市；但阿塔尔却说不出个所以然来。不过，阿塔尔说，这个地方可能存在于他独有的梦境

---

[1] 巴尔塞：一位梦境之地的神明，见《蕃神》。

里，而不在大多数人所熟悉的普通梦境世界中；可以想象，它也可能存在于另一个星球上。如果是这样的话，即便那些俗世里的神明愿意协助，他们也对此无能为力。但这不太可能发生，因为卡特梦境的戛然而止似乎非常清楚地说明梦境诸神并不希望他知道这个地方。

接着卡特耍了一个邪恶的伎俩，他拿出了祖各们给他的月亮酒，请坦诚接待自己的神庙主人喝了不少，结果让这位老人开始变得不负责任地健谈起来。可怜的阿塔尔开始毫无节制地嘟囔起那些被人们视为禁忌的事物，一点儿也没有保留；他谈到旅行者们曾报告说在南方海洋里的奥瑞巴岛上的恩格拉尼克山脉中看到过一座雕刻，一座被凿刻在山脉坚实岩床中的巨大雕像；同时阿塔尔还暗示说这幅图画可能是一幅模仿之作——当初俗世里的诸神在这座山脉顶端伴着月光翩然起舞时，曾将他们的容貌精巧地描绘在了天空中，而某些力量将这些画像摹刻在了石头里。同时，他还打着嗝说那幅图画里的画像都非常奇怪，所以任何人都能轻易地认出它们，而且它们肯定可信地表现了诸神所属的族类。

有了这些消息，寻找诸神的目标对于卡特来说变得近在咫尺了。据说梦境诸神中那些较为年轻的神明经常会披上伪装迎娶人类的女子，所以那些在卡达斯的冰冷荒原附近居住生活着的农夫们肯定全都承载着他们的血脉。这样一来，想要找到冰冷荒野就必须去看一看那些凿刻在恩格拉尼克山脉上的面孔，并且记下这些特征；然后他只需要仔细在活人间寻找那些特征。这些特征表现得越明显、越密集的地方也就距离诸神们越近；而那铺展在这些村落之后的砾石荒野就肯定是卡达斯坐落着的地方。

卡特肯定能从这些地方了解到不少有关梦境诸神的事情，而那些体内流淌着诸神血液的居民或许也能从祖先那里遗传到一些有利于寻神者的记忆。他们也许不知道自己的血统与祖先，因为人们对于诸神的容貌众说纷纭，大相径庭，因此也无法确定谁曾有意观察过他们的容貌；事实上早在卡特寻找卡达斯的时候，他就意识到了这一点。但这些诸神的子嗣可能有着会被其他人误解的、古怪而又高傲的思想；也许还会吟诵某些遥远的景致与花园——这些景致和花园可能会与人们所了解到的其他地方，甚至包括梦境之地里的景色，都完全不同，以至于普通人可能会把他们称为傻瓜；但也正是从这样的言语中，人们也许能了解到一些关于卡达斯的古老秘密；或者搜集到一些有关那座诸神想要隐藏起来的夕阳之城的信息。而且，凡人也许还能因此抓住某个诸神所喜爱的子嗣当作人质；甚至可能俘虏到某个年轻的神明——尤其是当他伪装起来与自己的新娘，某个标致的乡间处女，一同生活在凡人之间的时候。

可是，阿塔尔却不知道如何才能找到奥瑞巴岛上的恩格拉尼克山脉；不过他建议卡特沿着石桥之下欢唱的斯凯河一直走到南部海洋边去看看；乌撒的自由人没有去过那个地方，但是那些坐着船，或是驾着骡拉大篷车队、推着两轮货车的商人都是从那个方向上过来的。那边有一座巨大的城市，狄拉斯·琳。不过在乌撒，这座城市的名声并不算好，因为会有满载着红宝石的黑色三层多桨大帆船从说不清是哪里的海岸航向这座城市。那些从这些帆船里走出来与珠宝匠进行贸易的商人都是人类，或者基本上是人类，但却从来没有人见过那些划动这些帆船的桨手；而在乌撒，商人们若是要与这些从未知海岸航行过来却从不展示自己桨手的黑色大船进行贸易的话，也都会被认为是不正常的。

当他说出这些事情时，阿塔尔早已昏昏欲睡了，于是卡特温柔地把他放躺在由黑檀镶嵌成的睡椅上，然后彬彬有礼地将他的长胡子摆放在他的胸口上。当他离开神庙准备继续前进时，卡特突然发现再没有隐约的拍打声跟在他身后了。他不由得奇怪那些祖各为何会在追求新鲜事物时变得如此松懈倦怠起来，然后他便注意到所有那些生活在乌撒、皮毛光滑得意自满的猫儿都怀着非同寻常的嗜好舔着自己的下颌。接着，他回忆起在与老牧师对话的时候，曾听到神庙下端传来过吱吱的声音与猫咪的打闹声；同时，他也回想起鹅卵石街道边曾有一只特别大胆放肆的年轻祖各对一只黑色小猫表现出过极为邪恶的渴望。因为他喜爱黑色小猫胜过世上的一切东西，所以他弯下腰轻轻拍了拍那些舔着自己下颌、皮毛光滑的猫儿，却并没有多做哀悼，因为那些好寻根探底的祖各们不会跟在他身后了。

这时已经是落日时分了，于是卡特在一间坐落在陡峭小巷上方、能够俯瞰小镇低矮部分的旅舍里安顿了下来。当他走上自己房间的露台，俯瞰下方的景致时，他看到了由红色屋顶组成的海洋，看到了铺设着鹅卵石的小巷，还看到了更远处令人愉悦的田野。当他看着这一切在倾斜的阳光中变得柔和与魔幻起来时，他敢发誓，如果不是记忆中那座更雄伟的夕阳之城在不停刺激着他前去探索未知的危险，那么乌撒无论如何都是一个非常适合居住的地方。接着，暮色渐暗，用石灰糊刷的山墙由粉红色逐渐转变成了充满神秘氛围的紫色，微亮的黄色灯光开始一盏接一盏地浮现在了古老的格子窗之后。神庙高塔上传来了悦耳的钟声，而入夜的第一颗星辰也开始在斯凯河对岸草甸之上的天空中静静地眨起了眼睛。当夜晚开始轻声低吟时，卡特也附和着轻轻地点着头，仿佛鲁特琴手正在金银丝装饰的露台与棋盘格局的纯朴乌撒之外的地方传唱着那些古老的岁月，甚至就连乌撒众多猫咪所发出的声音中也可能会流露着甜美的感觉，但它们大多数都很饱足，而且闭口不言那顿奇怪的餐宴。它们中的一部分偷偷离开了乌撒，前往那些只有猫儿才知道的神秘国度——乡村里的人们说这些王国都在月亮的暗面，而猫儿们则会从高大的房屋顶端跳向那个世界。不过此时有一只黑色小猫从楼上悄悄匍匐爬过，跃上了卡特的膝盖，一面打闹着一面发出愉快的呼呼声。当卡特最后躺在小小的睡椅上，靠在用具有催眠作用的芬芳香草填充起来的枕头上沉沉睡去时，那只黑色小猫也跟着在他脚边不远的地方蜷起了身子。

早上的时候，卡特加入了一支由商贩组成的车队，与他们一同前往那座名叫狄拉斯·琳的城市。车队的货物主要是乌撒出产的纺织羊毛与从乌撒那忙碌的农场里收获来的卷心菜。一连六天，他们摇晃着叮当作响的铃铛，走在斯凯河一侧平坦的马路上；有几个晚上，他们停留在一些古雅奇异的渔镇上，并在那儿的旅舍里落脚；而在其他几个晚上，他们则在繁星之下扎营，听着平静的河流上不时传来船夫片刻的歌声。田野的风光非常漂亮，卡特看到了不少青绿的篱笆与树林，还有如画的尖顶农舍和八角形的风车磨坊。

第七天，前方的地平线上升起了一片烟雾般的朦胧事物，接着出现的便是狄拉斯·琳那高耸的黑塔。这座城市与那些大多由玄武岩修建起来的黑塔从远处看起来有些像是著名的巨人堤[1]，而那些黑塔间的街道既阴暗又无趣，毫无魅力可言。在数不清的码头附近挤满了阴沉的海员酒吧，整座城镇里挤满了从世界各地来到这里的水手，其中一小部分甚至说不上是从地球上来的。卡特向城市里那些穿着古怪长袍的居民问起了奥瑞巴岛上的恩格拉尼克山脉，随后便发现他们对这个地方非常熟悉。城市里的一些船就来自那座岛屿上的巴哈那港，而其中有一艘船更预计会在一个月内返回这里；从那座港口出发，骑上斑马，再花两天的时间便可抵达恩格拉尼克山脉。但是，很少有人见过那些描绘着诸神容貌的石头雕刻，因为它位于恩格拉尼克山脉中非常险峻的一侧，从上面俯瞰下去只能看见险峻的峭壁与充满了险恶熔岩的山谷。过去诸神们曾迁怒于居住在山脉那一侧的凡人，并将这些事情告知了那些蕃神们。

在狄拉斯·琳的海员酒吧里向那些商旅与水手打听消息是件非常困难的事情，因为他们中的大多数都更倾向于去偷偷地谈论那些黑色的多桨大帆船。根据日程的安排，不出一周就将会有一艘黑色桨帆船载着从某块无人知晓的海岸上带来的红宝石停靠在码头上。可镇子上的居民却很害怕看见它停靠在这里。那些从船上走出来与其他商旅进行贸易的人都长着宽得不同寻常的嘴，而他们缠头巾的方式也格外难看——那些头巾会在他们的前额奇怪地隆出两个小包。这些人所穿的鞋子也是他们所见过的整个六王国中最短、最奇怪的。但最让人感觉害怕的还是那些看不见的桨手。那些三层长桨划动得太过轻快，太过有力，太过协调准确，反而让人感觉不太安心；而且，若是有一艘船在码头边停上几个星期，期间只看见船上商人往来贸易，却从未见过任何一个船员，那么这事情多少都让人觉得有些蹊跷。对于那些在狄拉斯·琳开酒吧的业主们，以及那些食品商与屠夫们来说，事情多少

---

[1] 巨人堤：指英国北爱尔兰安特里姆平原边缘大约由四万多根巨柱组成的贾恩茨考斯韦角。这些石柱是玄武岩熔流涌出地面，冷却后收缩形成六边或四边、五边形的棱柱。因为形状整齐体积巨大，所以被传说为巨人修建的堤道。

有些不太公平；因为从来都没人往这些黑色桨帆船上送过一丁点儿补给。他们没有从食品商和屠夫那里买走任何东西，仅仅只带走了黄金与他们用黄金买下的来自帕格的矮胖黑奴——这就是那些模样让人颇不愉快的商人与那些看不见的桨手所需要的一切。当南风从码头那边吹过来时，会把这些帆船上的气味带到港口边，而这些被南风带过来的气味完全无法用言语来形容。就算是海员酒吧里最能忍耐异味的常客也只有通过频繁地用浓烈的塞格草进行烟熏才能忍受这种气味。事实上，倘若有人能从其他地方弄到那些黑色桨帆船带来的红宝石，那么狄拉斯·琳就绝不会容忍这些黑色桨帆船在码头上靠岸；但实际上，在属于地球的梦境之地里，没人知道有哪种矿藏能开采出这样的宝石来。

狄拉斯·琳里那些四海为家的人们闲聊时的主要内容就是这些东西。在此期间，卡特一直都在耐心等候着从巴哈那港开过来的航船，因为那艘船也许能把他载到奥瑞巴岛上，而那贫瘠荒芜但却雕刻着诸神面容的恩格拉尼克山脉就高高地耸立在这座岛屿上。与此同时，他也没有放弃在那些游历得很远的旅行者们所出没的地方搜寻任何有用的故事——任何可能与冰冷荒野上的卡达斯，或是与那座他在夕阳之中、从露台上看到的有着大理石墙与银色喷泉的辉煌城市有关的故事。可是，他却没有打听到任何有关这些东西的事情；不过，当他提到冰冷荒原的时候，曾有一个非常年长的斜眼商人看起来奇怪地像是掌握着一些相关的消息。据说这个老人在与一些可怖的石头村落做贸易，而这些石头村落就坐落在荒芜而又覆盖着冰雪的冷原上——没有哪个正常的人类愿意造访那个地方，而且晚上的时候，人们还能在远处看见那片高原上面放射着邪恶的火光。但是这个老人的非凡之处不止如此，有传闻说他还与那个难以描述的高阶祭司打过交道——这个脸上遮盖着黄色丝绸面具的祭司独自居住在一座非常非常古老的石头修道院里。这样一个人无疑曾与许多在人们的想象中应该居住在冰冷荒原上的生物进行过小规模的贸易，可是卡特很快便发现向他发问毫无结果。

就在这个时候，他们所说的那艘黑色多桨大帆船安静地驶过了高大的灯塔与玄武岩修筑的防波堤，轻巧地滑进了港口里，带给人一种说不出的怪异感觉。接着，南风便为镇子带来了一股奇怪的恶臭。这在滨水区的酒吧里引起了一阵瑟瑟的骚动与不安。过了一会儿，那些脚掌短小、肤色深暗、长着一张大嘴的商人头戴隆起小包的头巾，鬼祟笨拙地走下了船，开始寻找那些聚集着珠宝匠的集市。卡特靠了过去，打量了一会儿，可他越看这些人就越不喜欢他们。接着，他看到他们驱赶那些来自帕格的矮胖黑人走上踏板，嘟囔着坐进那艘古怪的桨帆船。这让卡特不禁有些好奇这些肥胖可怜的人将会被送到哪片陆地上去——或者他们是否会被送到陆地上去都是个问题。

接着，在桨帆船停泊进港口后的第三个夜晚，那些令人不安的商人中的一员与卡特攀上了话。他邪恶而得意地讪笑着，向卡特暗示说他在酒吧里听说了卡特所追寻的东西。他似乎知道某些不宜公开谈论的秘密；因此即便他的声音可憎得让人无法忍受，但是卡特仍旧觉得不应该轻易忽视这样一个远道而来的旅行者所讲述的见闻。因此他邀请这位商人作为自己的客人到楼上上锁的小房间里坐一坐，并倒出了最后一点祖各们送给他的月亮酒，想要撬开客人的口。那个奇怪的商人醉得厉害，可月亮酒并没有改变他脸上的讪笑。随后，他掏出了一个奇怪的瓶子，那里面装着自己带来的酒水。卡特发现这个瓶子是由一颗中间挖空的红宝石做成的，而且瓶子上还雕刻着一些难以置信甚至于都无法理解的图案。那个奇怪的商人邀请他一同喝一杯，于是卡特非常谨慎地啜了极小的一口。可虽然只抿了那么一点儿，但他仍感觉到了天旋地转的晕眩与难以想象的燥热。这其间，客人脸上的笑意变得越来越明显，当卡特滑进一片黑暗时，他看到的最后一幕便是那张黝黑可憎的脸颤动着邪恶的大笑，甚至他额前那两个由橘黄色的头巾所隆出的小包中有一个也在他癫痫般的大笑中被弄乱了。

当再度恢复意识的时候，卡特发现自己置身在一片极度可憎的恶臭中；一张帐篷样的雨篷立在船的甲板上，将他整个遮挡在下面；而南方海洋那美妙绝伦的海岸正在以一种极不自然的迅捷速度向后飞去。他并没有被锁链锁着，但却有三个面带讥讽的商人咧着嘴站在他身边。当卡特看到他们头巾下的鼓包时，几乎就和闻到从邪恶船舱里渗透出来的恶臭一样昏厥过去。而后，他看到了许多辉煌的土地与城市从他身边飞驰而过：在过去的时候，曾有一个来自地球的入梦者——一个居住在古老的金斯波特港里的灯塔看守人——经常谈起这些土地与城市。在那些土地与城市之中，卡特认出了扎尔的梯台群庙，那里是忘却之梦的容身之所；同时，他也看到了恶名昭彰的塔纳利昂，并且认出了那些矗立其中的尖塔——一个名叫拉提的精魂统治着这座有着一千个奇迹的恶魔之城；另外他还认出了那些修建在修拉——那片欢愉不曾光临之地上的阴森花园；还有那一对双生的水晶海岬——它们在上端交会成一座辉煌灿烂的拱门，而这座拱门则守护着索纳尼尔港，被祝福的幻想之地。

这艘散发着恶臭的黑船以一种远非正常的速度飞驶过那些绚丽夺目的土地。而所有这些土地都在提醒他那些待在甲板下看不见的桨手正在以一种极不寻常的快速节奏划动着那些长桨。在那一天结束前，卡特看到舵手一直在保持船正对着西面的一片玄武岩石柱航行。那些单纯愚笨的人们声称在那片玄武岩石柱林之后便是光辉的卡瑟里亚；但那些更加睿智的入梦者则很清楚地知道那片玄武岩石柱林其实是许多扇大门，它们都通向一座可怖的巨大瀑布，而这座出现在地球梦境之地的海洋里的瀑布会翻滚奔腾向深不可测的虚无，倾倒过空洞的空间，流向其他世界与其他星球，甚至流向有序宇宙之外的恐怖虚空。在那片虚空里恶魔之王阿撒托斯在混沌中饥饿地啃咬着。而在他的身边，那些来自世界之外、盲目痴愚而又阴暗无声的神明与他们的灵魂和使者奈亚拉托提普一同狠狠地敲打着，尖啸着，让人毛骨悚然地翩翩起舞。

在此期间，三个面带讥讽的商人没有对他们的意图做出任何的解释，但卡特很清楚，这些人肯定与那些希望让他停止追寻卡达斯的存在们是一伙的。生活在梦境之地里的人们都知道：那些来自世界之外的另一批神明有着许许多多的代理人，而这些代理人就行走在人群之中；他们有些是完完全全的人类，有些则与人类有些许细微的不同，但无论如何他们都热衷于去实现那些盲目痴愚的东西所提出的一切意愿，并借此换取那令人毛骨悚然的灵魂与使者——伏行之混沌奈亚拉托提普的恩惠与宠爱。所以卡特推断，那些戴着鼓包头巾的商人们在听说了他正狂妄地打算寻找那些居住在卡达斯城堡里的梦境诸神后，便决定将他带走，然后献给奈亚拉托提普来换取某些无可名状的恩惠作为奖赏。可是，卡特猜不出这些商人来自哪片土地，也不知道他们的家园在我们所熟知的宇宙之内，还是在外面那些怪异的空间里；他也想象不出这些商人打算在哪个令人毛骨悚然的地方与伏行之混沌会面，好献上自己来索取他们的奖赏。但是卡特知道，这些像是人类一样的家伙中，没有谁胆敢接近那存在于无形的中央虚空中、属于阿撒托斯的终极黑暗王座。

当夕阳西下时，商人们舔着他们极为宽大的嘴唇，表现出了饥饿的神色。其中有一个商人向下走进了船舱里，然后从某个隐秘而又令人作呕的小舱中拿出了一个小罐与一篮筐盘子。接着，他们在雨篷下相互靠紧蹲了下来，相互传递起了熏肉，开始晚餐。但当他们递给卡特一份晚餐时，卡特发现这份晚餐在尺寸与模样上有着某些非常吓人的特征；所以他的脸色变得更加苍白了，于是他在没人看着他的时候将晚餐丢进了海里。接着，他又想起那些待在甲板之下始终看不见身影的桨手，想起了那些能为这些桨手提供如此强壮力量的可疑补给。

当桨帆船穿过西面的玄武岩石柱林时，天色已经黑了。终极瀑布发出的巨响仍在船的前方不祥地咆哮着，而瀑布激起的浪花与飞沫则一直向上攀升，甚至遮掩住了天空中的星辰。甲板变得越发地潮湿起来，瀑布边缘那汹涌澎湃的浪潮卷绕着将船身围在当中。接着，在一阵古怪的呼啸声中，整只船向前跃了出去，一头栽向了深渊。当整个世界突然转折，陡峭地向下坠去时，卡特感觉到了只有在梦魇里才体会得到的恐怖。整只巨大的帆船像是彗星一般无声地射向行星空间中。而在此之前，他还从不知道会有怎样一些无定形的漆黑之物在这片以太之海里潜伏、雀跃与挣扎；这些东西待在这片可怕的空间里不怀好意地睨视着那些可能从此经过的航海者们，对着他们咧嘴嬉笑，有时甚至会用它们满是黏液的爪子触碰感受那些激起他们好奇心的移动物件。这些东西是蕃神们那无可名状的幼体，它们与蕃神一样盲目痴愚，同时还拥有着不同寻常的饥饿与渴望。

但这艘无礼的桨帆船并没有如卡特所恐惧的那样航向以太之海深处，因为他很快就看到舵手在调整路线，把船头对准了月亮。这时的月亮还是一轮新月，随着他们不断的接近，它柔和地闪耀着变得越来越大，同时也逐渐向船员们展现出它上面那些奇异的环形山和令人有些不安的尖峰。帆船逐渐航向月亮的边缘，这让卡特很快便清楚地意识到它的目的地正是月亮那总是背对着地球的神秘一面；也许除了入梦者斯尼瑞斯·寇之外，没有哪个人类曾目睹过月亮的这一面。当帆船靠得更近些时，月亮的近貌让卡特变得非常不安起来；他不喜欢那些散落在月亮表面各处的破败遗迹，它们的尺寸与形状都让他觉得有些恐惧。那些散落在群山上的神庙遗迹全都矗立在特定的位置上，这让它们不可能用来供奉和赞美那些理性正常的神明；而那些耸立在神庙里的残破立柱所遵循的对称法则中似乎也潜伏着某些内在的，并不愿引人去破解的邪恶意味。至于那些过去在这些神庙里顶礼膜拜的崇拜者究竟生得一副什么模样，卡特则坚定地拒绝再去揣测。

当帆船绕过月亮边缘，航行在那些人类从未见过的土地上时，大地上出现了一幅奇异的风景明确地显示出那上面有生命存在的迹象。卡特看到了许多低矮、宽大的圆形小屋散布在由发白的怪诞蕈类组成的田野里。他注意到这些小屋并没有窗户，并且觉得它们的形状让自己想起了爱斯基摩人修建的临时小屋。接着，他瞥见了一片在迟缓呆滞的海面上扬起的油腻波浪，同时也意识到他们的航行将再次回落到水面上——或者至少是某种液体上。船体冲破液体表面时发出了一阵怪异的声响，而那些波浪接纳船体时表现出的那种古怪而又充满弹性的状态也让卡特觉得颇为迷惑。接着，他们开始以一个极快的速度在这片油腻的海洋上滑行，并且经过了另一艘有着类似模样的桨帆船，还与它打了个招呼。但粗略地看过去，除了这一片奇怪的海洋与头上的天空外，什么也看不到。虽然此时太阳正灼热地照耀着天空，但天空仍旧是黑色的，而且撒满了繁星。

不久之后，桨帆船的前方便逐渐出现了一条由犬牙交错的群山构成的嶙峋海岸，与此同时，卡特也看到了一座城市。那座城市里簇集着令人不快的灰色高塔。这些高塔倾斜弯曲的外观，还有它们抱团聚簇的情形，以及塔上完全没有窗户的建筑方式都令这个囚徒觉得颇为不安，他不禁为自己愚蠢地啜了一口那个戴着鼓包头巾的商人拿出来的怪酒而感到苦涩和悲伤。当海岸线拉得更近些时，那座城市所散发出的令人毛骨悚然的恶臭也跟着变得强烈起来。同时，他还看见那些犬牙交错的群山上生长着大片的森林，而那些森林中的某些树木与地球上的魔法森林里那棵形单影只的月亮树明显出自同一祖先。那些细小的褐色祖父们正是利用这种树的汁液酿制出了它们那奇异的美酒。

这个时候，卡特已经能分辨清楚前方恶臭码头上移动的人物了。可他看得越清楚，就越觉得恐惧和嫌恶它们。因为它们根本就不是人类，甚至一点儿也不像是人。它们是一些巨大而又黏滑的灰白色生物，能够自由地膨胀与收缩。而它们的模样——虽然经常改变——大致类似于无眼的蟾蜍，并且在它们那轮廓模糊的钝吻前端生长着一丛古怪颤动着的短小粉红色触手。这些东西忙碌碌地蹒跚行走在码头周围，并不时用它们的前爪抓着长桨跳上或跳下已经下锚的桨帆船。偶尔也能看到一个这种生物赶着一群脚步啪嗒啪嗒直响的奴隶。那些奴隶事实上很像长着一张宽嘴的人类，和那些在狄拉斯·琳里做生意的商人们非常相似；只有那些没有头巾、衣物和鞋子的人群才看起来不那么像是人类。那些生物会把一些奴隶——工头们会试验性捏一捏，挑出那些更肥胖的——从船上运卸下来，然后再将他们装钉进巨大的板条箱里。而工人们则会将这些板条箱推进低矮的仓库或是装进巨大而笨重的篷车上。

当一辆篷车拉上挡板缓缓驶离时，卡特才看见拉动整辆篷车的竟是一只令人难以置信的生物。虽然后来他还曾在那个可恨的地方见过其他许许多多的怪物，但那只拉车的生物仍让他惊讶得倒吸一口冷气。不时会有一小群穿戴得像那些黝黑的商人们一样的奴隶从某艘帆船上被驱赶下来，而跟在他们身后的则是一大群那种蟾蜍一般灰色、黏滑的生物——它们有的是军官，有的是领航员，有的则是桨手。卡特看到那些几乎和人类长得一样的生物都被保留了下来，用于执行那些不需要太多力气但却更不光彩的工作，例如烹饪、拿取与搬运，以及与地球及其他星球上的人讨价还价。这些生物在地球上活动起来肯定非常方便，因为只要披上衣服，仔细地穿戴好鞋子与头巾，它们看起来就和人类没什么两样，足够它们在人类的店铺里讨价还价而不需要感到任何窘迫，或是做出任何奇怪的解释。除了那些或瘦削羸弱或疾病缠身的奴隶外，他们中的大多数都没穿任何衣物，而且都被装钉在板条箱里，被由令人难以置信的生物拉着的笨重篷车拖离港口。偶尔卡特也看到有一些其他的生物被卸载下来打包装箱；其中有些非常像是这些类人生物，有些则不那么像了，还有些则压根一点儿也没有相似之处。于是，他不禁好奇是不是也有一些来自帕格的可怜矮胖黑人也会在这儿被卸载下来，打包装箱，搬运到那些可憎的货车上然后被拉进内陆地区去。

接着桨帆船在一处由海绵状岩石修筑起来、看上去颇为油腻的码头前靠了岸，接着一大群像是从噩梦里跑出来的蟾蜍般生物从船舱里蹒跚地走了出来。两只蟾蜍模样的生物抓住了卡特，并把他拖上了岸。那座城市的模样与空气中飘荡的气味都难以用语言去描述，连卡特自己也只记得一些零碎的画面——例如铺设着地砖的街道，黑色的大门，由无窗的垂直高墙组成的无尽峭壁。最后他被拖进了一个低矮的大门，并被迫在沥青般的黑暗中爬上了无数级阶梯——对于那些蟾蜍般的生物来说，有没有光亮似乎都是一样的。这个地方弥散着让人难以忍受的恶臭，而当卡特被锁进一间小囚室，留下来一个人独处时，他已几乎没有力气再爬动与探知整座囚室的形状与尺寸了。但后来的摸索告诉他，这是一间圆形的囚室，直径大约有二十英尺。

从这时起，时间似乎就停止了。每隔一段时间就会有食物被推进来，但卡特却根本不愿去碰。他不知道自己的命运将走向何方，但他觉得自己被囚禁在这里是为了等待蕃神们那可怖的灵魂与使者的到来。最终，在不知道多少小时或多少天之后，那扇巨大的石门再次打开了。卡特又被推挤下了楼梯，带到了那座可怖城市被红光点亮的大街上。这时是月亮上的夜晚，整个城市里都部署着手持火炬的奴隶。

接着看守们在一个可憎的广场上组成某种队伍；队伍中包括十个蟾蜍般的生物和二十四个类似于人类的火炬手——两侧各十一个，前后各一个。卡特被它们安置在了队列的中间；五个蟾蜍般的生物站在他前面，五个站在他后面，同时在他的两侧还各有一个火炬手。某些蟾蜍般的生物拿出了上面雕刻着恶心图案的象牙长笛，并吹奏出了令人作呕的声响。在邪恶可憎的笛音中，这列纵队向前走过铺着地砖的街道，进入了那生长着污秽蕈类的漆黑平原，接着很快便开始攀登位于城市后方一座较为低矮和平缓的山丘。卡特敢肯定，伏行之混沌就在某面让人恐惧的山坡上，或是某块亵渎神明的高原上等待着；他由衷地希望这种充满悬念的等待将很快过去。那些不敬的长笛吹奏出的哀号让人觉得骇然，他几乎愿意献出一切来换取一点儿哪怕是接近正常声音的声响；但那些蟾蜍般的生物没有发出任何声音，而奴隶们也缄口不言。

这时，从闪亮着点点星光的黑暗里的确传来了一点儿普通正常的声音。它从更高一些的山丘上传了过来。与此同时，所有那些围绕着山丘呈犬牙交错状的山峰抓住了这声音，将之回响成为一股喧嚣嘈杂而且不断膨胀的大合唱。那是猫咪在午夜时分的叫声。直到此时，卡特才意识到村子里的那些老人们对于那些只有猫儿才知道的神秘王国所做出的低声猜测是正确的——那些猫儿们中的年长者会在夜间悄然潜行，并从高大房屋的屋顶上跳跃进那些神秘王国里会合。的的确确，它们跳进了月之暗面，并在这里的山坡上雀跃嬉戏，与那些古老的阴影交谈。此时，在那恶臭的队列之中，卡特听到了它们平凡、友善的嘶叫，同时想起了陡峭的屋顶，想起了温暖的壁炉，想起了家中那被微光点亮的窗户。

卡特知道不少猫儿们的叫声，而在这个偏远而可怖的地方，他也能发出合适的叫声。但他根本不需要这样做，因为在他嘴唇张开时，他听到猫儿们的合唱变得更大也更近了。对着星光他看到许多优雅细小的身形所留下的迅捷阴影从一座小丘跳到另一座小丘上，仿佛逐渐组成了一个军团。亲族的召唤已经发出，在这支污秽的队伍有时间恐惧之前，一片由皮毛与致命利爪组成的令人窒息的方阵已犹如潮水般狂风暴雨似的扑向了队伍。长笛的声音戛然而止，黑夜中传来了尖叫。那些垂死的类人奴隶在大声地尖叫，而那些蟾蜍般的生物在它们恶臭的绿色脓浆致命地汩汩流出落到生长着污秽蕈类的多孔土壤上时，仍没有发出任何声音。

在火炬的照耀下，卡特面前出现了一幅令人震惊的景象。卡特从未见过如此之多的猫。黑色的、灰色的、白色的、黄色的、虎斑纹、杂色的；普通家猫、波斯猫、马恩岛猫、西藏猫、安哥拉猫、埃及猫；所有这些猫咪都置身在这片狂暴的战场上，而它们的身上都环绕着一丝深厚而又纯洁的神圣光辉，也正是这种圣洁的光辉让它们的女神在布巴斯提斯[1]的神庙里备受尊崇。它们以七倍的力量扑向那些类人奴隶的咽喉，或是蟾蜍般生物那长着粉红色触须的钝吻，将它们野蛮地扑倒在长着真菌的平原上。接着由无数同伴组成的大军便会涌向它们的敌人，在神圣的战斗怒火中用狂暴的爪子与牙齿撕扯它们。卡特从被抓伤的奴隶手里抓过一把火炬，但很快便被他忠诚的守护者所组成的汹涌浪潮扑倒了。于是他躺在完全的黑暗里，听着战斗发出的铿锵声响与胜利者嘶叫，并在援军们于他身边前冲后突展开战斗时，感受着他朋友们那柔软的脚垫。

直到最后，卡特在敬畏与疲惫中合上了眼睛，而当他再睁开眼睛时，他看到了一幅非常奇异的景象。他看到地球变成了一个硕大无比的圆盘，比我们看到的月亮还要大上十三倍。而此时此刻，这个明亮而巨大的圆盘正从一片泛滥在月球风景上方的诡丽光线中冉冉升起；而眼前那方圆无数里格的高原旷野与犬牙交错的群山顶峰上，队列整齐地蹲伏着无数的猫儿，构成了一片辽阔无际的猫咪海洋。它们一圈又一圈地抵达这里，两三只离开队列的首领正舔着他的脸，发出呼噜呼噜的声音抚慰着他。而那些死去的奴隶与蟾蜍般的生物则没有留下太多的痕迹了，卡特仅仅觉得他看到在距离自己不远的地方——在他与那些小战士们组成的坚实圆圈之间的空地上——有一小块骨头还残留着。

这时，卡特用那种猫儿们使用的柔和语言与几个首领们开始了对话，并从中了解到他与整个猫咪族群之间的古老友谊早已声名远扬

---

[1]布巴斯提斯：古埃及的一座著名城市，历史上此地为猫神的顶礼膜拜的中心，猫女神巴斯特的圣城，曾出土过巴斯特女神的铜雕像。同样洛夫克拉夫特也将巴斯特写进了克苏鲁神话。

了，猫咪们经常在它们聚会的地方谈论起这段友谊。不过当他从乌撒经过的时候，它们并没有立刻注意到他。那些皮毛光滑的年长猫咪还记得在它们对付了那些邪恶地盯着一只黑色小猫的饥饿祖父们之后，他是如何轻轻拍打抚慰它们的。它们也记起了他是多么友善地招待了那只前去旅店看望他的小猫，而且，他离开的那天早晨还留给了小猫一茶碟奶油作为款待。那只小猫的祖父便是这只军队的首领，因为它看到那支从遥远山丘上走过来的邪恶队伍，并且认出了队伍中的囚徒是一位与它那在地球上以及梦境之地里的族类起誓结交过的挚友。

这时，从一座远方的山峰上传来了一声呼号，而年长的首领听到呼号后突然中止了谈话。发出呼号的是大军的一支前哨，它们驻扎在最高的山峰上，监守着地球猫咪所恐惧的仇敌——一群来自土星、非常奇怪而又巨大的猫。它们没有忘记月之暗面的魅力，并且与那些邪恶的蟾蜍生物签订下了条约，结成了同盟。它们对于地球猫咪的敌意众所周知；所以这次碰面将会是件非常严肃的事情。

在猫咪将军们进行过短暂的磋商之后，猫咪们起身采取了一种更加紧密的编队，保护性地围绕在卡特身边，并且着手准备进行一次长途跳跃，穿过星空回到那些位于地球和地球的梦境之地中的房顶上。年长的元帅告诉卡特，在这个过程中他需要让自己平稳、顺从地迎合猫咪们的动作，让大队有着柔软皮毛的跳跃者把他驮在身上。同时年长的元帅还向他说明了当支撑他的猫咪跳跃时，他该怎样跳跃；而当支撑他的猫咪们着陆时，他又该怎样优雅地着陆。元帅答应它们将会把他放在任何他想去的地方，所以卡特决定要回到黑色桨帆船起程离开的狄拉斯·琳港；因为他想要从那里航海去奥瑞巴岛以及恩格拉尼克山脉的顶峰，同时他也想要警告那座城市里的人民不要与黑色桨帆船再进行任何交易——如果他们真的能机智而审慎地中止这些交易的话。接着，随着一声号令，猫咪们将它们的朋友安全地包裹在中央，然后优雅地高高跃起；而与此同时，在月球山脉上某座遥远不洁的尖峰上的黑暗洞穴里，伏行之混沌奈亚拉托提普仍旧在徒劳地等待着卡特的到来。

猫咪们跳跃穿过星空的过程非常迅速；在同伴们的围绕下，卡特这一次并没有看到那些潜伏、跳跃、挣扎在深渊里的巨大黑色无定形体。事实上，在他完全反应过来、意识到发生了什么之前，他便已经返回了狄拉斯·琳港，并且回到了旅舍中那间他熟悉的房间里。来自乌撒的年长领袖是最后一个离开的，当卡特摇晃着它的爪子时，它告诉卡特他将会在鸡鸣时分回到自己的家里。接着，当黎明到来时，卡特走下了楼梯，并从其他人那里了解到自从他被俘虏并被带走之后，已经过了足足一个星期的时间了，不过他还需要再等上两个星期才有船从当地折返航向奥瑞巴岛。而在等候的这段时间里他说了一切他能说的东西，向人们揭露出那些黑色桨帆船的真实面目与它们污秽的行径。城里的大多数居民都相信他的话；可是他们仍对那些珠宝商们带来的大块红宝石异常痴迷，所以没有人敢完全担保不再与那些长着宽阔大嘴的商人们进行贸易。不过，即便是这样，如果狄拉斯·琳将来因为这种交易最终招来任何邪恶之事的话，那么这也不能算是卡特的过失了。

大约一个星期后，卡特所期盼的那艘航船终于穿过了黑色的防波堤与高大的灯塔，滑进了港口里。卡特很高兴地发现它是一艘漂亮且满载着正常人类的三桅帆船，有着刷过油漆的船侧与黄色的大三角帆布，还有着一位穿着丝绸外袍头发灰白的船长。它的船舱里装着从奥瑞巴岛上小树林里开采出来的芬芳树脂，还有着用恩格拉尼克山脉上的火山岩雕刻出来的奇怪小塑像。他们用这些东西买下了那些产自乌撒的羊毛，以及从哈提格来的七彩织物，还有河对岸帕格城里的黑人们雕刻好的象牙。船长与卡特达成了协议，答应载他去巴哈那港，并告诉他这趟行程要花上大约十天时间。所以，在他等待帆船起程的这一周里，卡特与船长谈论了不少关于恩格拉尼克山脉的事情。船长告诉他，其实很少有人见过那些雕刻在山脉上的石头容貌；实际上，绝大多数旅行者都乐于从那些生活在巴哈那港的老人、火山岩收集者以及雕像艺人们那里了解这些有关石头容貌的传说，并且满足于此——而等他们回到自己那遥远的家乡时，他们则会声称自己真的见过那些山脉上的雕刻。甚至就连船长自己也不敢确定是否有哪个现在还活着的人曾见过那些雕刻在石头上的容貌，因为恩格拉尼克山脉的背面非常艰险贫瘠而又凶恶不祥，而且还有谣传说那些山顶的洞穴里居住着夜魔。但船长并不愿意说夜魔究竟长什么模样，因为人们都知道，若是谁太过频繁地想起这些牲畜，那么它们就会极其坚持不懈地频繁侵扰那个可怜人的梦境。后来，卡特还向船长问起了有关冰冷荒原中无人知晓的卡达斯的事情，还有那座精美绝伦的夕阳之城，可对于这些东西，这位好心的船长的确说不出个所以然来。

在一个清晨，潮水转向的时候，卡特搭上了三桅帆船，起航离开了狄拉斯·琳港。他看到清晨旭日的第一缕阳光照耀在这座阴沉的玄武岩城市那稀疏怪异的群塔上。在接下来的两天时间里，他们在绿色海岸的陪伴下，不断向东航行。他们经常能看到一些讨人喜欢的渔村，看到它们那红色的房顶与烟囱从只会出现在梦境里的古老码头边陡峭地向上延伸，层层叠叠地攀附在海岸上；还有那些沙滩，那是渔民们晒网的地方。但在第三天，他们转了个急弯向南方航去。这个方向上的水流要急得多，而陆地很快便失去了踪影。等到第五天的时候，水手们突然变得紧张起来，不过船长为他们的紧张做出了解释与道歉，他告诉卡特帆船将要经过一座沉没的城市上方。这座城市里满是生长着水藻的石墙与破碎的立柱，当海水足够清澈的时候，人们甚至能看到许多移动的阴影出没在那个幽深的地方——而那些纯朴的人们是不会喜欢这样一个地方的。同时，他还承认有许多船在那里失踪了；有人曾在那个地方附近与那些失踪的船只打过招呼，但在那之后就再也没有人见过这些船。

那天晚上的月亮特别明亮，他们甚至能看到一条宽阔的大路正在水下铺展开去。当时的风很小，所以船航行得并不快，整个大洋一片平静。从船栏边向下望去，卡特看到在几寻[1]深的水下有一座巨大神庙的穹顶，而在神庙的前方则是一条旷阔大道。这条两侧林立着古怪狮身人面像的大道一直通向一处过去曾是某种公共广场的地方。海豚们愉悦地在这些遗迹里进进出出，而另一些鼠海豚则分散在各处嬉戏欢闹，偶尔也游到水面，甚至完全跃出海面。随着船继续向前漂去，海

---

[1] 寻：航海用单位，一寻为六英尺。

床上隆起了一片丘陵。而人们可以清晰地认出一行行盘山小道以及无数小屋被冲垮后倒塌的墙壁。

不久，这座沉没都市的近郊出现在了帆船前方的水底，最后，卡特看到了一座修建在小山上的巨大建筑。比起这座城市的其他房屋，这座孤零零的建筑有着更加简单的结构与风格。它是一座低矮、四周都被覆盖着的暗色方形建筑。在建筑的每个角上都耸立着一座尖塔，而在整个建筑的中央则是一个经过精心铺设的庭院。建筑的各处都开着奇怪的圆形小窗。整座建筑可能是用玄武岩修建起来的，但水藻悬挂遮盖住了它的大部分区域。这应该是一座神殿，或是某种修道院，因此它才会被孤单而又毫不起眼地安置在这座边远的小山上。一些散发着磷光的鱼类在建筑物里来回游动着，让那些奇怪的圆形小窗看起来似乎正在散发着光亮，因此卡特并没有对水手的恐惧心理多加责怪。接着，在如水的月光中，卡特注意到在那座中央庭院的中心还矗立着一块高大的独石。他看到似乎有什么东西被绑在这块石头上，于是他回到了船长室里拿来了望远镜。透过望远镜他看到那个被绑在石头上的东西是一名来自奥瑞巴岛、身穿丝绸长袍的水手。他被倒着绑在石头上，并被剜去了双眼。这幅景象让卡特由衷地庆幸渐起的微风正在把船推向这片大洋中更加正常、普通的海域。

接下来的第二天，他们碰上了一艘有着紫色风帆的大船。这艘船的船舱里满载着能生长出颜色怪异的百合花的球茎，准备驶向扎尔——那个属于忘却之梦的国度。之后，等到起航之后的第十一天的入夜时分，他们看到了奥瑞巴岛的风景，同时还看到恩格拉尼克山脉那覆雪的尖顶参差不齐地耸立在远处。奥瑞巴岛是一座非常巨大的岛屿，而它上面的巴哈那港也是一座非常雄伟的城市。巴哈那港的码头都是用大块的斑岩修建起来的，而整个城市就耸立在码头之后的巨大石头梯田上。城市里有着许多由层层阶梯构成的街道，而在这些街道上方常常还横跨着建筑物，或是连接着不同建筑物的天桥。而在整座城市的下方还有着一条巨大的运河。这条运河奔流在一座有着花岗岩大门的巨大隧道中，并一直流进一个名叫亚斯的内陆湖泊中。在亚斯湖的远岸有着一座远古城市最后留下的巨大泥砖遗迹，而这座城市的名字已经没有人记得了。入夜的时候，帆船被拖进了港口里。码头上，双生的两座灯塔，索恩与索尔，正闪烁着欢迎的光芒。与此同时，在巴哈那港的梯台上，千万窗户也都逐渐安静地隐约闪现出温润柔和的光芒，仿佛头顶上的群星正在黄昏中闪烁。最后，整个陡峭攀爬在山坡上的海港变成了一片灿烂闪烁的星群，悬挂在漫天繁星与平静港湾所映射出的星辰倒影之间。

登陆后，船长邀请卡特去他自己位于亚斯湖岸上的小屋里去做客。这座小屋坐落在小镇背面的山坡上，在那里，船长的妻子与仆人拿出了奇怪但却美味可口的食物招待了卡特。在之后的日子里，卡特在酒馆及其他那些火山岩采集者和塑像艺人聚集的公众场合打听起了有关恩格拉尼克山脉的谣言与传说，但却发现没有人曾爬上更高处的山峰，也没有人见过那些刻在岩石上的容貌。恩格拉尼克是一条险峻的山脉，而在它后面仅仅只有一段被诅咒了的山谷而已，所以没有人愿意冒这个风险，况且，也没有人敢确定那些有关夜魔的传闻完全都是无根据的猜想。

当老船长再次起程航向狄拉斯·琳时，卡特在一家开在城市老区一条台阶小径旁的古老酒馆里住了下来。这家酒馆是用泥砖修建的，和亚斯湖远岸的古老遗迹有些相似。在这里，他制定好了攀登恩格拉尼克山脉的计划，并汇总了一切他能从火山岩收集者那里打听到的、有关前往那里的道路信息。这间酒馆的主人是个非常年长的老人，曾听说过许多对卡特大有帮助的传说。他甚至将卡特领到那个古老小屋的上层房间里向他展示了一幅粗糙的图画。在古老的过去，曾有一个旅行者将这幅画画在泥墙上——那个时候的人们比现在要勇敢得多，也不像现在这样不愿意去攀登恩格拉尼克山脉的高峰。年长的酒馆主人的外祖父曾从他的外祖父那里听说，那个画出这幅图画的旅行者曾爬上过恩格拉尼克山脉，而且还看到了那些雕刻在岩石上的容貌，后来他把那些情景画在这里，好让其他人也能看见；但卡特对此深表怀疑，因为那些巨大粗糙的雕塑看起来画得既仓促又粗心，而且还笼罩在一大群很小的东西所投下的阴影里。而那些陪伴着雕塑的小东西有着最让人嫌恶的模样，它们长着犄角与翅膀，还有爪子和卷曲起来的尾巴。

　　最后，当卡特在巴哈那港的公共场合与酒馆收集了所有他能收集到的信息后，他租了一只斑马，于一天早晨沿着亚斯湖滨岸的小路出发了。在那内陆的地区耸立着的就是乱石嶙峋的恩格拉尼克山脉。一路上，在他的右侧一直都是起伏的丘陵、令人愉快的果园以及整洁的石头农舍，这让他总是想起斯凯河两岸肥沃的土壤。等到入夜的时候，他已经接近了亚斯湖远岸那处古老的无名遗迹了。虽然，那些年长的火山岩采集者警告过他，让他不要在入夜的时候扎营于此，但卡特并没有将这些警告放在心上。他把斑马拴在了一根位于破败泥墙前的奇怪柱子上，然后在一处避风的角落里铺开了毛毯。在这处临时庇护所的上方雕刻着一些奇怪的塑像，但没有人能说得清楚这些塑像到底表达了些什么。在躺下来之后，他往身上包裹住另一条毛毯，因为奥瑞巴岛的夜晚依然颇为寒冷；他在中途醒来过一次，并感觉似乎有某些昆虫的翅膀正在刮擦着他的脸庞，于是卡特把自己连头蒙住，然后再度平静地睡了过去。他就一直安稳地睡着，直到最后，远处芬芳小树林里麦格鸟的叫声将他吵醒了。

　　这个时候太阳刚刚爬上巨大的山坡。而在那片山坡上，方圆数里格的原始泥砖地基、风化的墙体、四处散落的破碎的立柱与基座等诸多远古城市的遗迹一直荒凉地铺展到亚斯湖的滨岸上。但当卡特看到自己那只温顺的斑马一动不动地伏倒在那根拴它的奇怪立柱边时，他感到颇有些惊慌。而当他恼怒地发现这匹斑马已经死了时，更加强烈的惶恐笼上他的心头。斑马的咽喉上有一个奇怪的伤口，而它全身的血液都被某种东西吮干了。他的包裹也被翻乱了，丢失了几样闪闪发光的小玩意儿。在周围满是灰尘的土地上，卡特找到一些他完全无法解释的巨大有蹼脚印。这时他想起了那些火山岩采集者们的警告与传说，不禁开始怀疑夜晚的时候究竟是什么东西在他的脸庞边骚动。接着他看到距离自己不远的地方有一条大道，这条大道穿过了一座古老神殿墙上那开裂的巨大拱门，然后变成级级台阶向下延伸到他望不见的黑暗深处；这让他感到一阵战栗，于是卡特迅速地背上了包裹，飞快地大步向恩格拉尼克山脉走去。

他向上穿过了更加荒凉、部分已经变成树林的乡野，一路上他只看见一些烧炭人的棚屋与从树林里收集树脂的工人所安扎的营地。空气里弥漫着香脂的芬芳，所有麦格鸟都在欢乐地歌唱着，它们七色的身躯在阳光中闪闪发亮。直到接近日落的时候，他才遇到一个火山岩收集者建立起来的营地。这些火山岩收集者不久前才从恩格拉尼克山脉上较低矮的山坡上折返回来，每个人都带着沉重的麻袋。于是，卡特也在这里扎了营，听着那些工人们的歌唱与故事，同时也偷偷探听到了他们私下的讨论。这些采集者们在这次开采过程中走失了一个同伴。据说那个工人爬得很高，试图去收集一堆上好的火山岩，但直到入夜时分也没回来与其他人会合。当第二天他们出发寻找失踪的同伴时，只找到了他的头巾，而悬崖峭壁上也看不到他跌落下去的迹象。于是，其他的火山岩采集者便放弃了，因为他们中的那些老人说继续搜寻下去也无济于事。没有谁能再找到那些被夜魔带走的失踪者，不过没有人敢肯定这些野兽是否真的存在，它们几乎只存在于传说中。卡特询问他们那些夜魔是不是会吸血，喜欢闪亮的小东西，并会留下带脚蹼的脚印，他们都统一地摇了摇头表示否定；而且当他询问起这些问题时，他们似乎变得有些害怕。当他看到他们变得沉默寡言时，他没有再多说话，而是缩进了毛毯里睡了过去。

　　第二天他与那些火山岩采集者一同起了床。他从火山岩采集者手上买下了一匹斑马。而当他骑着斑马向西走去时，卡特也骑上了斑马准备继续向东行进。他们相互做了道别，而他们中的年长者祝福了卡特，同时也警告他不要在恩格拉尼克山脉上爬得太高。卡特由衷地感谢了他们，却决计不愿就此被说服。因为他仍觉得自己必须要找到那些居住在无人知晓的卡达斯之上的诸神们，并且还要从它们那里赢得前往那座引人入胜、精美绝伦的夕阳之城的方法。中午时分，在骑着斑马走了一长段上坡之后，他遇到了一些山地人废弃的泥砖村落。这些山地人曾居住在非常靠近恩格拉尼克山脉的地方，并且在恩格拉尼克山脉上的光滑火山岩中雕刻了许多的图案。上溯到那个年长的酒吧所有者的外祖父还健在的时候，这些山地人还居住在这里，但也就是那个时候开始，他们渐渐感觉到自己开始变得不受欢迎了。他们的家园曾经一度延伸到山脉的山坡上，但是他们发现自己越往高处修建房屋，在日落之后就会有越多的人失踪。最后他们觉得最好还是完全离开这块地方，因为总有某些东西在黑暗中盯着他们，而却又没有人能做出合理的解释；所以他们最后迁移到了海边，住进巴哈那港里。直到现在，他们还居住在港口中的一个非常古老的城区里，并一直在向他们的子辈传授那些至今仍然在用于制作雕刻的古老技艺。当卡特待在港口里，成天在巴哈那的古老酒馆里收集消息的时候，他从这些背井离乡的山地人的子孙那里打听到的有关恩格拉尼克山脉的传说总是最可靠的。

当卡特逐渐接近巍峨的恩格拉尼克山脉时，它那巨大而又荒凉的山坡则一直在狰狞地向上延伸，变得越来越高。他看到在山地上较为低矮的地方还散布着稀稀拉拉的树木，而在那之上则是些低矮薄弱的灌木，再向上就只剩下一片光秃秃的岩壁——这些可怖的岩石如同幽灵般直插进天空中，而覆盖在它们上面的只有冰霜与亘古不化的积雪。卡特能清楚地看到山坡上崎岖险峻的地貌，也能清楚地望见那些分布在阴沉岩石间的裂缝，因此他一点儿也不愿意去想接下来的登山之旅。已经凝固的熔岩流与大堆的火山渣胡乱地散布在山坡与岩架上。在九百亿年前的亘古过去，甚至连诸神都还不曾在它那尖锐的顶峰上翩翩起舞时，这座山脉曾口吐炙热的火焰，并从内部爆发出如同雷鸣般的咆哮声。但时至今日，它只是沉默而险恶地矗立在这里，遮挡着自己背面那些只存在于传说中的巨大隐秘图案。在这些山脉上有许多洞穴，这些洞穴也许是空的，孤独待在更加古老的黑暗中；也可能——如果传说所言不虚的话——居住着人们根本不敢去猜测模样的恐怖存在。

大地倾斜着往山脚下延伸过去。地面上覆盖着茂密的胭脂栎与白蜡树，偶尔也可以看到一些石块、火山岩与古老的火山渣。一路上卡特看到了许多堆篝火余烬，这些地方都是火山岩采集者们习惯停留扎营的地方。他甚至还看到了几个由工人们修建起来的粗陋祭坛——那些攀登上山的采集者们试图通过这种方法来平抚取悦梦境诸神；或者保护自己，避开那些他们所想象的出没于山脉高处与迷宫洞穴里的东西。入夜的时候，卡特抵达了最远的一堆篝火余烬，并在那里扎了营。他把斑马拴在一株小树上，然后裹好毛毯，睡了过去。整个晚上，有只乌尼斯一直在远处某个隐秘的水塘岸边嗥叫，但卡特并不惧怕这只两栖怪物，因为人们曾非常肯定地告诉他，这些东西根本不敢接近恩格拉尼克山脉的山坡。

在第二天清晨明亮的阳光中，卡特开始了漫长的攀登之旅。他尽可能牵着斑马往前走，一直走到这匹颇为有用的牲畜再也爬不上去的陡峭坡地前。最后当细细的羊肠小道变得实在太过陡峭时，他把斑马拴在了一株矮小的白蜡树上，然后开始独自向上爬去。起先，他经过了一片森林与一些坐落在杂草繁茂的林间空地上的古老村落废墟，接着他又翻越了一片点缀着矮小灌木的顽强草地。树木越来越少的局面让他有些遗憾，因为山坡已经变得非常陡峭了，而所有的一切看起来都让人觉得头晕目眩。再后来，当他环顾四周时，卡特发现在他身后铺展开的乡野村落也开始变得清晰可辨起来。他可以望见那些雕塑艺人抛弃的小屋，生产树脂的小树林，还有些收集树脂的工人们建立起来的营地，以及那些七彩的麦格鸟所筑巢、歌唱的树林，甚至他还能隐约看见非常遥远的亚斯湖滨岸，以及那些人们视为禁忌、已遗忘了具体名字的古老遗迹。然而，卡特发现最好还是不要四处张望，一心向上攀爬。最后，他爬到灌木非常稀少、除了些顽强生长着的野草外就再没有任何东西依附在山坡上的高处。

这里的泥土已经变得贫乏而稀少了，山坡上时常会露出大片的裸岩，卡特偶尔还能看到一些修筑在裂缝里的秃鹫巢穴。当他继续向上攀登时，他终于来到了一片只有裸岩的区域。幸好这里的岩石都非常粗糙，而且风化得厉害，否则他几乎就无法再进一步向上攀登了。那些突出的岩石、岩架以及小尖峰都提供了莫大的帮助；他偶尔也能看到一些火山岩采集者在易碎的岩块上笨拙抓擦后留下的痕迹。这些痕迹让他颇为欣慰，因为这让他知道还有某些正常的普通人类曾到过这样的高处。在某一个高度之后，人类留下的痕迹开始进一步地以开凿出来的落脚点与支撑点等形式逐渐显露了出来，有时甚至还会出现一些沿着岩脉或熔岩流分布的小型采石场与挖掘场。在有一处地方，远离攀登主要路线的右侧，有一条狭窄的岩架被人工凿开了，似乎曾有人在那里寻找格外富集的火山岩脉。有一两回，卡特壮着胆子望了望四周，但铺展在下方的景色几乎让他要眩晕过去。整个岛屿都在他脚下，而岛屿的海岸线在他的视线里徐徐摊开。他看到了巴哈那港的石头梯田，也看到港口烟囱里冒出来的轻烟在远处神秘地拂动着。而在这些景色之后，则是无边无际的南方海洋，以及那埋藏在海洋之中的一切古怪秘密。

到现在为止，卡特走过的路都还是在山脉这边蜿蜒曲绕，所以他并没有看到那被山体遮挡住的遥远背面。但他很快便看到一处岩架正往左上方延伸过去，似乎正领向他所希望去的地方。于是他暗自记下了这条小路，并由衷希望它不会突然中断。接着，在十分钟之后，他发现这条路的确不是死路，它陡峭地通向一处弧弯。如果那条弧弯不突然中断或临时转向，那么他便只需花上几个小时的时间就能爬到山脉那不为人知的南侧，并俯瞰到那些荒凉的峭壁与那条被诅咒的熔岩山谷。随着他进一步攀登，下方逐渐展现出了新的景色，他发现这些地方要比他经过的那些靠海的地区更加贫瘠与荒凉。与此同时，山坡的表面也开始有了变化；山体上出现了奇怪的裂缝与岩洞，在他之前攀登过的那条较为笔直的路径上都不曾见过这些东西。有一些裂缝与洞穴出现在他上方的岩壁上，但也有些位于他的脚下。但无论如何，所有的裂缝与岩洞都出现在完全垂直的峭壁上，仅凭人类的双脚根本无法触及那里。山上的空气也变得极为寒冷起来，但由于攀登的过程非常艰难，所以他并没有在意不断下降的气温。唯一让卡特感到烦恼的问题是空气正在变得越来越稀薄。他想也许正是因为这个原因，其他旅行者才会就此掉头下山。而且稀薄的空气也可能让旅行者们构想出了那些有关夜魔的荒谬神话，然后他们又凭借这些神话解释为何会有些登山者失踪不见了——事实上他们只是从危险的山道上跌了下去。他并没把旅行者的传说放在心上，但仍准备好了一把上好的弯刃刀以应付任何形式的麻烦。想要去看一看那些石刻容貌的念头让他忘记了其他次要的考量——因为前者可能会带给他某些线索，去寻找那些居住在无人知晓的卡达斯上的诸神们。

最后，在高处可怕的严寒中，卡特绕过了山脉的一侧，来到了恩格拉尼克山脉的背面，并且看到了他下方那无底的深渊。较小的峭壁与荒芜的熔岩深渊都还清楚地彰显着梦境诸神曾在此地洒下的怒火。同时他还看到有一块非常宽广的荒野就铺展在南面的方向上；但那是一片不毛之地，完全看不到任何的农田或小屋烟囱。这片区域看起来无边无际，所以在这个方向上完全看不到海洋的踪迹，不过这并不奇怪，毕竟奥瑞巴岛是个非常巨大的岛屿。在完全垂直的峭壁上仍分布着不计其数的黑色洞窟与古怪裂缝，但没有哪个能供登山者涉足一探究竟。在他头上更高的地方有一大块巨大的突出，阻碍了向上仰望的视线。卡特不由得产生了片刻的动摇，唯恐自己发现没有办法翻越那处障碍。他现在正站在数英里的高处，努力试图在危险的多风环境里保持平衡。在这小片仅有的空间中，他的一边是死亡，而另一边只有岩石组成的光滑墙壁。在一刹那，卡特意识到了那种令人们刻意回避恩格拉尼克山脉背面的恐惧。他没法转身，然而太阳却已经开始低垂了。如果没有继续向上的路，那么当奥瑞巴岛的夜幕降临时，繁星将会发现他蹲伏在原地动弹不得；而当奥瑞巴岛的黎明到来时，曙光也许就再也找不到他了。

所幸车到山前必有路。他看到一条险峻的小道，只有一个非常老练的入梦者才能爬得上那些几乎察觉不到的落脚处，不过对于卡特来说，这已经足够了。在战胜那块突出在外的岩石后，他发现上方山坡的路要比下方的路好走得多，因为一处巨大的冰川融化后留下了一片满是沃土与岩架的宽大空间。在他的左面，一块巨大的峭壁从未知的高处一直延伸到了望不见的深渊里，峭壁上有一个黑暗的洞窟就坐落在他恰好够不到的位置上。不过，在其他的地方，山体呈现出极为明显的向后倾斜，甚至给他留出了一块可以依靠与休息的地方。

刺骨的寒意让他觉得自己肯定已经接近雪线了。他抬起头看了看闪闪发亮的尖峰，想知道那些尖峰会在夕阳红润的光芒中闪烁出怎样的光芒。自然，积雪仍在数千英尺的高处，而在那下面则是一块突出的巨大危岩；就和他刚爬上的那块一样，以这样醒目的轮廓悬挂在峭壁上，用黑色的岩石映衬着封冻尖峰的雪白。而当他看清楚那块突出在外的危岩时，卡特喘着气大声尖叫了起来，并不由得充满敬畏地死死抓住了身边参差不齐的岩石；因为那块巨大突出物并没有保持它在尘世之初时所被塑造出来的形状。它在夕阳中闪烁着红光，显得巨大无比，而它的表面被雕刻，并精心打磨出了一位神明的容貌。

　　夕阳的火焰将那副面容照耀得既严肃又可怖。没有哪个心智能够估量它究竟有多么巨大，但卡特在一瞬间便意识到这绝对不会是人类的作品。它是一位被诸神之手雕刻出来的神明。它傲慢而威严地俯视着寻神者。传说称它的模样有些奇怪而且绝不会弄错，而卡特觉得的确如此：因为那长而狭窄的眼睛与长叶状的耳朵，以及那细瘦的鼻子与尖尖的下巴，所有这一切都说明它不属于人类，而是诸神中的一员。那张充满威慑力量的面容就依附在危险的巅峰峭壁上，但这也正是卡特所期盼并前来寻找的景象；因为这是一张神明的面容，比一切预言所能讲述的更加充满奇迹。凭借着神的力量，它在古早时期被雕刻进了这个巅峰世界的暗色火山岩中；而当亲眼目睹这样一张甚至比整座雄伟神殿更加巨大的面容在夕阳中从那个巅峰世界的诡秘死寂中俯瞰着下方的一切时，这种见证奇迹的感觉变得如此强烈，乃至没有人能逃脱避开它的力量。

　　接着，在卡特辨认出那张脸之后，他又感到了额外的惊讶。尽管他曾计划要搜索整个梦境之地寻找那些与这副面容相似的人，并将他们看作诸神的子孙，但现在，他知道已经没有这个必要了。很显然，对于卡特来说，那张雕刻在山脉上的巨大面容并不陌生，他经常在海港塞勒菲斯的酒吧里见到与这张面孔有着血缘关系的容貌。那座海港城市就在塔纳利亚丘陵另一侧的欧斯·纳尔盖山谷里。库拉尼斯王统治着这座城市，而卡特曾在清醒世界里认识这位伟大的君王。每年都会有长着这种面孔的水手乘着暗色的海船从北方航行到塞勒菲斯港里，用他们的缟玛瑙来交换雕刻好的翡翠、金丝以及一种生活在塞勒菲斯、会唱歌的红色小鸟。很显然，他要寻找的正是这些半神。在他们的故乡肯定有一片冰冷的荒野，而那无人知晓的卡达斯以及它上面那供梦境诸神们居住的缟玛瑙城堡肯定都位于这片荒野里。所以他必须到塞勒菲斯去，但那里距离奥瑞巴岛非常遥远，因此他要回到狄拉斯·琳港沿斯凯河逆流而上回到尼尔的大桥边，再次深入居住着祖各的魔法森林，然后从那里转向北方穿过奥卡诺兹河岸上的园地，抵达索兰的镀金群塔，而在那里他也许能找到一艘桨帆船穿过塞雷纳利昂海。

但这个时候天色已经很暗了，而在阴影之中，那张雕刻在岩石里的巨大面孔向下俯瞰的目光变得越发威严。寻神者意识到自己必须要在这块岩架上过夜了；因为在黑暗中他既没法向上攀登，也没法下山，只能站着依附在那块狭窄的小地方颤抖着等待黎明的到来。他由衷地祈祷自己能保持清醒，不至于让睡意松开了紧抓的握手处，进而穿过令人晕眩的数英里空气，跌进那诅咒山谷的岩架与尖锐石块中。不久天上的繁星就开始逐一显现了，但除了天上的星辰之外，他只能看见一片黑色的虚无；虚无与死亡搅和在一起不断引诱着他，而为了对抗这种诱惑，他只能紧紧黏附在岩石上，向后靠着远离那条看不见的边界。他在黄昏中最后见到的东西是一只秃鹫，那只猛禽在远处翱翔着，逐渐贴近了西面一处离他不远的峭壁。接着，当它靠近那些敞着开口、就坐落在卡特目及范围之外的洞穴时，那只猛禽又尖叫着从空中掠过，匆匆飞走了。

突然，在没有任何声音示警的情况下，置身于黑暗中的卡特感觉到有一只看不见的手悄悄地从他的腰带上拔出了那把弧形大弯刀。接着，他听到弯刀跌落在了下方的岩石上。与此同时，他感觉自己看到了一个非常可怕的轮廓出现在了他与银河之间。那个东西瘦得不同寻常，同时还长着犄角、尾巴与蝙蝠一般的翅膀。接着其他一些东西也开始遮住他西面的星光，仿佛有一大群模糊不清的东西拍打着翅膀，密密麻麻而又悄无声息地飞出那些位于峭壁之上无法触及的洞穴。这时，某种冰冷、仿佛橡胶般的手抓住了他的脖子，同时另一些东西抓住了他的脚，接着他被轻易抬了起来，摇摆着飞向了空中。接下来，群星消失不见了，顿时，卡特意识到自己被夜魔们抓住了。

它们无声无息地带着卡特飞进了峭壁上的岩洞里，穿过了洞穴中那巨大而又错综复杂的迷宫。起先他出于本能地挣扎，但每当他挣扎时，夜魔们便从容不迫地搔弄他，打乱他的挣扎。它们不发出一丝声音，就连那双皮膜翅膀扇动起来也毫无声响。这些东西全身光滑而且冰凉潮湿得吓人，它们的爪子可憎地抓捏着自己的猎物。在飞了一会儿后，夜魔们开始骇人地俯冲向下。四周的空气阴冷潮湿，仿佛置身墓地一般，在这样的空气所汇聚成的令人头昏眼花的回旋气流中，它们俯冲穿过了不可思议的深渊；这让卡特感觉它们正在飞快地射向那回荡着尖叫与恶魔般疯狂的终极旋涡。他一次又一次大声尖叫，但不论什么时候，每当他开始尖叫时，那些黑色的爪子便用越发轻微的动作搔弄他。不久，他看见某种灰色的磷光出现在前方，于是他猜想它们甚至有可能会进入那个装满了地底恐怖的内部世界。有些隐晦的传说曾提到过这个世界——它被苍白的死亡之火点亮，里面充满了散发着腐尸恶臭的空气与从地球核心深渊里涌上来的原始迷雾。

直到最后，他看到在自己下方很远的地方出现了一行模糊而又不祥的灰色尖峰。卡特知道，那肯定就是传说中的撒克群峰。它们可怖而又邪恶地耸立在不见天日的永恒深渊中，从那闹鬼的幽暗里探出头来；这些山峰比人类所估计的还要高，它们守护着那些骇人的深谷——而在那些深谷里，无数的巨蠕虫正缓缓地蠕动着，污秽地掘地钻行。即便如此，卡特仍更愿意望着它们，而不去看那些紧紧抓住他的东西——他身边的这些东西根本是一群粗野而又骇人的漆黑怪物。它们长着鲸鱼般光洁油滑的外皮，一对讨厌的犄角向内对弯着，蝙蝠般的翅膀拍打起来毫无声响，还有丑陋但却颇为适合抓摄物件的爪子，以及毫无意义地甩来甩去、让人心烦意乱的倒刺尾巴。但最让人感觉厌恶的是它们从不说话，也不大笑；它们从不会露出任何笑容，因为它们根本就没有用来微笑的脸，在那本该是脸的地方，它们只有一片象征性的空白。它们所会做的只有紧抓、飞行、搔痒——这就是夜魔们的作风。

当大群夜魔飞得更低些的时候，撒克那尖锐的山峰灰暗地耸立在各个方向之上。到了这个时候，卡特能清楚地看到没有什么东西生活在那些笼罩在无尽微光中、冷漠而又贫瘠的花岗岩上。当它们飞得更低些时，空中的死亡之火已燃烧殆尽，所能遇到的只有一片虚空里的远古黑暗，只有在高处，那些尖细的山峰还如同小妖精一样耸立在那里。但很快，那些尖峰也远去了，周围什么也没有，只有奔涌着的猛烈狂风与风中那来自最底层洞穴的潮气还围绕在它们身边。直到最后，夜魔们降落在了一层看不见却摸起来像是厚厚骸骨的东西上。而后，夜魔们又飞走了，将卡特独自一人抛在黑暗的深谷。将他带到这里，就是那些守护着恩格拉尼克山脉的夜魔所需完成的任务；当完成这项工作后，夜魔们又拍打着翅膀无声地飞走了。卡特努力试图追寻它们飞走时的迹象，可他却发现自己无能为力，因为即便是撒克那尖锐的山峰也早已淡出了他的视野。他的身边什么都没有，只有黑暗、恐怖、死寂与骸骨。

此刻，卡特很清楚地知道自己正置身在那些巨蠕虫蠕动钻行的潘斯山谷里；可是他却不知道将会发生些什么，因为从来没有人见过巨蠕虫，甚至都没有人去猜想过这些东西长成什么样子。只有那些晦涩的谣言才会提到那些巨蠕虫，提到它们在成堆骸骨中弄出的沙沙声，以及它们蜿蜒爬过身边时所感受到的黏滑触感。没有人见过它们，因为它们只会在黑暗中蠕动爬行。卡特一点也不希望遇到一只巨蠕虫，所以他专注地聆听着任何从身边骸骨堆深处传来的细微响动。即便是在这可怖的地方，他仍制定好了一个计划并明确了自己的目的，因为一个过去经常与他交谈的人知道那些关于潘斯的谣言，也知道如何抵达那里。简单来说，这里很可能是所有清醒世界里的食尸鬼丢弃它们食物残渣的地方；因此只需要有一点好运气，他也许就能爬上那些甚至比撒克山峰还要高大的峭壁——而这些峭壁就标志着它们领地的边缘。一阵阵如同大雨般落下的骸骨会告诉他该望向何处，甚至有一回他发现他还能让一只食尸鬼放下条梯子来；因为，说来奇怪，他与这些可怕的生物有着一种非常古怪的联系。

卡特认识一个生活在波士顿的人——一位创作怪异图画的画家，他在一条靠近墓地的污渎古巷中拥有一间秘密画室[1]。据卡特所知，这个人曾的的确确与食尸鬼们成了朋友，而且他还教会了卡特一些

[1] 参见《皮克曼的模特》。

这类生物所发出的令人作呕的咪砰声与咕吟声，但主要都是那些比较简单的音节。这个人后来失踪了，而卡特不确定自己是否会在这个时候遇上他，如果真是那样的话，他将第一次在梦境之地里用上那些他已觉得颇为遥远、只有在模糊的清醒世界才会使用到的英语。无论如何，他觉得自己应该能说服一只食尸鬼带他离开潘斯；况且，遇上一只能看得见的食尸鬼总好过遇上一只看不见的巨蠕虫。

于是卡特在黑暗里开始行走，并且在觉得自己听到脚下的骸骨里有某些东西在响动时开始大步奔逃。其间有一次，他撞上了一块满布岩石的山坡。他知道这肯定是撒克那几座山峰的山脚。后来，他听到从上方的半空中传来了一阵响亮的咯咯声与哗啦声，于是他开始确信自己已经接近那座有食尸鬼们出没的峭壁了。但他不敢确定自己的声音是否能从这几英里深的谷底传上去，不过他也知道在这个内部世界里有着非常奇怪的法则。当他反复思索时，一个抛下来的骨头击中了他。那个骨头很沉，肯定是一只头盖骨。也就是这个时候，他意识到自己的确已经距离那座决定他命运的悬崖很近了，于是他尽自己的最大努力发出了那种类似于咪砰的叫喊——这是食尸鬼的呼唤声。

声音传得很慢，所以他得等上一段时间才可能听得到一阵作为回应的咕吟声。所幸，那声音最后还是传了下来，不久他便被告知它们将会放下一条绳梯来。等待的过程让卡特觉得非常紧张，因为没有人能告诉他自己的叫喊会在这些骸骨堆里激起怎样的反应。事实上，在不久之后，他便确确实实地听到远方传来了一阵沙沙的声响。当那意味深长的声音逐渐接近时，他开始变得越来越焦虑和不安；可是他不想离开这块地方，唯恐错过了接他上去的梯子。到了后来，紧张逐渐扩大到难以忍受的程度，就在他准备惊慌失措地逃离这块地方时，某个东西砰的一声落在了他身旁新堆砌起来的骨头堆上，这个声音将他的注意力从其他声音上抽了回来。那是一条梯子。卡特摸索了近一分钟之后，才紧紧地将它抓在手里。但其他的声音并没有因此停下前进的步伐，那些声音紧随在他身后，甚至在他攀登的时候也是如此。当他向上攀登到离地足有五英尺的时候后，那些位于他下方的沙沙声变得越发明显了，而当他向上爬到足有十英尺的高处时，某些东西开始在下方摇晃着整条绳梯。等到他爬到大约十五到二十英尺的地方时，他感觉到一段巨大而光滑的东西从他的一侧擦了过去。那东西长着交替的凹凸环节，而且在不停地蠕动。在那之后他开始绝望地不停向上攀登，试图摆脱那只臃肿肥胖而又令人作呕的巨蠕虫，从这种可能从来都没有人见过的生物那让人几乎无法忍受的作呕摩挲中逃脱生还。

他用酸痛的手臂与起泡的双手向上爬了几个小时，最后终于再次看到那些灰色的死亡之火，以及撒克那令人不安的尖锐山峰。接着他又向上爬了一段时间，终于辨认出了自己上方那条突出在外的峭壁边缘——那里就是食尸鬼们出没的地方，而他此刻还看不到垂直的那一面是一幅什么景象；又过了几个小时之后，他看到一张奇怪的脸从悬崖的边缘上探了出来，那感觉仿佛就是卡西莫多从巴黎圣母院的护墙后探出了脑袋。这幅景象让他差点因为昏厥而松开了紧握着的手，但片刻之后他便恢复了镇定；因为他那位已经失踪的朋友理查德·皮克曼曾将他介绍给了一只食尸鬼，因此他对它们仿佛犬类的面孔还有那种瘫软的模样以及那些不堪言说的怪癖都非常熟悉。因此，当那只令人毛骨悚然的生物站在峭壁边沿把他从令人晕眩的黑暗虚空里拉上来的时候，他表现得非常镇定，既没有因为一旁那堆已经被部分吃掉的食物残渣惊慌失措，也没有因为那一圈蹲坐啃咬着食物并好奇望向他的食尸鬼们而高声尖叫。

他这时已经站在了一片被昏暗光线照亮的平原上。这片平原唯一的地形特征就是遍布着巨大的卵石和地洞的入口。虽然有一只食尸鬼试着捏了他一把，而其他几只则若有所思地盯着他瘦弱的身躯，但它们基本上还算礼貌。通过耐心地向那些食尸鬼们反复咕吟，他向它们询问起了他失踪的朋友，并了解到他的朋友已经在靠近清醒世界的深渊里变成了一只颇有些许声望的食尸鬼。一只有些发绿的年长食尸鬼愿意领他去皮克曼现在的居所，于是尽管本能地感到有些嫌恶，但他仍跟着这只生物进入了一处宽敞的地洞，随着它在恶臭土壤中的黑暗里爬行了数个小时。接着，他们爬上了一个微亮的平原。这片平原上点缀着许多来自地球的奇怪遗迹——古老的墓碑、破损的骨灰瓮以及一些纪念碑上的怪诞碎片。卡特怀着一丝激动意识到，从自己出火焰洞穴走下七百级阶梯跨过沉眠之门到现在，这可能是他最接近清醒世界的时候了。

在这儿，有一只食尸鬼正坐在一块从波士顿葛兰奈莱墓地[1]偷来的1768年墓碑上。它就是过去的艺术家理查德·厄普顿·皮克曼。现在，他赤身裸体地坐在这里，皮肉如同橡胶一样。它的容貌已经显露出了很多食尸鬼的相貌特征，乃至于早先人类的特征已经渐渐模糊了。但它仍记得一点儿英语，还能够用咕哝声与单音节字来与卡特交谈，只是时不时地要借助食尸鬼那种咕呤声的语言作为帮助。当它了解到卡特希望回到那片被施加过魔法的树林，然后从那里前往位于塔纳利亚丘陵另一侧欧斯·纳尔盖山谷里的塞勒菲斯时，它显得非常疑惑；因为这些出没在清醒世界里的食尸鬼与上方梦境世界里的墓园毫无瓜葛（它们会把这些地方留给那些盘踞在死城里、长有脚蹼的蛙普），而且它们所生活的深渊与那座被施加过魔法的森林之间隔着许多东西，包括那个由古革巨人们统治的恐怖王国。

这些古革巨人体型巨大，浑身长有长毛。它们过去曾在那片被施加过魔法的森林里竖立起了许多的巨石圈，并向蕃神与伏行混沌奈亚拉托提普举行极为古怪的献祭仪式。直到有一天，它们某件恶行传到了尘世诸神的耳朵里，于是它们被放逐到了森林下方的巨型洞穴里。而在这些地球食尸鬼们生活的深渊与那座被施加过魔法的森林之间隔着一扇镶有钢铁圆环的巨石活门，因为某个诅咒的缘故，没有哪个古革巨人胆敢打开它。可是对于一个凡人入梦者来说，穿过巨人们的洞穴王国，然后打开那扇活门离开地下进入森林仍然是件无法想象的艰巨任务；因为在过去，古革巨人们曾以凡人入梦者为食，而且即便到了现在，它们之间还流传着一些描述凡人入梦者究竟有多么鲜美可口的传说——虽然被流放到地下世界之后，它们的菜谱已被限制到了妖鬼们身上——这是些惹人嫌恶的生物，会在光照中丧命。它们生活在

---

[1]葛兰奈莱墓地：波士顿的一处景点，1770年的"波士顿大屠杀"的殉难者均长眠于此墓地。另外葛兰奈莱（Granary）这个词在英文中的原意是"粮仓"的意思。

辛之墓群[1]里，像是袋鼠一样用长长的后腿跳跃前进。

因此，那只曾是皮克曼的食尸鬼建议卡特要么从萨克曼德离开深渊，要么通过某一处墓地返回清醒世界。前者是一座位于冷原下方山谷里的荒废城市，在那儿有着一些被长翅膀的闪绿岩狮子所守护着的黑色硝石阶梯，而这些阶梯就连接着梦境之地与它下方的深渊。而后者则能让他重回清醒世界，然后他只需再度走下浅睡的七十级台阶，来到火焰洞穴前，再向下走过七百级阶梯穿过沉眠之门，就能重返那座被施加过魔法的森林。然而，这两种选择对探索者来说都不适合；因为卡特对从冷原到欧斯·纳尔盖山谷的线路一无所知；同时，他也不愿意从梦里醒来，唯恐会因此忘记到目前为止所收集到的一切信息。如果他忘掉了那些长着威严面孔、从北方航行到塞勒菲斯进行缟玛瑙贸易的水手们，则将会给他的探寻之旅带来灾难性的打击——因为那些有着非凡面容的水手就是诸神之子，肯定能为他指明一条通向冰冷荒野与卡达斯——梦境诸神的居所的道路。

在做了大量说服工作后，食尸鬼终于同意领着他的客人去往那些古革巨人王国的高墙之后。卡特的确有机会偷偷穿过这片耸立着圆形石塔的昏暗王国，当巨人们狼吞虎咽之后会回到室内酣然大睡，这个时候卡特有一个小时的时间抵达那座有着科斯之印的中央尖塔。在那座尖塔里有阶梯一直向上连接着那座摆在被施加过魔法的森林里的巨石活门。皮克曼甚至愿意借出三只食尸鬼带着一块墓碑做杠杆撬开那扇石门；因为那些古革巨人有些害怕食尸鬼，当它们在自己那巨大的墓地中发现有食尸鬼正在享受盛宴时，它们常常会夺路而逃。

同样，它也建议卡特尽量伪装成一只食尸鬼，刮掉那些他放任生长的胡子（因为食尸鬼没有胡子），裸体在泥土里打滚换上一身正确的模样，像是随时要跌倒一样大步慢跑，把他的衣服打成一包就仿佛是从坟墓里挖出来的上等食物。他们将会通过合适的地道抵达古革巨人居住的城市——这座城市连接着整个王国，然后他们会在距离内含

---

[1] 辛之墓群：这个词也曾出现在《丘》中，该文中称辛之墓群在昆杨下方的幽嘶里。

向上阶梯的科斯之塔附近的墓地中出现。不过他们仍需非常警惕一处距离墓地很近的巨大洞穴；因为这里是辛之墓群的入口，而那些怀恨在心的妖鬼们一直都在那里守候着那些上层深渊里的住民，将它们围捕猎食。妖鬼们尽量在古革巨人们睡着的时候出来，而且不论是古革巨人还是食尸鬼它们都很乐意攻击，因为它们没法区别这二者。它们非常原始，同类相食。古革巨人在辛之墓群的狭窄处安插了一个哨兵。但它也常常昏昏欲睡，而且有时还会因为一大群妖鬼而吃惊不已。虽然，妖鬼们不能在真正的光照下存活，但是它们能够在深渊灰暗的微光中忍耐数个小时之久。

所以，卡特与三只为他提供帮忙的食尸鬼一同爬进了无穷无尽的地洞。三只食尸鬼带着一块板岩墓碑——上面写着"尼希米·德比上校，卒于1719年，葬于塞伦，查特墓地"。当再度回到微亮的空旷地带时，他们已经置身在一片披着青苔的巨石森林里了。这些巨大的独石几乎一直耸立到了他们视线的尽头，它们便是古革巨人寻常使用的墓碑。在他们扭动爬出的地洞右边，穿过两侧林立着独石的通道，是一片由巨大圆形高塔组成的壮观景象。这些岿巍的高塔一直无穷无尽地耸立进了地球内部那灰色的空气中，组成了属于古革巨人的雄伟城市。城市的通道足足有三十英尺高。食尸鬼经常过来这里，因为一只下葬的巨人能够提供一群食尸鬼几乎一年的口粮，所以即便要冒些额外的风险，掘开一只古革巨人的坟墓也要好过去费力挖掘人类的墓穴。而到了这个时候，卡特终于意识到当他在潘斯山谷里摸索前进时，偶尔摸到的那些巨大骸骨究竟来自何处了。

在他们的正前方，刚出墓地的地方，耸立着一面垂直的陡峭崖壁。在崖壁的底部，敞着一个巨大而不祥的洞穴。食尸鬼们告诉卡特一定要尽量避开这个洞穴，因为它是不洁的辛之墓群的入口，古革巨人们会在那里面的黑暗中猎杀妖鬼。事实上，这个警告很快便应验了。有一只食尸鬼悄悄地爬向了那些林立的高塔，想看看他们是否正确地估算出了古革巨人们休息的时间。就在这个时候，那巨大洞穴的幽深黑暗中出现了一双黄红色的眼睛，接着又是一双，这说明洞穴里已经没有古革哨兵了，也说明那些妖鬼对气味极其敏锐。所以，那只前去探查的食尸鬼折回到了地洞边，让它的同伴们保持安静。他们觉得最好还是别去招惹那些妖鬼，它们可能很快就会离开了，因为在黑暗的墓地中对付了一个古革哨兵后，它们自然已经非常疲倦了。过了一会儿，一只足有小马大小的东西跃进了灰色的微光中。那野兽污秽而又丑陋的模样令卡特尤为作呕，那东西的面孔奇怪地像是个人类，却又看不到鼻子、前额以及其他一些明显的特征。

不久，又有三只妖鬼跟着跃出了洞穴，加入了它们的同伴。一只食尸鬼低声对卡特咕吟道，那几只妖鬼身上并没有战斗留下的伤痕——这是个坏兆头——这说明它们根本没有与古革哨兵战斗过，仅仅是在哨兵休息的时候悄悄地溜了出来；所以它们的力量与凶狠程度没有丝毫的折损，而且会一直持续到它们发现并处置了一个牺牲者为止。看到这些污秽而又丑陋的怪物实在是件令人极不愉快的事情，更何况这些东西的数量很快便增长到十五只，并且开始在四下里翻寻，如同袋鼠一般在高塔与独石林立的灰暗微光中跳来跳去。但更令人觉得厌恶的还是它们彼此之间交流时发出的声音，那是一种像是在咳嗽时的妖鬼们特有的喉音。过了一会儿，妖鬼们突然变得慌乱起来，不久洞穴里又出现了一个新的东西。尽管妖鬼们已经足够令人恐惧的了，但是却远远不及那个从洞穴里走出来的怪物那般让人骇然失色。

那是一只爪子，足足有两英尺半长的爪子，长着骇人的钩爪。接着洞穴口又出现了另一只爪子，在那之后便是一条披着黑色软毛的巨大手臂。那手臂在前端分开作两条较短的前臂，而先前的那两只爪子就分别生长在这两条前臂上。接着，洞穴里先是亮起了两只粉红色的眼睛，随后便浮现出了苏醒的古革哨兵那巨大的头颅。这巨人的头颅足有大水桶那么大，还在微微地摇晃着。而那两只眼睛从这巨大的头颅两侧突出向外足足有两英寸的距离，被遮挡在骨质突出的隆起里，而在这骨质的隆起物上则覆盖着茂密而又粗糙的皮毛。但这只脑袋最可怕的地方还是那张巨大的嘴。那张长着黄色獠牙的血盆大口并非是像寻常生物那样水平地张开，而是垂直地从头顶一直纵裂开到了头部下方。

但在那只不幸的古革巨人能够离开洞穴，站立起它那足足二十英尺的庞大身躯时，那些怀恨在心的妖鬼已经一拥而上，跳到了它的身上。卡特在一时间有些害怕那只古革巨人会发出警告吵醒它所有的同族，但是一只食尸鬼用低声的咕哝告诉他古革巨人们无法发出声音，只能通过脸部的表情进行交流。接下来发生的战斗极为可怕。恶毒的妖鬼狂热地从四面八方冲向那只匍匐爬行的古革巨人，用它们的牙齿啃咬撕扯，用它们硬而尖锐的脚爪凶残地踢打。整个过程中，它们兴奋地用那种仿佛咳嗽的方式交谈，而当那张纵裂开的大嘴偶尔咬住它们中的一只时，便放声尖叫。要不是那只受伤的哨兵开始逐渐向洞穴深处退去，这些战场上发出的吵闹噪音肯定会吵醒那座正在沉睡中的城市。但随着哨兵的后退，骚动很快从卡特的视野里退进了黑暗中，仅仅只有偶尔传出的些许邪恶回声还标志着战斗依然在继续进行。

接着，最为警觉的那一只食尸鬼给出前进的信号。然后，卡特跟着那三只食尸鬼跑跳着离开了林立在四周的巨大独石墓碑，进入了那座可怕的城市，走上了那些幽暗而又散发着恶臭的街道。城市中，由巨大岩石修建起来的圆形高塔拔地而起，一直耸立到了视线之外的黑暗里。而他们蹒跚摇晃着走在那些粗糙的岩石路面上，带着厌恶的情绪聆听着那些从巨大而又黑暗的门户里传来的隐约鼻息声，那标志着古革巨人们还沉浸在熟睡中。由于担心休息时间即将结束，食尸鬼们开始加速了步伐；但即便如此，这段旅程也并不算短，因为在一个巨人生活的小城里，任何距离都被放大了。到了最后，他们来到了一座高塔前的空旷地带上。这座高塔前的空地要比其他地方更加旷阔，那高塔的巨大门户上固定着一个用浅浮雕刻出来的、大得出奇的符号，那些不知道这个符号意思的人定然会被这个可怕的符号吓得不寒而栗。这就是那座带有科斯之印的中央高塔，而那在塔内的昏暗光线中若隐若现的巨型石头台阶正预示着一条通向上方梦境世界与魔法森林的巨大阶梯的开端。

接着他们在伸手不见五指的黑暗中，开始了一段冗长的攀登过程。那些供古革巨人使用的台阶尺寸大得出奇，几乎有一码高，这让攀登过程变得极其困难。至于一路上到底有多少级台阶，卡特已经无法进行确切的估计了；因为他很快便精疲力竭了，甚至迫使那些灵活而又不知疲倦的食尸鬼们不得不停下来协助他继续向上攀爬。整段似乎永无止境的攀登过程中一直隐伏着被古革巨人们发现进而被尾随追捕的可能性；因为虽然古革巨人们会害怕梦境诸神的诅咒而不敢打开那扇石头活门重返森林，但是这并不意味着它们不会走进这座高塔，或是登上这些阶梯，那些从古革巨人手中逃脱的妖鬼甚至常常会被一直追赶到这座塔的最顶端。那些古革巨人的耳朵非常灵敏，当整座城市醒来时，攀登者用赤裸的脚掌与手掌攀爬时发出的声响也可能会被轻易地捕捉到；当然，这些大步跨来的古革巨人们需要花些时间才能赶上它们那在巨大石阶上缓慢攀爬的渺小猎物，但是对于那些习惯在没有光亮的辛之墓群里猎杀妖鬼的巨人们来说，这不需要花上太多时间。而更让人绝望的是，那些安静追捕猎物的古革巨人根本不会被听见，只会极其突然而又令人惊骇地出现在黑暗里，抓住攀爬者们。而且，在优势如此明显的特殊场合里，他们也不能指望古革巨人们会因为那种对食尸鬼惯有的恐惧心理而放过他们。同时，那些鬼祟而又恶毒的妖鬼也是一种潜在的威胁，因为它们常常会在古革巨人熟睡的时候蹦跳进高塔里来。如果，古革巨人睡得很久，而妖鬼们又在洞穴里做完了它们的勾当，那么攀登者们的气味可能会轻易地被这些不怀好意又令人嫌恶的东西捕捉到；如果那样的话，他们还不如被一只古革巨人给吃掉。

这时，在经历了仿佛千百年的攀爬之后，从上方的黑暗中传来了一声咳嗽般的声响，事情出现了一个非常重大而又出乎意料的转折。那很明显是一只妖鬼，或许还有更多。它或它们早可能在卡特与他的向导们进入高塔之前，就已经进入了这里，并且在这里迷了路；同时这也明显地意味着危险已经近了。在令人喘不过气的几秒钟之后，带头的食尸鬼把卡特推向了一边，将自己的同类安排在了最佳的战斗路线上，准备用那块古老的板岩墓碑给任何可能出现在视野里的敌人以决定性的一击。食尸鬼们能在黑暗中视物，所以这个团体的处境并不像卡特独自一人面对这情况时那么糟糕。接着，向下蹦跳时脚爪碰撞发出的咔嗒声说明那不止一只野兽。带着石板的食尸鬼准备好了它们的武器，进行决定性的一击。不久，两只黄红色的眼睛闪现在了视野里，接着他们在脚爪的咔嗒声中也听到了妖鬼的喘气声。当那只妖鬼跳下台阶恰巧出现在食尸鬼面前时，它们用惊人的力量挥舞起了古老的墓碑。受害者只发出了一阵喘息就倒塌成一堆丑恶的肉酱。似乎，这里只有一只牲畜，在食尸鬼们聆听了之后，它们轻轻地拍打了卡特，表示他们可以继续前进了。当然，和以前一样，它们仍不得不继续协助他向上爬；卡特也很乐意将那只粗野的妖鬼留在黑暗中，继续躺卧在攻击发生过的地方。

最后，食尸鬼们终于将它们的同伴带到了终点；通过摸索头顶上方的空间，卡特意识到自己终于抵达了那座巨大的石头活门。想要完全打开一个如此巨大的东西几乎是件完全无法想象的事情，但食尸鬼们只是希望把它抬起到足够将墓碑滑进门间作为支持的高度就够了，这样卡特就能从缝隙中脱身了。而食尸鬼们则计划重新爬回塔下，穿过古革巨人的城市，回到属于自己的深渊里。因为它们很会躲避古革巨人的追捕，而且它们也不知道如何从陆地上前往幽灵般的萨克曼德，虽然那儿有被狮子看守着的通向深渊的大门。

那三只食尸鬼花了极大的力量试图抬起上方那扇石门，而卡特也跟着尽己所能地推着。他们决定站在紧邻楼梯顶层边缘开始推为好，为了做到这一点，它们弯起自己那以声名狼藉的方式滋养起来的健壮肌肉，使出了每一份力气。过了一会儿，一道光亮的缝隙出现了；卡特按照之前托付的任务将古老墓碑的一角塞进了缝隙里。接着，他们越发用力地向上抬；但是整个过程非常慢，而每次他们无法将岩板支撑住大门的开口时，就不得不返回最初的状态。

突然间，他们下方的台阶上传来一阵声响，这令他们的绝望在一瞬间被放大了千百万倍。那只是那只被杀死的妖鬼所留下的尸体滚向下方台阶时发出的碰撞声与咯咯声；但是任何可能导致那具尸体移位滚动的原因都不会是让人觉得放心的。因此，知道古革巨人正在赶来的路上时，食尸鬼们开始如同发了疯一样；在短得令人惊讶的时间内，那扇门被抬起了很大一段距离，并且一直支撑到卡特翻过那块岩板，并将它卡在了巨大的开口处。接着它们开始协助卡特爬上那个开口，让他踩在它们橡胶似的肩膀上，然后当他抓住外面梦境之地那令人愉悦的泥土后，指引他的脚继续向上攀登。当卡特完全爬出去之后，下一秒钟，三只食尸鬼也跟着跳了出来，而后在自己喘息能被下方听见之前撬下了那块墓碑，紧紧地关上了巨大的活门。由于梦境诸神的诅咒，没有古革巨人敢从那个入口出来。所以带着深深的放松与安详感，卡特安静地躺在了魔法森林那覆盖着厚厚怪诞蕈类的沃土上，而他的向导们则以食尸鬼们休息时的方式蹲坐在附近。

这片施加过魔法的森林还依旧和他许久之前经过时一样怪异，但与那些他已经将之甩在身后的深渊比起来，这里肯定可以称得上一片令人愉快的天堂了。在这附近没有什么活物，因为古革巨人们会因为恐惧而回避这扇神秘的活门。而卡特立刻便与和他同行的几只食尸鬼商量起了它们接下来的行程。它们已经不敢再向下走进高塔里了，而当它们得知必须经过火焰洞穴里的牧师那许与卡曼·扎后，也对回到清醒世界丧失了兴趣。所以，直到最后，它们决定前往萨克曼德，穿过它那通向深渊的大门，然后再返回自己的家园，可是它们对如何抵达那里却一无所知。而后，卡特回忆起这座城市在冷原下的山谷里，同时他也回忆起他在狄拉斯·琳港里曾见过一个非常年长的斜眼商人，传说这个商人在与冷原上的居民进行贸易。因此，他建议食尸鬼们前往狄拉斯·琳港找找看，并且教它们穿越这片林地，前往尼尔，然后沿着斯凯河一直走到它的河口就行了。在听到这些消息后，它们立刻便决定照办，并迫不及待地跑跳着准备离开，因为越来越深的暮光说明它们还要旅行上整整一个晚上。卡特摇晃着这些让人有些反感的野兽的爪子，感谢它们一路上的帮助，并希望它们向那只曾经是皮克曼的食尸鬼传达自己的感激之情；但当它们离开时，卡特也不由自主地带着些许喜悦地叹了一口气。毕竟，食尸鬼就是食尸鬼，对人来说至多只是一只有些让人讨厌的同伴而已。在那之后，卡特寻找了一处森林里的水塘，将身上来自大地深处的腐土清洗干净，然后重新穿上了那些他一路上小心携带在身边的衣物。

到了这个时候，夜幕已经降临到了这片生长着巨大树木的可怕树林里，但由于那些分散在各处的磷光，卡特依旧可以像白天时一样在林中自由地穿行；因此卡特出发沿着那条早已了然于胸的路线走向位于塔纳利亚丘陵另一侧欧斯·纳尔盖山谷里的塞勒菲斯。当他走在路上时，他想起了那匹自己曾骑过的斑马，记起自己还把它拴在奥瑞巴岛恩格拉尼克山脉上的一株白蜡树上——那仿佛是千百万年前的事情了——于是，他不由得想知道那些火山岩收集者是否会喂养它并将它从树上解下来。同时他又想起了那匹在亚斯湖岸边的远古遗迹中被杀死的斑马，不由得怀疑自己是否还有机会再回到奥瑞巴岛去赔偿斑马的主人——如果那个年长的酒馆拥有人还记得他的话。也只有在重新回到梦境之地后，他才有时间考虑这些事情。

　　但在不久之后，他便因为一棵非常巨大的空心树木中传出来的声音而停下了脚步。他已经避开了那些巨大的石圈，因为他现在没有兴趣与祖各交谈；但从那棵巨大树木中传出来的奇怪拍打声似乎说明一场重要的会议正在某处召开。当他靠得更近些时，他意识到那儿正在举行一场非常紧张而又激烈的讨论；稍后不久，他便开始意识到了事情的来由，而且对这件事情极其地关注起来。因为那些集会在一起的祖各首领正在与猫群进行一场战争。一切都源于那些跟着卡特偷偷溜进乌撒而后便失去踪影的部落成员——事实上猫群只不过对那些有着不当意图的祖各施加了正当的惩罚。但这事情的积怨已深；而现在，或者说在接下来的一个月内，这些汇集号召起来的大群祖各将会对整个猫咪部族展开一系列出其不意的进攻；它们要拿下一些孤立无援的猫咪，乃至一些没有警惕性的群体，甚至不会留给那些生活在乌撒的无数猫咪一个恰当的时机来进行动员与操练。这就是祖各们的计划，而卡特觉得自己在继续他那非凡的探寻之旅前，有必要出手破坏它们的计划。

　　因此，卡特非常安静地偷偷摸索到树林的边缘，而后向星光照耀的田野另一端送出了猫儿特有的叫声。接着一只居住在附近农舍里的老雌猫收到了他的叫声，并将它传递过了数里格起伏翻滚的草甸，转交给了那些或大或小或黑或灰或白或黄或虎斑或杂色的战士们；接着这叫声继续向下传递开去，在尼尔与斯凯河的另一侧乃至乌撒都激起了一片附和。生活在乌撒的无数猫咪在这合唱中被召集了起来，组成了一支行进的大军。它们非常幸运，因为那晚月亮并没有升起，所以所有的猫咪都还待在地面上。它们迅捷而无声地从每一座灶台边钻出来，从每一处屋顶上跳下来，汇聚成一片辽阔的皮毛海洋穿过了平原，抵达了森林的边缘。而卡特就待在那儿，接待它们的到来。在亲眼见到那些东西，并从深渊里走出来之后，这些线条优美丰满匀称的猫咪所组成的景致实在对他的双眼有着莫大的裨益。他很高兴地看到他年长可敬的朋友，曾拯救过自己的那只猫咪，就走在乌撒分遣队的最前端。它那皮毛柔顺的脖子上围着一圈象征身份的领圈，而那胡须则威武地翘着。而更好的是，在那支军队里还有一只活泼的年轻猫咪，它担任着中尉的职务。那不是别的猫咪，正是他在从乌撒消失之前，在旅舍里给过它一碟奶油的那只非常小的小猫。它现在已经是一只身材健壮、年轻有为的猫咪了，正用舒服的咕噜咕噜声代替握手向它的朋友问好。它的祖父告诉卡特，它在军队里做得很好，再参加一场战斗或许就能获得上尉的职位了。

这个时候，卡特大致描述了一下猫部族所面临的危险。而四周的猫咪用从喉咙深处发出的咕噜声作为回答。与将军们磋商之后，它们制定了一个计划，准备立刻采取行动，其中包括进军祖各议会与其他已知的祖各堡垒；抢先行动以破坏它们的奇袭计划，迫使它们在动员起整支军队展开入侵行动之前就放弃终止整个计划。于是，这片由猫咪组成的汪洋大海没有做片刻的停留，而是如同洪水一般涌进了那片施加过魔法的森林，奔腾向祖各议会所在的那棵大树与那座巨大的石圈。当敌人们看到这些新来的军队时，拍打声迅速蹿升变成了恐慌的高音。那些鬼祟而古怪的褐色祖各并没有进行太多的抵抗。它们已预先意识到了自己的失败，并迅速抛弃了那些复仇的想法，开始考量起眼下该如何保全自己。

半数的猫咪围坐成了一支环形的编队，将那些被俘虏起来的祖各围在了中央，同时也在编队的一侧留下了一条小路作为开口。而那些仍活动在森林其他部分的其他猫咪则将源源不断的额外俘虏从那个开口里赶拢过来，集中在环形中央。最后，在卡特担任翻译的情况下，双方达成了一系列停火条款。根据条款，祖各能够继续保留一个自由的部族，但是必须每年向猫咪献上大量贡品作为补偿——其中包括那些从它们森林中不那么神秘莫测的地区里捕获到的松鸡、鹌鹑与野雉。来自高贵家族的十二只年轻祖各将被作为人质带走，软禁在乌撒城内属于猫咪的神庙中。同时造访者也明白无误地表示，往后若有任何猫咪在祖各领地边缘失踪的话，那么它们将征服祖各，并令它们损失惨重。在这些事情处理完之后，集合起来的猫咪们散开了阵型，允许祖各们一只只各自偷偷溜回自己的家中。而那些祖各匆匆忙忙地赶回了家，可许多祖各仍略带愠怒回瞥它们。

这时，年长的猫将军提议要派遣一支护卫队跟随卡特穿过森林，将他护送到森林的边缘——毕竟祖各们有可能因作战计划的挫败而对他怀有可怕的怨恨。卡特怀着感激的心情接受了将军的提议；这不仅仅是因为它们可以提供足够的安全保障，更重要的是他喜爱看到这些猫咪优雅地陪伴在他的身边。一大群猫咪在成功完成了自己的任务后解散开来，汇聚到了卡特的身边；然后，兰道夫·卡特被这一大群可爱、嬉闹的猫咪簇拥着，开始前行穿越这片由巨大树木构成的、被施加过魔法且散发着磷光的树林。一路上，他与年长的猫将军与它的孙子谈论起了自己的探寻之旅，与此同时，护卫队里的其他猫咪则沉溺在奇妙的嬉戏中，或是追逐着那些被风从长满蕈类的古老地面卷起的落叶。年长的猫咪告诉卡特，它曾多次听说无人知晓的卡达斯就坐落在冰冷荒野上，但却不知那具体在哪里。至于那座精美绝伦的夕阳之城，它从未听说过那里，不过如果它往后听说了些什么的话，它很乐意转告卡特。

它向寻神者传授了一些在梦境之地的猫咪间非常重要的暗语。而且当它路过塞勒菲斯的时候，也特别向当地的老猫酋长推荐了卡特，因此那只老猫已经对卡特略有耳闻了。它是一只尊荣高贵的马耳他猫，而且被证明在任何一笔交易中都是颇具声望的。当他们来到树林的边缘时，已经是黎明了。卡特依依不舍地与他的朋友们道了别。如果不是老将军明令禁止的话，那只年轻的中尉或许会与他结伴同行——毕竟他在它还是只很小的小猫时就已经与它相识了——但是那位严厉的家长坚持它应该对整个部族与军队负责。所以当猫咪们折返回树林中时，卡特独自踏上了探寻之旅。在他的面前是一片神秘的金色野地，这片野地一直绵延到一条被一排柳树标记出边界的小河边。

旅行者很清楚地知道这片园地就位于树林与塞雷纳利亚海之间；于是他很愉快地沿着那条一路欢唱、标示着自己旅程的奥卡诺兹河一直走了下去。太阳逐渐攀升到了高处，照耀在铺着小树林与草地的平缓山坡上，令点缀在幽谷与小山上的千万花朵变得越发明媚鲜艳起来。一片令人愉悦的薄雾笼罩在整片区域上空。而这里的阳光也比其他地方更加明媚，空气中回荡着更多的鸟儿与蜜蜂所演奏的夏日嗡嗡乐章；所以当人们漫步其中时，仿佛正在穿越一片仙境，所能体验到的欢愉与惊奇也比往后回忆起这段经历时要来得更加强烈。

中午的时候，卡特抵达了凯兰的碧玉梯台边。整座梯台的斜坡向下延伸到了小河的岸边，而在梯台的上方则修建着漂亮可爱的神殿。每年埃莱克·瓦达[1]之王都要坐着一顶金色的轿子，从他那位于微光之海上方的遥远王国赶到这里向奥卡诺兹河之神祷告——因为当他还年轻的时候，他曾居住在奥卡诺兹河的河岸上，而奥卡诺兹河之神也曾为他歌唱。整座神殿都是用碧玉砌成的，不仅如此，它的高墙与庭院，以及那七座尖塔覆盖了周围足足一英亩的土地。河流通过隐秘的水道流经它内部的圣坛，而每到晚上，河神就会在那里轻柔地歌唱。当月亮将它的光辉洒在这些庭院、梯台与尖塔上的时候，它经常会听到一些奇异的音乐，但除了埃莱克·瓦达之王以外，没有人知道这些音乐究竟是河神的歌唱还是那些神秘的牧师们吟诵赞美时发出的乐声；因为只有埃莱克·瓦达之王一人曾进入过这座神庙，也只有他见过那些牧师。可现在，在一天中睡意蒙眬的时候，那座布满雕刻、精巧优雅的神殿却寂静无声，卡特走在一轮令人陶醉的暖日之下，却只听到了滔滔流水的轻柔低语以及鸟儿与蜜蜂活跃忙碌的乐章。

那天的整个下午，旅行者一直都漫游在芬芳的草地上，时而走过河畔平缓山地的阴处。在那些山坡上坐落着些许和平的茅草农舍

---

[1] 埃莱克·瓦达：根据《银钥匙》最后的部分与《穿越银匙之门》的记叙，兰道夫·卡特曾统治此地。

与用碧玉或金绿玉雕刻出来的圣坛——在这些圣坛上供奉着的都是和蔼可亲的神明。偶尔他也会靠近奥卡诺兹河的河岸，并向那些出没在清澈水流里的活泼七彩小鱼吹起口哨，其他一些时候他则会在簌簌作响的疾风中停下来，盯着远处河对岸巨大而阴暗的森林。那些生长在森林里的树木一直延伸下来，直到接近水岸的边上。在以前的梦境里，他曾见过古怪的伯帕斯迈着沉重的脚步羞涩地从那片树林里走出来，来到河边饮水。不过这个时候他却没有看到其中的任何一只。有一会儿，他停下来观看一只食肉鱼捕捉一只水鸟。那条食肉鱼用它那在阳光中显得极为诱惑的鳞片将水鸟引诱到了水中。而那有翼的猎人张开宽大鸟喙试图猛扎向自己的猎物时，他也跟着不由得屏住了呼吸。

接近傍晚的时候，他登上了一片披盖着茂密青草的低矮高地。在他的眼前，索兰那数以千计的镀金尖塔此刻正在夕阳的余晖中燃烧着，散发出炫目的光辉。这座不可思议的城市有着洁白如雪且高得令人难以置信的条纹大理石城墙。这些石墙从底端向着顶端收拢，呈现出倾斜的墙面，而整座墙体浑然天成为一块实心的整体——没有人知道这些高墙是如何被修建起来的，因为它们远比记忆要古老得多。可虽然它们如此高大，而且上面修建着一百扇大门与两百座塔楼，但是那些簇拥在城墙之内的白色群塔却要比这些雄伟的城墙更加高大。除了金色尖顶，那些林立的尖塔通体洁白。因此当人们站在附近的平原上仰望这座城市的时候，会看见它们一直耸立进了天空中，偶尔清晰地闪亮着，偶尔隐藏在一团云朵与雾气中，偶尔则被云雾遮住了低处只看见最高的尖顶在水汽之外自由地闪烁着光辉。索兰城中那些在河流上开设的入口全是用大理石修建的巨大码头。用芬芳的香柏与印度乌木[1]建造的华丽桨帆船皆优雅地下锚于此。而那些蓄着奇怪胡须的水手则坐在大堆的桶子与包裹上——那些木桶与包裹上都书写着某种来自边远地区的象形文字。而在高墙外侧的则是一片农田风光，洁白矮小的农舍安静地沉睡在小山

---

[1] 印度乌木：黑檀木的一种。

之间，而连接着许多石桥的狭窄小路则优雅地在流水与田园之间蜿蜒回旋。

在傍晚的时候，卡特向下走过了那片葱翠的风景，看见一片微光从河上缓缓升起，浮动在索兰那非凡的金色尖塔上。就在黄昏的时候，他来到了南面的大门前。一个穿着红袍的哨兵挡住了他。于是他说出了三个令人难以置信的梦境，向哨兵证明他是个老到的入梦者，的确值得踏上索兰那神秘而陡峭的街道，值得在那些贩卖华丽帆船货物的集市里游荡。然后，他大步走向那座不可思议的城市。起先，他穿过了一堵极为厚实的城墙，城墙上的大门仿佛一条长长的隧道一般，而在那之后他出现在了弯曲起伏的道路之间。这些道路狭窄地蜿蜒在直达天际的高塔间。光线透过壁炉与露台窗户弥漫了出来，接着鲁特琴与长笛的乐声也羞涩地从有着大理石喷泉的内庭里偷偷地溜出来。卡特知道他该往什么地方去，他缓缓地向下走到了通向河边、更加幽暗的街道上；在那儿的一家老海员酒馆里，他找到了那些自己在其他无数个梦境里结识到的船长与水手们。他在那里买下了一张船票，准备乘坐一艘绿色桨帆船前往塞勒菲斯。接着他与居住在那间旅馆里、德高望重的猫咪进行了一次严肃的谈话，后者正眯着眼睛在一间巨大的灶台前打盹，并且梦到了那些古老的战争与那些已经被忘却了的神明们。在结束了谈话之后，那夜，卡特留在了旅馆里。

清晨的时候，卡特登上了航向塞勒菲斯港的桨帆船。当水手们松开缆绳，开始那一段驶向塞雷纳利亚海的漫长航程时，他正坐在船首。航行开始时经过的数里格河岸与索兰上游的河岸没有什么明显的区别。他偶尔能看见右岸远处的小山上矗立着一座奇怪的神庙，或是河畔上坐落着一处昏昏欲睡的小村落——村落里那倾斜的红色屋顶与渔网都舒展在明媚的阳光下。但卡特仍旧一心念着他的探寻之旅，他挨个询问了所有的水手，向他们打听那些他们曾在塞勒菲斯的酒馆里遇见过的人——尤其是那些长着狭长眼睛、长叶状耳朵、细瘦的鼻子与尖尖下巴，乘着暗色海船从北方航行到塞勒菲斯港里，用他们的缟玛瑙来交换雕刻好的翡翠、金丝以及一种生活在塞勒菲斯、会唱歌的红色小鸟的怪人们。他向水手们问起了这些怪人的名字与风俗，但水手们对这些人所知甚少，只知道他们很少说话，而且散发着一种令人敬畏的神色。

他们居住在一个非常遥远的地方，那里名叫因加诺克。没有什么人愿意前往那个地方，因为那是一片冰冷而又昏暗的土地，而且传说令人厌恶的冷原也坐落在那附近；不过，在人们的观念中，冷原的四周应该环绕着无路可通的巍峨山脉，所以也没有人说得清楚这座上面矗立着可怖石头村落与污秽寺院的邪恶高原是否真的就坐落在因加诺克附近，或者，这种说法仅仅只是那些胆怯的人们在夜晚时分看见那些犹如巨大屏障般的可畏黑色尖峰映衬着逐渐升起的明月若隐若现地阴森耸立在远处时感到恐惧，从而传出的谣言而已。毫无疑问，人们肯定需要航行过非常不同的大洋抵达冷原。至于因加诺克还与哪些地方毗邻，这些水手们则完全一无所知；同样，他们也没有听说过冰冷荒原与无人知晓的卡达斯——只是在某些模糊、已经无从追溯来源的报告里略有所闻。而当他问起与那座精美绝伦的夕阳之城有关的事情时，卡特发现水手们根本对此一无所知。所以旅行者没有再去询问那些遥不可及的事情，继续等待时机，直到他能与那些从冰冷而昏暗的因加诺克航行到塞勒菲斯的怪人们进行交谈时再做打算——因为那些怪人应该就是那些将自己的面孔刻在恩格拉尼克山脉上的诸神们的子孙。

那天晚些时候，桨帆船航行到了肯德那弥漫着芬芳气息的丛林边，河道也跟着开始变得蜿蜒曲折起来。卡特很希望自己能在这里登岸，因为在这片炎热而又错综复杂的丛林里长眠着一些令人惊叹的象牙色宫殿。过去曾有一些统治着某片土地的帝王居住在那些宫殿里，可是他们的名字早已被人们遗忘了，时至今日，仅留下这些宫殿还孤单地耸立在丛林里，无人打扰。旧日之神曾在这些地方施加过强大的咒语，可以令它们永不腐朽而且毫发无损地一直保存下去，因为根据某些文字的记载，它们可能会在将来的某一天再度派上用场；在丛林中穿行的大象商队有时能在月光下远远地瞥见这些宫殿，但没有人胆敢过分地靠近那里，因为宫殿守卫也是这个整体中不可缺少的一部分。但桨帆船没有停下来，而是继续向前航行。暮色让白日里忙碌的声音渐渐地安静了下来。接着，第一颗星星开始闪烁着出现在天空中，回应着河岸上早起的萤火虫。这个时候，丛林已被他们远远地抛在了身后，只留下一股芬芳的气味犹如记忆般标示着它的存在。那天晚上，桨帆船漂浮着经过了一些看不见的未知神秘。中途有一回瞭望台回报说看见东面的山丘上升起几堆火焰，但睡眼蒙眬的船长说最好还是不要盯着那些火堆，因为没人知道是什么人或是什么东西点亮了它们。

等到第二天早上的时候，河面已经开阔了许多。两岸出现的房屋让卡特意识到自己乘坐的帆船已经接近塞雷纳利亚海上那座巨大的商贸之都——海兰里斯了。这里的城墙都是用粗糙花岗岩修建起来的，而房屋也都有着奇妙的高高尖顶，并修建有涂抹着灰泥、架设着横梁的尖尖山墙。比起那些生活在梦境之地别处的居民来说，这些生活在海兰里斯的居民更像那些行走在清醒世界里的人；所以除了进行货物贸易外，没有人会去刻意寻找这座城市；不过海兰里斯的手艺人们制作的结实手工依然使得这座城市声名远扬。海兰里斯的码头都是用橡木建造的，而卡特所乘坐的桨帆船就在这种橡木码头边靠了岸。随后，水手们拴牢了缆绳，而船长则走进了酒馆里，与其他人谈起了生意。卡特也跟着上了岸，好奇地看着眼前的景象。他看到木制的牛车缓缓地行驶在满是车辙的街道上，而兴奋的商人们则在集市上空洞地叫卖着自己的货物。这里的水手酒馆全都分布在铺设有鹅卵石的小巷边，距离码头很近。酒馆的地面上全是海潮溅出的浪花被蒸干后留下的盐渍。那些低矮的天花板、黑色的横梁以及镶嵌着泛绿牛眼玻璃[1]的竖铰链窗让它们看起来非常非常古老。而那些待在酒馆里的老水手们说了不少关于边远港口的事情，也提到了很多与那些来自昏暗因加诺克的怪人们有关的故事，但基本上与桨帆船上的水手们曾提到过的那些事情没什么两样。接着，在经

---

[1] 泛绿牛眼玻璃：一种玻璃上带圆形凸痕迹的手工玻璃，一般都安装在新英格兰地区非常古老的房屋中。

过大量的卸货与装载工作之后，帆船再次起航，驶向了被夕阳点亮的海洋。当白昼的最后一道金色光辉为他们展现出一种任何人都不曾为他们提供过的奇迹与美丽时，海兰里斯那高高的城墙与尖尖的山墙已经在他们身后变得越来越矮小了。

桨帆船在塞雷纳利亚海里航行了两天两夜，中途没有看见任何陆地，也仅仅只遇上了一艘海船。接着，在第二天的日落时分，阿阑峰那覆雪的山顶与摇曳着银杏树的宽大山坡开始若隐若现地浮现在了帆船的正前方。卡特明白，他们已经抵达欧斯·纳尔盖与非凡的塞勒菲斯了。稍后，那些耸立在这座传奇城市里的闪亮灯塔也跟着迅速地出现在了他的视野里，紧随其后的是一片无瑕的大理石城墙与耸立在上面的青铜雕塑群，再接下来便是横跨在纳拉克萨河入海口的巨大石桥。而后，位于城市后方的平缓丘陵也渐渐浮现在了他的视野里。他能看到那上面散布着茂密的小树林，还有种植着日光兰的大花园以及一些小巧的神殿与农舍。塔纳利亚丘陵那紫色的山脊则高高地耸立在遥远的背景里。它们看上去既摄人心魄又神秘莫测，而在这些丘陵之后便是通向清醒世界与梦境其他地区的禁忌道路。

港口里拥挤着色彩艳丽的桨帆船，其中有一些来自大理石修建的云之城塞拉尼安——据说那座城市位于海天交汇处之外的以太虚空里；另一些则来自梦境之地诸大洋上那些更加坚实有形的港口。卡特从舵手们的身边穿过登上了弥漫着香料芬芳的码头，而水手们已在黄昏中把桨帆船牢牢地拴在了港口边。城市里的千万灯火也逐渐开始在水面上闪烁起来。这座不朽的城市看起来永远都是崭新的，因为时间根本无力去玷污与损毁它的一砖一瓦。如同过去一样，它现在依然是纳斯·霍尔萨斯所珍视的绿宝石，八十位环绕着兰花的祭司依旧和一万年前他们修建这座城市的时候一模一样。那些建造巨型大门所用的青铜依然光亮如新，缟玛瑙铺设的路面也没有丝毫的磨蚀与破损。那些矗立在城墙上的青铜雕塑俯瞰着那些往来在街道上的商人与牵着骆驼的牧者——他们早已比神话还要年长，然而却没有一个人的分叉胡须染上了一丝灰白。

卡特并没有立刻出发去寻找神庙、宫殿或是要塞，而是与那些商船及水手们一同待在面朝海洋的防波堤边。当天色变得太晚，再也无法继续向他们打听故事与传说时，他动身找到了一家自己颇为了解的古老酒馆休息了下来。在睡梦中，他梦到了自己一直在寻找的诸神与那座无人知晓的卡达斯。第二天，他在港口里找了个遍，希望能看到那些来自因加诺克的奇怪水手，但有人告诉他，他们现在并不在港口里，按照惯例，他们的帆船应该要等到两个星期之后才会从北方航行到这里。不过，他找到了一个来自索拉波尼亚的水手——他曾到过因加诺克，并在那个昏暗世界里的缟玛瑙采石场里工作过；那个水手告诉他，在他们定居的地界以北的确有一片荒漠，而且似乎所有人都很害怕那片荒漠，会刻意避开它。那个索伯里艾人认为这片荒漠连接着一片高不可攀的山峰外缘，而那些不可逾越的山峰就围绕着可怕的冷原；不过，他也承认还有其他一些模糊晦涩的传说提到了某些邪恶的存在与无可名状的哨兵。但他并不知道无人知晓的卡达斯是否就坐落在那片传说中的荒漠中；不过，那些存在与哨兵，如果他们真的存在的话，似乎不太可能驻守在一片什么都没有的荒漠里。

接下来的那天，卡特沿着立柱之街登上了绿宝石神殿，与高阶祭司进行了一次畅谈。虽然塞勒菲斯主要崇拜纳斯·霍尔萨斯，但是他们会在日间的祷文里提到每一位梦境之神的名字；而高阶祭司自然也对他们的脾气了如指掌。和住在乌撒的阿塔尔一样，他强烈建议卡特不要试图去面见诸神，他声称诸神们既暴躁易怒又反复无常，而且那些来自世界之外的另一些神明会以一种奇怪的方式保护着他们——那些神明的灵魂与使者便是伏行混沌奈亚拉托提普。他们嫉妒地将那座精美绝伦的夕阳之城隐藏起来的举动明白无误地说明他们不希望卡特抵达那里，而且没人知道他们会怎样对待一个准备面见他们，并在他们面前为自己抗辩的客人。过去从未有人发现卡达斯位于何处，而且将来可能也同样不会有人找到那块地方。的确有一些传说提到了那座供梦境诸神居住的缟玛瑙城堡，但这些传说中没有一条是能让人觉得放心安慰的。

在感谢过头戴兰花花环的高阶祭司后，卡特离开了神庙，寻找到了会聚着羊肉贩子的集市，因为统领着塞勒菲斯众多猫咪的老酋长正惬意地居住于此。当拜访者找到它时，这只皮毛柔顺、高雅尊贵的灰色猫咪正待在缟玛瑙地砖上晒着太阳。当卡特来到它面前时，它慵懒地伸出了一只爪子，但当他复述出暗语，并说出乌撒的老猫将军为他准备的介绍词时，这只披着皮毛的元老立刻变得非常热忱与健谈起来；它说了不少只有那些居住在欧斯·纳尔盖朝海这面山坡上的猫咪才会知道的秘密。更重要的是，它偷偷地向卡特转述了几只生活在码头区的胆怯猫咪对那些因加诺克人的评价。没有一只猫咪会登上他们暗色的大船。

那些人身上似乎有着一种不属于俗世的气息，但这并不是猫咪们不愿乘着他们的船出海远航的原因。它们之所以不愿乘坐那些暗色的桨帆船是因为没有猫咪能够忍受因加诺克的阴暗，所以在那些既刺骨而又昏暗的王国里永远也听不到一声令人欢愉的呼噜声，也听不到一声平凡的喵喵声。但没有人能说清楚这种刺骨的阴暗究竟是因为那些飘浮在无法逾越的尖峰上的东西——假设冷原真的就在那里的话；还是因为那些从北面刺骨荒漠里渗漏出来的东西。但有些事情是可以确定的，在那片遥远的土地总会让人有些许置身外层空间的感觉，而这不是猫咪们喜欢的感觉，而且在这一方面它们要比人类更加敏感。因此，它们不会搭上那些暗色的桨帆船，航向因加诺克的玄武岩码头。

此外，猫咪老酋长还告诉卡特该去哪里寻找他的朋友库拉尼斯王。在卡特较晚的梦境里，他的这位朋友交替统治着那位于塞勒菲斯港、用玫瑰色水晶修建的无上喜乐之殿以及那位于飘浮在天空中的塞拉尼安的塔楼云堡两处地方。但他似乎无法从这两处地方找到进一步的满足，反而开始日益怀念起那些他儿时曾看到过的英格兰峭壁与低地——那里有酣然入梦的小村庄，在入夜后会从格子窗里回荡出英格兰的古老歌谣；那里还有灰色的小教堂，会若隐若现而又惹人喜爱地从远方河谷的葱翠中探出头来。可是，他已经无法去亲近这些位于清醒世界里的东西了，因为他的身体已经死亡了；不过，他已经做到了次好的选择，在城市东面的土地上想象出了一小块这样的乡村田园景色。他居住在那片土地上，生活在一座用石头修建起来的灰色哥特式庄园里，望着大海，并努力把自己的庄园想象成是特雷弗塔，因为他就出生在那座高塔之下，而他的十三代祖先也均是在那座塔下第一次迎接光明。在附近的海岸上，他修建起了一座小小的、带有陡峭鹅卵石小道的康沃尔[1]式渔村，并挑选出那些面孔最像是英格兰人的居民，将他们安置在这里，甚至试图教会他们记忆中那些康沃尔郡老渔夫所使用的亲切口音。不仅如此，他还在不远处的河谷里竖立起了一座诺曼式的修道院，让自己能在房间窗户上看到它的尖塔。接着，他在修道院的墓地里竖立起了一些灰色的墓碑并在上面刻上了自己祖先的名字，然后覆盖上了一些有些类似老英格兰苔藓的泥苔。虽然库拉尼斯是一名梦境之地里的帝王，掌控着一切充满想象力的壮丽与奇迹、光辉与美色、狂喜与愉悦、新奇与刺激，但他依然愿意欣然地永远抛弃自己的一切权力、所有奢华以及全部自由，只要能让他在那个纯净而平和的英格兰，那个他所钟爱的古老英格兰度过一天受祝福的时间——因为那片土地塑造了他的全部，而他也必然永远是那片土地的一部分。

所以，当卡特与那位长着灰色皮毛的老猫酋长道别之后，他没有去拜访那座用玫瑰色水晶修建起来的梯台宫殿，而是从东边的城门出了城。他穿过长满雏菊的田野，径直走向了一处坐落在海边悬崖上的尖顶山墙——他曾在公园里隔着橡树林望见过那儿。不久，他来到了一处巨大的篱笆边，那儿有一间小小的砖墙小屋。

当他敲响门钟时，迎接他的并不是那些身穿长袍、受过涂油礼的尊贵宫殿侍从，而是一个穿着罩衫蓄着短须的瘦小老头。他在说话时尽其可能地带着那种属于遥远的康沃尔郡才有的古雅口音。接着卡特登上了一条树荫小道，穿过两侧那尽可能像是英格兰树木的乔木，然后在仿照着安妮女王[2]时期的设计所修建的花园中登上了梯台。穿着合身制服、留着小胡子的管家在两侧按照旧式设计安置着石猫的大门前

---

[1]康沃尔：英格兰的一个郡。

[2]安妮女王（1665年2月6日—1714年8月1日），大不列颠王国女王，斯图亚特王朝末代国王。

接待了他，接着便把他领到了图书馆里。在那里，库拉尼斯，这位统治着欧斯·纳尔盖及塞拉尼安周边天空的大领主，正忧郁地坐在窗户边看着他那座散布在海岸上的小村落，并由衷地希望他的老保姆会在这个时候走进来，大声责骂他为何还没准备好去参加教区牧师所举办那个可恶的草坪聚会；希望屋外正有一辆马车在等候着，而他的母亲正处于几近不耐烦的边缘。

库拉尼斯披着一件晨袍热诚地起身迎接他的客人——那身晨袍还是他年轻时期英国裁缝最喜爱的款式。一个来自清醒世界的盎格鲁-萨克逊人对他来说实在是太亲切了，即便那只是一个来自马萨诸塞州波士顿，而非康沃尔郡的萨克逊人。他们谈了许久那些有关过去时光的话题，因为他们两个都是颇为年长的入梦者了，熟谙那些出现不可思议的地方的非凡奇迹。事实上，库拉尼斯曾去过群星之外的终极虚空，而且据称是唯一一个经历过这种旅程却还能保持健全理智的人。

最后，卡特提到了他探寻之旅的目的，并向招待他的主人问起了那些他曾咨询过其他许多人的问题。但库拉尼斯也不知道卡达斯，或者那座精美绝伦的夕阳之城在哪里；但他知道寻找梦境诸神是一件非常危险的事情，而那些蕃神们则有许多奇怪的方法来保护他们，让他们不会被怀有好奇心的鲁莽之人打扰。他曾在星空中的边远地区了解到了不少有关蕃神们的知识，尤其是在那些不存在实际形体的空间里——在那些地方，多彩的气体正在研究着最深处的秘密。紫罗兰色的气体辛咖珂向他讲述了一些有关伏行混沌奈亚拉托提普的可怖之事，并且警告他永远不要接近那片中央虚空——恶魔之王阿撒托斯就在那里面的黑暗中饥饿地啃咬着。总之，干涉旧日之神绝不会是件好事；而且如果梦境诸神坚持阻止卡特涉足那座精美绝伦的夕阳之城，那么卡特最好还是不要去寻找那座城市。

此外，库拉尼斯还担心他的客人在抵达那座城市后会一无所获，即便他能从诸神手上赢得前往那里的许可。他自己也曾在很多年的时间里向往、渴望前往可爱的塞勒菲斯与欧斯·纳尔盖的谷地；向往生活中的自由、色彩与那些愉悦体验，同时也希望回避那些存在于生中的桎梏、习俗与愚蠢。但现在，他已经来到这座城市，来到了这片土地上，甚至已经成为此地的君王，可他发现自由与鲜艳很快便磨蚀殆尽了，留下的只有单调的渴望，渴望找到任何与那些牢牢钉在他的感觉与记忆中的东西有关联的一切事物。他已然是欧斯·纳尔盖山谷里的一名君王了，但却发现这毫无意义，反而经常为那些存在于故土英格兰之上、塑造了他整个童年、既无比古老又异常熟悉的事物而感到意志消沉。他愿意为那从康沃尔郡教堂里传出来、回响在草地丘陵上的钟声而放弃他的王国；愿意为他家附近村落里的那些陡峭而平凡的三角屋顶而放弃塞勒菲斯港中的数千座尖塔。所以，他告诉他的客人那座未知的夕阳之城里并没有他所寻找的东西，也许最好还是将它留在一个五光十色又似忘未忘的梦境里。因为在过去那些清醒的日子里，他经常拜访卡特，也很清楚地知道他就诞生在那片可爱的新英格兰山坡中。

他很确定，到了最后，寻神者唯一渴望的东西将是那些存在于早先记忆里的场景；那在夜间散发着光亮的灯塔小山，那位于古雅的金斯波特城内的高大尖塔与蜿蜒的山间小道，那位于被女巫困扰着的古老阿卡姆中的灰白色复折式屋顶，还有那方圆数英里、受到祝福的草地与河谷以及其上横蔓的石头垒墙与从树林葱翠中探出头来的白色农庄屋顶。他把这些事情统统告诉了兰道夫·卡特，但寻神者依旧坚持他的探寻之路。到了最后，他们各怀着所坚信的观念分别了。卡特重新穿过了青铜大门，返回了塞勒菲斯，走下了立柱之街回到了古老的防波堤边。他在那里结识了更多来自边远地区的海员，同时也等待着从寒冷而又昏暗的因加诺克驶来的暗色帆船，等待着那些有着一副奇怪面容的水手与缟玛瑙商人，等待着那些体内流淌着梦境诸神血液的神裔们。

一个星光璀璨的夜晚，当灯塔闪耀着照射在港口上时，卡特等待已久的船终于到来了。那些长着奇怪面容的水手与商人一个接一个、一群接一群地出现在防波堤边的古老酒馆里。再次看到这些鲜活的、与恩格拉尼克山脉上雕刻的神明面孔极其相似的面容实在是件非常兴奋的事情，但是卡特并没有急于和那些沉默的水手说话。他不清楚这些梦境神明的子孙还保留着多少自傲与秘密，也不清楚他们还可能保留着多少超然的隐晦记忆，但是他敢肯定，直接向他们谈起自己的探寻之旅是极不明智的；太过迫切地去询问那片延伸在他们昏暗故乡北面的冰冷荒漠也不完全可取。他们很少在这些古老的海滨酒馆里与其他人交谈；只是成群地聚在僻静的角落里，歌唱那些曾回荡在某些陌生土地上的曲调，或是用那种与梦境之地其他方言都不尽相同的陌生的语调相互吟诵着长篇的传说。那些曲调与传说如此稀罕与动人，虽然其中的词句进入凡人之耳时已经变成了某些奇怪的调子与晦涩的旋律，但这依旧让人不由得去猜想他们究竟是从一些长着何种面孔的存在那里听来了这些故事与曲调。

整整一个星期里，那些奇怪的海员都徘徊在酒馆与塞勒菲斯的集市里，在他们再度起航之前，卡特拿到进入他们暗色海船的许可——他告诉他们自己是一位年老的缟玛瑙矿工，希望能去他们的采石场工作。那是艘精工巧做、非常可爱的海船，船身使用的是坚实的柚木，饰以黑檀配件与黄金制成的花饰窗格，而那些供旅行者寄宿的船舱里则悬挂着丝绸与天鹅绒挂毯。一天早晨，在潮水转向的时候，海船升起了风帆，起锚航向了远方。卡特站在高高的船尾，望着永恒的塞勒菲斯城内，那被日出照亮的城墙、青铜雕像以及金色尖塔缓缓地沉入了远方，而阿阑峰那覆雪的尖顶也变得越来越小。等到中午的时候，视线里除了塞雷纳利亚海那一片柔和的碧蓝外，再无别物，只有一艘色彩鲜丽的帆船在遥远的地方，缓缓航向塞雷纳利亚海与天空交际的云垂之地。

等到夜晚与璀璨的群星一同到来的时候，暗色的海船正向着北斗七星与小熊座的方向不断航行。两座星座缓慢地在天极中摇摆着，而水手们唱起了那些传诵在陌生土地上的奇异歌曲。接着，当沉思的瞭望者喃喃诵念起了古老的赞歌时，他们一个接一个地偷偷溜到了前甲板上，在栏杆上俯瞰着那些位于海面之下、在船阴处戏耍的发光小鱼。卡特在子夜的时候返回舱里睡了一觉，然后在清晨的阳光中醒了过来。他留意到，太阳似乎比它以往的时候更偏南了一些。整个第二天他都在逐步熟悉那些生活在这艘海船上的人们，并试着开始与他们一点一点地谈论他们所生活的那片昏暗寒苦之地，谈论他们那精雕巧琢的缟玛瑙城市，谈论那些高不可逾、传说是冷原所在的尖峰给他们带来的恐惧感受。他们非常抱歉地告诉他没有猫咪愿意待在因加诺克的土地上，并且认定是隐匿在那附近的冷原导致没有猫咪愿意前往那里。但他们唯独不会去谈论那位于因加诺克北方的砾石荒漠。那片荒漠中存在着某些让人不安的东西，而且一味否认它的存在也只能是权宜之计而已。

接下来的几天里，他们谈起了卡特声称要前去工作的采石场。因加诺克有许多采石场，因为整座因加诺克城都是用缟玛瑙修建起来的。而且，那些经过抛光的巨大缟玛瑙石块也会被运送到雷纳、奥格洛森与塞勒菲斯去，或是留在因加诺克与那些来自刹拉、伊拉尼克及卡达瑟隆的商人，用来交换一些漂亮美丽的货物。而在遥远的北方，那片因加诺克人漠视其存在的冰冷荒漠边上，有一座比其他采石场巨大得多的废弃采石场；在那些早已被遗忘的岁月里，曾有人在这座采石场开凿下了无与伦比的巨大缟玛瑙。这些巍峨的缟玛瑙石块巨大到甚至任何人仅仅目睹过那开凿后留下的凿痕空穴就会觉得惊恐不已。可能没有人说得出来究竟是什么人开采下了这些不可思议的石块，也没有人知道这些石块被送往了哪里；但所有人都觉得最好还是不要去理会那座采石场，可以想象，那些超越凡人所为的记忆肯定还黏附散落在这座采石场周围。所以，它被遗弃在了昏暗之中，只有乌鸦与传闻中的夏塔克鸟还徘徊在它那巨大无垠的空穴里。当卡特听说了这座采石场后，他陷入了深深的沉思，因为他曾在那些古老的传说里得知梦境诸神那修建在无人知晓的卡达斯顶端的城堡是用缟玛瑙修建起来的。

日复一日，太阳在天空中的位置越来越低，而头顶的迷雾则越聚越厚。直到两周之后，阳光完全消失了。白日里只有一丝怪异的灰色微光还能穿透那由永恒的阴云所汇聚成的穹顶；而到了夜晚，也没有星光，只有一片从云层的下端散发出的冰冷磷光。到了第二十日，卡特看到远方的海洋里耸立起了一块巨大而狰狞的巨岩，这是自从阿阑峰那尖尖的雪顶从海船后方消失以来，第一次看到陆地。卡特向船长问起了那座巨岩的名字，但却被告知那座巨岩没有名字，而且也没有船会靠近探索那里，因为夜晚的时候会有声音从那座巨石里传扬出来。接着，在入夜之后，那座狰狞的花岗岩上传来一阵呆滞而且无休无止的呼号，这让旅行者很庆幸他们没有停顿，也很庆幸那座岩石没有名字。在他们逃脱那噪音的波及范围前，海员们一直都在祈祷和吟诵，而卡特也在深夜的时候梦到了一些非常可怕的梦境。

在那之后的第三天早晨，东面的远方若隐若现出现了一列巨大的灰色山峰，而所有山峰的顶端全都隐没在这个昏暗世界上方那似乎永恒不变的阴云之中。当看到这些山峰时，水手们唱起了欢快的歌曲，有一些甚至在甲板上跪下低头祷告起来；因此，卡特意识到，他们已经抵达因加诺克了，而且将很快抵达那座以此地为名的巨大城镇，泊进它那玄武岩码头里。等到中午的时候，前方出现了一列暗色海岸线，接着，在不到三点的时候，那座缟玛瑙城市里的球根状穹顶与奇妙尖塔开始出现在北面的海岸上。那座古老的城市稀疏而古怪地耸立在码头与城墙上方，所有的东西都是精致巧妙的黑色，镶嵌着用黄金制成的涡卷形的装饰、凹槽以及蔓藤式花纹。房屋都很高大，上面开着许多窗户，并且在每个侧面上都雕刻着花朵与奇异的图案。那些深色调的图案所表现出的对称性让人眼花缭乱，蕴含着一种比明亮色调更加强烈、令人印象深刻的美感。有些建筑的顶端被修建成一座逐渐膨胀然后收缩成一个尖顶的穹顶结构，其他一些建筑的顶端则修建着梯台状的金字塔，在那些金字塔上耸立着成簇的尖塔，表现出奇异与想象的每一个侧面。城墙都非常低矮，上面贯穿着许多大门。每一座城门都是非常巨大的拱门，耸立得比一般城墙还要高上一些，并且在顶端雕刻着一位神明的头像。那些头像所表现出的雕刻技巧与那些在遥远的恩格拉尼克山脉上雕刻神明面孔时所使用的技法有不少相同之处。在中央的小山上耸立着一座比其他建筑更加高大的十六面角高塔。在它平坦的穹顶上则耸立着一座高高的尖塔形钟楼。水手们说，那是旧日之神的神殿。一个据说保守着隐匿秘密的年长高阶祭司掌管着这座神殿。

每隔一段时间，由一只奇怪大钟发出的叮当声就会回响在整座缟玛瑙城市上方，而每当它响起的时候，就会有一段由号角、古提琴与吟唱声组成的隆隆神秘音乐作为回应。在神殿高处穹顶的周围有一圈走廊，走廊上安置着一排架子，在某些时刻，那些架子上会迸发出一片火焰的闪光；因为那座城市的祭司与居民都精通那些古老的秘密，并且忠实地保留着那些记录在比《纳克特抄本》还要古老的卷轴上的旋律——它们是属于梦境诸神的旋律。当海船滑过巨大的玄武岩防波堤，泊进港口时，那些拥挤在城市里、不那么响亮的声音开始逐渐显现出来。卡特看到许多奴隶、水手与商人都拥挤在码头上。那些水手与商人都长有一张与诸神类似的面孔，但奴隶们都很矮胖，长着双斜眼。有传闻说他们来自冷原另一边的山谷，不知他们如何穿过或绕过了那些无法逾越的尖峰，来到了此地。码头在城墙外延伸出了很宽的距离，上面摆满了形形色色、从下锚的桨帆船里卸下来的货物。在码头的一侧堆积着一大堆缟玛瑙，其中有雕刻好的作品，也有未经加工的原料，全都等着运往那些位于雷纳、奥格洛森以及塞勒菲斯的遥远市场。

当暗色的海船在一座突出在外的岩石码头边下锚时，还没有入夜。所有的水手与商人排着队上了岸，穿过了拱门，进入了城市里。城市里的街道上铺设着用缟玛瑙制作的地砖，其中一些既宽大又笔直，而另一些则既弯曲又狭小。靠近水边的房子要比修建在其他地方的建筑更低矮些，而那些古怪的拱形通道上都装饰着某些用黄金制作的符号。据说这些符号是为了纪念那些庇佑自己的弱小神明。船长带着卡特去了一间古老的海员酒馆，那里聚集着许多来自古怪国家的海员。船长向他保证，他会在第二天向他展示这座昏暗城市里的奇迹，并且将他带到那些坐落在北面城墙附近、缟玛瑙矿工们出入的酒馆里。及到入夜的时候，小小的青铜路灯逐渐亮了起来，酒馆里的水手们唱起了那些来自边远地区的歌谣。但当那座高塔上传出的钟声开始在整个城市上空回荡时，号角、古提琴与吟唱声组成隆隆乐章也回应着钟声，神秘地响了起来。所有人都停止了歌唱和讲述，弯腰低头祷告，直到最后一阵回音消失殆尽为止。因为这座坐落在因加诺克的昏暗城市里，有着一处不可思议的奇迹，而在它的仪式上，人们不敢有丝毫的松懈，唯恐厄运与复仇会出乎意料地潜伏在自己的身边。

在远处，酒馆的阴影里，卡特看到了一个他不太喜欢的矮胖身形，因为这无疑就是他于许久以前，曾在狄拉斯·琳港里见过的那个年长的斜眼商人。据说那个老头在与一些坐落在冷原上的可怕石头村落进行贸易——没有哪个正常的人类愿意造访那个地方，而且晚上的时候，人们还能从远处看见那上面放射着邪恶的火光。另外也有传闻说，这个老头甚至与那位不应被提及的高阶祭司打过交道——那个脸上遮盖着黄色丝绸面具的祭司独自居住在一座非常非常古老的石头修道院里。当卡特向狄拉斯·琳港里的商人们询问起有关冰冷荒原与卡达斯的事情时，他的脸上曾闪现过一丝古怪的神色，仿佛像是知道些什么；而他现在出现在这昏暗闹鬼的因加诺克，出现在与北方那些神秘事物如此接近的地方，实在不是件令人觉得安心的事情。但在卡特能与他说上话之前，他就溜走了，从他的视野里完全地消失了。后来，水手们说他是与一辆牦牛拉的大篷车一同抵达这里的。至于那辆大篷车从哪里来，则没有人敢肯定。大篷车上装着的全是巨大而又味道鲜美的蛋——传说中的夏塔克鸟的蛋——大篷车上的人用这些蛋来交换那些从伊拉尼克来的商人所带过来的精致翡翠高脚杯。

在第二天早晨，船长带着卡特穿过了因加诺克城内、那些敞开在昏暗天空下的缟玛瑙街道。那些内嵌的门、纹饰富丽的房屋正面，雕刻过的露台以及镶嵌着水晶的墙外凸窗全都闪现着一种忧郁而又打磨光亮的可爱与美好；偶尔建筑间会敞露出一个广场，上面耸立着黑色的立柱和柱廊，以及一些表现奇怪的事物——既有人物也有传说的雕塑。一些沿着笔直街道铺展开的街景，或是穿过侧巷越过球根状的穹顶、尖塔与带有蔓藤花纹的屋顶所展现出的美景，全都极其美丽奇异，甚至远远超越了语言所能描述的范围；但那属于旧日之神的中央神殿所耸立起的巍峨海拔以及它那十六面被雕刻过的高墙、那平坦的穹顶，还有那高高在上的尖塔钟楼，远比其他一切东西更加巍峨壮丽。它凌驾于其他一切建筑之上，并且不论前景为何，这座神殿都显得宏伟而庄严。而在城市的东面，远在城墙与方圆数里格的牧场之外耸立着一片荒凉的灰色山坡。它们是那些看不见顶端也无法逾越的巅峰，而令人毛骨悚然的冷原据说就在它们身后。

船长带着卡特来到了宏伟的神殿前。这座神殿与它周边带围墙的花园坐落在一个巨大的圆形广场上。那些连接着广场的街道如同轮毂上的轮辐一样向着四面八方分散开去。花园的七扇拱门一直都是敞开着的，每扇拱门上都安置着一张雕刻出来的脸孔，与那些雕刻在城市大门上的脸孔非常相似。人们随意但却极为虔诚地漫步在铺设着地砖的街道上，穿过那排列着怪异界标与神龛的小道。那些神龛里供奉的全是些和善的神明。另外，花园里还散布着许多用缟玛瑙修建起来的喷泉、池塘与水洼。这些水面全都反射着那些置于高处露台的三脚架上频繁闪现出的火光。在水下游动着微微发光的小鱼，它们全都是潜水者从海洋深处的水草阴里带回来的。据说，每当神殿钟塔发出的叮当声回荡在花园乃至整座城市上空时，那由号角、古提琴与吟唱声组成的回应便会紧接着从靠近花园大门的七座小屋里轰然涌出，接着神殿的七扇大门里便分别走出长长的祭司纵队。这些祭司身穿黑衣，戴着头巾与面罩，各自托举着一只金色的大碗，伸直到距离自己一臂的长度外。在这些金色的大碗里会腾起一股股奇怪的蒸汽。然后，那七支纵队会动作古怪地昂首阔步汇聚成一列纵队，膝盖僵直地大步前行走上引向七座小屋的人行道，然后消失在那些小屋里，不再出现。据说那些小屋的地下有隧道连接着神殿，而那些由祭司组成的长长纵队则通过这些位于地下的通道重新回到了神殿里；不过也有些窃窃私语称那些缟玛瑙石阶的深处通向从未有人提起过的神秘世界。但只有很少一部分传闻曾暗示说，那些戴着面罩与头巾的祭司根本就不是人类祭司。

　　卡特没有走进那座神殿，因为只有覆面之王才获准踏入那里。但在他离开花园之前，钟鸣的时间到了，卡特听着那摇晃的叮当声震耳欲聋地回响在他的头顶上，而后那由号角、古提琴与吟唱声组成的回应跟着从靠近花园大门的小屋里哭号而出。七列手捧金碗的祭司昂首阔步、动作古怪地从神殿的大门里走了出来。这景象让旅行者感到了一种特别的畏惧——那是一种在面对人类祭司的时候，不常感觉到的恐惧心理。当最后的祭司消失时，他也跟着离开了花园。在离开前，他注意到那些手捧金碗的祭司所走过的地砖上残留下了一滴污点。

但就连船长也对那滴污点有些厌恶，一心催促着卡特前往另一座山丘——那里坐落着属于覆面之王的皇宫，一座耸立着许多穹隆与绝妙事物的宏伟建筑。

通向缟玛瑙宫殿的道路全都又窄又陡，只有一条路既宽阔又弯曲——那是供君王与他的随行骑乘牦牛——或是乘坐牦牛拉的双轮战车时行走的大道。卡特与他的向导登上了一条全是阶梯的小路，路的两侧是镶嵌装饰过的墙壁——上面安置着用黄金制作的奇怪符号——而他们的上方则是露台与位于墙外的凸窗，偶尔会有轻柔的旋律或是充满异域气息的芬芳从上方飘荡下来。巍峨的高墙、巨大的拱壁以及覆面之王宫殿里那著名的球根状穹顶始终在前方若隐若现。最后，他们从一座巨大的黑色拱门下穿过，进入了君王所喜爱的花园。浮现在眼前的众多美景让卡特停顿下来几乎昏厥了过去。这里有缟玛瑙修建的梯台与砌盖着柱廊的行道，有鲜艳的花圃与攀附在金色格子上、花团锦簇的树墙，有上面雕刻着可爱浅浮雕的黄铜大瓮与三脚架，有置于基座之上、用带纹理的黑色大理石雕刻出的、美得令人屏息的雕塑，有用玄武岩铺底的泻湖与砌着地砖、饲养着发光小鱼的喷泉，还有绽开着鲜花、经过整枝后爬满光洁墙壁的藤蔓。所有这一切组合起来构成了一幅极美的画卷，可爱美好得不像是真的，即便是在梦境之地里也有些不可思议。在那灰暗的天空下，它微微地闪烁着，如同一场幻觉一般。在它的前方是修建着穹顶、装饰有图案的富丽宫殿，而它的右边则是那不可逾越的遥远山峰所展现出的奇妙轮廓。那些罕见而珍贵的花朵所散发出的芬芳如同一层面纱一样蒙在这座不可思议的花园上，那些小鸟与喷泉则始终歌唱着。接着，他们转过身去，重新走下了那条层层石阶的缟玛瑙小道，因为没有哪个拜访者能够走进那座宫殿；而且长时间牢牢地盯着那座巨大的中央穹顶也不是件好事，因为据说那个地方居住着夏塔克鸟之先父，它是所有存在于传说中的夏塔克鸟的父亲，而且会向那些好奇的人送出一些古怪的梦境。

在那之后，船长带着卡特前去城市的北角，靠近商队门的地方。牦牛商人与缟玛瑙矿工们聚集的酒馆就散布在此地。接着，在一座天花板颇为低矮的采石工旅馆里，他们相互做了道别；因为船长还有生意上的事情要忙，而卡特又渴望与那些矿工谈论关于北面的事情。那间旅馆里有不少人，但旅行者并没有与他们交谈很长的时间；他自称是一位开采缟玛瑙的老矿工，迫切想知道一些与因加诺克的采石场有关的事情。但他并没有从这些人那里了解到太多新的东西，因为矿工们在谈到北面那片冰冷荒漠与那座无人造访的采石场时都显得非常胆怯，闪烁其词。他们害怕那些从传说是冷原所在地的山脉附近过来的密使，也害怕那些在北面散乱的岩石丛中出没的邪恶存在与无可名状的哨兵。同样，他们还窃窃私语地谈论说传闻中的夏塔克鸟并不是理智正常的人应该目睹的东西；事实上最好永远都没有人真正目睹过它们（正因为如此，那传说中位于国王宫殿穹顶里的夏塔克鸟之祖一直都被饲养在黑暗里）。

第二天，卡特假借想亲自看看各种不同的矿藏并顺便拜访位于因加诺克地区零星分布的农场与古怪缟玛瑙村落的名义，租下了一头牦牛，并为接下来的旅程塞满了几只鞍袋。商队大门外的大道笔直地在耕地间延伸着，两侧散布着许多顶端修建有低矮穹顶的古怪农舍。寻神者在其中一些房屋前停下来，询问了一些问题；其间他看到了一间房子的主人，那人面容严厉、沉默寡言，浑身上下透着一种难以言述的威严之感，像极了那张雕刻在恩格拉尼克山脉上的巨大面孔。这让他很肯定地觉得自己终于遇见了一名梦境诸神，或是遇见了一名有着他们十分之九血统的神裔。于是，他向那个住在茅屋里的人小心地称赞起了诸位神明，并颂赞了一切诸神曾施加在他身上的祝福。

那天晚上，卡特将牦牛拴在了一棵位于路旁、颇为高大的莱格斯树下，然后在树下的草甸上过了一夜。等到第二天的早晨，他爬起来继续自己向北的朝圣之旅。大约十点的时候，他来到了一座修建着小型穹隆的村落边。这座村庄叫作乌格，来往的商旅们都在这里歇脚，而矿工们也在这里讲述他们的故事。卡特在村庄的酒馆里待到了中午。那些大商队会在这里掉头向西，前往瑟拉恩；但卡特仍旧踏上通向采石场的道路，继续向北前进。整个下午，他一直在沿着那条上坡路前进。这条路比那条宽阔的大道要稍微窄一些，路边的岩石也明显比耕地要多一些。等到傍晚的时候，他接近了一片矿区。那片无法逾越的山脉始终耸立在他的右侧，远远地就能望见那些巨大而荒凉的山坡。一路上他从零散遇到的农民、商人以及运送缟玛瑙的货车车夫那里听说了不少传说。但他走得越远，他所听到的传说也就越糟。

第二天的晚上，他停在了一面巨大的黑色峭壁前，在峭壁所投下的阴影里扎了营，并顺手将他的牦牛拴在了一根立在地面上的桩子前。他注意到头上这片位于北方的云层散发着更强的磷光，甚至不止一次地觉得自己在它们的映衬下，看到了某些黑色的轮廓。在第三天的早晨，他遇到了第一座缟玛瑙采石场，并与那些拿着锄镐与凿子劳作的人们打了个招呼。等到入夜前，他已经经过了十一座采石场；地面上全是缟玛瑙峭壁与巨大的圆砾，没有一丁点儿植被，只有散落在一层黑色土地上的岩石碎片，而那些无法逾越的灰色尖峰始终荒凉而险恶地耸立在他的右侧。这一天的晚上，他住进了一伙采石工搭建起来的营地。营地中摇曳的篝火在西面光洁的峭壁上反射出怪异迷离的反光。矿工们唱了许多歌，也讲了很多故事，向卡特展现了许多有关古老过去与诸神习惯的古怪知识。这让卡特意识到这些人的脑海里还潜藏着许多与他们的祖先——梦境诸神们有关的记忆。他们询问卡特想到哪里去，并提醒他不要向北走得太远；卡特答复说自己只想寻找一片新的缟玛瑙峭壁，准备冒的风险也不会比其他探矿者多到哪儿去。早晨的时候，他与矿工们道别后，骑上了牦牛继续向越来越暗的北方走去。矿工们曾警告他说，他会在那里遇见那座让人恐惧的废弃采石场——过去一些比人类更加古老的双手曾在那里开凿下无与伦比的巍峨石块。当他回转身向那些人最后一次挥手道别时，他感觉自己看到了那个长着斜眼、难以捉摸的矮胖老商人正在走向营地——卡特记得曾在遥远的狄拉斯·琳港听说过这个商人可能在与冷原做生意的流言——而此刻再见到他，却让卡特觉得有些厌恶。

在那之后，他又经过了两座采石场，随后因加诺克上有人烟的地界似乎已到了尽头，道路也收缩到只剩一条陡峭上升、夹在令人生畏的黑色峭壁间的牦牛小道。那遥远而荒凉的山峰依旧耸立在右侧，而当卡特攀登得越来越远时，他发现四周越来越冷、越来越暗了。不久，他便察觉到脚下黑色的小路上已没有了脚印与蹄印，因而意识到他已确确实实地走上了奇怪但却早已荒废的远古道路。偶尔会有乌鸦在前面呱呱乱叫，而另一些时候巨大的岩石后会传来一阵拍打声——这让他不安地想到传说中的夏塔克鸟。但大多数时候，只有他与他那毛发蓬松的坐骑在孤独地前进。不过这只颇为有用的牦牛变得越来越不愿前进了，而且越来越倾向于对着任何从路边传出的细微声响惊恐地喷着鼻息，这让卡特很是烦恼。

接着，道路的宽度被两侧深褐色的反光石壁进一步地压缩了，而坡度也变得比之前更加陡峭起来。几乎找不到什么立足点，牦牛时常在散落的岩屑上滑倒。走了两个小时后，卡特终于在前方看到了明确的顶端，在那之后只有一片沉闷而又灰暗的天空，这让他不由得祈祷前面是一片平地或是一条向下的道路。然而攀至顶端仍旧不是件容易的事情，因为路陡峭得几乎像是垂直的，松动的黑色沙砾与小石子也让攀登过程变得极为危险。最后，卡特不得不放弃了骑乘，亲自牵引起这头将信将疑的牦牛；当这头动物畏缩或绊倒时，他卖力地继续拉动它，而且还要尽可能地保证自己的落脚点。接着，在突然之间，他爬上了顶端，也看到了在那之后的景色，并为之倒抽了一口凉气。

眼前的道路的确径直向前，并且还略有向下的趋势，和之前一样，路旁仍有一行行天然形成的高大石壁；但在他的左手边敞开着一处巨大的空间，绵延出数英亩的大小。某种古老的力量撕裂了那些天然的缟玛瑙悬崖，形成了一座巨大的采石场。坚实的断崖上还留着巨大的凿孔；而在大地深处那位于低地上的矿洞依旧敞着黑色的入口。这绝不是人类留下的采石场。那些石头的凹面上还残留着极其巨大的正方形凿痕。这些边长达数码之大的痕迹还在述说着当初那些无名的双手与凿子曾切下的石块究竟是多么巨大。巨大的乌鸦在它那参差不齐的边缘上空扑打着翅膀，发出刺耳的叫声，而从看不见的深渊里隐约传来的嗖嗖声说明还有一些蝙蝠或是鄂赫格或者其他一些不值一提的生物在那无尽的黑暗里出没。在一片昏暗里，卡特站立在那条狭窄的小道边，石头小径从他脚边向下延伸开去；位于右侧高大的缟玛瑙峭壁一直延伸到了他看不见的远处，而位于左侧的巨大缟玛瑙峭壁则在他的面前被斩断了，开凿成了一座不可能存在于凡世间的可怕采石场。

突然之间，牦牛发出了一声哞叫，接着甩脱了他的控制，惊跳着从他身旁经过，充满恐慌地向前冲去，最后消失在了北面的狭窄坡道上。松动的石子被它飞奔的四蹄踢落，从采石场的边缘滚落下去，最后消失在了黑暗里，却听不到任何掉落时发出的声响；但卡特并没有将危险的狭窄小道放在心上，他跟在飞奔而去的坐骑后，气喘吁吁地向前跑去。很快，位于左面的悬崖又重新出现在了小路旁，重新将这条经过采石场的小道挤压成了一条狭窄的小巷；但旅行者并没有因此停下脚步，他仍旧循着牦牛不顾一切向前逃去时踩在地上的宽大脚印向前飞奔。

有一会儿，他觉得自己听到了那头受惊的牲畜狂奔时所发出的响动，并为此加快了自己的脚步。他一直向前跑了几英里，并发现前方的道路越来越宽。而后他便意识到，自己肯定快要抵达那片位于北面、冰冷而又令人畏惧的荒漠了。远方那不可逾越的山峰再度出现在了右手边的峭壁之上，依旧展现着它那荒凉的灰色侧面；而前方则是一片散落着岩石与巨砾的空旷地带，清晰地预示着一片昏暗而又宽阔无垠的平原即将到来。这时，卡特再一次听到了蹄子踏在地面上的声音。这一次要比之前那次清晰得多，但却令他感到了莫大的恐惧而不是鼓励——因为他意识到那并不是那头从他手里逃跑掉的牦牛受惊奔跑时发出的蹄声。这些脚步声目的明确、冷酷无情，它们来自他的身后。

卡特追赶那头牦牛的长跑此刻变成了逃离身后未见之物的狂奔，因为他虽然不敢回头去瞥一眼，但他感觉那个跟在他身后的存在绝不会是安全的，也不会是什么人们常挂在嘴边的东西。他的牦牛肯定在他之前就听到，或是感觉到了那个东西的存在；而现在他一点儿也不想去考虑那东西到底是从文明世界开始就跟在他身后，还是从那座黑暗的采石场深坑里挣扎着爬上来的。与此同时，悬崖已被他抛在了身后，所以将至的夜晚正慢慢笼罩上了一片只有沙砾与鬼怪岩石的荒漠。所有的道路都已失去了踪影。他找不到牦牛的蹄印，但身后却一直传来那可憎的蹄声；偶尔还会混杂着一些他幻想成巨大翅膀扇动时发出的扑打声与呼呼声。情况正在变得糟糕，而这一切似乎还悲惨地颇为明显，这里只有一片毫无意义的岩石与杳无人迹的沙子，而他也知道自己已经无可救药地在这片被诅咒的荒凉荒漠里迷了路。只有那些位于右面、无法逾越的遥远尖峰还能给他一点方向感；但当灰色的暮光暗淡下来，逐渐被云层散发的阴沉磷光所取代时，就连它们也开始变得不那么清晰了。

接着，他在那片黑暗的北方土地上隐约地瞥见了一个可怕的东西。在片刻之前，他以为那是一座由黑色山峰组成的山脉，但现在他意识到事情并非如此。笼罩着的云层所散发出的磷光让它变得清晰起来，那些位于它之后、飘浮得较低的水汽所散发出的微光甚至勾勒出了它的部分轮廓。卡特不知道那地方距离自己有多远，但他敢肯定那里一定非常遥远。它足有数千英尺高，为那些无法逾越的灰色山峰与西面难以想象的世界架起了一道巨大的凹弧。它曾是一片由无比巍峨的缟玛瑙山丘组成的山脊。但这些山丘已经不再是山丘了，因为某些比人类更加伟大的双手改造了它们。它们无声地蹲伏在世界之顶，犹如狼群或食尸鬼一般，顶戴着阴云与迷雾，永远守护着北面的秘密。它们都蹲伏在一个巨大的半圆里，这些如同狗一般的高山被雕刻成了守望着秘密的可怖雕像，而它们的右手则高高地举着，对人类来说充满险恶的威胁意味。

云层投下的摇曳微光让它们戴着头冠的双头似乎在移动一般，但在无意之间，卡特发现一些巨大的阴影正从那些巨像阴暗的膝部腾空而起，而那些阴影无疑是移动着的。这些阴影呼啸着飞来，每一刻都变得越来越大，而旅行者知道错误已经走到了尽头。它们不是地球或梦境之地上的其他地方熟知的鸟类或蝙蝠，因为它们比大象还要大，并且还长着如同马一样的头部。卡特知道它们肯定是那些出现在邪恶谣言里的夏塔克鸟，并且不再怀疑究竟是怎样一些邪恶的护卫与无可名状的哨兵会令人们如此恐惧地回避这块位于极北之地的荒漠。他放弃了最后一丝顺从，最终大着胆子看了一眼身后，却发现身后居然是那个身上围绕着邪恶传说的矮胖斜眼商人。他跨在一头瘦弱的牦牛上，咧嘴笑着，身后牵着一大群斜眼睨视、让人嫌恶的夏塔克鸟。那些鸟的翅膀上还黏附着来自地底深坑的白霜与硝石。

虽然那些长着马头、原本只存在于传说中有翼噩梦拥挤成了一个不洁的圆圈，将他围在其中；但兰道夫·卡特并没有因此丧失意识。这些巨大的怪物高高地耸立在他的身边，令人毛骨悚然；而那个斜眼的商人跳下了他的牦牛，咧嘴笑着站在自己的俘虏前。接着，他提议卡特骑上一头让人不快的夏塔克鸟，并且在卡特正与自己的嫌恶挣扎而犹豫不决时把他推了上去。爬上这只巨大的怪兽是件很困难的事情，因为夏塔克鸟身上长着鳞片而不是羽毛，而这些鳞片非常光滑。当他坐稳后，斜眼商人也跳上了巨鸟，坐在了他的身后，让一只难以置信的巨鸟领着那只瘦弱的牦牛前往那圈雕刻过的山脉所组成的巨环。

紧接着，巨鸟带着令人毛骨悚然的回旋飞上了冰冷的天空，开始永无止境地攀升，向东飞翔那些无法逾越的山脉那荒凉灰色的侧面——据说在那些山脉之后便是冷原。他们高高地飞在云层之上，直到最后他们下方出现了一片只存在于传说中的尖峰——那些生活在因加诺克的人们从来都不曾亲眼见过这些山峰，因为它们永远都隐藏在泛光迷雾所形成的高空涡流中。当这些山峰从他脚下经过时，他看得非常清楚；他看到那些最高的山峰上有着一些奇怪的洞穴——这些洞穴让他想起了那些分布在恩格拉尼克山脉上的岩洞；但他并没有向逮捕自己的老头儿询问那些洞穴，因为他注意到不论是那个老人还是那长着马头的夏塔克鸟都对那些洞穴表现出了古怪的恐惧，提心吊胆地从它们上面匆匆飞过，并且在它们被远远落在身后之前一直表现得极为紧张。

接着夏塔克鸟飞低了些，展现出那片绵延在阴云天篷之下的贫瘠荒原。在那上面，摇曳着一些相距甚远的火光。当他们下降时，地面上不时会出现一些花岗岩修建的孤单小屋与一些荒凉的石头村落。这些建筑物上的小小窗户里投射着苍白色的光芒，同时也传出一阵阵笛子吹奏出的单调刺耳声响与铃锤[1]敲打出的令人厌恶的咯嗒声——这立刻便证明那些生活在因加诺克的人们所流传的谣言是正确的。因为旅行者曾在之前听说过这种声音，并且知道它们只会回荡在冰冷的荒芜高原上——没有正常的人类会造访这里；这片充满了邪恶与神秘的鬼

---

[1] 铃锤：一种类似中国快板的乐器，圆形。

怪之地就是冷原。

围绕在这些微弱的火光周围，有些黑暗的身影在跳着奇异的舞蹈。卡特不禁好奇这些生物有着怎样的举止与习俗；因为没有哪个正常的人类曾到过冷原，而这个地方唯一为人们所了解的东西就是那些从远处瞥见的火焰与石头小屋。卡特看到那些围绕着火焰的身影在非常缓慢且笨拙地跳跃着，并伴随着一种疯狂的、不宜让人目睹的扭曲与变形，所以卡特一点儿也不怀疑那些模糊的传说为何会将那些可怕的邪恶之事全都归咎于它们。等夏塔克鸟飞得更低些的时候，那些舞蹈者所带来的厌恶与反感开始微微染上了某些令人毛骨悚然的熟悉之感；于是坐在夏塔克鸟上的囚犯睁大眼睛翻寻着自己的记忆，想要找到一丝线索让自己想起来究竟曾在何处见过这些生物。

它们跳跃的样子就好像它们长着蹄子而不是脚掌，而且似乎还戴着某种假发或是有小小犄角的头饰。在它们身后长着短小的尾巴，而当它们向上仰望时，卡特还看到它们长着一张颇为宽大的嘴。这时，他知道它们是什么东西了，也知道它们根本没有戴着任何假发或头饰。因为这些生活在冷原上的神秘居民与那些乘着黑色桨帆船来到狄拉斯·琳港贩卖红宝石的可憎商人来自同一种族；只不过那些不那么像是人类的商人已经沦为了可怕月兽的奴隶！在许久之前和它们长得一样的黝黑商人将卡特诱骗上那艘恶臭的桨帆船；另外当他抵达那座应该被诅咒的月亮城市时，也曾看到它们的同类在那不洁的码头上被其他一些东西驱使着——那些瘦弱的被迫辛勤劳作，而那些肥胖的则被装在箱子里让他们那长得水螅一般、没有固定形状的主子留作他用。现在，他终于知道这些模棱两可的生物来自哪里，而当他想到那些无可名状、从月亮上来的怪物肯定知道冷原时，不由得打了个寒战。

但是夏塔克鸟并没有落地。它从这些火堆、石头小屋以及不那么像是人类的舞蹈者上方飞了过去，接着越过了那些由灰色花岗岩组成的丘陵，翱翔在那片只有石头与冰雪的昏暗荒漠之上。当白昼来临时，北方世界那迷雾般的朦胧微光逐渐取代了从低处云层中散发出来的磷光，而那些肮脏污秽的巨鸟依旧目的明确地扇动着翅膀，穿越冰冷与死寂。偶尔，那个斜眼老人会用一种可憎的喉音对他的坐骑说话，而夏塔克鸟则会用一种像是刮擦磨砂玻璃一样刺耳的窃笑声作为回应。接着，在死寂、昏暗与冰冷中，耸立着一座用怪异石头修建起来的无窗建筑，而在这座矮胖建筑的周围耸立着一圈天然的巨大独石。这种布局中找不到一丁点儿人类所为的痕迹。根据那些古老的传说，卡特推测出了他所在的位置，没有什么地方会比这里更为传奇也更为令人恐惧，这是一座位于边缘地区的史前修道院。有一位不应被提及的高阶祭司独自居住在这里。它戴着能遮挡住自己面庞的黄色丝绸面罩，并向那些蕃神与它们的伏行混沌奈亚拉托提普祷告。

那只可憎的巨鸟这时落在了地上，斜眼的老人跳下了鸟并帮助他的囚犯一同爬了下来。卡特对他抓捕自己的目的已经了然于胸了；因为这个斜眼的商人显然也是那些阴暗势力麾下的一名代理人。倘若有哪个凡人傲慢狂妄到胆敢去寻找无人知晓的卡达斯，并在梦境诸神的缟玛瑙城堡当着神明的面说出一个祈祷者的意愿，那么像他这样的代理人便会热切地希望将这样的凡人带到他们的主子面前。甚至他之前在狄拉斯·琳港里被月兽的奴隶抓获的事情也有可能是这个商人引起的；而现在，他打算继续执行那件被前来拯救卡特的猫咪们挫败的任务，将受害者带去与可怕的奈亚拉托提普进行某种令人畏惧的会面，并讲述他在寻找无人知晓的卡达斯时所表现出的大胆与放肆。冷原与位于因加诺克以北的这片冰冷荒漠肯定与蕃神们关系密切，而通向卡达斯的道路也肯定被重重把守着。

斜眼的老人很矮小，但长着马头的巨鸟似乎对他相当顺从，所以卡特跟着他的指引，穿过了立石组成的石圈，从一扇低矮的拱门进入了那座无窗的石头修道院。修道院里没有一丝光亮，但邪恶商人点亮了一盏小泥灯照亮了那些可怖的浅浮雕，并催促他的囚犯穿过那些由曲绕走廊组成的复杂迷宫。在走廊的墙上描绘着许多比历史更加古老的恐怖场景。对于那些俗世里的考古学家们来说，这些绘画的风格是完全陌生的。而且，在经历过无穷的亘古岁月之后，那些涂抹在上面的色彩依旧灿烂如新。因为那笼罩在可憎冷原上的严寒与干燥保护了许多从远古遗留下来的东西。在那盏昏暗摇动的泥灯所散发出的光芒中，卡特短暂地瞥过了那些图画，并为它们所讲述的故事而感到不寒而栗。

冷原的历史就阔步行走在这些古老的壁画上；那些长着犄角与蹄子、咧着大嘴的半人围绕着某些被遗忘的城市邪恶地跳着怪异的舞蹈。其中有些壁画描绘了古老战争，记叙着那些生活在冷原上的半人与临近山谷中肿胀的紫色蜘蛛进行战斗的场景；也有些壁画描绘了那些从月亮上来的黑色桨帆船以及那些从桨帆船中蹦跳、挣扎与扭动出来的亵神之物，以及冷原的住民向那些无定形的水蟾生物屈服的景象。它们将这些亵渎、黏滑的灰白色生物视为神明，并对它们顶礼膜拜，而黑色帆船每次带走数十个最好的壮硕男性的举动也没招致任何抱怨。那些可怕的月兽在海中一处尖突的小岛上建立了一个营地，根据那些壁画的描绘，那正是他航行到因加诺克时曾在海上见过的那块无名巨石；因加诺克的水手们会刻意回避这块被诅咒的灰色石头，而夜晚的时候，污秽的号叫会从那里传扬出来，回荡在整个夜空中。

这些壁画里也展现了这些半人修建起来的巨大海港与都城；这座耸立着立柱的壮观城市修建在巨大的峭壁与玄武岩码头之间，充满了高大的寺庙与雕刻过的建筑。巨大的花园与两侧林立着的街道从悬崖与六座顶端安置着狮身人面像的城市大门出发会聚向一处巨大的中央广场，在那座广场上有一对长着翅膀的巨大狮子把守着一座地下建筑的顶端。那些巨大有翼狮子一遍又一遍地出现在壁画里，不论是在白日里的微明里，还是夜晚里的阴云磷光中，它们那巨大的闪绿岩身躯总是闪耀着光芒。卡特跟踉着经过了那些频繁而重复的图画，直到最后，他终于意识到了那是什么，意识到了那座在亘古时期——早在黑色桨帆船还未到来之前——被半人们统治的巨大城市究竟是哪儿。这绝不会有错，因为那些流传在梦境之地的传说不仅丰富而且包含着很多的信息。那座远古城市无疑就是传说中有名的萨克曼德，早在第一个真正的人类见到光明之前，它的遗迹已经褪色了足有一百万年之久，而那对孪生的巨型狮子则永恒地监守着由梦境之地通向大深渊的阶梯。

另一些壁画则表现了那些将冷原与因加诺克分割开来的荒凉灰色山峰，以及那些在半山腰岩架上筑巢的可怕夏塔克鸟。同样，它们也描绘了那些靠近最高巅峰的奇怪洞穴，从画上看，即便是最为大胆的夏塔克鸟也会尖叫着飞离那些洞穴。卡特在飞过那些山峰时曾见过这些洞穴，并且觉得它们与那些位于恩格拉尼克山脉上的岩洞有些许相似之处。而现在他知道这种相似并不是偶然，因为有些图画里表现了那些居住其中的可怕住民；那些蝙蝠翅膀、弯弯犄角、倒刺尾巴、能抓握的爪子以及橡胶般的身体对他来说一点也不奇怪。他曾经见过这些沉默不言、只会飞翔与抓握的生物；它们是大深渊的守护者，没有思想，即便梦境诸神也会害怕它们。头发灰白的诺登斯是它们的主子，而非奈亚拉托提普。因为它们是令人畏惧的夜魔，没有笑容也不会微笑，因为它们根本没有一张可供微笑的面孔。它们永远都飞翔在潘斯山谷与那通向外部世界的黑暗通道中。

这时，斜眼的商人继续敦促卡特前进，走入了一处巨大、带有穹顶的房间里。四面的墙壁上雕刻着令人惊骇的浅浮雕，而在整座房间的中央有着一口圆形的深坑，六张沾染着邪恶污迹的石头圣坛围绕成一个环形，摆放在深坑的边上。在这个散发着邪恶臭味的巨大地穴里没有一丝光亮，而那位阴险商人手中的小泥灯所散发出的光亮也颇为软弱无力，只能供人一点一点地抓住房间里的细节。在房间的远端是一座修建在五级台阶之上的高大石台；而在石台上的金色王座中坐着一团笨拙的人形。它披着一件上面描绘着红色图案的黄色丝绸长袍，并用一张丝绸面纱遮盖着面孔。斜眼商人用手对那个东西比画了某个符号，接着对方用一只覆盖着丝绸的爪子举起了一支雕刻着作呕图案的象牙色长笛，并从它那抖动的黄色面纱下吹奏出了某些令人嫌恶的声音。这种对话持续了一段时间，而对于卡特来说，那长笛吹奏出的声音以及这恶臭之地的臭味，却有某种令人作呕的熟悉感觉。这让他想起了一座被红光点亮的可怖城市，也想起了那些从这座城市中穿行而过的叛乱军队；想起了在地球上友好的猫咪拯救他之前，攀登月亮山脉时的可怖经历。他知道那个坐在高台之上的生物无疑就是那个无法描述的高阶祭司。在传说中常常会隐晦地提到它可能有多么残忍与畸形，但卡特甚至害怕去想象这位令人嫌恶的高阶祭司到底是什么东西。

接着那描画着图案的丝绸被灰白色的爪子掀起了一个小角，而卡特立刻知道那个可憎的高阶祭司是什么东西了。第二波令人骇然的赤裸恐惧迫使他打算做出某些在理智状态下绝不敢去尝试的事情。因为在他那几乎崩溃的意识中，只剩下一个念头，即发疯般地试图逃离那个蹲坐金色王座上的东西。他知道在自己与那外面冰冷的荒原间有着一座令人绝望的石头迷宫，而且即便逃到了外面的高原上，令人作呕的夏塔克鸟也正在那儿等待着他；然而无论如何，此刻在他的念头中唯一迫切需要的就是逃离那个披着丝绸长袍、正在蠕动的怪物。

在这个时候，那个斜眼老头把他那盏奇怪的油灯摆在了一座位于深坑旁、沾染着邪恶污迹的高大石坛上，并走上前去打算用手势与高阶祭司展开进一步的对话。也就是在这个时候，之前完全处于被动状态的卡特用尽全力推了他一把。他推得很用力，恐惧带给了他疯狂的力量，所以斜眼老头立刻被推进了那座敞开着的深井之中——谣言说那里连接着可怕的辛之墓群，有古革巨人在那中间的黑暗里猎杀着妖鬼。几乎是在同时，他抓起了圣坛上的油灯，猛冲进了描绘着壁画的迷宫里，随意地直冲向前，努力不去思考身后那丑陋的爪子触碰石头所发出的鬼祟声响，或是去想那肯定在身后无光的走廊里无声蠕动爬行着的东西。

在片刻之后，他便为自己不假思索的草率感到后悔了，同时希望自己能尽力按照之前进来时走过的路重新走出这座迷宫。的确，它们太让人困惑起疑了，以至于它们不可能对自己做出什么有利的事情来，但他仍然希望自己不要做出那次举动。那些他现在看到的东西甚至远比他之前见到的东西更加恐怖，而他知道自己并不在那条通向外面的走廊里。到了最后，他开始确信没有东西跟着他，并因此稍稍慢下了脚步；但当一个新的危险向他袭来时，他几乎没有得到半点舒缓。他的油灯已开始逐渐暗淡下来了，很快，他就会置身在一片沥青般的黑暗里，看不到一丁点儿东西，也没有一丝指引。

当最后一丝光线消失后，他在黑暗中缓慢地摸索着，向梦境诸神祈求那些以往曾给过他的帮助。偶尔，他摸到向上或向下的石头阶梯，其间有一次，他莫名其妙地绊倒在了一节台阶上。他走得越远，四周的空气似乎便变得越潮湿。而当他摸到一个路口，或是一条侧道时，他总是选择那些向下延伸得最平缓的道路。虽然，他相信自己大致的路线是不断向下的，但墓穴般的臭味以及油腻的墙壁和地板上所留下的污垢同样也在警告他，他已经深深地钻入了冷原这座邪恶高原的内部。没有任何警告能让他预料到自己最后会遇上什么东西，只有那东西和它所带来的恐怖与惊骇以及那令人屏息的混沌在下面等候着他的到来。前一刻他还缓慢地摸索在一处几乎水平的黏滑地板上，下一刻他便头晕目眩地跌进了下方的黑暗里，穿越了一条肯定几近垂直的地道。

卡特永远也无法确定自己究竟在地道里滑行了多远的距离，不过他觉得自己在那种令人神志不清的恶心反胃与欣喜若狂的癫狂中度过了数个小时的时间。而后，他意识到自己已经静止下来了，而在他的头上，北地夜晚那泛着磷光的阴云依旧在无精打采地闪耀着。他的身边是一片破壁残垣。稀稀拉拉的野草从身下铺设好的地砖间穿透出来，继续生长着；而那些灌木与树根则将路面撑破成块块碎片。在他身后是一片高不见顶、几近垂直的玄武岩峭壁；它那深色的岩面上雕刻着某些令人厌恶的图案，并开凿着一个被雕刻过的拱形入口，而那座入口之后则是一片幽深的黑暗——这就是他出来的地方。在他的面前延伸着两排立柱，以及一些碎片与摆放柱子的基座，唯有它们还象征着那条过去曾铺展于此的宽阔大道；根据那些沿路摆放的瓮盆，卡特意识到这是一条穿行在花园间的大街。在大道的远端，立柱分散开去，标志着过去曾存在着一个巨大的圆形广场。在苍白的夜色中，有一对巨大而可怕的东西在这片圆形的空旷地带上若隐若现。它们是巨大而有翼的闪绿岩狮子，在它们之间只有黑暗与阴影。它们将自己完整而怪诞的头颅仰至足足二十英尺的高处，仿佛在对着身边的废墟嘲弄地咆哮着。卡特很清楚它们是什么东西，因为传说中只提起过一对这样的孪生狮子。它们就是大深渊的永恒守护者，而这片暗色的遗迹确实就是从远古遗留下来的萨克曼德。

卡特最先的举动便是关上峭壁上的拱道，并用掉落在附近的大石块与古怪的岩屑堵住了出口。他不希望有任何东西跟踪他从冷原上的可憎修道院来到此地，因为前面的路上肯定潜伏着其他的危险。他完全不知道该如何从萨克曼德抵达梦境之地上那些有人居住的区域；深入食尸鬼居住的洞穴也不会有太多收获，因为他很清楚它们知道的东西并不比自己多。那三只协助他穿过古革巨人居住的城市爬回地面的食尸鬼在返程的时候完全不知道该如何前往萨克曼德，只能计划去狄拉斯·琳港询问那边的商人。而且他也不想再次穿过古革巨人的地底世界，冒险进入那座可憎的科斯之塔，并登上那些巨大的阶梯返回魔法森林里，但是他意识到，如果其他方案都失败了的话，他也许能沿着这条路线再试一次。如果没有协助，那么翻越冷原、穿过那座孤独修道院的主意他想都不敢想；因为高阶祭司肯定有着许多的间谍，而在旅途的终点他无疑得想办法去对付夏塔克鸟，甚至还可能要对付其他一些东西。他也许能弄到一条船，然后航海经过那座位于大海中、令人毛骨悚然的嶙峋岩石，折返回因加诺克。因为参照那些描绘在修道院迷宫里的远古壁画，他发现这块可怖的地方距离萨克曼德的玄武岩码头并不远。但在这座早在亘古时期就已被废弃的城市里找到一艘船的可能性微乎其微，而他现在似乎也不可能自己造出一艘船来。

就在兰道夫·卡特思索着这些想法的时候，一种新的感觉冲击进他的脑海。在此之前，铺展在他面前的只有传说中的萨克曼德城。这处遗迹与它那残破的黑色立柱，顶戴着狮身人面像的破败城门，以及映衬着夜云那阴郁微光的巨大有翼石狮，犹如一具巨大的尸体一般横躺在这里。但就在这个时候，他看到右前方的远处有一丝并非阴云散发出的光芒。这让他顿时意识自己并不是独自一人，还有其他一些东西与他一同待在这座死城的沉寂中。那光芒忽明忽暗地闪烁，带着一丝淡淡的绿色，这对眺望者来说并不是个能让他安心的讯号。于是他匍匐着爬上街道，穿过破败墙壁上的某些狭窄缺口，靠近了一些。这时，他看到那是一堆位于码头边的营火。在篝火周围的黑暗里，簇拥着许多模糊的身影，而一股危险的恶臭则浓烈地笼罩在一切东西上。篝火后的海港里停泊着一艘巨大的海船，那油腻的海水一遍又一遍轻轻地拍打着船身与陆岸。强烈的恐惧令卡特停顿了下来，因为他看见那艘停泊在港湾里的海船正是一艘从月亮上来的、令人恐惧的黑色桨帆船。

这时，当他正准备悄悄爬走，躲开那堆可憎的篝火时，他看见那些簇拥在暗处的模糊身影中发生了一阵骚动，并听到了一种奇特却绝不会弄错的声音。那是一只食尸鬼受惊时发出的咪砰声，紧接着，那声音就变成了一片痛苦的附和。由于巨大废墟的阴影为他提供了安全的遮蔽，所以卡特内心的好奇战胜了恐惧。他停下了后退的动作，转而向前慢慢地爬了过去。他像是自己胃里的蠕虫一样蠕动着穿过了一条开阔的街道，然后在另一块地方时，他抬起了自己的脚免得在一堆倒塌的大理石堆里弄出声响。他很成功地避开了那些可憎生物的察觉，在很短的时间内就找到了一块位于巨大立柱后的隐蔽处——在这里他能够清楚地看见那片被绿光照亮的地方到底发生了什么事。这个时候，他看到那堆骇人的篝火正燃烧在一堆月球蕈类那难看的茎秆上，而那些蟾蜍般的月兽与它们那半人奴隶则蹲坐在篝火的旁边，围成了一个臭气熏天的圆圈。有几个奴隶正在用跳动的火焰炙烤着几支奇怪的铁矛，并不时用那白热的矛尖戳刺三个被紧紧绑在所有成员面前，并不断扭动挣扎着的囚犯。卡特看到那些粉色触手在快活地颤动着，这些钝吻的月兽似乎对眼前的景象颇为满意和享受。但当他认出那疯狂的咪砰声时，卡特内心的恐惧突然被放大了。他认出了那三只正在被折磨着的食尸鬼——这正是那三只将他安全带出深渊，然后便离开魔法森林，试图前往萨克曼德，并从这里再度回到故乡深渊的食尸鬼。

聚在篝火边的恶臭月兽为数众多，卡特意识到自己完全无力营救他过去的盟友。他不知道那三只食尸鬼是如何被抓住的；但他猜想食尸鬼们在狄拉斯·琳港里寻找前往萨克曼德的路线时被这些浑身灰白、犹如蟾蜍般的亵神之物听到了，而这些东西并不希望它们如此靠近这座令人憎恶的冷原，也不想它们接近那位无法描述的高阶祭司。他斟酌了片刻，想思考清楚自己究竟该做点什么，接着他回忆起这里距离食尸鬼们的黑暗王国并不算远。很显然，他现在爬去东面有着孪生狮子的广场，立刻从那里进入深渊是最明智的做法。在深渊里他不可能会遇到比这些东西更糟的恐怖事物，而且他还很可能在那里找到热心营救自己同胞将月兽赶上黑色桨帆船的食尸鬼。经验告诉他，像其他那些通向深渊的大门一样，这处入口也可能被大堆的夜魔守护着，但他现在已经不再害怕这些无面的生物了。他已得知这些生物与食尸鬼之间有着非常严肃的契约，而那只过去曾是皮克曼的食尸鬼也教会了他该如何说出夜魔能听懂的暗语。

所以，卡特开始再次悄无声息地爬过废墟，缓慢地向着那座摆放着有翼石狮的中央广场悄悄爬去。这是件很棘手的事情，其间他爬过散落的碎石时，曾两次不小心弄出了些许的声响，但好在月兽们正尽情地忙于折磨囚犯，并没有注意到他这边的动静。最后，他终于抵达了开阔地，并特意从生长在广场上的矮小树木与荆棘间穿了过去。在夜云泛起的阴沉磷光中，那两只巨大而可怖的狮子在他上方若隐若现，但他仍勇敢地走向了它们，接着爬向了它们面朝的一侧。他知道自己将会在那里找到它们所守卫的巨大黑暗世界。两座面带嘲讽的闪绿岩野兽各自蹲伏在相距十英尺的地方，对着侧面凿刻着可怖浅浮雕的巨大基座冥思苦想。在它们之间有一座铺设好的庭院，而在庭院中央的空地上曾竖立着用缟玛瑙制作的栏杆小柱。在这片空地的中央敞开着一座黑色的深井，卡特很快便意识到他的确已经抵达那座敞开着的深渊了——那表面结垢、长满霉菌的台阶一直向下连接着夜魔聚集的黑暗地穴。

这段向下进入深渊的经历非常可怕，当卡特在看不见的黑暗中一圈又一圈走下陡峭、黏滑而又深不可测的螺旋阶梯时，数个小时的时间慢慢地从他身边流逝走了。那些台阶非常狭窄且磨损得厉害，而大地深处渗出来的软泥也覆盖在这些台阶上，让道路变得更加泥泞。这一切都使得攀爬者永远都不知道什么时候自己会突然经历一段让人屏息的跌落，接着摔进无底的深坑里；同样，他也不确定那些守护着这里的夜魔会于何时以何种方式突然抓住自己——如果它们真的驻扎在这座通道里的话。围绕着他的只有那来自下层深渊、令人窒息的恶臭，这让他觉得这些淤积在沉闷深渊里的空气根本让人无法呼吸。直到最后，他变得麻木呆滞起来，昏昏欲睡，推动他继续向下的动力也由理性的意志逐渐演变成了机械的运动；甚至当某些东西安静地抱住他，令他完全停顿下来时，他也没有意识到任何变化。于是，他在空中迅速地飞行了一段时候，直到有东西在恶意地搔弄他的时候，他才意识到那些橡胶似的夜魔已经在履行自己的职责了。

当意识到这一点时，他已经被那些无面的抓摄者捏在了冰冷潮湿的爪子里。但卡特很快便想起了食尸鬼们的暗语，并在飞行所扬起的狂风与混乱中尽可能大声地将它们咕吟了出来。虽然人们声称夜魔毫无心智可言，但暗语的效果依旧立刻显现了出来；所有的搔弄立刻便停止了，这些生物迅速地将它们的俘虏架到了一个更加舒服的位置上。在这种鼓励下，卡特冒险做出了一些解释；他告诉夜魔们月兽捉住了三只食尸鬼，并且在折磨它们，所以他需要组织一支队伍去解救这些囚徒。虽然夜魔们不善言辞，但似乎理解了他所说的话；它们飞得更快也更有目的性了。突然之间，浓密的黑暗消失了，取而代之的是大地深处的灰色微光。这里敞开着一片荒芜贫瘠的平原，食尸鬼们就喜欢蹲坐在这样的平原上，大口地啃咬着。散落的墓碑与骸骨碎片清晰地表明了究竟有什么东西居住在此；当卡特大声咪砰出紧急召唤的声音时，大群皮质坚韧、如同狗一般的洞穴住民从数十个地洞里蜂拥而出。紧接着，夜魔们飞低了一些，将它们的乘客放在地上，然后回撤了些许，在食尸鬼们会见拜访者时，弓着身子围成一个半圆聚在附近。

卡特咕吟着将他带来的消息快速而准确地传达给了那些怪诞的同伴。有四只食尸鬼在收到消息后便立刻分散开来，将消息传递给了其他的同伴，并开始召集一支适合进行营救的军队。在等待了一段时间之后，一位较有地位的食尸鬼出现了。它对夜魔们做了几个重要的手势，让两只夜魔飞离了平原，带来了更多的同伴，直到最后泥泞的土地上挤满了它们黑色身影。与此同时，新来的食尸鬼一个接一个地爬出了地洞，全都兴奋地咕吟着，在距离弓着身子的夜魔们不远的地方排成了一支简单的战场编队。最后一位骄傲而又颇有影响力的食尸鬼出现在了队伍中，它曾是生活在波士顿的画家理查德·皮克曼。卡特将所发生的事情详尽地告诉了它，而过去曾是皮克曼的食尸鬼一方面惊讶于能再次遇见他的老朋友，另一方面也似乎对消息非常重视。于是，它和其他几位长老在距离不断聚集的食尸鬼群不远的空地上举行了一次小型的磋商。

最后，在仔细地检视完了集合起来的队伍后，聚集在一起的长老用统一的声音咪砰出了磋商的结果，并用咕吟的声音向大队的食尸鬼与夜魔们下达了命令。一大群由长着犄角的飞行者所组成的分遣队立刻便消失了，而剩下的夜魔则两两一组地跪下，伸直前臂，等待着食尸鬼们一个接一个地靠上来。当一只食尸鬼靠近被指派的那一对夜魔后，夜魔们会将它抬起来，架着飞进黑暗里；直到最后，整支军队都消失了，只剩下卡特、皮克曼以及其他几位长老与为数不多的几对夜魔还留在平原上。皮克曼解释说，夜魔是食尸鬼军队的先锋与坐骑，而那支大军已经出发前往萨克曼德与月兽进行战斗了。随后卡特与几位食尸鬼长老也走向等候着的坐骑，而那几只夜魔用潮湿且犹如橡胶般的爪子抓住了他们，将他们带离了地面。接着所有一切都呼啸进了狂风与黑暗中；他们开始无止境地上升、上升、上升，一直飞过了被有翼狮子守护着的深渊大门，进入了萨克曼德这座从远古时期残留下来、犹如鬼怪般的废墟。

接着，在很长一段时间之后，当卡特再度看到萨克曼德之上那从北地天空中散发出的阴沉微光时，巨大的中央广场上已挤满了大群好战的食尸鬼与夜魔。他敢肯定，白天就快要来了；但这支军队是如此强大，以至于完全没有必要对敌人采取奇袭的策略。靠近码头的淡绿色火焰还在微弱地燃烧着，但那三只食尸鬼所发出的咪砰声已经停止了——这说明月兽折磨囚犯的娱乐活动已暂告一段落。在对它们的坐骑与前方无人驾驭的夜魔低声咕吟出方位之后，食尸鬼们立刻呼啸着以巨大的编队腾空而起，扫过荒凉的废墟，直扑那团邪恶的火焰。卡特就跟在皮克曼的身边，冲在食尸鬼队伍的最前边。当他们接近那座恶臭的营地时，他看到月兽们完全没有防备。三个囚犯被绑着一动不动地躺在篝火边，而那几个蟾蜍般的看守则昏昏欲睡地瘫坐在附近，看不出有什么准备。半人奴隶也睡着了，甚至就连几个哨兵也逃避了自己的职责起了瞌睡——似乎对于它们来说，在这片放哨仅仅是一种循例的工作，完全可以敷衍过去。

夜魔与搭乘着夜魔的食尸鬼们所展开的最终扑击来得非常突然。在发出任何声音之前，每一只蟾蜍般、灰白色的亵神之物，与每一个有些像是人类的奴隶均被好几只夜魔紧紧地抓住了。当然，月兽本来就不会发出什么声音；而那些奴隶在有机会大声尖叫出来之前便被那橡胶般的爪子扼住了喉咙，被迫安静了下来。当面带嘲讽的夜魔抓住它们时，那些犹如果冻般不定形的巨大怪物可怖地翻腾扭动着，但在那些合适抓攫的爪子所展现的强壮力量面前，任何举动都是徒劳无功的。当月兽扭动得太过剧烈时，夜魔会抓住它那颤抖着的粉色触手并用力拉扯；这似乎非常疼痛，以至于受害者不得不停止了挣扎。卡特以为会看到一场大屠杀，但却发现食尸鬼们的计划要远比他想象的精细狡猾。它们对紧抓着俘虏的夜魔们下达了某些简单的指令，并充分相信夜魔们的本能可以做好剩下的工作；紧接着，这些不幸的生物便被夜魔们一一抓攫着，无声地带进了大深渊里，公平地分配给了巨蠕虫、古革巨人、妖鬼以及其他那些生活在黑暗里的住民——凡是那些摄食方式对于受害者来说痛苦不堪的生物都能分到一杯羹。与此同时，那三只被绑起来的食尸鬼也被它们得胜的同族释放了，并受到了相应的安抚；其他几支分队则搜索了邻近的地区，寻找任何可能残留下来的月兽，并登上了那只停泊在港口、散发着恶臭的黑色桨帆船，以确保没有任何东西能逃过它们的制裁。可以肯定的是，它们俘虏得非常彻底；因为胜利者没有进一步发现任何生命活动的迹象。由于卡特急切地想要保留一条前往梦境之地别处的方法，所以他再三请求它们不要将已经下锚的桨帆船沉掉；因为他报告了三只被囚食尸鬼所面临的困境，出于对这一举动的感激，他的请求被无条件地通过了。他们在船上找到一些非常古怪的器件与装饰，其中一些，卡特在看到之后立刻便扔进了海里。

接着，食尸鬼与夜魔们各自分作几组。前者向获救的同伴们询问起了事情的经过。似乎，那三只食尸鬼遵照卡特所指的方向，沿着尼尔的大路与斯凯河的方向，从魔法森林一直跑到了狄拉斯·琳。在路上的时候，它们从一座偏僻的农舍里偷走了一些人类的衣物，并尽可能学着人类走路的样子大步慢跑。不过，在狄拉斯·琳的酒馆里，它们怪异的举止与面孔仍旧招来了不少的评论与注意；但它们一直坚持询问前往萨克曼德的方法，直到最后，一个年长的旅行者告诉了它们实情。这时，它们得知只有前往勒拉格·冷的船能帮助它们抵达那里，于是它们决定耐心地等待一艘这样的航船。

但邪恶的密探无疑透露了很多信息；因为在不久之后便有一艘黑色桨帆船驶进了港口里，接着便有一些长着阔嘴的红宝石商人邀请食尸鬼们去一家酒馆里喝酒。那些商人拿出了一个上面雕刻着怪诞图案、用整块红宝石制作的酒壶，并从这个邪恶的酒壶中倒出了酒水；在那之后，食尸鬼们便发现自己和卡特一样成为了黑色桨帆船上的俘虏。然而，这一次那些看不见的桨手并没有航向月亮，而是驶向了古老的萨克曼德；它们显然想将抓获的俘虏带到无法描述的高阶祭司面前。在路上，它们曾接近北方海洋中那座因加诺克水手会刻意回避的嶙峋岩石；食尸鬼们也因此第一次看到了桨帆船的真正主人；虽然它们本身麻木迟钝，但那些险恶的不定形体与骇人臭味所带来的强烈惊骇仍让食尸鬼感到作呕。同样，它们还目睹了那些驻扎在岩石上、蟾蜍般的守卫所举行的无可名状的消遣娱乐——就是这些消遣娱乐产生了那些回荡在夜空、让人们感到惊恐不已的号叫。离开那块嶙峋的岩石之后，桨帆船在萨克曼德的废墟边靠了岸，接着月兽们开始了它们可怕的折磨消遣，直到最后被眼下的营救活动阻止了。

接着，它们开始讨论进一步的计划。三只被营救的食尸鬼提议前去袭击那座位于嶙峋岩石上的营地，并根除那些驻扎在那里、犹如蟾蜍般的驻兵。然而，夜魔们却反对这么做；因为这势必要飞越眼前的海面，而对于夜魔们来说那并不是一件愉快的事情。另一方面，大多数食尸鬼却很欣赏这个计划，但失去了有翼夜魔的帮助，如何执行这个计划便让它们一筹莫展起来。在意识到它们无法驾驭那艘下锚的桨帆船后，卡特提议让自己教会它们如何使用那一组组巨大的长桨。这个主意得到了它们热切的赞同与支持。这时，灰暗的白昼到来了，在这浅灰色的天空下，一支精心挑选出来的食尸鬼分遣队登上了那艘恶臭的海船，坐在了桨手的长凳上。卡特发现它们很善于学习，在当天入夜之前，它们就已经在港口周围举行了几次试验性的航行。然而，直到三天之后，卡特才敢确定它们的确有能力安全地远航出征了。于是，那些受过训练的桨手与夜魔们——登上了船的前甲板，接着桨帆船便开航了；皮克曼与其他几位长老则聚集在甲板上讨论它们该如何接近以及作战过程的具体计划。

就在当天晚上，它们便听见了来自嶙峋岩石那边的号叫声。全体船员均为这号叫声表现出了明显的惊骇；但颤抖得最厉害的还是那三只被营救下来的食尸鬼，因为它们完全了解这种号叫意味着什么。它们觉得最好还是不要尝试在晚上展开进攻，于是帆船停在了泛着磷光的阴云下，等待着第二天的浅灰色的黎明。当光线再度充足起来时，号叫声停止了，而桨手们则开始继续划动起长桨，将桨帆船一点一点地驶向那座嶙峋的巨大岩石。岩石上那些犬牙交错的花岗岩尖峰总给人一种正在撕扯着阴沉天空的想象。岩石的一侧非常陡峭；但四处分散的突出岩石上却看不到那些奇怪无窗的住所与鼓胀的墙壁，也看不到有着低矮护栏与巡逻守卫的大路。没有哪艘船上的人曾如此靠近这块地方，或者，至少没有哪艘船上的人曾如此靠近这块地方然后又安然离开；但卡特与食尸鬼们毫无畏惧，并执意继续向前；它们开始绕向岩石的东面，一边寻找那三只被营救出来的食尸鬼所描述的码头——据它们的说法，那座码头应该在岩石的南边位于陡峭陆岬之间的避风湾里。

严格意义上来说，伸入海中的陆岬只是小岛的一部分延伸。避风湾两侧的陆岬靠得很紧，以至于同一时间只有一艘船能从里面进出。在湾外似乎没有看守，所以桨帆船大胆地航行了进去，穿过水槽一样的海峡，进入了位于后方淤积着恶臭死水的港湾。然而，在那里面却是一片繁忙喧嚣的景象：几艘船就下锚在一处可怖的岩石码头边，位于滨岸上的数十个半人奴隶与月兽正在搬运板条箱与盒子，或是驱使着无可名状、只存在于传说中的恐怖事物拉动笨重的马车。在码头的上方几乎垂直的峭壁上凿刻出了一座小型的石头城镇，一条蜿蜒的道路螺旋上延连接着更高处的突出岩石，最后消失在视野的尽头。至于有什么东西躲在那座巍峨的花岗岩山峰里，没人说得清楚，但单论外面所能看见的东西来说，也远谈不上是一种激励。

当看到新进来的桨帆船时，码头上繁忙涌动着的人群表现出了极大的热情；那些有眼睛的死死地盯着新进来的桨帆船，而那些没有眼睛的则期待地扭动着它们粉红色的触手。当然，它们并没有意识到新来的黑船已经易手，因为食尸鬼们远看起来非常像是那些长着犄角与蹄子的半人，而夜魔们完全躲在视线之外的地方。这时，几位领袖完整地制定出了一个计划：当它们抵达码头时，便立刻施放夜魔，接着再直接驶离港口，将事情完全交给那些几乎毫无心智可言的生物，让它们按照本能行事。一旦被放到岛上，这些长着犄角的飞行者肯定会先抓住任何它们能找到的活物，然后，在孤立无靠地思索除了回家本能以外的事情，它们也许会忘记对水的恐惧，迅速地返回深渊里；顺便带着它们那恶臭的猎物回到黑暗中寻找合适的抛弃场所，而那些被抛在黑暗里的生物则不太可能会活着再出现了。

曾是皮克曼的食尸鬼这时弯低身子走到下面，给了夜魔们一些简单的指示，与此同时，船开始向那恶臭而又不祥的码头靠了上去，直到二者之间的距离变得非常近了。紧接着，一阵新的骚动沿着滨岸传开了，卡特意识到桨帆船的举动已经引起了怀疑。最终，舵手没有停靠对码头，可能看守也注意到那些半人奴隶与替代它们的骇人食尸鬼之间的差别。某种无声的警报肯定已经发出，因为几乎立刻便有一大群恶臭的月兽从许多无窗房屋的黑色小拱道里拥了出来，走下右边那条蜿蜒的道路。当船首撞上码头时，如大雨般的奇异标枪袭向了黑色的桨帆船，有两只食尸鬼当时便被击倒在地，还有一只受了轻伤；但在这个时候，所有的舱门一同落下，接着便涌出了一片由呼啸着的夜魔组成的黑云。它们盘旋在城镇上，犹如一群长着犄角的巨大蝙蝠。

那些果冻般的月兽拿起了一根巨大的长杆，试图将入侵的帆船推离码头，但当夜魔们开始袭击它们时，它们再也顾不上这事了。当这些橡胶般无面的戏弄者展开它们的戏耍与消遣时，岛屿上的景象变得颇为骇人起来。而看着由它们组成的浓密黑云扫过城镇，沿着蜿蜒的道路向上，飞去峭壁上方的情景，也令人印象极其深刻。偶尔会有一群黑色扑翼者因失误将蟾蜍形状的俘虏从高处扔下来，而遭此待遇的受害者会令人作呕地破裂开来，散发出一股讨厌的臭味。当最后一只夜魔离开帆船时，食尸鬼的领袖们下达了撤退的命令，于是桨手们安静地驶出了灰色陆岬间的海港，留下城镇依然沉浸在战争与征服带来的混乱之中。

曾是皮克曼的食尸鬼给夜魔们留了几个小时的时间，好让它们用自己那尚未完全发育的头脑下定决心，克服对水的恐惧，飞越海洋。它让桨帆船停泊在距离嶙峋岩石约莫一英里的地方，耐心等候着，并为受伤者做好包扎。在那之后，夜幕渐渐降临，灰色的天光也一点点让位给了低矮云层所散发出的阴沉磷光，在这段时间里，首领们一直盯着那座邪恶巨岩的高高尖顶，寻找夜魔飞走的迹象。等到凌晨的时候，一片黑色的斑点似乎胆怯地盘旋在最高的尖峰上，接着，那片斑点扩大成为一大片黑云。接着，在天刚要破晓的时候，那些黑点消散开来，在不到一刻钟的时间里，便完全消失在了东北方的天空中。其间有一两次，它们似乎看到有东西从稀薄的黑云中掉落下来，但卡特并不担心，因为他从观察中得知那些蟾蜍般的月兽不会游泳。终于，当食尸鬼们满意地看到夜魔们带着它们在劫难逃的猎物飞回萨克曼德与大深渊后，桨帆船再度驶回了灰色陆岬之间的海湾里；所有骇人的同伴都登上了岸，并好奇地游荡在光秃秃的岩石上，看着那些完全从坚固岩石里开凿出来的高塔、要塞与位于峭壁上的房屋。

它们在那些邪恶无窗的地穴里发现了许多骇人听闻的秘密：因为尚未完成的娱乐消遣剩下了许多残渣，而且全都存在着不同程度的残缺。卡特避开了一些奄奄一息的东西，并迅速地逃离少数他不敢肯定的东西。充斥着臭气的房子里主要摆置的器件是一些用月亮树雕刻出来的怪诞长凳与座椅，这些家具的表面都描绘着癫狂而又无可名状的图案。房子的四周散落着不计其数的武器、工具与装饰；包括某些用实心红宝石制作的巨大偶像——这些偶像所表现的东西全是地球上找不到的奇怪事物。尽管它们的材质珍贵，但却肯定不会有人愿意将这些偶像据为己有，或是对它们做长时间的端详；甚至，卡特还费神地将其中的五具砸成了非常小的碎片。他搜集起了散落在各处的长矛与标枪，并在得到皮克曼的许可后，分发给了食尸鬼们。这些东西对于那些长得有些像狗的蹦跳者来说是些很新鲜的事物，但它们相对简单的造型使得食尸鬼们在得到些许简明的指点后便能轻易地掌握它们的使用方法。

修建在巨岩上层的建筑物中，更多的是神殿而非私人的住宅；它们在不计其数开凿出来的小室中发现了许多刻着可怖雕塑的祭坛、沾染着可疑污渍的洗礼盘以及用来崇拜某些东西的圣坛——那些接受崇拜之物要远比居住在卡达斯之上的温和神明可怕得多。在一间巨大的神殿后方延伸着一条黑色低矮隧道。卡特拿着一支火炬，沿着这条低矮隧道深入了巨岩的深处，一直来到一座规模巨大的黑暗穹形大厅中。在大厅的穹顶上覆盖着恶魔般的雕刻，而在它的中央则敞开着一座污秽、无底的深井——就像是冷原上无法描述的高阶祭司所居住的可怖修道院里的深井。在大厅的远处，这座令人不快的深井之后，他觉得他看到了一扇用黄铜制作的古怪大门；但出于某些原因，他感觉到了一种难以形容的畏惧，所以卡特并没有打开它，甚至都没有接近它，而是匆匆地离开了那座巨穴，回到了那些不怎么讨人喜欢的盟友身边——这个时候，它们正怀着满足而放任的心情蹒跚地在整座巨岩里游荡，但卡特却丁点儿也体会不到它们轻松的心情。食尸鬼们仔细观察了那些月兽尚未完成的娱乐活动，并以它们自己的方式从中捞取了些许好处。它们同样还发现了一大桶颇有酒劲的月亮酒，并将这个桶滚到了码头上，打算将它带回去以后在与他族交易时使用，但被营救的三只食尸鬼记得这酒水在狄拉斯·琳港所发挥的效力，并警告它们的同伴不要尝哪怕一丁点儿这种东西。另外它们还在一座靠近水边的地洞里发现了许多月亮上的矿藏里开采出来的红宝石，有经过抛光的，也有未加工的毛坯；但食尸鬼们发现它们的味道并不好时，便完全丧失了兴趣。卡特也没有试着带上一点儿，因为他对那些开采出这种宝石的家伙了如指掌，所以根本不愿意去碰它们。

突然，从码头的哨兵那里传来了一阵激动的咪砰声，于是所有的掠夺者全都抛下了手里的工作聚集在滨岸上盯着海面。在灰色的陆岬间的海湾里，一条新来的黑色桨帆船正在快速地前进，只需再过一小会儿，甲板上活动的半人们便可察觉到城市已被入侵的事实，并警告那些待在甲板下的怪物们。幸运的是，食尸鬼们依旧携带着卡特分发给它们的长矛与标枪；于是在得到皮克曼的许可之后，食尸鬼们在他的命令下组成了一条战线，准备在滨岸上阻止这艘帆船靠岸登陆。不久，当船员们报告了事态的变化后，帆船上激起了一阵骚动。随后，黑色的桨帆船很快便停了下来，说明它们已经注意到了数目占优的食尸鬼们，并不得不重视起这件事情来。在一会儿的犹豫之后，新来的帆船安静地掉转了船头，再次穿过了陆岬间的海湾，在片刻间并不确定的冲突已经避免了。黑色的海船有可能会去寻找增援，或者，那些船员也可能打算在岛屿的别处登陆；因此，一小队侦察兵立刻出发登上山顶查看海船的路线。

过了一小会儿，一只食尸鬼便气喘吁吁地折返回来，报告说月兽与半人奴隶们已在崎岖灰色陆岬外偏东的地方登上了岛屿，并正沿着几条就连山羊也无法安全行走的隐秘小道与突出岩石向上攀登。几乎是在同一时间，它们看见那艘桨帆船再次从水槽般的海峡前航行了过去，但那只有短短的一瞬间。接着，又过了一会儿，第二只信使从高处喘着气跑了下来，报告说又有一部分船员在另一座陆岬边登了陆；两支队伍的数目都多得惊人，从桨帆船的尺寸来看，应该装不下这么多的船员。而那艘船则仍依靠着稀稀拉拉的桨手划着长桨缓慢地移动着，很快又出现在了两座峭壁之间，并停在了恶臭的港湾里，似乎准备观察即将到来的战斗，并在有必要的时候投入使用。

这个时候，卡特与皮克曼将食尸鬼们分成了三队，两队前去阻截入侵的纵队，而剩下一队则停驻在城镇里。先出发的两队立刻从各自的方向登上岩石，而第三队则再被细分成了陆岸队与海上队。海上队在卡特的指挥下登上了下锚的桨帆船，划桨前去迎战这群人手不足的新来者；而后者则立刻穿过了海峡撤退到了开阔的海域。卡特并没有立刻下令追击，因为他知道城镇附近更需要他的支援。

同时两支由月兽与半人奴隶组成的可怖分遣队已经爬上了陆岬，向泛着微光的灰暗天空显露出它们令人惊骇的轮廓。远方隐约传来了入侵者手中的长笛所吹奏出的、令人毛骨悚然的哀诉声。这两支不定形的混杂军队给人的印象就如同那些月亮上的亵神之物所散发出的恶臭一样令人作呕。这时，两支由食尸鬼组成的军队也涌进了视线里，加入了那个只能隐约看见轮廓的战场中。标枪开始从双方的队伍中飞出，食尸鬼们那逐渐响亮的咪砰声与半人所发出的野兽般号叫逐渐混进了长笛那令人毛骨悚然的哀诉之中，形成了一片疯狂而又难以描述的混乱，回荡着魔鬼般的刺耳嘈杂声响。不时有尸体从陆岬那狭窄的脊背上跌落下来，摔进外侧，或是海湾这一侧的海水里。那些跌落下来的可怜虫很快便被某些潜伏在海中的东西吮吸了下去。没人知道究竟是什么躲在海里，只有一些巨大的气泡能表明它们的存在。

战场发出的声响在天空中回荡了近半个小时，直到西面峭壁上的入侵者被悉数歼灭后才渐渐变小。然而，在东面的悬崖上，似乎是月兽一方领袖所在地方，食尸鬼们的进展并不乐观；它们开始被迫缓慢撤退到了尖峰的山坡上。在看到这一情况后，皮克曼迅速地指挥增援从城镇开往前线，并在战斗的早期起到了很大的帮助。接着，当西面的战斗结束后，获胜的生还者迅速赶去支援它们处于困境的同胞，进一步扭转了局势，迫使入侵者重新退回了狭窄的陆岬脊背上。到了这个时候，半人奴隶已全部被杀死了，但最后一批蟾蜍般的恐怖生物依旧用它们那有力而又恶心的爪子抓着巨大的长矛绝望地反击着。标枪已经基本耗尽，战斗变成了狭窄脊背上少数能够对峙上的长矛手所展开的白刃战。

随着狂怒与鲁莽的进一步升级，跌落海中的可怜虫变得越来越多。那些跌进海湾里的，全都被海面下看不见的鼓泡者悉数歼灭；但那些掉进外侧开阔海域里的，一部分幸运儿还能游回悬崖的脚下，攀上潮间露出来的岩石，而敌人们的那艘停泊在外海上的桨帆船也因此救下了几只月兽。除了那些怪物们登陆的地方，整座悬崖无法进行攀登，所以待在岩石上的食尸鬼们便无法再度加入战斗了。这些食尸鬼中的一部分被敌方船上投出的标枪或是上方的月兽杀死，但也有少数幸存了下来，直到被营救。当陆地部队的安全似乎得到了保障后，卡特的桨帆船驶出了陆岬间的海湾，将敌方的桨帆船远远地驱赶进了海洋里；然后停下来营救了那些待在岩石上，或是还在海里游泳的食尸鬼。有几只待在岩石或暗礁上被海水冲刷着的月兽也被他们迅速地清理掉了。

最后，当月兽们的桨帆船已经航行到了不构成威胁的远处，而入侵的陆地部队也集中在一个地方时，卡特在敌人后方、东面陆岬上登陆了一支为数不少的部队；在那之后，战斗变得很短暂了。两侧的攻击使得令人厌恶的挣扎者们迅速地被砍成了碎片，或是被推进了海里，等到快入夜的时候，食尸鬼的主力一致认定岛上所有的月兽已被再次肃清。同时，敌对的桨帆船也已消失不见；但它们决定最好还是赶在下一次进攻前撤退为好，以免那些月亮上的恐怖怪物集结起压倒性数量的大军再度来袭。

所以，等到晚上的时候，皮克曼与卡特召集起了所有的食尸鬼，并小心地清点了它们，结果发现它们在日间的战斗中损失了四分之一的成员。伤者被安置在了桨帆船的铺位上，因为皮克曼一直不赞成食尸鬼的古老习俗——杀死并吃掉伤者。其他健壮的部队则被指派到了桨手或其他最能发挥作用的位置上。在夜晚泛着磷光的低矮阴云下，桨帆船起航了，而卡特却一点也不为离开那座有着邪恶秘密的岛屿而感到遗憾。但它那黑暗无光的穹顶大厅与那位于其中的无底深井及令人厌恶的青铜大门始终无休止地停留在他的幻想里。等到黎明的时候，船的视野里出现了萨克曼德那废弃的玄武岩码头。少数几只夜魔哨兵依旧在等待着。它们像是长角的石像鬼一样蹲坐在破败的柱子上，或是在这座早在人类时代到来之前业已辉煌并消亡的可怖城市里搔弄着残留下来的狮身人面像。

食尸鬼在萨克曼德倒塌的碎石间扎下了营寨，然后派遣了一名信使去召集足够的夜魔来供它们搭乘。皮克曼与其他几位长老全都非常感激卡特给予它们的帮助；而卡特也开始觉得他的计划已经成熟了，这个时候他已经能够向这些可怕的盟友索取帮助了——让他不仅能离开梦境之地的这一地区，同时也能帮助他完成自己的最终追寻之旅——找到位于无人知晓的卡达斯顶端的诸神们，并发现那座精美绝伦，但它们却一直拒绝将之展现在他睡眠之中的夕阳之城。因此，他将这些事情告诉了食尸鬼的长老们；告诉了它们那些他所知道的、有关卡达斯所在的冰冷荒原的事情，并向它们提到了那些守护着这片荒原的可怖夏塔克鸟以及那些被雕刻成双头雕像的巨大山脉。然后他提到夏塔克鸟非常害怕夜魔，说起那些长着马头的巨鸟在翻越将因加诺克与可憎冷原分割开的荒芜灰色尖峰时，尖叫着飞离山上那些黑色洞穴的模样。他同样也提到了自己从无法描述的高阶祭司所生活的那座无窗修道院里的壁画上所了解到的有关夜魔们的知识；比如就连梦境诸神也畏惧它们，以及它们的统治者根本不是伏行混沌奈亚拉托提普，而是大深渊之主，古老而头发灰白的诺登斯。

卡特将所有这些事情咕哝给了聚在一起的食尸鬼们，接着，他大致提出了已在心中构想好的请求。考虑到自己在不久前曾为这些长得像狗、皮肤如同橡胶般的蹦跳者效劳，他觉得自己索取的回报并不奢侈过分。他坦言，他非常想要一群夜魔，数目多到足够载着他从空中安全地穿过夏塔克鸟的领地与那些被雕刻过的山脉，然后爬升进冰冷荒原里。虽然没有任何凡人曾从此地折返回来，但他渴望飞进位于冰冷荒原中的卡达斯，飞上那座位于卡达斯顶端的缟玛瑙城堡，并向梦境诸神请求那座它们拒绝向他展现的夕阳之城。他很确定夜魔能够将自己带到那座缟玛瑙城堡，并且避开途中的所有麻烦；它们会高高地飞过高原上的危险，从那些哨兵般、永远蹲伏在灰色薄暮中的山脉所雕刻出的双头上翻越过去。在这俗世间，没有任何东西能够对这些长着犄角的无面生物构成威胁，因为即便是梦境诸神也会畏惧它们。甚至，夜魔们也不需要去挂虑那些蕃神带来的不测之事。虽然蕃神们倾向于监视任何与那些存在于俗世间、较为温和的神明有牵连的事情，但那外层空间里的地狱对于这些沉默寡言如同橡胶般的飞行者来说也没什么差别。况且，它们也不拥戴奈亚拉托提普为它们的主子，它们只会向强大而又古老的诺登斯俯首称臣。

卡特用咕哝声告诉食尸鬼们，一群大约十到十五只的夜魔就足够令任何由夏塔克鸟构成的团体不敢靠前了；不过，如果有一些食尸鬼来管理这些夜魔可能会更好，因为它们的食尸鬼盟友比人类更了解它们的行事方式。等他们抵达那座传说中的缟玛瑙要塞后，夜魔与食尸鬼们可以将他放在要塞城墙之内某个较为合适的地方。在他冒险深入城堡、向俗世神明祈祷恳求的那段时间里，它们可以藏在阴影里等候他的归来，或者至少等待他发出相应的信号。如果还有食尸鬼愿意护送他进入梦境诸神的大殿，那么他将感激不尽，因为它们的存在将加重他恳求的分量，同时也令这种恳求显得更为重要。然而，他不会坚持要求有食尸鬼这样做，他仅仅希望它们能将他运送到位于无人知晓的卡达斯顶端的城堡里，然后再将他带回来；至于剩下的最后一段旅程——如果诸神们接受了他的恳求，那么他将前往那座精美绝伦的夕阳之城，如果他的祷告无果而终，那么他将回到魔法森林中那扇通往现实的沉眠之门前。

当卡特讲述这一切的时候，所有的食尸鬼都听得非常仔细。随着时间的推移，信使们召集来的夜魔逐渐增多，聚集得如同乌云一般，将整个天空都变黑了。这些长着翅膀的恐怖生物降落在食尸鬼的军队旁，围成了半个环形的方阵，恭敬地等候着那些长得像是狗一样的长老们考虑这位俗世旅行者所提出的意愿。曾是皮克曼的食尸鬼严肃地对它的同伴咕吟着，而到了最后，卡特所得到的帮助远远超过了他最奢侈的想象。由于他帮助食尸鬼们征服了月兽的小岛，所以它们会协助他展开这次大胆的航行，深入那些不曾有人从中折返回来的土地。食尸鬼们借给他的不仅仅是一小部分与它们结盟的夜魔，而是整支在此扎营的军队——其中不仅包括那些富有战斗经验的食尸鬼，还有那些新加入的夜魔们——它们只给自己留下了一支小型的守备队，用来打理那艘被俘虏的黑色桨帆船以及那些从海中嶙峋巨岩上抢掠回来的战利品。任何时候，只要卡特愿意，他就可以立刻出发飞越天空。而在抵达卡达斯之后，将会有一队数目合适的食尸鬼隆重而正式地护送他进入俗世诸神的城堡，在他向诸神们提出自己的请愿时，陪伴在他身边。

难以言表的感激与满意让卡特觉得颇为感动，他与食尸鬼长老们一同为这趟大胆无畏的旅途制订了计划。他们决定让整支部队高高地飞过令人毛骨悚然的冷原，从那座无名的修道院与那些邪恶的石头村落上空溜过去；路途中，他们只打算在巨大的灰色尖峰上稍作停顿，向那些令夏塔克鸟惊恐不已的夜魔们讨教些建议——因为这些夜魔的地洞就如同蜂巢一般漫布在山巅之上。然后，他们将参考这些山巅住民所提供的意见，选择一条最终的路程；要么穿过因加诺克北面、有着山脉雕塑的荒野，抵达无人知晓的卡达斯，要么穿过比可憎冷原更偏北的地方，抵达他们的目的地。卡特的盟友们如同狗一般忠实，同时也毫无心智与灵魂而言，所以不论他们在那片杳无人迹的荒野里发现了什么东西，它们都不会感到畏惧；而当它们想到卡达斯与那座位于它顶端的神秘缟玛瑙城堡孤独地耸立在杳无人迹的荒野中时，也不会因此产生任何敬畏或怯懦的情绪，更不会因此阻碍自己继续前进。

大约午夜的时候，食尸鬼与夜魔们已经做好了飞行的准备。每一只食尸鬼都为自己挑选了一对合适的长角坐骑。而卡特则被安插在了纵队的前方，与皮克曼并肩而行。而在队伍的前面则是两行没有载人的夜魔，它们充当着先锋的角色。在皮克曼发出一阵短促轻快的咔砰声之后，整支令人惊骇的军队仿佛一片可怖的乌云般腾空而起，从古城萨克曼德那断裂的立柱与破败的狮身人面像之间飞向了天空。它们一直向上爬升，上升到就连城市后方那面巨大的玄武岩峭壁也已消失不见的高度。而这时，冷原外侧那冰冷而贫瘠的高原已完全展现在了他们的面前。但这一大群夜魔并没有停止，它们仍在继续向上爬升，直到最后，连那片高原也在他们脚下变得渺小起来。接着，他们向北飞去，开始翻越那片暴露在狂风中的恐怖高原。随后，卡特再次看到了那一圈天然的巨大独石与那座矮胖无窗的建筑。这让他打了个寒战，因为他知道那个戴着丝绸面纱的亵神之物就待在那座建筑里，而自己在不久前刚从它的魔爪中逃了出来。这一次，整支军队没有丝毫的下降，而是如同蝙蝠般飞越了那片贫瘠的风景。他们从非常高的地方越过了那些燃烧在不洁石村中的篝火，并没有停下来查看那些永远围绕在篝火边吹奏笛子、跳着舞蹈而且还长着犄角与蹄子的半人所跳跃出的病态扭曲。其间有一次，他们看到一只夏塔克鸟低低地飞过了平原，但当它看见他们时，它令人作呕地尖叫着，在怪诞的惊恐中拍打着翅膀飞向了北方。

他们于黄昏时分抵达了那些构成了因加诺克坚实壁垒的灰色嶙峋山峰，并一直徘徊在那些靠近顶端的奇怪洞穴附近——因为卡特记得这些洞穴会令夏塔克鸟极其惊恐。接着，在食尸鬼长老们坚持不懈地咔砰呼唤下，长着犄角的黑色飞行者犹如洪流一般从一个位于高处的地洞里涌了出来；在这之后，与卡特一同到来的食尸鬼与夜魔们依靠某些难看的手势与这些从洞中涌出的飞行者进行了详细的协商。他们很快便了解到，最佳的线路是飞越位于因加诺克北面的荒野：因为在冷原的北缘充满了连夜魔也觉得厌恶的陷阱，那儿有许多股深不可测的势力都聚集在某些位于奇怪土丘上的白色半圆形建筑周围，而寻常的民间传说总会令人不悦地将这些东西与蕃神以及它们的伏行混沌奈亚拉托提普联系起来。

至于有关卡达斯的事情，这些生活在山巅之上、拍打着翅膀的飞行者所知甚少。它们只知道肯定有某些壮丽的奇迹耸立在北方的土地上，而那些夏塔克鸟与雕刻成哨兵的山脉就是这些奇迹的监守者。它们暗示说有些传闻称那片方圆数里格、杳无人迹的荒野上出没着某些丑陋怪诞的畸形怪物；同时也回忆起有些谣传说那里存在着一个永远笼罩在黑夜里的王国；但它们也无法给出更确切的信息。于是卡特与他的同伴亲切地向它们道谢；然后翻越最高的花岗岩山峰进入了因加诺克的天空。接着他们低飞到泛着磷光的云层下方，并且再次远远地看到了那些蹲伏着的巨大怪诞雕塑——它们原本是绵连的山脉，但某些巨手令人吃惊地将它们原本的岩石雕刻成了现在的样子。

它们蹲伏在这里，形成一个令人毛骨悚然的半圆形，它们的腿立在荒漠的沙砾中，而它们的头冠则穿过了泛着磷光的云层；这些雕塑如同狼一般，长着双头，有着狂怒的面孔，并举起了自己的右手，呆滞而又充满恶意地注视着人类世界的边缘，并令人毛骨悚然地在这边缘上守卫着不属于人类的北方寒冷世界。接着，犹如大象般的邪恶夏塔克鸟从这些雕像的骇人双膝上腾空而起；但当作为前锋的夜魔们出现在视线之中时，它们全带着疯狂的窃笑声逃离了。云层散发的微光越来越暗淡，直到最后，卡特的身边只有一片漆黑；但这些有翼的坐骑并没有因此延缓速度，它们在地球上最为黑暗的地穴里长大，不用眼睛而是用那潮湿、如同橡胶般的表皮视物。夜魔们不停地向前飞去，穿过了飘散着可疑气味的狂风，经过了蕴含着可疑意义的声音；从始至终他们都穿行在最浓密的黑暗，飞越了广阔得难以想象的空间，甚至让卡特怀疑他们究竟还在不在地球的梦境之地里。

接着，突然之间云层开始变得稀薄起来，而群星鬼魅般地出现在了上方的天空中。下方仍旧是一片黑暗，但那些出现在天空中苍白的光点似乎充满着某种在其他地方不曾体会过的蕴意与指向作用。那些星座的特征并没有变化，但同样熟悉的形状这时却揭示了某些在平原上无法被人们意识到的隐含深意。所有一切都在向北集中，天空中的每一道弧线、每一个星座都变成了一幅巨大图案的一部分。这幅图案催促着目睹它的眼睛，乃至目睹它的人，赶向位于冰冷荒原之外、某些延伸在前端无限远处的目的地——一个所有一切都集中于此、隐秘而又可怖的目的地。卡特看向东面，发现那犹如屏障般的巨大山脊仍旧沿着因加诺克的走向一路向北延伸，那映衬着群星的嶙峋轮廓就显示着它接连不断的山体。但它现在显得更加残破了，敞开着巨大的裂缝与奇形怪状的尖峰。当卡特进一步研究起这些充满暗示意味的转变与那怪诞轮廓所表现出的倾向时，他发现这似乎与群星一样在某种程度上隐约地指向北方。

他们正以极快的速度向前飞行，所以观察者必须努力瞪大眼睛捕捉细节。忽然之间，在星辰的衬托下，他看见在那一行最高的山脉之上有一个移动着的黑色物体。那物体的行进路线恰好与他们这支怪异的队伍并行。食尸鬼们也同样瞥见了那个东西的身影，因为他听到它们在他身边低声地咕吟着。有一会儿，他觉得那东西是一只巨大的夏塔克鸟，一只比这种生物的平均尺寸大出许多的巨型怪鸟。然而，他很快意识到这种想法并不成立，因为那东西露在山脉之上的形状一点儿也不像是只长着马头的巨鸟。在星光之下，那东西的轮廓必然显得有些模糊，但却仍旧像是一只或一对戴着头冠、被无限放大的头颅；而它上下游移着飞快穿过天空的模样，似乎极其古怪地像是某些无翼的东西在走动。卡特不知道它位于山脉的哪一面，但很快便察觉到自己并没有看到这东西的全貌，因为在他最初看到的那一部分之下，还连接着另一些东西，因为当它从那些位于山脊上的深深裂缝前经过时，他看到那些原本透过裂缝能观看得到的星星都被遮住了。

接着，前方的山脉上出现了一条宽阔的豁口。群山彼侧的可怖冷原通过一条被群星苍白光芒照亮的低矮山隘与下方的冰冷荒原连接了起来。卡特非常仔细地盯着那处豁口，深知自己或许能在山隘另一侧天空的勾勒下看清楚那个波浪状从群峰上飞过的巨大事物下半部分的模样。那个东西此刻比他们略微靠前，所以队伍中所有的眼睛都紧紧地盯着那处豁口，等待着那个与他们同行的巨大事物在豁口处显露出一个完整的轮廓。慢慢地，那个巨大的东西靠近了豁口，并稍稍放缓了它的速度，仿佛意识到自己已将食尸鬼大军落在了后面。紧接着悬念变得更加扣人心弦起来，因为目睹完全轮廓的时刻便到来了；接着，食尸鬼们全都因为某种无比巨大的恐惧而发出了畏怯甚至几乎被哽住的咪砰声；而对于旅行者来说，这让他的灵魂感到了一种前所未有的寒意。那凌驾在山脊之上、上下起伏的庞然大物仅仅只是一颗头颅——一对戴着头冠的双头——而在那下面有着一具大步向前、肿胀得可怕的身体在支撑着这对头颅；这犹如山脉一般高大的巨怪鬼祟而无声地前进着；一副漆黑、被扭曲得如同鬣狗般的类人身体映衬着天空在小步快跑着，而它那一对令人嫌恶、戴着锥形顶冠的头颅耸立向天空，足有天顶一半的高度。

卡特没有因此不省人事，甚至也没有因此尖声大叫，因为他已是个经验丰富的入梦者了；但他充满恐惧地向后望去，并真正地感到了不寒而栗——他看见还有其他头颅的轮廓耸立在这些群峰之上，上下游移着鬼祟地跟在第一个身后。而在他的正后方，在南方星空的映衬下，还有三座巨大犹如山脉般的身影如同狼一般鬼祟而缓慢地移动着。它们那高大头冠在空气中上下摇晃着，超过数千英尺距离。那些被雕刻成哨兵的山脉此刻已不再高举着右手、呈半圆形蹲伏在因加诺克北方的冰冷荒野里。它们有职责要完成，而且绝不疏忽怠慢。但可怕的是，它们从不言语，甚至在行走时也不会发出丝毫声音。

与此同时，曾是皮克曼的那只食尸鬼咕哝着向夜魔们下达了命令，接着整支军队开始翱翔着飞向更高的地方。他们这只怪诞的队伍笔直地冲向天空，一直飞到天空的背景中不再耸立着任何东西的高处；不论是那些静止不动的灰色花岗岩山脊还是那些被雕刻后戴头冠、大步走动的山脉全都落在了它的下方。这支扑打着翅膀的军队继续向前飞去，穿过了奔腾的狂风与从以太中传来的无形狂笑，在他们的下方始终是不变的黑暗。没有夏塔克鸟或其他更为不值一提的东西从那片鬼怪的荒野里飞上来，追在它们的后面。整支队伍飞得越远，速度就飞得越快，不久之后，他们那令人晕眩的速度似乎已超过了子弹的速度，甚至接近行星在轨道上运动的速度。卡特不禁开始怀疑，为何他们以这样的速度飞行时，却还会看到地球仍继续在他们的身下延伸，但他接着意识到在梦境之地的位面有着某些奇怪的性质。他敢肯定他们已经飞进一片永夜的国度里，并想象着头顶的星座正隐约强调着它们向北会聚的倾向；群星将自己聚拢起来，把这支飞行军队投入北极的虚无之中，就好像将一只袋子的褶皱全都收拢起来，倒出其中的最后一丁点儿东西一般。

接着他充满恐惧地注意到夜魔们的翅膀已经不再拍动了。这些长着犄角的无面坐骑收起了它们膜状的附肢，颇为消极地在狂风交织的混乱中休息了下来，任由托着它们的狂风在身边呼啸与轻笑。一种不属于尘世的力量抓住了这支军队，而食尸鬼与夜魔们在这种疯狂而无情地将它们拖向北方的气流面前毫无反抗的能力，只能任由自己飘向那个从未有人折返回来的北方世界。终于，一道苍白的光芒出现在了前方的天际中，当他们逐渐接近时，那光芒也在稳步地上升。在那光芒下是一大块遮挡住群星的黑色物体。卡特意识到那定然是某座耸立在山巅上的灯塔，因为从这高得惊人的半空中看下去，只有一座山峰才能耸立得如此巍峨巨大。

那光线与它下方的黑色轮廓越升越高，直到那崎岖的锥形山体遮挡住了半个北方天空。虽然整支军队已经飞得很高了，但那放射着苍白邪恶光辉的灯塔仍旧高高地照耀在他们上方，远远地超过了尘世间的所有山峰与其他事物，触碰到了只有神秘月亮与疯狂行星旋转运动的真空以太。没有哪一座人类所知道的山峰会像这般阴森地耸立在他们的面前。那位于下方的高空云层只不过围绕着它山脚的边缘，而令人晕眩得喘不过气来的顶层空气也不过是它腰上的一条系带。它轻蔑而诡异地在尘世与天堂之间架起了一座桥梁，耸立在永夜之中，顶戴着陌生群星环绕而成的双重冠。这些星宿那可畏而又意味深长的轮廓每一刻都在变得更加清晰。当食尸鬼们看到这一切时，不由得惊奇地咪砰起来，而卡特则恐惧地颤抖着，唯恐这支飞驰的军队会一头撞上巍峨峭壁上的坚硬缟玛瑙，然后粉身碎骨。

　　那光芒越来越高，直到最后它与天顶中最高的星球混在了一起，冲着下方的飞行者投来了苍白而嘲弄的光芒。在它之下的整个北方此刻已变成了一片漆黑，乱石嶙峋的可怖黑暗占据了无限的深处与无限的高空，唯有那苍白闪耀的灯塔还坐落在高不可及的视线顶端。卡特更加仔细地查看那光亮时，终于看到那映衬着群星所标示出来的黑色背景。在那座魁伟巨峰上有许多高塔，那一排排、一簇簇的可怖穿顶高塔，不仅样式令人极为嫌恶，而且数目多得数不胜数。而它们的设计已超越了任何能想象得到的人类手艺所能达到的范畴。由星辰组成的双重冠在视野最遥远的边缘上充满恶意地闪烁着光辉，在星辰的映衬下，那些满布奇迹与威胁气息的城垛与梯台显得又小又暗，遥不可及。而在最为峭巍的那座山峰顶端耸立着一座超越了所有凡人想象的城堡，犹如恶魔般的可憎光芒正从那座城堡里照射出来。在这个时候，兰道夫·卡特意识到，他探寻之旅的终点已经到来了；在经历过所有鲁莽无畏、被人们视为禁忌的足迹与景象之后，他的目的地终于出现在了头顶上——传说中那位于无人知晓的卡达斯顶端、属于梦境诸神们、令人难以置信的家。

　　当他意识到这一切时，卡特留意到他们这支困在风中的无助队伍突然改变了前进的方向。这个时候，他们正在陡直地快速向上冲去。很显然，他们正对准那座照耀着苍白光芒的缟玛瑙城堡飞去。他们已非常贴近巍峨的黑色山体了，随着他们直冲向上，那黑色的山坡令人晕眩地从他们面前一闪而过，而在黑暗中，他们完全无法分辨出上面到底有些什么东西。阴森耸立在黑暗城堡里的阴暗尖塔变得越来越大，甚至卡特觉得它们已经无限巨大到几乎邪恶恐怖的地步。修砌在那上面的岩石很可能就是某些无名的工人从因加诺克北方那条山隘上开采下来的，因为它们的尺寸如此巨大，当一个人站在它的门槛上时，仿佛一只蚂蚁趴在尘世间最高大城堡的台阶上。陌生星宿组成的双重冠环绕在无数穿顶高塔上，散发着灰黄色的阴沉光芒，为光滑缟玛瑙修建起来的阴郁石墙铺上了一层微光。而卡特也看清楚了那座苍白的灯塔——那只是一座极为高大的尖塔上的一扇窗户。而当整支无助的军队接近山脉的顶端时，卡特觉得他看到某些颇让人讨厌的阴影从这片泛着微光的广阔世界里一闪而过。接着，他看到了那扇修建得颇为奇怪的拱形窗户——那设计对于生活在尘世的人们来说，奇异陌生，怪不可言。

接着，坚固的岩石变成了可怖城堡的巨型底座，而整支军队的速度似乎也有所放缓。巍峨的高墙直耸向天际，当飞行者们飞快从墙面扫过时，他们瞥见了一座巨大的城门。黑夜笼罩在这个巨人的国度上，然后他们看到了那位于内部更深邃的黑暗。那地方犹如一个巨大的拱形入口将整支军队一口吞下。冷风组成的涡流潮湿地涌动在无光的缟玛瑙迷宫里，而卡特永远也说不清楚在这一段旋转着穿过黑暗的旅途中到底经过了怎样一些巨大的台阶与走道。他们一直在上升，被令人骇然地投进了黑暗里，他们听不到声音、触不到东西，也看不到任何东西，没有什么能打破这层用神秘交织成的厚重帷幕。虽然这是一支由夜魔与食尸鬼组成的庞大军队，但他们却迷失在更为巨大的虚空之中，任何尘世间的城堡里都不可能存在如此巨大的空间。直到最后，他们突然出现在了那座犹如灯塔一般的高塔上的房间里——周围的一切突然明亮了起来，让卡特花了很长时间才分辨出位于远处的高墙，与高大、遥不可及的天花板。接着，他意识到自己的确不在外面漫无边际的空中了。

兰道夫·卡特本希望能镇定而高贵地进入梦境诸神的王宫，最好在两侧与身后还跟着仪式隆重、令人印象深刻的食尸鬼纵队，然后如同一个自由而强大的入梦者那般提出自己的恳请。他知道梦境诸神并非是那种仅凭凡人的力量完全无法应付的存在，也相信自己足够幸运，相信蕃神与它们的伏行混沌奈亚拉托提普不会碰巧在他面见梦境诸神的关键时刻赶来协助。即便在过去，当凡人们在诸神的居所或是它们的山脉上找到尘世间的神明时，蕃神与它们的奈亚拉托提普会出手干预。甚至，如果必要的话，他有些奢望能依靠自己身边骇人的护卫队公然反抗蕃神们的力量，因为他知道没有人能控制食尸鬼，而夜魔们也只将古老的诺登斯而非奈亚拉托提普视为它们的主人。但现在，他看到那位于冰冷荒野中、至高无上的卡达斯附近的确围绕着许多邪恶的奇迹与无可名状的哨兵，也意识到蕃神的确非常警惕地监护着这些位于尘世间、温和衰弱的神明。虽然它们并没有支配食尸鬼与夜魔的权力，但是这些存在于外层空间、毫无心智也没有固定形状的亵神存在却能够在必要的时候，控制他盟友们的行动。所以，当兰道夫·卡特与他的食尸鬼同伴来到梦境诸神的王宫前时，根本算不上是以一个自由而强大的入梦者的身份露面的。他们被来自群星的可怖暴风扫过并被赶聚在一起；被北方荒野看不见的恐怖事物尾随着驱赶到了这里；而现在整支军队因徒般无助地飘浮在耀眼的光线中，然后当某些无声的命令让令人吃惊的狂风消散之后，他们被重重地丢在了缟玛瑙地板上。

兰道夫·卡特的面前并没有金色的高台，也没有一圈戴着皇冠、散发着光晕，有着狭长眼睛、长叶状耳朵、细瘦鼻子与尖尖下巴——和那张雕刻在恩格拉尼克山脉上的面孔一样的伟大存在供这位入梦者恳请。这只是一间位于卡达斯顶端城堡里的高塔上的房间，而房间的主人并不在这里。卡特抵达了位于冰冷荒野中、无人知晓的卡达斯，但他却没有找到梦境诸神。然而，耀眼的光芒仍旧照耀在这座房间里——它巨大的尺寸让这房间与户外的广袤空间几乎没有什么区别，那些遥不可及的墙壁与天花板几乎要消失在一团稀薄翻滚的薄雾之中。可是，尘世间的神明并不在这儿，这是真的，这儿只有一些更加细小难以察觉的东西。那些温和的神明已经离开了这里，而蕃神们的代言人也不在此处；但可以肯定，仍旧有某些东西居住在这座比世间一切城堡更加雄伟的缟玛瑙城堡里。卡特完全无法想象接下来会看到怎样一些比世间一切骇人事物更加恐怖骇人的东西。他觉得有人已经预料到了他的来访，并不由得怀疑这次会怎样近距离接触那个一直纠缠在他附近的伏行混沌奈亚拉托提普。那些真菌般的月兽的确在侍奉奈亚拉托提普，那个有着无限身形的恐怖存在，那属于蕃神们的灵魂与信使；同时卡特也想起，早在他们在海中那座嶙峋岩石上战斗的时候，当战局转向他们后，那艘黑色桨帆船便远去消失了。

回想起这些事情，他摇摇晃晃地在那些可怖的同伴之间站了起来。这时，在没有任何预示的情况下，那被苍白色光芒点亮的辽阔房间里响起了一只可憎喇叭吹出的令人毛骨悚然的声响。那由黄铜器具发出的可怖尖叫总共响了三次，当第三次喇叭声飘荡着的回音窃笑着逐渐消失时，兰道夫·卡特发现他已是只身一人了。那些食尸鬼与夜魔为什么会消失，以及如何从他视野里消失的，都远非卡特能够推测得出来的事情。他只知道，在忽然之间，他便只身一人了；而他也知道，那些嘲弄着潜伏在他周围的无形力量也定然不属于尘世中那个友善的梦境之地。不久，从房间的最远的那一端又传来了一阵新的声音。那仍旧是一段富有韵律的喇叭声；但声音的来源似乎要比先前那三声消融了他身边可怕军队的刺耳吹奏更远一些。在低沉的喇叭声中，回荡着美妙梦境里的一切奇迹与优美韵律；在每一段奇妙和弦与略嫌怪异的节奏中飘动着异域的风情，而那里面充满了无法想象的美好。随后到来的是与那金色曲调相称的芳香气味；而在头上一道强烈的光芒逐渐增强，它的光线循环变化着，调换成完全不同于尘世光谱的色彩，与之伴随而来的是由喇叭吹奏声组成的歌唱——那声音犹如一首奇异的交响曲那般和谐统一。火炬开始在遥远的地方逐渐点亮起来，与此同时，巨鼓的敲打声也颤动着在一波波强烈的期望中逐渐接近。

在那逐渐稀薄的薄霭与弥漫着奇怪芬芳的云雾之后，排列着两列腰间围绕着七彩丝绸的高大黑奴。而在他们的头上则用皮带捆着用闪闪发光的金属制成的、犹如头盔般的巨大火炬。那无名香油的芬芳便是从这些火炬中以烟雾的形式旋转着扩散到了其他的地方。在那些奴隶的右手上是用水晶制作的手杖，在水晶手杖的顶端雕刻着斜眼睨视的奇美拉。而奴隶们的左手则抓着细瘦修长的银喇叭，他们会依次吹奏这种奇妙的乐器。他们身上戴着金制的臂章与踝饰，并且在每一对踝饰之间延伸连接着一条金色的锁链，令他们保持一种沉稳持重的步伐。乍看之下，他们的确是地球梦境之地里的黑人，但他们的仪式与装束却与我们地球上的任何东西都不尽相同。两支队伍在距离卡特还有十英尺的地方停了下来，当他们停下来的时候，每一只喇叭都突然地塞进了携带者厚厚的嘴唇中。接着房间中爆发出了一阵狂野而又令人入迷的声响，然而更加疯狂的则是喇叭吹奏声之后传来的高呼。那些黑奴张开了他们黑色的喉咙，异口同声喊出了一种被某些古怪的手法变得尖锐刺耳的高呼声。

接着，一个孤单的身影沿着那两列纵队之间的宽阔通道大步走来，那是一个高大但瘦削的身影，长着一张古代法老年轻时的面庞，身披五光十色的华丽长袍，头戴一只天然闪烁着光芒的金色双重冠。那犹如帝王般华贵的身影大步走向卡特。他那高傲的举止与深色的面庞有着一位黑暗神祇或堕落天使才会拥有的魅力，他的双眼周围潜伏着因莫测幽默而闪耀出的倦怠火花。他开口说话，那圆润的语调里仿佛荡漾着忘川[1]之水奏出的柔和乐声。

"兰道夫·卡特，"那声音说，"你到此地来，妄图面见梦境诸神，但凡人是禁止与他们会面的。看守者已经提到了这件事情。在无人敢言及其名讳的恶魔之王所盘踞的终极黑色虚空中，蕃神们随着微弱长笛声毫无心智地翻滚与转动时，他们也咕哝到了这件事情。

"当智者巴尔塞妄图爬上哈提格·科拉峰亲眼目睹月光中的梦境诸神在云端之上舞蹈与呼号时，他再也没有回来。蕃神就在那里，而他们做了应该做的事情。来自阿弗拉特的泽尼格想要爬上位于冰冷荒野里的卡达斯，可现在他的头骨正安置在一枚戒指上，而这枚戒指则套在某位人物的小拇指上——至于他的名讳，我不必再提。

"但是你，兰道夫·卡特，你勇敢地战胜了地球梦境之地里的一切事物，却仍旧燃烧着探寻的渴望。你并非因为好奇而来，你到这里来是为了寻找那属于你自己的东西；与此同时，你也从未对这些置身俗世里的温和神明失去敬意。然而，这些神明却完全因为一己私欲，禁止你再走入那座精美绝伦、原本属于你自己梦境里的夕阳之城。因为，他们渴望你的想象力所塑造出的那种奇异美好，并立誓此后不再将其他地方当作自己的居所。

"他们离开了无人知晓的卡达斯，离开了属于他们的城堡，住进

---

[1] 忘川：古希腊神话中在冥府流动的五条河流之一。相传死者只有喝过此河的水忘记了本有的记忆才能转生。

The Dream-Quest of Unknown Kadath

了你那座精美绝伦的城市。他们在那座城市中的条纹大理石群殿里狂欢度过白昼，而当夕阳西下时，他们走出宫殿，走进芬芳的花园，观看那些闪闪发光排成一列的金色瓮坛与象牙色雕塑。当黑夜降临时，他们在露水中爬上高大的梯台，坐在雕刻好的斑岩长凳上审视着整个星空，或是俯身扑在雕花栏杆上，盯着城市北面的山坡，看着那由平凡蜡烛所散发出的、令人镇定的黄色微光一个接一个地从尖尖的古老山墙上的窗户中柔和地透出来。

"诸神们喜爱你那座精美绝伦的城市，并且不再像真正的神明那样行事。他们已忘记了那些尘世间的高地，也忘记了那些见证过他们年轻时期的巍峨山脉。这尘世间已不再有任何神明还有资格继续担任神明的职责，只有来自外层空间的蕃神们还统治着无人念及的卡达斯。兰道夫·卡特，那些无拘无束的梦境诸神们正在一个非常遥远的地方，一座你童年时生活过的山谷里嬉戏享乐。噢，有智慧的大入梦者，你的梦境实在太过出色，因为你将梦境中的诸神从这个由所有人梦境组成的世界拖进了一个完全由你自己梦境所组成的世界；你依据自己童年时的小小幻想修建起了一座比过去任何迷人幻景更加可爱的城市。

"但尘世间的诸神将他们的王座留给织网的蜘蛛并不是件好事，而他们那统治着他者的国度也在他者们邪恶的举止下出现了动摇。来自外层世界的力量非常乐意将恐惧与混乱施加在你的头上——他们的烦乱之源——兰道夫·卡特。但他们也知道只有通过你的力量才能将诸神们送回本属于他们的世界。没有一支属于永夜之地的力量能追踪进入那个半梦半醒、本属于你的世界；也只有你才能将那些自私的梦境诸神体面地送出那座精美绝伦、本属于你的城市，让他们穿过北地的昏暗微光，回到冰冷荒原中这无人知晓的卡达斯上，回到他们惯常应在的位置上。

"所以，兰道夫·卡特，以蕃神之名，我宽恕你的罪过，并责令你服从我的意志。我责令你去寻找那座属于你的夕阳之城，并将那些懒惰昏睡的神明赶回等待着他们的梦境世界。你所寻找的地方是诸神们的狂热宠爱；是天国喇叭吹奏出的仪仗乐曲，是神界铜钹碰撞发出的洪亮音符；从清醒之厅到睡梦之渊，这座神秘之城的位置与它所蕴含的深意一直都困扰着你，并始终用点滴已褪去的记忆与失去美好重要事物带来的苦痛折磨着你。但它却并不难找到。那些在你求知若渴的日子里留下来的遗迹与象征并不难找到，事实上，在所有那些聚集闪耀着照亮你夜晚道路的奇迹中，只有它们才是最为稳定可信也最为永恒的珍宝。看！你的追寻之旅不该走向茫茫未知，而该转向那些你早已熟悉的岁月里；回到那些幼年时灿烂奇妙的事情里去，回到那些沉浸在阳光中、充满魔法的短暂一瞥中去，正是那些古老的场景扩宽了你的眼界。

"你当知道，那座充满奇迹的金色大理石城市不过是你幼年时见过并喜爱过的一切事物的总和。波士顿山坡上的屋顶与西面被落日染红的窗户所散发出的荣光中有它的身影；花朵芬芳的公园中有它的痕迹；小山上的巨大穹顶与那些聚集在横跨着许多桥梁的查尔斯河缓缓流淌着的紫色山谷中的山墙与烟囱中亦有它的容貌。兰道夫·卡特，当你的保姆第一次推着坐在小车中的你外出春游的时候，你便看到了这些东西。而它们将是你用充满记忆与热爱的双眼永远不会看到的东西。除此之外，还有古老的塞伦与它那阴暗忧郁的岁月，有出现在幽灵般的马布尔黑德[1]的岩石峭壁，还有站在马布尔黑德那横穿港湾的草地上，对着夕阳，远远望向塞伦的尖塔时所看到的美丽光辉。

"还有普罗维登斯，它高贵古雅地坐落在蓝色海湾旁的七座小山上，用绿色的梯田将人们领向充满鲜活古趣的尖塔与要塞。而纽波特则如同鬼魂一般攀爬在它那仿佛只存在于梦境里的防波堤上。还有阿卡姆与它那生长着苔藓的山墙屋顶和城市后方乱石散布的茵绿草甸；以及古老的金斯波特与它那成堆的烟囱、荒废的采石场、悬垂在外的山墙，以及由高大悬崖组成的奇观和远处摇荡着浮标、笼罩在乳白色迷雾中的大海。

"康科德的凉爽山谷、普斯矛斯的鹅卵石小巷，以及新汉普郡公路上的昏暗弯道与半遮半掩地躲在巨大榆树身后的白色农舍院墙和咯

---

[1] 马布尔黑德：马萨诸塞州的著名疗养地。

吱作响的水车。格洛斯特的盐商码头与特鲁罗的飘动柳树。那沿着北区[1]层峦叠嶂的小山与布满尖塔的小镇；罗得岛乡间那寂静的岩石山坡与修建在巨大砾石阴处、覆盖着常青藤的低矮农舍；海洋的气息与田野的芬芳；幽暗森林的魅力与黎明时分果园花圃中的欢愉。兰道夫·卡特，这些就是你的城市。因为，它们都是你的。新英格兰的大地孕育了你，她在你的灵魂深处灌注了一种纯净且永不消亡的可爱与美好。多年以来的记忆与梦境将这种美好塑造成型、结晶具现、打磨抛光，最后得到了那座层层叠叠地耸立在缥缈夕阳中的奇迹；所以，如果你想要找到那面有着古怪瓮坛与雕刻栏杆的矮墙，想要走下那些安置着雕画扶栏的无尽阶梯，想要进入那座有着宽阔广场与七彩喷泉的城市里，那么你只需要转身回到那些你童年时所留恋的幻想与思绪里去。

"看！那扇窗户外，闪亮在永夜中的群星。即便是现在，它们依旧闪亮在那些你所熟悉并珍爱的场景之上，饮下它们的魅力，让它们更加可爱地闪耀在梦境中的花园之上。那是心大星——它此刻正对着特里蒙特街的屋顶眨着眼睛，你同样能通过位于宾克山上的窗户看到它的存在。而在这些星辰之后则是深渊，我那全无心智的主人便是从这些深渊里将我遣到了这儿。也许有一天，你也会从他们身边经过，但如果你聪明的话，你肯定会提防这样的愚行；因为所有抵达那里并折返回来的凡人中，只有一个保全了自己的心智，没有被虚空中的恐怖敲破扯碎。恐怖与亵渎神明的事物为了空间相互吞噬，可那些较为渺小的东西却比较为伟大的东西更加邪恶。虽然你已见识过那些试图将你交到我手上的凡人们所做下的行径，但我却并不希望撕碎你，事实上，如果不是有别的事情要忙，我会在很早之前就出手帮助你抵达这儿，不过我很肯定你一定能自己找到来这儿的路。现在，避开外层的地狱，抓住那些你年幼时期所拥有过的美好且令人平静的事物，找到你那精美绝伦的城市，并将那些不义的梦境诸神送回来，将他们体面送回那些他们年轻时所经历的场景里，那些场景正在不安地等待

---

[1]北区：波士顿的一个郊区。

着他们的归来。

"不过，我已经准备好了另一个方法，它甚至比回忆起那些模糊记忆更加容易简单。看！这边有一只巨大的夏塔克鸟。一位奴隶正领着它走来，但为了你心灵上的平和与安宁，我已隐去了这个奴隶的身形。骑上去吧，做好准备——来！黑人尤加什将会帮你骑上这只有鳞的怪物。正对那颗位于南方天顶中最为明亮的星星前进吧——那是织女星，在两个小时内你就会抵达那座属于你的夕阳之城上。对准织女星，直到你听到高空中传来遥远的歌唱声为止。你要比那些潜伏等待着的疯狂事物飞得更高，所以当一个音符开始引诱你的时候，勒住你的夏塔克鸟。这时，回望尘世，你将会看到伊莱德·纳那永恒燃烧着的祭坛之火在一座神殿的神圣屋顶上放射着光辉。那座神殿便在你一直渴求的夕阳之城中，所以，在你听到歌唱并迷失方向前，向着它前进。

"接下来你必须骑着夏塔克鸟降落在他们之间，让他们看到、触摸到这只邪恶的马头巨鸟；与此同时，你要向他们说起无人知晓的卡达斯，说起你不久前才离开这里，并告诉他们那些过去沐浴着无上光辉、供他们跳跃狂欢的辽阔厅室现在既黑暗又孤单。而这只夏塔克鸟则会以夏塔克鸟的方式告诉他们这一切，但在他们回想起那些古老过去之前，它没有任何说服他们的力量。

"你必须一遍又一遍向这些游荡在外的梦境诸神谈起他们的家园与他们年轻时度过的美好岁月，直到最后，他们会哭泣并向你询问那条他们早已忘记的回家之路。这时，你便可以松开等待着的夏塔克鸟，将它送进天空。它会发出归巢的叫声；听到它的叫声之后，梦境诸神怀着古老的欣喜欢腾雀跃，并以神明的方式大步紧跟在这只邪恶的大鸟身后，穿过天界的深渊回到卡达斯那熟悉的高塔与穹顶之间。

"这时，那座精美绝伦的夕阳之城便会重回你的怀抱，供你永远珍爱与居住。而尘世间的诸神将会再次君临原本属于他们的王座，继续统治着人们的梦境。出发吧——窗扉已经打开，群星正在等待。你的夏塔克鸟已经在焦躁地喘息与窃笑了。穿过夜空，飞向织女星，但记得在听到歌唱的声音时掉头。不要忘记这警告，免得无法想象的恐怖将你吸入深渊——因为那深渊里充满了骇人尖叫与哀号的疯狂。记住蕃神们：他们伟大、恐怖而且毫无心智可言，他们就潜伏在外面的虚空里。他们是应该忌避的伟大神明。

"嘿！阿·夏塔奈葛！走吧！将尘世间的诸神送回他们经常出入的秘境卡达斯，向一切祈祷不要遇见我的另一千个形态。别了，兰道夫·卡特，你要小心，因为我是奈亚拉托提普，我是伏行之混沌。"

于是，兰道夫·卡特头晕目眩地紧紧抓住他身下那只令人毛骨悚然的夏塔克鸟，尖叫着冲进了空中，向着北方散发着蓝色冷光的织女星飞去；其间他仅向后回望过一次，回望见那一簇簇、混乱无序地耸立在梦魇般缟玛瑙城堡中的尖塔，并看见那扇窗户所散发出的、孤单而耀眼的苍白色光芒依旧照耀在地球梦境之地的云层之上。巨大犹如水螅般的恐怖事物从他身边的黑暗中悄然滑过，无数看不见的蝙蝠膜翼围绕在他身边拍打着，但他依旧紧紧抓住那只令人害怕与嫌恶的马头巨鸟身上肮脏的鬃毛。群星仿佛在嘲弄般跳着舞蹈，不时转变它们的排列，组成某些预示着毁灭的苍白征兆，甚至让人怀疑之前是否曾有人见过这些象征并为之恐惧；而以太世界里的狂风始终呼啸诉说着宇宙之外令人茫然的黑暗与孤独。

接着，他在穿越闪耀苍穹的时候，进入了一片不祥的寂静之中。所有的狂风与恐怖全都悄悄地遁走了，就如同那些黑夜里的事物会在黎明前销声匿迹一般。一束束金色的星云仿佛在波纹中颤抖着，看起来越发的离奇古怪起来，接着某些位于远方的旋律传来了一丝隐约羞怯的暗示，夏塔克鸟竖起了它的耳朵猛冲向前，而卡特同样弯腰前倾好抓住每一分美好的旋律。那是一首歌，但却不是用任何声音唱出来的歌。黑夜与群星在演唱它。早在太空、奈亚拉托提普乃至蕃神诞生的时候，它就已经非常古老了。

夏塔克鸟飞得越快，骑乘者就弯得越低，他为奇异深渊里的奇迹感到陶醉，同时也飞快地回旋在外层空间魔法形成的透明卷曲中。那邪恶之人的警告来得太晚了，那个恶魔的特使曾祝愿寻神者小心这首歌曲中的疯狂力量，但他讥讽的叮嘱来得太晚了。但他之所以要这么做，不过是为了嘲弄寻神者，证明奈亚拉托提普已经制定好了路线，能够安全地抵达那座精美绝伦的夕阳之城；不过是为了戏弄卡特，证明那位黝黑的信使已经洞悉了这些懒惰神明的秘密，并且能轻易地令他们折返回来。因为，疯狂与虚空——那狂野的复仇是奈亚拉托提普留给放肆者的唯一礼物；虽然骑士疯狂地努力试图扼住他那令人作呕的坐骑，但那斜眼睥睨视着他、低声窃笑着的夏塔克鸟依旧飞快而无情地前进着，以一种邪恶的欢快情绪拍打着它那巨大而光滑的双翼，径直飞向那些从未有梦境能够抵达的不洁深渊；而最后那股位于最深混沌中、没有确定身形的毁灭力量则正待在无垠的中央，翻滚冒泡，亵渎着一切神明——那便是毫无心智可言的恶魔之王阿撒托斯。没有哪张嘴唇敢大声说出他的名讳。

那只可憎的巨鸟恪守邪恶特使的命令，径直冲向大群潜伏、雀跃在黑暗中的无定形之物，飞向那一群群空虚飘荡着的存在——它们所会做的只有摸索、触碰、触碰、摸索；它们是蕃神那无可名状的幼体，却与蕃神一样盲目痴愚，同时还拥有着不同寻常的饥饿与渴望。

那只怪诞有鳞的怪物载着它背上孤立无助的骑士无情地径直向前飞去，喜不自禁地窃笑着，看着那咯咯笑声与歇斯底里一同混杂在一起，融入那支由黑夜与群星所演唱的塞壬[1]之歌；它翱翔突进着，划开最远的边缘，跨越了最外层的深渊；将群星与有形事物的国度远远留在身后，如同流星一般闯过完全没有实体的空间，飞向那些位于时间之外，无法想象也没有光亮的巨室。在那里黑暗的阿撒托斯正贪婪而又无定形地啃咬着，环绕在它身边的是可憎巨鼓敲打出的低沉却令人发疯的巨响，与邪恶长笛吹奏出的单调空洞的哀号。

前进——前进——穿过那些尖叫、咯咯窃笑、黑色拥挤的深渊——接着一幅图景与一个念头从某个昏暗、被祝福过的遥远世界出现在了面临末日的兰道夫·卡特面前。奈亚拉托提普把他整个嘲弄、挑逗的计划设计得很好，因为他拿出了任何冰冷恐怖的狂风都无法完全消抹的东西。家——新英格兰——宾格山——清醒世界。

"你当知道，那座充满奇迹的金色大理石城市不过是你幼年时见

---

[1]塞壬：希腊神话中用歌声引诱水手迷失并导致沉船的海中精灵。

过并喜爱过的一切事物的总和……那波士顿山坡上的屋顶与西面被落日染红的窗户所散发出的荣光；花朵芬芳的公园，小山上的巨大穹顶与那些聚集在横跨着许多桥梁的查尔斯河缓缓流淌着的紫色山谷中的山墙与烟囱……多年以来的记忆与梦境将这种美好塑造成型、结晶具现、打磨抛光，最后得到了那座层层叠叠地耸立在缥缈夕阳中的奇迹；所以，如果你想要找到那面有着古怪瓮坛与雕刻栏杆的矮墙，想要走下那些安置着雕画扶栏的无尽阶梯，想要进入那座有着宽阔广场与七彩喷泉的城市里，那么你只需要转身回到那些你童年时所留恋的幻想与思绪里去。"

前进——前进——头晕目眩地穿过黑暗，奔向最终的毁灭。目盲的试探者在黑暗里摸索着，像黏糊的吻推挤着；无可名状的东西则在一遍又一遍地窃笑、窃笑与窃笑。但念头与图画却不停地涌现，卡特很清楚地知道他在做梦，而且只是在做梦，而身后辽阔背景里的某个地方，清醒的世界与他幼年时所待过的城市仍静静地待在那儿。那些话语再次在他耳边响起——"你只需要转身回到那些你童年时所留恋的幻想与思绪里去。"转身——转身——四周都是黑暗，但兰道夫·卡特仍旧能够转身。

虽然他的所有感官都牢牢地集中盯死在了那只疾飞的夏塔克鸟上，但兰道夫·卡特仍旧能够转身与移动。他能够移动，如果让他选择，他能够跳下这只载着他、遵照奈亚拉托提普的指示急冲在毁灭之路上的邪恶夏塔克鸟。他能够跳下去，勇敢面对那些敞开在下方的漫无止境的永夜深渊。这些恐惧深渊里的恐怖事物终究比不上那等待在混沌核心中、无可名状的毁灭。他能够转身，能够移动，能够跳下去——他能够——他会——他会——

面临毁灭、已完全绝望的入梦者跳下了那只巨大的马头怪物，向下穿过了无尽虚空中他觉得仿佛拥有知觉的黑暗。千万年的时光一晃而过，宇宙消亡而后重生，群星变成了星云，星云变成了群星，而兰道夫·卡特仍旧感觉自己正在穿过那没有知觉的黑暗所组成的无尽虚空。

接着在永恒缓慢前进的道路上，宇宙最外层的循环翻滚搅成了另一种完全无意义的完结，然后所有一切事物又再度变得与无数劫[1]之前一样。事物与光芒均重生成为宇宙过去曾有过的模样；无数彗星、无数太阳、无数世界热烈地涌现出生命，但却没有什么能够活下来告诉他们，这一切来了又走，来了又走，反反复复，没有起点。

接着，一片天空、一缕微风、一道紫色的光芒进入了掉落中的入梦者的眼睛。有神明、有幽灵、有意志；美好与邪恶，以及可憎黑夜的尖叫掠夺了它的猎物。因为那无人知晓的最终循环里曾存在过一个入梦者童年时的幻想与思绪，于是现在一个清醒世界与一座古老又让人珍爱的城市被重新创造了出来，以承载并证明那些幻想与思绪曾存在过。在虚空之外，紫罗兰色的辛咖珂为他指明了道路，而古老的诺登斯从无从知晓的深处大吼出了他的指引。

群星鼓胀成了一片拂晓，拂晓接着爆发出了许多金色、深红色、紫色的喷泉，而入梦者仍在下落。当光组成的缎带阻退了来自外层的邪魔时，叫喊撕破了以太虚空。奈亚拉托提普接近了他的猎物，但一道光芒将他派遣去追猎的丑陋恐怖之物烧作了灰色灰烬，于是他困惑地停顿了下来，这时头发灰白的诺登斯发出了一声胜利的号叫。兰道夫·卡特最后的确走下了宽阔的大理石阶梯，来到了属于他的那座精美绝伦的城市里，因为他再次回到了那片美丽，并精雕细凿出他本人的新英格兰土地。

于是，当清晨无数汽笛附和着管风琴的声音，拂晓的火焰令人目眩地穿过山丘上位于州政大厅巨大金色穹顶上的紫色窗格时，兰道夫·卡特大叫惊跳着在他波士顿的家中醒了过来。鸟儿在隐匿的花园里歌唱，花园格子上的蔓藤所散发出的芬芳淡淡地从他祖父种植培养的藤架边飘了过来。古典壁炉、雕刻飞檐与描饰着怪异图案的墙壁上散发着光辉与美丽，与此同时，一只皮毛光滑的黑猫打着呵欠从那被它主人惊跳与尖叫声打断的炉边小憩中清醒了过来。而在非常非常遥远的地方，穿过沉眠之门，经过施加有魔法的森林，走过花园田地，航行过塞雷纳利亚海，越过因加诺克那昏暗的领地，伏行之混沌奈亚

---

[1] 劫：源自梵语的词汇，指非常漫长的一段时间。

拉托提普来到冰冷荒野中那无人知晓的卡达斯顶端，阴郁地大步走进那座缟玛瑙城堡，粗暴地嘲弄着那些在精美绝伦的夕阳之城里沉浸在芳香之中、尽情狂欢时被他唐突而粗鲁地拖拽回来的尘世神明。

章节简介
The Dream-Quest of Unknown Kadath

译者：竹子 玖羽

《北极星》(Polaris)

作于1918年5月，最初发表于业余作家杂志《哲人》的1920年12月号。

　　洛夫克拉夫特于1919年9月第一次读到邓萨尼勋爵的作品，并立即为之深深倾倒。之后，他撰写了许多模仿邓萨尼的文风和意境的"梦境故事"，其中绝大部分都是在1919年底到1921年中的不到两年间创作的。

　　《北极星》的内容来自洛夫克拉夫特的梦境，后来也被归入"梦境系列"。虽然整体风格和他之后创作的那些邓萨尼式故事极其类似，但洛夫克拉夫特当时还没有接触过邓萨尼的作品，这篇小说的文风更像爱伦·坡的散文诗。

　　顺带一提，洛夫克拉夫特经常在小说中运用自己的天文学知识，本作就是一例。由于岁差的原因，不同时期的北极星经常改变，约两万六千年轮换一次。（玖羽）

《白船》(The White Ship)

作于1919年11月，最初发表于业余作家杂志《联合爱好者》的1919年11月号。

《白船》是受邓萨尼的短篇集《梦想家的故事》里的《雅恩河上的无为时日》影响而创作的，它也是洛夫克拉夫特创作的第一篇"真正的"邓萨尼风格作品。尽管在风格上模仿邓萨尼，但洛夫克拉夫特从未流于单纯的模仿，而是在邓萨尼的基础上更进一步，创造出了属于他自己的梦境世界。

这篇小说的主题看似是略显陈腐的"贪婪者终将一无所获"，但如果和洛夫克拉夫特的经历联系起来考虑，就会发现，也许并非如此：他的母亲因精神崩溃入院是在1919年3月，母亲和父亲由于同样的精神疾病住进同一家医院，这当然会使他想起父亲的命运，从而感到浓重的不安。因此，他在《白船》里罕有地暗示了自己的父亲——"从七大洋中驶来的三桅帆船都会和它擦肩而过，在我外祖父的时代，这样的时候很多，而到我父亲这一代就很少了。"这正是他本人的写照：他的外祖父惠普尔·菲利普斯是一位成功的富商，也是洛夫克拉夫特童年时代非常亲近的人，而他的父亲温菲尔德只是一介销售员，在洛夫克拉夫特三岁时就住进医院，并在他八岁时病死。即使在入院前，温菲尔德也经常因工作奔波在外，和他在一起的时间很少。

因此，有研究者认为，《白船》正反映了洛夫克拉夫特自己当时的心态——孤独的守灯人在象征母亲的大海上寻找希望之地。守灯人的渴望和探求以破灭告终，这与其说是传统意义上的道德说教，不如说是洛夫克拉夫特冷静地预感到，自己的母亲很可能会步父亲的后尘，在同一家医院病逝；后来的事实的确是这样。（玖羽）

《绿色草原》(The Green Meadow)

作于1918或1919年，最初发表于业余作家杂志《流浪者》的1927年春季号。

这篇小说的内容同样来自梦境。洛夫克拉夫特做了一个关于"海面上的孤独森林"的梦，并把它记了下来。他把梦的情景给文友威妮弗蕾德·弗吉尼亚·杰克逊看了（或讲了）之后，杰克逊表示，自己也做过同样的梦；洛夫克拉夫特觉得杰克逊的梦比自己的更宏大，就放弃原来的草稿，以杰克逊的梦为基础，创作了这篇小说。因此，本作只有在名义上是和杰克逊"共作"的，实际上所有文字都出自洛夫克拉夫特之手。（玖羽）

《降临在萨尔纳斯的灾殃》(The Doom That Came to Sarnath)

作于1919年12月3日，最初发表于业余作家杂志《苏格兰人》的1920年6月号。

本作亦系基于梦境写成，且深受邓萨尼影响。同时，《降临在萨尔纳斯的灾殃》在洛夫克拉夫特的邓萨尼风格作品中拥有独一无二的强烈恐怖氛围，"居住在伊伯的生物"会让人很自然地联想到深潜者（尽管他后来创造深潜者时，依据的是别的小说中的构想）。

另外，"Sarnath"是佛经中的"鹿野苑"的英译，不过洛夫克拉夫特称，他是自己独立想出这个名字的。（玖羽）

《乌撒的猫》(The Cats of Ulthar)

作于1920年6月15日，最初发表于业余作家杂志《试验》的1920年11月号。

洛夫克拉夫特非常喜欢猫，据说他曾因不愿打扰膝盖上的猫睡觉而在椅子上坐了一个通宵。在1920年5月21日写给莱因哈特·克莱纳的信中，洛夫克拉夫特称，一天晚上，一只黑猫造访了他的房屋，他由此获得了本作的灵感。

这篇小说被许多人评为洛夫克拉夫特最好的邓萨尼风格作品，洛夫克拉夫特本人也这样认为；后来在《梦寻秘境卡达斯》中，他浓墨重彩地铺陈了这个短篇的设定。（玖羽）

《塞勒菲斯》(Celephais)

作于1920年11月，最初发表于业余作家杂志《彩虹》的1922年5月号。

这篇小说系受邓萨尼的《奇迹之书》里的《托马斯·夏普的加冕式》影响而创作，但洛夫克拉夫特一如既往地以极高的独创性超越了原型。不言而喻，本作的主角库拉尼斯也是洛夫克拉夫特的一个影子，库拉尼斯的童年经历简直就是他自己的自传。

就像在本作中表现的那样，洛夫克拉夫特经常让他笔下的主角遵循如下模式：

对压抑的人生无比厌恶——为了逃避现实，开始探求梦想——更加无法忍受现实——为了继续探求，不惜嗑药——嗑死了——终极的解脱。

讽刺的是，不要说毒品，洛夫克拉夫特自己连酒都不沾。虽然让许多主角经历了这样的命运，但洛夫克拉夫特毕竟是一个彻底的现实主义者，他清楚地知道，这种逃避解决不了问题，因此，他给本作赋予了满含讥嘲的结尾。

此外，这篇小说还是"冷原"和"印斯茅斯"这两个名字第一次出现的地方。不过，那时洛夫克拉夫特对印斯茅斯的设定显然远远没有成型，本作中的印斯茅斯也不在美国，而在英国的康沃尔郡。（玖羽）

《来自遗忘》(Ex Oblivione)

作于1920或1921年，最初发表于业余作家杂志《联合爱好者》的1921年3月号。

本作是一个精巧的小短篇。根据考证，洛夫克拉夫特对虚无的喜爱来自阅读叔本华的著作。他本人曾写道："没有什么比遗忘更好，因为在遗忘里不会有任何遗憾。"（玖羽）

《伊拉农的探求》(The Quest of Iranon)

作于1921年2月28日，最初发表于业余作家杂志《大帆船》的1935年7、8月合刊号。

本作在洛夫克拉夫特的邓萨尼风格作品中显得非常突出。也是从这篇小说开始，洛夫克拉夫特逐渐在各篇"梦境系列"故事之间建立联系，把它们放在同一个世界观下。在现实的意义上，本作也的确成了他对自己迄今为止的人生的一个总结：他的母亲在长期住院后，于1921年5月24日去世，洛夫克拉夫特因此肝肠寸断。而在这一年的年末，他结识了索尼娅·格林，从而为人生掀开了新的一页。

一个从小就迷恋梦、探求梦的人在漫长的追寻之后，发现自己的想望不过是梦——在"探求"的最后，洛夫克拉夫特发挥他擅长的"不写而写"的笔调，生动而全面地概括了自己的过去：

"那一晚，旧世界中的一切青春和美都死去了。"（玖羽）

《蕃神》(The Other Gods)

作于1921年8月14日，最初发表于业余作家杂志《奇幻爱好者》的1933年11月号。

在本作中，邓萨尼的《佩加纳诸神》的影响显而易见。《蕃神》在深度和广度上把"梦境系列"的世界观往前推了一大步，但是，和之前的"梦境系列"作品相比，这篇小说明显少了很多"如梦似幻"的感觉，取而代之的是一种沉重的冷峻感，这很可能是他的母亲去世的影响。（玖羽）

《记忆》(Memory)

作于1919年，最初发表于业余作家杂志《联合互助社》的1919年6月号。

虽然篇幅短小，本作却具备很多洛夫克拉夫特常用的意象及设定，例如"古老到连名字也被遗忘"之物、名叫尼斯（Nis）的峡谷、巨大的废墟、对人类终将灭亡（或退化）的暗示等。（玖羽）

《阿撒托斯》(Azathoth)

作于1922年6月，未完成。

本作从未完成，洛夫克拉夫特生前也并未将这个仅有三段的残篇发表。事实上，标题是本作最引人注目的部分——从残篇的内容看，这是一个标准的"梦境系列"故事，无人知道洛夫克拉夫特为什么要给它冠以"终极混沌"阿撒托斯的名字。

在洛夫克拉夫特的计划中，这应该是一篇"以18世纪风格撰写的东方式怪奇小说""类似《瓦泰克》那样的怪奇小说"，意指这篇小说很可能会像威廉·贝克福德作于1786年的《瓦泰克》那样，拥有阿拉伯色彩（洛夫克拉夫特在1921年7月读到了《瓦泰克》）。

在1922年6月9日写给好友弗兰克·贝尔克纳福·朗的信中，洛夫克拉夫特附上了本作的所有内容，并称：

"我不会在乎现代的文学准则，只会坦诚地逆行几百年，以一种孩童般的真挚创作神话；除了初期的邓萨尼，现今没有一个人做过这种尝试。在写作时，我会远离这个世界，那时，在我的头脑中占据核心地位的，不是文学上的处理手法，而是我做过的梦。做这些梦的时候，我只有六岁，甚至更小——当我从辛巴达、阿吉卜、巴巴·阿卜杜拉、西迪·努曼那里得到人生第一批知识后，这些梦就紧随着知识而来。"

洛夫克拉夫特在信里提到的这些名字都是《一千零一夜》里的角色，从这一点推测，他可能计划把自己儿时爱读的《一千零一夜》中的材料搬进小说。尽管洛夫克拉夫特很可能再也没有碰过这个残篇，也没有基于《一千零一夜》进行过其他创作，但他在信中表述的理念最终化成了一篇更重要的作品：《梦寻秘境卡达斯》。（玖羽）

《休普诺斯》(Hypnos)

作于1922年3月，最初发表于业余作家杂志《全国爱好者》的1923年5月号。

可以在洛夫克拉夫特用来记录灵感的笔记本里找到这个故事的雏形——"无法入眠的人——不敢入眠——持续使用药物保持清醒；最终不敌睡意——之后便发生了某事——波德莱尔的格言集，214页。"（早期：1919年之前）

洛夫克拉夫特把这篇小说的原稿给朋友们传阅后，受到广泛赞扬，但他本人似乎仍不满意，遂于几个月后（1922年9月）创作了和本作结构相同的《猎犬》。这两篇作品都描写两个朋友不顾一切地追求神秘之事，最后遭到悲惨的下场，但《猎犬》中的追寻以掘墓为主，整体上更像一篇传统的哥特小说，而《休普诺斯》不仅描写了对梦境的探求，更在结尾暗示，主角的朋友可能不是实际存在的，这使它具备了更深的意义。

　　本作也是洛夫克拉夫特少有的题献给好友的作品，这可能是因为他认为自己直接记录梦境的两篇小说《兰道夫·卡特的供述》（1919年）和《奈亚拉托提普》（1920年12月）非常难得，而在这两个梦里，他都梦到了萨缪尔·洛夫曼。（玖羽）

《奈亚拉托提普》(Nyarlathotep)

作于1920年12月，最初发表于业余作家杂志《联合爱好者》的1920年11月号。

　　在洛夫克拉夫特的作品中，这篇小说显得十分特殊，因为它是洛夫克拉夫特对自己梦境的直接记录。洛夫克拉夫特觉得这种经历十分宝贵，后来也让奈亚拉托提普在其他很多小说中"登场"，遂使它成了克苏鲁神话里的重要元素。

　　在1920年12月14日写给莱因哈特·克莱纳的信中，洛夫克拉夫特详细地描述了这篇小说的创作经过：

　　　　《奈亚拉托提普》是噩梦——它是我自己做的梦，只有第一段是在完全清醒时写下来的。最近我的心情就像被诅咒了一样难受——好几周都被头痛和眩晕困扰着，就算我竭尽全力，也无法把精力在一件事上集中超过三个小时（现在感觉较好了）。这是我的老毛病了，可最近眼睛又出了问题，因为神经和肌肉痉挛，看不清细小的铅字，这症状持续了数周，真的是很危险。因此，我的心情非常压抑，甚至还做了噩梦中的噩梦——我从十岁以来就再没做过那么逼真的梦——梦里混杂着不祥的氛围和压迫感，在我写的幻想故事里也只能朦胧地反映出那种感觉。

在半夜做梦之前，我正和布希那家伙的愚蠢的"诗"搏斗，直到困倦不堪，然后就筋疲力尽地躺在躺椅上睡去。一开始，我觉得周围弥漫着一种无可言喻的不安——这种不安静静地、可怕地笼罩了世界。我穿着鼠灰色的旧睡衣，坐在椅子上读着萨缪尔·洛夫曼写来的信，那信看起来是难以想象的逼真，信纸是薄薄的8.5×13英寸纸，全信，直到末尾的署名，都用紫罗兰色的墨水写成——其内容十分不祥。梦里的洛夫曼这么写道：

"如果奈亚拉托提普来到普罗维登斯，请您一定去见一见他。他极其可怕——是超越仁兄想象的可怕——但同时也非常棒。我就像被附身了一样，几小时都不愿离去。托他给我看的东西的福，我现在都还颤抖不已。"

我以前从没听过"奈亚拉托提普"这个名字，但我却知道他说的是谁。与其说奈亚拉托提普是个奇术师，不如说他是个演说家；他在礼堂里高谈阔论，每次公开演说都会引起恐怖的街谈巷议。公开演说由两个部分组成：演说之前会放一部可怕的——然而是预言性的——电影，这电影在放映时采用了某些科学性的电装置，仿佛是一种非比寻常的试验。当我收到信的时候，我想起，奈亚拉托提普已经到了普罗维登斯，而且他就是那覆盖一切众生的冲击性恐怖的元凶。我还想起，那种可怕的畏惧让人们全都交头接耳地说，不要接近奈亚拉托提普。可是，洛夫曼在梦中的信却让我坚定了决心，于是我就出门上街，准备去见奈亚拉托提普。

我梦到的细节无比鲜明——比如，我系领结的时候怎么也系不上——然而也无比恐怖，所以很多地方我就不细写了。从家出来的时候，我看见人们在暗夜中缓缓挪动着脚步，所有人都一边害怕地低语，一边走向同一个方向。我加入了他们的行列。尽管恐怖，但也充满向往，我见到了那伟大的、冥冥而不可说的奈亚拉托提普，听了他的演讲。那之后发生的事基本上都写在随信一同寄给你的故事里了。从雪原上的黑色裂口里掉进深渊之后，我和曾经是人的影子们一起，像被卷进旋涡似的被大风吹着猛烈旋转；然后我就醒了。故事的结尾是我从文学效果考虑，为了烘托气氛才加上的。掉进深渊的时候，我疯狂地大叫着（我想我实际应该叫出来了，不过姨妈没听到），接着，周围的景象就突然消失了。当时我非常痛苦——脑袋一跳一跳的疼，还耳鸣——但只有一股冲动从心头涌出——一定要写，把这种战栗的气氛写下来，保存下来——我这么想着，不知什么时候就开了灯，开始胡乱地写着。我在写的时候根本没考虑内容，稍稍停笔之后，我把头洗了一下。当完全清醒后，我依然能记得梦的内容，但已经失去了那令人毛骨悚然——那不祥的未知之物实际存在的——真实感。当我从头读过文章的时候，不禁对它的连贯性感到吃惊——那就是我随信一同寄去的手稿，当时还没有第一段，内容只有三个词不一样。我庆幸自己在当时那种潜意识状态下把它写了出来，如果我事后再写的话，就会失去那种原始的战栗，毋宁说，那就只是在意识到恐怖的情况下进行的艺术创作了……（玖羽）

《魔女屋中之梦》(The Dreams in the Witch House)

作于1932年1至2月，最初发表于《诡丽幻谭》的1933年7月号。

《魔女屋中之梦》是个非常特别的故事，它标志着洛夫克拉夫特在小说创作上的一次尝试。这是洛夫克拉夫特第一次试图将魔法这类通常出现在传统奇幻故事里的元素与当时最前沿的科学理论联系在一起。从今天的观点看，《魔女屋中之梦》就像是一篇杂糅了许多科幻元素的哥特小说，它所涉及的许多概念，例如"跨维度旅行""多维空间"等，直到八十年后的今天依然是硬科幻故事与物理学前沿热议的话题。在现代宇宙学快速发展的20世纪初，洛夫克拉夫特敏锐地捕捉到了新兴理论科学里的许多奇想。然而由于时代的局限性，他只能选择一种大众与他本人更容易想象的方式——魔法——来展现这些奇想。同时，由于当时这些科学奇想与普通大众实在太过遥远，洛夫克拉夫特将魔法与科学联系起来的想法困难重重。

出于各种原因，洛夫克拉夫特本人并不看好《魔女屋中之梦》。他将原稿寄给了奥古斯特·德雷斯，后者则给出了非常糟糕的评价。洛夫克拉夫特基本认同德雷斯的评价，虽然他觉得这篇小说没有德雷斯说的那么不堪，但他也在信里表示"这件事可能标志着我的创作生涯已经结束了"。因此，洛夫克拉夫特不打算发表这篇小说，然而德雷斯抱着试试看的心态将稿件寄给了《诡丽幻谭》，结果却顺利发表。

虽然没有记录显示《魔女屋中之梦》是否得到了读者的欢迎，但它可能的确引起了许多读者的兴趣，因为《诡丽幻谭》的主编莱特曾经希望洛夫克拉夫特授权他将小说改编成广播剧；洛夫克拉夫特最终拒绝了这一请求。随着科学理论与科幻小说的不断发展，《魔女屋中之梦》这个在八十多年前完成的故事得到了越来越多的正面评价，许多现代读者都认为它非常生动地展现了洛夫克拉夫特设想的宇宙观。（竹子）

正如阿卡姆的现实原型是塞勒姆一样，作为本作舞台的"魔女之屋"也在塞勒姆有对应的原型。1923年，洛夫克拉夫特在和索尼娅·格林一起探访塞勒姆时参观过那座房屋，而且，那座房屋的阁楼的确呈不规则形状。另外，德雷斯自作主张的投稿使洛夫克拉夫特得到了意外之喜——一百四十美元稿费，大约相当于现在的一千七百五十美元。（玖羽）

《夜魔》(The Haunter of the Dark)

作于1935年11月，最初发表于《诡丽幻谭》的1936年12月号。

　　这是洛夫克拉夫特以自己的名义创作的最后一篇小说。它通常被认为是洛夫克拉夫特为友人罗伯特·布洛克创作的《外星怪物》撰写的续集，但两个故事实际上并没有多大关系，只是两位作者互相开的玩笑。

　　1935年，年仅十八岁的罗伯特·布洛克在洛夫克拉夫特的鼓励与指导下创作了《外星怪物》。他在故事里提到了一个居住在普罗维登斯的生病学者——基本上就是洛夫克拉夫特当时的形象，而在结尾时，罗伯特·布洛克将这个"洛夫克拉夫特"给写死了。作为回应，洛夫克拉夫特在同年11月创作了《夜魔》，将故事的主角命名为"罗伯特·布莱克"，并且在结尾同样将这个"罗伯特"写死了。值得一提的是，洛夫克拉夫特逝世十三年后，为了纪念这位朋友，罗伯特·布洛克又为《夜魔》写了一篇真正的续集——《尖塔幽灵》。（竹子）

《复仇女神》(Nemesis)

作于1917年11月1日，最初发表于业余作家杂志《流浪者》的1918年6月号。

　　这首诗受爱伦·坡的诗《尤娜路姆》和阿尔杰农·史文朋的诗《赫塔》影响甚大，特别是"食尸鬼守卫的沉眠之门"一句，显然直接来自《尤娜路姆》里的"食尸鬼出没的维尔林地"。

　　就像本书收录的其他作品一样，洛夫克拉夫特在二十几岁时创作的很多诗文都是模仿他倾心的某位作家（主要是爱伦·坡和邓萨尼）的笔调，撰写宛如梦境（常常就是梦境）的作品，其风格或浪漫，或

恐怖，或既浪漫又恐怖。（玖羽）

《可怕的老人》(The Terrible Old Man)

作于1920年1月28日，最初发表于业余作家杂志《试验》的1921年7月号。

类似《雷德胡克的恐怖》，这篇小说也是洛夫克拉夫特的排外思想的一个例证，即使对象是来自欧洲的白人移民，他也依然表示反感和排斥（尽管没有像对非白人移民那样，达到仇恨的程度）。

需要指出的是，虽然金斯波特这一舞台在本作中初次出现，但在当时，它的具体设定尚未确定，直到洛夫克拉夫特在1922年12月17日访问了马布尔黑德之后，才决定将马布尔黑德作为金斯波特的原型。（玖羽）

《雾中怪屋》(The Strange High House in the Mist)

作于1926年11月9日，最初发表于《诡丽幻谭》的1931年10月号。

在创作这篇小说的次年，即1927年，洛夫克拉夫特将它投给《诡丽幻谭》，但被主编法恩斯沃斯·莱特退稿——理由是"对有修养的读者来说，显得过于暧昧不明"。1929年，洛夫克拉夫特允许W.保罗·库克在计划中的业余作家杂志《隐士》第二期上刊登本作，但这本杂志最终流产；于是，他又重新投稿给《诡丽幻谭》，这次得到采用，小说被刊登在杂志的1931年10月号上，并使他得到了五十五美元稿费（大约相当于现在的七百美元）。

《雾中怪屋》和《银钥匙》以及《梦寻秘境卡达斯》的创作时间几乎完全重合，但这篇小说的基调更像之前的那些"梦境系列"故事，甚至同样具有邓萨尼风格（可以看出邓萨尼的《罗德里格斯年代记》的影响）。不过，洛夫克拉夫特依然在本作中尽可能地呼应了之前的作品，如果说《梦寻秘境卡达斯》是"梦境系列"的"大汇演"，那么《雾中怪屋》就是"小汇演"。（玖羽）

《银钥匙》(The Silver Key)

作于1926年，最初发表于《诡丽幻谭》的1929年1月号。

与《雾中怪屋》的遭遇类似，洛夫克拉夫特曾于1927年将稿件投给《诡丽幻谭》，但主编莱特没有接受。1928年，莱特突然提出，想要再看看《银钥匙》的稿件，并最终将此文刊登在《诡丽幻谭》的1929年1月号上。

这个故事通常被认为是洛夫克拉夫特的自说自话。因此，它看起来更像是一篇散文，而非小说。洛夫克拉夫特在故事里借着兰道夫·卡特这个角色表达了自己对于身边世界的各种看法。

创作《银钥匙》的时候，洛夫克拉夫特刚从纽约搬回普罗维登斯。纽约生活的挫折让洛夫克拉夫特备受打击，因此他在《银钥匙》中传递出的思想也显得格外感性和消沉。实际上，他动笔创作《银钥匙》的时候，另一篇同样以兰道夫·卡特为主角的小说《梦寻秘境卡达斯》刚写到一半。究竟是什么原因使得洛夫克拉夫特在创作《梦寻秘境卡达斯》时突然改变想法写下《银钥匙》，现在已经不得而知了。但耐人寻味的是，他最终选择了发表《银钥匙》，却将《梦寻秘境卡达斯》自己收藏起来。（竹子）

《梦寻秘境卡达斯》(The Dream-Quest of Unknown Kadath)

作于1926年秋季至1927年1月，生前未发表。

在创作这篇小说的次年，即1927年，洛夫克拉夫特将它投给《诡丽幻谭》，洛夫克拉夫特在世时没有发表这篇作品。直到1943年，"阿卡姆之屋"出版社出版洛夫克拉夫特的第二本合集《翻越睡梦之墙》时，《梦寻秘境卡达斯》才得以正式面世。虽然读者们对这个故事褒贬不一，但所有人都承认，在洛夫克拉夫特的"梦境系列"中，这是最重要的一篇作品。这部作品将他之前创作的所有"梦境系列"作品全都串了起来，使之成为了一个统一的整体。

从某种意义上说，这也是一篇洛夫克拉夫特写给自己的寓言故事。1924年，洛夫克拉夫特在与妻子索尼娅·格林结婚后搬到了纽约，初到纽约时，他觉得自己"真的发现了某些珍宝——并终有一日会因此成为一位诗人"（出自1925年8月11日创作的《他》），但随后的挫折让他备受打击，而纽约也并非如他想象中的那样美好。他越来越思念家乡，并最终在1926年4月搬回了普罗维登斯。这段经历恰如他在1926年秋天创作的《梦寻秘境卡达斯》一样：卡特从追寻一座梦中的"夕阳之城"开始，最终却发现自己渴望的正是故乡。（竹子）

怪奇小说创作摘要
Notes on Writing Weird Fiction

我会撰写小说，乃是因为目睹了某些东西（风景、建筑、气氛等），产生了惊奇、美感、对冒险的向往，以至艺术和文学上的想法、事件、意象；这只是一些模糊、零碎、难以捉摸的印象，如果能把它们变得明确、详细、稳定、形象化的话，我就会获得满足。我选择怪奇小说为载体，是因为它和我的性格最为相合——时间、空间和自然法则那恼人的限制永远地监禁了我们，它们会无情地击碎我们对自己的视野和分析皆不可及的无限宇宙空间的好奇心。把这种奇特的中断或称侵害化为幻影，哪怕只有一瞬间，就是我最根深蒂固的愿望之一。我的小说时常强调恐惧这个元素，因为恐惧是我们心中最深刻、最强烈的感情，要想创造出反抗自然的幻影，它可以提供最合适的帮助。恐惧和"未知"或"怪异"常有密切的联系，如果不强调恐惧这种感情的话，就很难富有说服力地描绘那被破坏的自然法则、那种宇宙规模的疏离感以及那种"异界性"了。而我让时间在小说里扮演重要角色的理由，则是因为我隐约觉得，"时间"这一元素正是宇宙中最具戏剧性、最冷酷、最恐怖的东西。在我看来，与时间的斗争，也许是人类一切表现手法中最有力、最有效的主题。

我选择的"小说"这种表现手法十分特殊，恐怕也十分狭隘。尽管如此，它却是一种恒久不变、几乎和文学本身一样古老的表现形式。永远有那么一小部分人心中燃烧着对未知的外宇宙的好奇，燃烧着逃离"已知现实"这一牢狱，遁入梦境向我们展现的那些充满诱惑、充满难以置信的冒险和无限的可能性的世界的愿望——那幽深的森林，那都市中奇异的高塔以及那瞬间所见的燃烧的夕阳。在这些人中，既有和我一样无足轻重的业余爱好者，也有伟大的作家——比如邓萨尼（Dunsany）、爱伦·坡（Edgar Allan Poe）、亚瑟·梅琴（Arthur Machen）、蒙塔古·詹姆斯（M. R. James）、阿尔杰农·布莱克伍德（Algernon Blackwood）、沃尔特·德·拉·梅尔（Walter de la Mare），这些人皆是这一分野中的巨匠。

至于我的写作方法，则没有一定之规。我每一部作品的来历都各自不同，有那么一两次，我只是单纯地把梦记下来，但一般来说，我会先在头脑里想出自己要表现的情绪、想法、意象，不断地在思想中对它细加琢磨，直到找出表现它的最好方法——也就是想出能够用具体的语言描写的一连串戏剧性事件为止。我有一种倾向，会在脑内列举和想要表现的情绪、想法、意象最为相配的基本状况或场景，然后对处在所选的基本状况或场景中的特定情绪、想法、意象进行最符合逻辑和自然动机的阐释。

我实际的写作过程当然会因选择的主题和最初的构思不同而各有千秋。但如果对我所有作品的来历加以分析、平均起来的话，则可以推导出以下规则：

一、依据时间轴——而不是描写的顺序，列出所有事件的概要或大纲。描写必须足够，应包含所有的决定性事件，以及所有矛盾的动机。这只是一个临时性的框架，但有时也可以加上细节、注释和大致的因果关系。

二、撰写第二份概要或大纲——这回是根据描写的顺序，而不是时间轴排列。此时应充分且有余量地描写细节，并且记下视角转换、重点和高潮的地方。如果对原始构思的改动会增强小说的戏剧性力量或整体效果，则应修改构思。可以随心所欲地插入或删除某些事件——就算最后写成的小说和当初构思的完全不同，也不应束缚于当初的构思。在写作过程中，我经常根据新想法增删、修订文章。

三、根据第二份——依描写的顺序撰写的大纲，开始写作。写作时要着眼于迅速和流畅，不需太精细。只要觉得有必要，就可以随时在展开描写的时候对事件或情节加以改动，绝不要被以前的构思束缚。如果接下来的发展会突然带来全新的机会，让效果更具戏剧性、让叙述更为生动，就应该把它加到文章里，把已写的部分和新构思调和起来。在必要的或自己希望的时候，也可以对全文进行修订，尝试写出各种不同的开头和结尾，直到找出最佳的起承转合为止。但必须让小说的全部内容和最后的构思完全协调一致，去掉所有多余的东西（词汇、句子、段落,乃至整段情节），把一切注意力都放在小说整体的协调性上。

四、校订全篇，着重注意词汇、语法、文章的节奏、分段、语调，优雅而有说服力的转折（从场景到场景的转换；将缓慢而详细的行动加快速度、删繁就简；或者相反等等），开端、结尾、高潮等处的效果、戏剧性的悬念和趣味、逻辑性和氛围，以及其他各种要素。

五、整齐地抄写原稿——在这个阶段可毫不犹豫地进行最后的修改和增删。

这些程序的第一阶段基本是在脑内执行的，我会先构思一系列状况和事件，直到需要依描写的顺序拉出详细的大纲为止，都不会把它们付诸文字。此外，我有时也会在没想好后续情节的情况下直接动笔，这种开头本身就会形成一个悬念，用来激发和开拓后文的写作。

我认为，怪奇小说可分为四个种类：

一、表现某种情绪或氛围的；

二、表现某种视觉上的概念的；

三、表现整体状况、状态、传说、智力上的概念的；

四、表现明确的情景、特定的戏剧性状况或高潮的。

换句话说，怪奇小说可大体分为两种，一种表现怪异、恐怖的状态或现象；另一种则表现与这些异常的状态、现象相关的人物的行为。

所有怪奇小说（特别是恐怖小说），都应包含五个具体元素：

一、最基本的，会引发恐怖或反常的状态或实体；

二、恐怖通常会产生的效果或影响；

三、恐怖显现的模式——恐怖本身或被观察到的现象是怎样表现出来的；

四、对恐怖做出何种反应；

五、恐怖在给定状况下产生的特殊效果。

在创作怪奇小说的时候，我很重视营造合适的情绪和氛围，并在必要之处对它们加以强调。绝不能像那些生硬、拙劣的低级通俗小说那样，把不可能、不太可能、不可思议的现象写得像是在描述客观的行动和平凡的感情一般，那样写出来的东西只是平庸的记叙文而已。描写不可想象的事件和状况，会给作者带来特殊的、不能加以克服的困难。为了克服这个困难，故事必须在所有场合都小心地维持一种现实主义的风格，只有一个例外，那就是在触及惊异之事的时候。这件惊异之事（已经仔细地"积累"了强烈的感情）必须有意识地给予读者非常强烈的印象，否则小说就会变得浅薄而不可信了。这件惊异之事必须成为故事的核心，它的阴影笼罩了所有的角色和事件。但角色的行动和事件的发展也必须首尾一致、自然进行——只有在触及那一件惊异之事的时候除外。在面对最核心的惊异时，文中的角色必须表现出压倒一切的感情，假如现实中的人物真的面对了这种惊异，他也会表现出这种感情。不要让惊异变成理所当然的东西，哪怕在设定上角色已经习惯了惊异，我也要编织出一种令人敬畏、令人难忘的气氛，好让文章和读者的感觉相称。散漫的文体会破坏所有严肃的幻想。

怪奇小说最需要的，不是行为，而是氛围。实际上，所有的惊异故事都只是在逼真地描绘一张反映了人类的某种特定情绪的画片，除此无他。如果涉足其他任何方面的话，在那一瞬间，故事就会立即变成廉价、幼稚、毫无说服力的东西。最重要的，是给读者一种微妙的暗示——这是一种觉察不到的暗示，它通过描述精心选择、互有关联的细节，使人生出种种情绪，制造出非现实，然而却具有异样的现实性的、暧昧模糊的幻影。只要不是在描写绵延的、象征性的彩云，就应避免将那些没有实质、没有意义的奇闻怪事简单地罗列成文。

以上就是我在严肃地创作幻想小说时有意无意遵循的法则，或称标准流程。就结果来说，它是否成功，也许会有争议，但如果不遵循这套法则的话，我的作品可能会写得比现在更烂吧。至少我是这么觉得的。

作于1933年，发表于《业余通讯录》1937年5、6月合刊号

H.P.洛夫克拉夫特自述
H.P.Lovecraft self-reporting

关于我[1]自身的情况：我生于1890年8月20日，出生地位于现住所以东约一英里处。当时我家[2]靠近郊外，都市的景色和乡村的风景——野地、森林、农田、小溪、山谷，以及树木在它高高的堤坝上茂密生长的锡康克河，都是我幼年记忆中不可分割的一部分。当时那一带的房屋不过刚建成三十年左右，小时候的我对建在现在住的山丘[3]上的房屋相当倾心。古老的事物无论何时都能让我感动——在我家昏暗的阁楼里有许多藏书[4]，其中也有年代非常久远的古书。在所有的书中，我最爱读这些古书。就这样，我熟悉了各种不同的古式活字印刷术。神秘之物与幻想之物皆能叩响我的心弦——外祖父[5]为我讲述的魔女、幽灵、童话故事是我最喜欢听的。我四岁开始读书，最开始读的书里有《格林童话》和《一千零一夜》。之后，我开始阅读希腊罗马神话的普及版，并为之深深倾倒。从八岁开始，我对科学也产生了兴趣——最初是化学（还在家里的地下室做过一些小实验），然后是地理学、

---

[1] 是 1889 年 6 月结婚的温菲尔德·斯科特·洛夫克拉夫特(Winfield Scott Lovecraft)和莎拉·苏珊·菲利普斯(Sarah Susan Phillips)的独子。

[2] 即建于安吉尔街(Angell Street)454 号的母亲娘家。1893 年父亲进入精神病院后，他和母亲一起住在这里。

[3] 学院山。

[4] 母亲家里的藏书。

[5] 惠普尔·菲利普斯(Whipple Phillips)，恐怖小说和哥特小说的爱好者，经常把这些故事讲给外孙听。

天文学等学科。但我对神话和神秘的热爱并没有因此减少。

我最初写作文章是在六岁的时候[1]，但我最早的记忆是七岁时写的《高尚的偷听者》[2]，是个关于盗贼山洞的故事。从八岁起，我写了一堆粗劣不堪的小说，这些小说现在还留下两篇，分别是《神秘船》和《墓地的奥秘》。我从一本1797年出版的古书中学到了格律，从此开始写诗。我的散文和韵文文风颇古，因为我对18世纪——我所爱的古书和旧宅问世的时代——抱有不可思议的亲近感，对古罗马也有非常亲近的感觉。当时我体弱多病，基本不去上学，所以不管追求什么、选择什么，都有充足的自由。因为多次的精神疾病发作，我连大学也没上；实际上，我到三十岁以后才变得和常人一样健康。八岁或九岁时，我第一次读到了爱伦·坡的作品，从此就把他的作品当成范本。我写的尽是和字面意义一样的怪奇小说——关于时间、空间和未知事物的谜团使我心荡神驰，没有什么东西能赶上它们的一半……当然，从八岁以后，我就完全不信宗教或任何超自然事物了。我的想象力在南极、外星、异界等难以接近的远方土地上驰骋，天文学对我有特别的吸引力。我买了不大但很棒的望远镜[3]（现在还留着），十三岁时还出版了小小的天文学杂志，叫《罗得岛天文杂志》[4]，用胶版印刷，由我自己编辑并出版。

十六岁时，我还在上高中，第一次给报纸投稿[5]。我为新创刊的日报[6]撰写每月一次的天象报告，同时还为地方刊物[7]撰写天文记事[8]。

---

[1] 现存一篇叫《小玻璃瓶》的作品。

[2] 已佚。

[3] 直径三英寸的折射望远镜，1906年花五十美元（约相当于今天的一千二百美元）购入。

[4] 每次印25册，从1903年持续到1907年。

[5] 1906年5月27日的《普罗维登斯星期日日报》上刊登了他的来信。

[6] 1906年8月1日至1908年为《普罗维登斯论坛报》撰稿。

[7] 1906年7月至12月为周刊《鲍图基特谷拾穗者》撰稿。

[8] 洛夫克拉夫特在高中的外号原本是"甜心"（Lovey），开始给报纸撰稿后外号变成了"教授"。

十八岁时，我对自己过去写的小说感到全都不满意，把它们悉数烧掉了[1]。那时我的兴趣完全转移到了诗作[2]、随笔、评论上，有九年没写小说[3]。我当时的健康状况很差，每天茫茫然地混过，也不旅行，只是喜欢在天气很好的夏日午后（专门骑自行车）到乡村中去[4]。

1914年，我加入了一个全国规模的业余作家协会[5]——它对孤立的文学入门者非常有用；我结识了很多有才华的作家，他们帮我克服奇怪的文风，还劝我重新拾起作为我的主要表达方式的怪奇小说[6]。就这样，以《墓》和《大衮》为起点，我从1917年起重新开始撰写怪奇小说。1918年，我写了《北极星》，1919年写了《翻越睡眠之墙》，当时我并没有把它们在商业杂志上发表的打算，在同人志上登了好几篇。1919年末，我初次接触到邓萨尼的作品，受到他莫大的影响，进入一段创作欲望空前绝后发达的时期[7]。1923年，我开始接触亚瑟·梅琴的作品，想象力进一步受到激发。这其间（1920年以后）我的健康状况也逐渐变好，遂摆脱隐居生活，开始旅行（1921年去了新汉普郡，1922年去了纽约和克里夫兰），同时也开始仔

---

[1] 此年因神经疾病从高中退学，在消沉中烧掉了所有小说原稿，只有上面提到的两篇被母亲保留下来。

[2] 诗作受其姨父富兰克林·蔡斯·克拉克(Franklin Chase Clark)影响甚大。

[3] 自1908年撰写《炼金术士》之后的九年。

[4] 1904年，因为经济状况恶化，全家不得不搬出洛夫克拉夫特从小长大的宅邸，住进位于安吉尔街598号的较小的房子。这对洛夫克拉夫特打击很大。他一直在那里住到1924年。

[5] "业余作家协会"是业余作者们互相交换同人志和文学评论的组织，当时有三个全美规模的协会。1913年，洛夫克拉夫特给杂志《大船》(The Argosy)投了一封抨击弗雷德·杰克逊(Fred Jackson)的恋爱小说的信，激起一场大辩论，因而受到注目，被邀请入会，他遂于1914年4月6日加入了"业余作者联合会"(United Amateur Press Association, UAPA)。

[6] 1916年，《炼金术士》在同人志《业余作者集》(United Amateur)上刊登后，W.保罗·库克(W. Paul Cook)等人力劝他继续创作小说。

[7] 单1920年一年就写了《屋中画》等十二篇小说。

细调查普罗维登斯以外的古市镇（我小说中的阿卡姆和金斯波特实际上就是塞勒姆和马布尔黑德）。1922年，我的小说首次在商业杂志上刊登——那是一份有业余作家协会会员担任编辑的小杂志，叫《家酿》(Home Brew)，刊载的是十分拙劣的《尸体复活者赫伯特·威斯特》[1]，连载六期。同年年末，同一家杂志刊登了《潜伏的恐惧》（后来它在《诡丽幻谭》上也刊载过），给那篇文章绘制插图的正是克拉克·埃什顿·史密斯，我们是通过业余作家协会相识的[2]。1923年，《诡丽幻谭》创刊，我在史密斯的鼓励下投去了七篇小说[3]，结果全被采纳——当时的主编埃德温·贝尔德对我十分友好，比莱特好得多。《大衮》首先在该年的10月号上刊登，接下来我的小说和诗作就不断在《诡丽幻谭》上发表。

很快，我开始鼓励年轻的朋友弗兰克·贝尔科纳福·朗（也是通过业余作家协会认识的）向《诡丽幻谭》投稿。朗的小说于1924年底见刊。当时我的健康日渐好转，就想把眼界开拓得更广——甚至曾搬到朋友很多的纽约去，但最终的结果很失败。我厌恶大城市的生活，永不愿住在那里，于1926年回到故乡[4]。但我已经养成了旅行的爱好，调查的范围也向南北不断扩大。1924年我去了费城，1925年去了华盛顿和弗吉尼亚北部，1927年去了波特兰、缅因和佛蒙特南部，1928年去了佛蒙特的其他地方，莫霍克、阿尔巴尼、巴尔的摩、安纳波利斯、华盛顿，以及弗吉尼亚西部的无尽洞窟（第一次欣赏到了美妙的地下世界景观）。1929年参观了金斯敦、纽约的历史古迹、威廉斯堡、里士满、弗吉尼亚的约克城和詹姆斯城，1930年南到查尔斯顿、北到魁

---

[1] 这篇粗糙的小说后来被多次改编成 B 级片，以至于成了洛夫克拉夫特最有名的作品之一。

[2] 洛夫克拉夫特读过史密斯的诗集《黑檀与水晶》后，给他寄去读者信，两人从此成了亲密的笔友。

[3] 洛夫克拉夫特在这里记错了，实际上是五篇。

[4] 这里十分轻描淡写，但实际上他从 1924—1926 年经历了一次惨痛的婚姻，几乎是逃回普罗维登斯的。

北克，1931年到了佛罗里达的基维斯特，1932年去了查塔努加、孟菲斯、维克斯堡、纳奇兹、新奥尔良、莫比尔。因为经济状况恶化——现在简直是绝望的[1]——旅行计划暂时搁置了。以前有钱的时候身体不好，现在身体好了却没有钱了，我现在只能坐便宜的大巴到处走走。为小说等作品改稿或代笔是我创作以外的主要收入来源（已故的胡迪尼[2]也曾是主顾之一），但现在我却陷入了地狱般的状况[3]。

　　超乎寻常的事件在我的生活中极其稀少——我的人生就是慢慢地失去一切的过程。我的家族现在只剩下我和一个姨妈[4]，去年5月，我们搬到一所古旧的公寓中居住[5]。这所公寓属大学所有，位置很不错[6]，面积也大，暖气和热水都齐备，租金非常便宜[7]。我一直想住在古旧的住宅里，因贫困而搬到这里之后，恰好偿了心愿。我非常喜欢这栋房子。由于面积大，原来家里的很多东西（家具、绘画、雕像等）也都有地方放了。在各种意义上，虽然只有一点影子，但我还是觉得它和我长大的地方很像[8]。我的房间由书房和寝室组成，在以前写给你的信里应该也提过——我的书桌就摆在西窗前，从窗户里能望见古老的宅邸和庭院、尖尖的屋顶和塔楼，还有美不胜收的晚霞。我的藏书约有两千本[9]，我只

---

[1] 整个1934和1935年的鬻文所得只有一百三十七美元五十美分。
[2] 哈利·胡迪尼（Harry Houdini），美国著名魔术师。洛夫克拉夫特为他代笔过小说《金字塔下》。
[3] 洛夫克拉夫特从1915年开始改稿，这是他主要的收入来源，但写此信时他的改稿大多已变成免费的了。
[4] 母亲的姐姐莉莉安·D.克拉克（Lillian D Clark）。
[5] 学院路66号的公寓，于1825年建成。洛夫克拉夫特和姨妈住在二楼。另外，1926至1933年期间他住在巴恩斯街（Barnes Street)10号。
[6] 正如洛夫克拉夫特在《夜魔》中描述的，就在布朗大学的约翰·海伊图书馆后面的山丘上。
[7] 周租金十美元。
[8] 洛夫克拉夫特母亲的娘家是一栋有三层、十五间屋的大宅子。
[9] 大半是母亲家里的。

为怪奇小说制作了目录。

　　我喜欢的作家，除希腊罗马作家及18世纪的英国诗人、散文家之外，都是爱伦·坡、邓萨尼、梅琴、布莱克伍德、蒙塔古·詹姆斯、沃尔特·德·拉·梅尔这种类型的。在幻想小说以外，我喜欢现实主义的小说——也就是巴尔扎克、福楼拜、莫泊桑、左拉、普鲁斯特等人的作品。我认为，法国人最适合写那种反映人生全景的作品——而我们盎格鲁-撒克逊人擅长的领域是诗歌。我十分讨厌维多利亚时代的文艺作品，几乎没有例外。我相信，新近出现的逃避主义文学一类的东西，比大多数先前的文学都有希望。超现实主义大抵已经走进了死胡同，但它的某些特定要素也许还能影响到主流文学。我在文学欣赏上很保守，我认为最近的散文既草率又有非艺术的倾向。

　　说到音乐，我的爱好十分贫乏——这可能是小时候被逼着学小提琴的后遗症。小提琴早就不会拉了[1]。维克多·赫伯特[2]是我真心鉴赏音乐的上限。总之，在音乐领域，我是个野蛮人。在绘画方面，我的审美十分保守，喜欢风景画。我家里有很多人都画画，我也曾经想画，但最后还是没画。至于建筑，我就像牛讨厌红布那样讨厌功能主义的现代派建筑。我还是喜欢古典风格的建筑，高耸的哥特式建筑最合我意，但总地来说，我对美学的兴趣可能比不上对科学、历史和哲学的兴趣。

　　我的政治倾向是反动保守——就是保皇党和联邦党[3]中的前者。但受到现实、也就是最近的思潮影响，开始转向与之对立的经济自由主义：国有经济、人为分配工作、严格保证工资支付时间和劳动时间、失业保险、养老金等等。但我不认为人民能很好地管理自己。除非他们能自己逐渐平息混乱，否则改革就必须由少数精英通过法西斯式的

[1] 据他自己说，"忘得如此彻底，就像从来没碰过小提琴一样"。

[2] Victor Herbert，爱尔兰裔美国作曲家。

[3] 指美国独立时赞成和反对的两派。在洛夫克拉夫特的时代，这两个词早已是历史名词了。

集权进行。当然，无论如何也要把主要的文化传统保留下来，但像俄国的布尔什维克主义那种极端的剧变是和我无缘的。

在哲学上，我是如乔治·桑塔亚纳[1]那般持机械论的物质主义者。从考古学和人类学两方面，我都对原始人之谜充满兴趣，在某种意义上，我是个天生的好古之人。我最关注的，可能就是在想象中再次体验18世纪的美国了；罗马史也令我十分着迷。如果缺少罗马人的视点，我根本无法想象古代世界。罗马时代的不列颠颇能引发我的遐想（就像亚瑟·梅琴那样），正是在彼时彼地，罗马文化的浪潮和我祖先的家系发生了交集。我倒是没写过以罗马治下的不列颠为背景的小说，但这只是因为觉得不好下笔而已。

我不想见到伟大的文明被分割开来，就美国从大英帝国分裂出去这件事，我感到深深的惋惜；我从心底里站在英国这一边。1775年的纷争要是能在大英帝国内部解决就好了。我敬佩墨索里尼[2]，但我认为希特勒只是墨索里尼拙劣的复制品，他完全被浪漫的构想和伪科学冲昏了头脑。不过他做的事可能也是必要之恶——为了防止祖国崩溃的必要之恶。总体来说，我认为任何一个国家都应该保持统治民族的血统纯粹，是北欧日耳曼裔的国家就尽量保留北欧日耳曼裔，是拉丁裔的国家就尽量保留拉丁裔，这样就能很方便地保证文化的统一性和延续性了。不过我觉得希特勒那种基于"纯粹人种"的优越感既愚蠢又变态，每个民族都有各自的习惯和癖好，真的在生物学上劣于其他种族的，只有黑人和澳洲原住民而已，应该对他们执行严格的种族分类政策。

至于我自己的情况、撰写小说的方法、对文学的见解等等，都在过去的信里告诉你了，因此这里没有什么特别要写的。而那些琐事，

---

[1] George Santayana，西班牙裔美国哲学家。

[2] 墨索里尼掌权后采取的政策对部分外国人来说是很有欺骗性的，他的种种复古举动也很对洛夫克拉夫特这种好古之人的胃口。顺便一提，乔治·桑塔亚纳也很欣赏墨索里尼。

比如一切类型的游戏和运动，我都不感兴趣，所以也不想写在这里。最让我感到愉快的，是观望古旧的宅邸，以及夏日里在充满古风、景色优美如画的土地上漫步。只要天气允许，夏天我绝不待在家里——我会在包里装上原稿和书，到森林或原野里去。我喜欢炎热，但无法忍受寒冷。因此，虽然我对故乡的风景和气氛十分留恋，但以后说不定会有必须搬到南方去的一天。散步是我唯一的正经运动。受坚持散步之惠，近年来我养成了几乎永无止境的忍耐力。

虽然就餐时间不固定，但我习惯每天只吃两顿。一般来说夜里的工作效率最高。我对海产品无比厌恶，甚至都不愿提起。十分喜爱奶酪、巧克力、冰激凌[1]。我不喜欢抽烟，对酒精类饮料根本不碰。大体上，比起酒神的生活方式，我更喜欢太阳神的生活方式[2]。我极其热爱猫，从最健壮的到最萎靡的都很喜欢。至于外表，我身高五英尺十一英寸，体重一百四十五磅[3]，肤色为白色，瞳色为褐色，发色为渐变到铁灰色的褐色，驼背、长鼻、颏部突出，长得奇丑无比。衣着非常朴素而保守，除了进入辩论时之外，对人的态度克制而客气。但在辩论时，无论是口头还是写信，一旦开始，我就不能保持克制了。

……我在四十岁后精通了希腊语，这应该算是值得夸耀吧；因为我十六七岁时学的一点皮毛早忘干净了。原先在我家昏暗的阁楼里摆着三语对照版（拉丁语、希腊语、英语）《圣经》，但当生活发生剧变时，我把它抛下了。对这件事我至今都感到遗憾——实际上，我对自己曾经抛下的任何书籍都感到遗憾。

……没有人为我的家族立传——家谱里倒是记载着，有几个担任过牧师的祖先（全是英国人）出版过讲道集之类的东西，但我对这些一无所知。我所留下的家人的纪念品，只是母亲（故于1921年）的画

---

[1] 洛夫克拉夫特的母亲惯着他，使他养成了偏食的习惯。从喜欢甜食这方面，也可窥见低血糖症的倾向。

[2] 指尼采"酒神精神"和"太阳神精神"的理论。

[3] 约178厘米、66公斤。

和姨妈¹（故于1932年）的画而已。除去亲人之间的纪念价值之外，它们也的确具有一定的美学价值（特别是姨妈的画）。还有很多画因为长期放在仓库里，已经毁损了，不过也有没入过仓库的画，毁损的画也修复了一些。我姨妈画的海景画现在还挂在楼梯的墙上，外祖母的蜡笔画也留着，有朝一日姨婆的画可能也会传给我。如果证明家人才华的遗物不是很占地方的画，而是书的话，就能保存得更久了，但我会把这些画尽可能长久地挂在墙上。对于生活这种东西，我既不关心，也不想关心。即使经过五次搬家，我依然把很多从生下来就和我相伴的东西留在身边。这些桌子、椅子、书箱、画作、书、摆设等等，都是我非常熟悉的。对我来说，这些东西就意味着"家"。如果它们消失的话，我真不知道该怎么办才好了……

摘自1934年2月13日给F. 李·鲍德温(F. Lee Baldwin)的信

---

[1] 母亲的妹妹安妮·E.菲利普斯·加姆威尔(Annie E.philips Gamwell)。

图书在版编目（CIP）数据

克苏鲁神话Ⅲ梦寻秘境卡达斯／（美）H.P.洛夫克拉夫特著；竹子，玖羽译. -- 北京：作家出版社，2019.8（2023.4 重印）
（悬疑世界文库）
ISBN 978-7-5063-9131-3

Ⅰ.①克… Ⅱ.①H… ②竹… ③玖… Ⅲ.①中篇小说 – 小说集 – 美国 –现代 ②短篇小说 – 小说集 – 美国 –现代 Ⅳ.① I712.45

中国版本图书馆CIP数据核字（2016）第209423号

克苏鲁神话Ⅲ梦寻秘境卡达斯

作　　者：［美］H.P.洛夫克拉夫特
译　　者：竹　子　玖　羽
出版统筹策划：汉　睿
特约编辑：赵　衡　李　翠
责任编辑：李　静
装帧设计：几何创想
版式设计：潘伊蒙　李人杰
出版发行：作家出版社有限公司
社　　址：北京农展馆南里10号　　邮　　编：100125
电话传真：86-10-65067186（发行中心及邮购部）
　　　　　86-10-65004079（总编室）
E-mail:zuojia@zuojia.net.cn
http://www.zuojiachubanshe.com
印　　刷：河北鹏润印刷有限公司
成品尺寸：142×210
字　　数：300千
印　　张：10.375
版　　次：2019年8月第1版
印　　次：2023年4月第20次印刷
ISBN 978-7-5063-9131-3
定　　价：46.00元

悬疑世界文库

蔡骏策划

悬疑世界打造

H.P.洛夫克拉夫特《梦寻秘境卡达斯》
最古老强烈的恐惧就是未知。

悬疑世界文库

中国类型小说殿堂卷帙

[悬疑世界文库] 魅惑解锁

时间从此分叉

万象森罗 蛰伏如谜

爱与恨正在演绎无数可能

悬疑无界 故事无常

敬请期待